Angelika Meier
England

Angelika Meier

England

Roman

diaphanes

Ich bin in England. – Alles um mich herum sagt es mir,
sowie ich meine Gedanken schweifen lasse und wohin immer,
so bestätigen sie mir's. – Könnte ich aber nicht irre werden,
wenn Dinge geschähen, die ich mir jetzt nicht träumen lasse?
Ludwig Wittgenstein, *Über Gewissheit*

I know perfectly well I'm not where I should be,
I've been very aware you've been patient with me.
Brian Wilson, *You still believe in me*

Auch dieses Meer hat bisher nicht geholfen. Schon eine Woche sitze ich hier, und mit mir hat sich noch nichts getan, nur meine Kleider fangen langsam an zu stinken. Nachts liege ich unter dem offenen Fenster auf dem Liegestuhl, den die hilfsbereite Familie aus Göttingen mir in ihrem Appartement angeboten hat, bis mein erfundener Ehemann mich abholen würde, und lausche auf das leise Schnarchen des kleinen Mädchens und auf das Rauschen des Meeres und meiner Verrücktheit. Spätestens übermorgen, also am Montag, werde ich ihnen sagen müssen, dass es keinen Mann gibt, und dann werden sie mich rauswerfen. Die Göttingerin wird mir trotzdem alles Gute wünschen, und ihr Mann wird den Kopf schütteln, sprachlos vor Ärger, dass ich sie angelogen habe. Aber in zwei Tagen kann man viel machen, vielleicht werde ich es sogar schaffen, meine Kleider zu waschen. Ich könnte morgen früh, wenn die Familie zum Strand geht, vor dem Haus in einem Handtuch in der Sonne sitzen bleiben und warten, bis die Kleider trocken sind. Meine hellblaue Unterhose weht wie eine Fahne an dem weißen Haus. Wahrscheinlicher ist, dass ich das nicht schaffen werde.

Ich wollte immer nach Griechenland, und jetzt bin ich wirklich da, wenn auch nicht so, wie ich mir das immer vorgestellt hatte. Ich hatte mir zum Beispiel nicht vorgestellt, allein dort zu sein. Erst als ich hier ankam, um mich vor den Leuten in Cambridge in Sicherheit zu bringen, merkte ich, dass in meinen Vorstellungen von Griechenland das Alleinsein nicht vorgesehen war, auch wenn ich nicht sagen könnte, dass ich mir einen bestimmten anderen Menschen, zum Beispiel Paul, dazugedacht hätte. Außerdem habe ich nicht gewusst, dass ich nicht schwimmen kann. Mein Körper hat das Schwimmen anscheinend verlernt, denn als Kind konnte ich es, das weiß ich genau. Vielleicht könnte ich es ja wieder lernen, da ich hier anscheinend ohnehin länger bleiben muss. Sie werden mir wohl kaum hierher folgen. Das ginge ein bisschen weit, schließlich habe ich niemandem geschadet, niemandem persönlich, höchstens der Institution, was dann natürlich doch wieder schwerer wiegt. Aber so schlimm, dass sie mir hierher folgen würden, ist es wohl nicht. Also könnte ich in Ruhe wieder schwimmen lernen. Vielleicht sieht es dann aber doch komisch aus, wenn man mit fast vierzig mit Schwimmflügeln vor den Leuten am Strand rumplanscht.

Wittgenstein hat einmal, kurz bevor ich auf seine Weisung hin nach Cambridge gegangen bin, zu mir gesagt: *Das, was mir fest war, scheint jetzt zu schwimmen & untergehen zu können.* Er hat das natürlich metaphorisch gemeint, er hat sich gefragt, ob seine *Arbeit etwas Rechtes ist* oder nur *allerlei Possen*, und weil er keine Gewissheit in dieser Frage gefunden hat, hat er sich trösten wollen mit dem Satz: *Was Possen sind, entscheidet der liebe Gott.* Aber das hat ihm auch keine Ruhe gegeben. Auf jeden Fall war sein Problem nicht das Schwimmen. Aber vielleicht könnte ich seinen Satz so umdrehen, dass ich aus ihm die Hoffnung ziehen könnte, dass das, was fest war in mir und deshalb untergeht, jetzt schwimmen zu können scheint.

Gott, bin ich müde! Gott bin ich, müde. Aber ich werde schwimmen lernen, noch heute fang ich damit an. Vorher muss ich mich aber stärken und noch ein bisschen liegen bleiben. Am besten bleibe ich noch ein Stündchen hier am Strand liegen und schaue dabei nicht mehr aufs Meer. Ich werde dem Meer den Rücken zudrehen, sobald ich mich das nächste Mal bewegen kann.

Eine Welle nach der anderen. Nie zwei auf einmal. Wie gut doch alles eingerichtet ist! Ich sollte mir eine Liste machen, solange ich hier bin: 1. September: Sonntag; 2. September: Montag; 3. September: Dienstag … und so weiter, dann werde ich später wissen, was an jedem Tag war.

Auf der Busfahrt von Heraklion hierher träumte ich, wie ich hier ankommen würde: Ich stieg aus dem Bus, ließ meinen Koffer stehen und rannte an den Strand, der sich wie ein längliches Handtuch vor mir ausrollte und an seinen Säumen durch menschenhohe Thujahecken begrenzt war. Das Meer war nicht zu sehen. Ich lief bis zum Ende des Strands, wahrscheinlich lag das Meer direkt hinter der Thujahecke, aber am Ende des Strands war nur hinten links ein kleiner Durchgang in der Hecke, durch den man in die nächste von Thujahecken umsäumte Strandparzelle gelangte, und immer so weiter. Ich lief von einem Strandgartenstück in das nächste, immer glaubte ich, ganz hinten links das blaue Meer leuchten zu sehen, aber es war nur der Himmel über der Hecke, das Meer blieb verschwunden. Der Sand war blitzsauber, die Eingeborenen saßen und lagen auf Liegestühlen in den Thujaanlagen, sie winkten mir freundlich zu, als ich mit hängender Zunge an ihnen vorbeihetzte, die Beine schwer vom durch den Sand Rennen, und wenn ich sie nach dem Meer fragte, schüttelten sie stolz den Kopf und erklärten mir, dass jetzt alles in Ordnung sei und sie den Strand so schön verlängert hätten – endlich auch, wie im Norden, unendliche weiße Sandstrände.

Als ich aufwachte, fuhr der Bus ein letztes Mal aufwärts um eine steile Kurve herum, und tief unten sah ich das blaue, blaue Meer. Ab jetzt kurvten wir nach unten, immer näher auf das Meer zu. Und dann stieg ich aus dem Bus und rannte ans Meer, bis es vor mir lag und laut lachte, und da lachte ich auch. Optimisten haben keine Ahnung, wie viele positive Erfahrungen man machen kann.

Vielleicht könnte ich mir in *Christina's Supermarket* ein Postfach einrichten lassen, falls man mir aus Trinity College meine Post hinterherschicken lassen will. Aber dann könnten sie mir auch eine Vorladung schicken, also sollte ich das mit dem Postfach vielleicht doch lieber lassen. Andererseits kann ich meine Studenten ja auch nicht so einfach im Stich lassen. In vier Wochen ist der Great Court Run, und wer soll sie anfeuern, wenn nicht ich? Sie müssen es schaffen, den Great Court zu umrunden, bevor King Edwards große Turmuhr um zwölf Uhr mittags vierundzwanzigmal geschlagen hat, was 43 Sekunden dauert, und der Hof umfasst immerhin 367 Meter im Karree. Es ist zwar war kein Lord

Burghley oder ein anderer zukünftiger Olympiasieger unter meinen Studenten, aber die schlaue Betty Bliss aus dem ersten Jahr ist mittlerweile so flink geworden, dass sie tatsächlich gute Chancen darauf hat, die erste zu sein, die es seit 1988 wieder schafft, den Kampf gegen die Schläge der Uhr zu gewinnen.

Meine Uhr schlägt praktisch gar nicht mehr, seit ich hier bin. An der Batterie liegt es nicht, die Uhr hat einfach klein beigegeben. Endlich schlägt nichts mehr. Fast hätte ich jetzt einschlafen können, aber vom Ende des Strands kommt wieder mal großes Gebrüll. Ein paar Jungs treiben eine riesige Schildkröte im Wasser vor sich her, sie ziehen sie an den Beinen und hauen ihr auf den Panzer. Ich kann mir das nicht ansehen, und deshalb werde ich es jetzt endlich schaffen, dem Meer den Rücken zuzudrehen. Zum Glück kommt Elena aus ihrer Taverne gerannt, und mit der krähenden Stimme, die hier alle Frauen über dreißig haben, scheißt sie die Jungs zusammen, die Schildkröte flieht, und so ist wieder Ruhe. Ich schaue weiter aufs Meer, und das Meer schwappt Welle für Welle über mich, obwohl es gar nicht an mich herankommt, ich liege ja fest und weich auf meinem Handtuch unter den *salty trees*, aber es schwappt trotzdem in meinem Kopf, und jede Welle hebt mich hoch und zieht mich nach vorn, und wenn das Wasser sich mit einem rieselnden Zischen zurückzieht, werde ich mit einer sanften halben Drehung wieder zurückgeschubst wie ein kleiner Kieselstein. Man kann durchaus an Land seekrank werden. Das habe ich nicht gewusst, obwohl ich es doch in England immer war. Aber bevor ich hierher, an dieses Ende der Welt gekommen bin, habe ich ja auch nicht gewusst, noch immer nicht gewusst, dass ich nie wieder nach Cambridge zurückkehren kann.

Dabei hatte alles so verheißungsvoll begonnen, ja sagenhafte Verheißungen surrten durch die Luft, als ich an diesem ungewöhnlich heißen vierten Juni vor gut einem Jahr durch das Great Gate von Trinity College spazierte, in meinem grauen Flanellanzug und mit dem braunen Samsonite-Lederkoffer, der das einzige ist, was mir von diesen glirrenden Tagen geblieben ist. Der Rektor, Jonathan Quale Higgins III., stand bereits in tadelloser Haltung vor seiner Wohnung in Great Court, um mich persönlich zu begrüßen. Sein schwarzes Haar war streng zur Seite gescheitelt, und unter seinem Schnurrbart hob sich sein linker Mundwinkel zu einem Lächeln, das in makelloser Asymmetrie mit der Hebung seiner rechten Augenbraue übereinstimmte. Er war etwa sechzig Jahre alt, kaum größer als ich, von einer elastischen Beleibtheit, und machte alles in allem den Eindruck eines strengen Teddybären. Er trug eine graue Hose und ein nachtblaues Clubjackett mit einem weißgrundigen ovalen Wappen auf dem Herzen, auf dem ein schwarzer Hahn mit einem roten Kronenkamm von einer gelben Schlange erwürgt wurde. Ich starrte wohl etwas zu lange auf dieses Wappen, so dass er sich diskret räusperte und dann sagte:

»Bevor ich Sie zu Ihrer Wohnung führe, lassen Sie mich Ihnen Newtons Apfelbäumchen zeigen, meine Liebe.«

So standen wir eine Weile vor einem Apfelbaum, und dann brachte er mich zu meinem Raum im Aufgang E, einem spartanischen Kämmerchen, dunkel, feucht und mönchisch, aber mit karmesinrot gestrichenen Wänden, genau so, wie ich es erhofft hatte. Higgins sagte, dass er mich in einer Stunde zum Essen am High Table in der Hall erwarte, um mich den anderen Fellows vorzustellen, und ließ mich allein.

Ich setzte mich auf das angenehm harte und schmale Bett und atmete laut auf, weil ich sicher war, dass Master Higgins keinen Verdacht geschöpft hatte. Heute weiß ich, dass er mich sofort durchschaut hatte. Er war aber ein solcher Fuchs, dass er sich nichts hat anmerken lassen. Nachdem ich eine Weile auf meinen Koffer gestarrt hatte, den der Sohn des Pförtners auf den Schreibtischstuhl gestellt hatte, trat ich ans Fenster und blickte in den Hof. Seine unsymmetrische Anlage, die unterschiedlich hohen Gebäude und die überladene und doch karge, gezierte Klobigkeit der Tudor-Architektur, die ich nicht verstand, machten mich etwas beklommen, vor allem der riesige Brunnen in der nicht mittigen Mitte des herrlichen Rasens, ein Ungetüm mit einem Säulenbaldachin und einer Bogendecke darüber, die wie der durchlöcherte Deckel einer riesigen Zuckerdose aussah, bereiteten mir Unbehagen, denn unter solchen Baldachinen ruht bekanntlich nicht nur liebes Wasser, sondern unter Umständen auch die ein oder andere schimmelige kleine Leiche. In einer bayrischen Barockkirche weiß man wenigstens genau, wo die Leichen liegen, die Stellen sind direkt darüber in den Deckenmalereien mit genauen Zeichen markiert, Zeichen, die man nur zu lesen verstehen muss. Und so habe ich oft unter den Kirchendecken gestanden und gedacht: *Wer das lesen könnt!* Aber hier weiß man nicht, wo das Wasser fließt und wo die Leiche liegt. Die Christen haben immer behauptet, vom Mittelalter bis heute, die Juden hätten die Christenkinder umgebracht und mit den Leichen ihrer Opfer auch noch die Brunnen vergiftet. Im Schutz dieser Lüge konnten die Christen in aller Ruhe morden und ihre Leichen im Keller und im Brunnen vergraben. Vorerst war ich diesem Brunnen also nicht gewachsen, schüttelte mich bei seinem Anblick und wandte mich ab. Unvorstellbar, dass Lord Byron in diesem Brunnen hat baden können.

Ich erschien pünktlich in der Hall, hatte mich gewaschen, ein neues Hemd und vor allem den schönen schwarzen Talar angezogen, den jemand auf mein Bett gelegt hatte, und war guter Dinge. Auf meinem Weg hatte mich ein ganzer Schwarm von Studenten überholt, sie alle sprangen die acht Stufen zur Hall in einem Satz herauf, ich überlegte kurz, es ihnen gleichzutun, aber stellte mir dann vor, wie böse mir Wittgenstein wäre, wenn er mich bei solch einer Anbiederung ertappte. In der Hall war der *High Table* auf einem drei Meter hohen, mit schwarzem Samt verkleideten Podest aufgebaut, das quer zu den langen Tischen stand, an denen die Studenten aßen. Um an den hohen Tisch zu gelangen, musste man ein steiles Treppchen in dem Podest erklimmen. Higgins erwartete mich bereits oben:

»Meine liebe Freundin, darf ich Ihnen Ihre zukünftigen Kolleginnen und Kollegen vorstellen?«

Ich sagte, dass ich entzückt sei, alle kennen zu lernen, dass das Privileg, das Vergnügen ganz meines sei, aber ob ich vielleicht vorher eine Frage bezüglich meiner Unterkunft stellen dürfe. Da mir dies gewährt wurde, fragte ich Sir Jonathan, ob es vielleicht möglich wäre, statt in Great Court in Whewell's Court Quartier zu nehmen, und ob ich dort möglicherweise sogar die Zimmer im Türmchen direkt unter dem Dach haben könne, nun, da Wittgenstein sie nicht mehr brauche. Higgins und die anderen lachten herzlich:

»Nun, da Wittgenstein sie nicht mehr braucht! Das ist köstlich, meine Liebe, köstlich!«

Ich verstand nicht, ob dies nun bedeutete, dass meinem Wunsch stattgegeben wurde oder nicht, aber traute mich nicht, noch einmal nachzufragen, zumal Higgins bereits begonnen hatte, mich vorzustellen. Wir standen hinter unseren Stühlen, es war nicht viel Platz auf dem Podium, und während ich händeschüttelnd und lächelnd nach links und rechts balancierte, um die anderen Fellows zu begrüßen, deren Namen ich vor Anspannung nicht hörte, wurde mir etwas schwindelig, wenn ich nach unten schielte. Als ich meinem direkten Gegenüber die Hand gab, sah ich über seine Schulter hinweg im kerzenerleuchteten Halbdunkel des Saals, dass die Studenten ebenfalls noch standen, sie durften sich anscheinend nicht vor uns setzen. Sie hatten, Jungs wie Mädchen, die Hände an die Hosennaht gelegt und starrten ausdruckslos geradeaus.

Als ich mich endlich auf meinen Platz in der Mitte des Tisches niederlassen konnte, stellte ich mit Entsetzen fest, dass wir dreizehn bei Tisch waren. Ich erwähnte dies scheinbar scherzhaft meinem linken Tischnachbarn gegenüber, einem Mathematiker, von dem ich im Laufe des Abends erfuhr, dass er Charles Willoughby hieß, worüber dieser höflich lachte und sagte:

»Nein nein, seien Sie unbesorgt, wir sind nicht dreizehn, sondern zwölf plus eins.«

Das beruhigte mich sofort, und ich begann mit großem Wohlbehagen die außergewöhnlich schlechte Champignoncremesuppe zu löffeln.

Nachdem eine Sanduhr in der Mitte des Tisches mir angezeigt hatte, dass ich nun mit meiner Tischnachbarin zur Rechten sprechen müsse, wandte ich mich der Literaturprofessorin Dorothy McDonald zu, die mir wohlwollend sagte, dass Frauen in der Philosophie und zumal in Cambridge noch immer eine Seltenheit seien und dass der Ruhm meiner Manzanilla-Herausgeberschaft mir an diesen Ort bereits vorausgeeilt sei. Ich sagte, dass dies zu freundlich sei und dass doch aber Frauen in der Philosophie längst akzeptiert seien. Schließlich hätten schon 1986, als der Trauerzug von Simone de Beauvoir durch Montparnasse zog, die Kellner der Brasserie *La Coupole* auf der Straße Spalier gestanden, um ihr, die weiße Serviette über den linken Arm geschlagen, die letzte Ehre zu erweisen, und das, obwohl Simone de Beauvoir schließlich keine ernstzunehmende Philosophin gewesen sei, und dass ich mir nichts Schöneres wünschen könne, als dass eines Tages ein Kellner mit einer weißen Serviette vor seiner Brasserie steht, wenn meine kleine Leiche vorübergetragen wird. Dorothy McDonald schien damit nicht einverstanden, jedenfalls schnaubte sie merkwürdig in ihre Suppe und sprach nicht mehr mit mir.

Als der Hauptgang aufgetragen wurde, irgendein Fleisch, das ich nicht aß, blickte ich hinunter in den Saal und stellte voll Erstaunen fest, dass die Studenten alle verschwunden waren. Higgins beobachtete mich vom Kopf des Tisches her und lächelte mir von Zeit zu Zeit zu, ich konnte wegen meiner Kurzsichtigkeit und der Dunkelheit in der Halle nicht recht erkennen, ob sein Lächeln etwas Spöttisches hatte oder ob ich mir das nur einbildete. An den Rest des Abends erinnere ich mich nicht mehr, ich weiß nur, dass ich hinterher in meinem Bett lag und fest daran dachte, dass der *Easter Term* in ein paar Tagen vorbei wäre, ich also frühestens Ende September wieder auf den hohen Tisch müsste und nun erst einmal die langen Sommerferien zu meiner Eingewöhnung vor mir lägen.

Aber ich sollte dann doch schon noch vor den Ferien, nämlich am Abend des elften Juni, meinen akademischen Einstand erfahren. Der Leiter der philosophischen Abteilung, Professor Harold Dunbar, hatte mich gebeten, im *Moral Science Club* in einem informellen Vortrag vor ein paar Dozenten und einer Handvoll ausgewählter Studenten meine Arbeit vorzustellen. Mir war der Ausdruck *informell* überaus willkommen, ermutigte er mich doch darin, meinen Vortrag wie gewöhnlich nicht vorzubereiten, schließlich spreche ich immer am besten ohne Konzept. Die einzige Vorkehrung, die ich traf, war, mir bei Woolworth ein himmelblaues Hemd zu kaufen, das hervorragend zu meinem Anzug passte.

Als ich um Punkt sieben den hübschen, smaragdgrüngestrichenen Raum im ersten Stock in Aufgang H des King's College betrat, hatte sich mein Publikum bereits eingefunden, aber noch nicht gesetzt. Zu meiner Zufriedenheit stellte ich fest, dass es kein Vorlesungssaal war, sondern ein behaglich eingerichtetes, quadratisches Clubzimmer mit schweren braunen Ledersesseln, die in einem Halbrund um einen elfenbeinfarbenen Jugendstilkamin gruppiert waren, in dem ein künstliches Feuer leuchtete. Gedämpftes Plaudern und Lachen schwamm mir wie von weit her entgegen, obschon die Anwesenden höchstens vier Meter entfernt von mir in lockerer Gruppierung standen. Daniel Nales, der Head Porter, servierte Sherry. Meine Zuhörerschaft bestand aus Higgins, Professor Dunbar, den Fellows Dr. Agnès Mondet und Dr. Orville Wilson, sowie acht Studentinnen und Studenten, deren Namen ich vergessen habe. Seltsamerweise trugen sie alle, Männer wie Frauen, Reitkleidung, und ich fühlte mich in meinem Talar, den ich zwar schon aus Gründen der Informalität offen gelassen hatte, etwas klerikal unter ihnen. Da sie mir alle den Rücken zugewandt hatten, blieb ich eine Weile auf der Schwelle stehen und schwindelte vor mich hin, bis ich mich schließlich räusperte, so dass die kristalllüsternen Geräusche plötzlich verstummten und sich zwölf Köpfe umwandten, um mich mit waldtierhaften Gesichtern anzustarren. Dann klatschte Higgins zweimal kurz in seine papiertrockenen Hände, die Starre löste sich und ich machte mich händeschüttelnd den nun freundlich lächelnden Menschen bekannt.

Als sich alle außer mir gesetzt hatten, nahm ich meine Position vor dem Kamin ein, und nachdem Professor Dunbar ein paar einleitende Sätze zu meiner Vorstellung gesagt hatte, Studium und Promotion in Berlin, Paris, Stanford und so weiter, begann ich zu sprechen:

»Lieber Professor Dunbar, ich danke Ihnen sehr herzlich für diesen warmen Empfang, meine Damen und Herren, es ist mir eine große Ehre und Freude und ein großes Privileg, Ihre Gemeinschaft teilen und nun vor Ihnen ein paar Worte sprechen zu dürfen. Ich möchte es kurz machen, so dass wir recht schnell miteinander ins Gespräch finden können. Die Arbeit, die mich in den letzten fünfzehn Jahren umgetrieben hat, also meine Auseinandersetzung mit Wittgenstein einerseits und andererseits meine gewissermaßen archäologische Arbeit an der Miguel-de-Manzanilla-Ausgabe, mein Versuch, diesen herausragenden Sprachphilosophen des siebzehnten Jahrhunderts der Gegenwart zurückzugeben, dreht sich im Grunde genommen nur um eine paar wenige, höchst einfache Fragen: Wie können wir die Alltagssprache ertragen? Wie ist es uns möglich, so zu sprechen, wie wir sprechen? Wie können wir nur so furchtbar krank sein?«

Higgins hüstelte etwas sonderbar und schlug nervös sein entzückend kurzes, dickliches und dabei so biegsames Bein über das andere, aber ich versuchte, mich nicht verunsichern zu lassen, und fuhr daher umso beherzter fort:

»Wenn Sie mir nun Ihre Fragen stellen möchten?«

Higgins' rechte Augenbraue war nun bis kurz unter den Haaransatz gewandert und seine Oberlippe war noch steifer als gewöhnlich, er starrte mir höchst unenglisch direkt in die Augen und ich verstand nicht, ob er mich zu ergründen suchte oder im Gegenteil geistesabwesend war oder aber unter einem kleinen Schock stand. In jedem Fall sah er aus, als ob er in meinem Gesicht ein offenäugiges Nickerchen hielt. Alle anderen räusperten sich und sahen zu Boden. Professor Dunbar scharrte mit dem linken Fuß auf dem Teppich und schlug sich dabei mit seiner Reitgerte gegen den scharrenden Stiefel. Schließlich kam Higgins' scharfe und doch verträumte Stimme aus der Tiefe des Raums:

»Das erinnert mich daran, wie wir einmal über Birma abgeschossen wurden ...«

»Wie meinen Sie, Higgins?« Professor Dunbar sah nun verwirrt seinen Kollegen an.

»Oh nichts, nichts, entschuldigen Sie, vergessen Sie es, alter Junge. Erinnerungen, weiter nichts.«

Endlich straffte er sich, nahm mit einem Ruck seinen Blick aus meinem Gesicht und sagte dann mit einer auffordernden Geste an die übrigen Zuhörer:

»Ja, vielleicht möchte die jüngere Generation zunächst einmal ihre Fragen an die neue Kollegin richten?«

Ein paar beklemmende Minuten herrschte Schweigen, in das ich die Eingangstöne von Beethovens *Pathétique* pfiff und mich dabei mit der linken Hand auf dem Kaminsims begleitete, bis Agnès Mondet mich einladend anlächelte, ihr langes dunkles Haar zu beiden Seiten aus dem Gesicht schob und schließlich sagte:

»Ja, ich habe natürlich eine ganze Reihe von Fragen, schließlich sind wir alle höchst begierig darauf, über Ihre Arbeit direkt von Ihnen zu erfahren. Zunächst einmal danke ich Ihnen für diese sehr inspirierende und instruktive kleine Einführung. Meine erste Frage bezieht sich natürlich auf das großartige, höchst sonderbare Werk von Manzanilla, das dank Ihnen in die akademische Welt zurückgekehrt ist: Wie haben Sie die Schriften Manzanillas entdeckt? Ich meine, woher wussten Sie von ihnen? Sie haben doch ganz gezielt nach ihnen gesucht, nicht wahr? Stimmt es, dass Sie die Bücher in einer Holzkiste unter der Erde gefunden haben?«

»Ja, das ist durchaus wahr.«

»Und äh, woher wussten Sie, wo und vor allem wonach Sie suchen mussten, oder war es ein glücklicher Zufall ...?«

»Nein, es war selbstverständlich kein Zufall, Wittgenstein selbst hat mir die Stelle gezeigt, an der ich die Bücher finden würde.«

Alle starrten mich entsetzt an, so dass ich nervös auflachte:

»Ich meine natürlich, eine *Stelle* bei Wittgenstein hat mir gezeigt, dass ich etwas finden könnte, äh, selbstverständlich eine Stelle im Wittgensteinschen Text hat mir gezeigt, dass es noch etwas zu entdecken gibt – dass es schon einmal vor langer, langer Zeit jemanden in Cambridge gab, der etwas Ähnliches wie Wittgenstein geleistet hat.«

Ich sah, wie sich nach dieser Richtigstellung zwölf Brustkörbe hoben und senkten, und die von ihnen gemeinsam ausgeatmete Luft linderte meinen einsetzenden Kopfschmerz. Ich musste aufmerksamer sein.

Professor Dunbar fragte nun:

»Und welche Stelle bei Wittgenstein hat Ihnen dies gezeigt?«

»Nun, das lässt sich nicht sagen, also nicht klar sagen, meine ich, und daher gar nicht sagen, wenn Sie verstehen …«

Professor Dunbar lächelte verschmitzt und wedelte mit seiner Reitgerte in meine Richtung:

»Sie sind ein Schelm, meine Liebe, Sie wollen es nicht sagen, wollen Ihre Geheimnisse für sich behalten – aber wie Sie wissen, gibt es auch so etwas wie ein editorisches Ethos, das es Ihnen gebietet, völlige Einsicht in ihre Quellen zu gewähren.«

»Oh ja, Sir, ich weiß, und ich werde auch im letzten Kommentarband, den ich nun dank Ihres freundlichen Rufs an diesen herrlichen Ort in Kürze zu erstellen hoffe … in diesem letzten Kommentarband also möchte ich alles offenlegen, alles offen daliegen lassen und sagen, wie alles gekommen ist. Aber bis dahin, gestatten Sie mir, nehmen Sie es mir bitte nicht übel, möchte ich mir noch ein paar Dinge aufsparen.«

Nachdem Professor Dunbar diese Bitte mit einem Grunzen, das ich als Wohlwollen deutete, abgenickt hatte, fingen auch die übrigen an zu nicken. Dann schüttelten sie ihre Arme und Beine im Sitzen aus, streckten sich, gähnten behaglich, schnatterten Unverständliches durcheinander, und nachdem auf diese Weise eine entspannte Heiterkeit sich unter ihnen breit gemacht hatte, sagte Professor Dunbar:

»So, meine Damen und Herren, weitere Fragen an die Kollegin?«

Nun räusperte sich Orville Wilson:

»Ja, was mich interessiert, ist Ihre These, dass Wittgenstein Manzanillas *Kryptychon* durchaus kannte, auch wenn er nirgendwo darauf Bezug nimmt. Meinen Sie damit, er hat den Einfluss dieses Werks auf sein eigenes unterschlagen wollen oder deshalb gar die Veröffentlichung von Manzanillas Texten unterdrückt?«

»Oh nein, keineswegs, nein nein, ich meine damit, dass er sich dieser Erbschaft nicht bewusst werden konnte, nicht bewusst werden durfte, er musste diesen Text verdrängen, denn schließlich hätte Manzanillas Vereinigung der Alltagssprache und der Sprache Gottes – diese, das dürfen wir nicht vergessen, zu Manzanillas Lebzeiten ungeheuerliche Häresie, die ihn, wäre dieses Werk in die Hände der Inquisition gefallen, das Leben gekostet hätte – die Manzanillasche These also, dass Gott in demselben Maße klar und deutlich zu uns spricht, in dem wir klar und deutlich zu sprechen vermögen, hätte Wittgenstein in größte Schwierigkeiten gebracht, paradoxerweise, weil sie all seine Probleme gelöst hätte: Metaphysik und Antimetaphysik hätten die heiterste Hochzeit gefeiert, wären einander vollkommen transparent geworden und hätten sich gegenseitig aufgelöst, eine Symbiose, die die Romantiker blass vor Neid gemacht hätte.«

»Ich verstehe«, ein kleines Lächeln flackerte über sein Gesicht, dann räusperte er sich und fuhr wieder ernst fort, »Meinen Sie damit, dass auch noch der späte Wittgenstein …«

Aber hier wurde Wilson von Dunbar unterbrochen:

»Ja, ich denke, wir haben einiges erfahren, Interessantes gelernt und so weiter, und ich hoffe, auch Ihnen, geschätzte Kollegin, waren unsere Fragen anregend für dies und das. Ich schlage vor, wir nehmen jetzt einen kleinen Aperitif in meinen Räumen, und vielleicht gehen wir dann gemeinsam zum Essen.«

Doch schon wieder auf den hohen Tisch! Mir schwindelte, und ich musste mich am Kamin festhalten, bis mich eine Hand plötzlich an der Schulter fasste, es war Agnès Mondet, die mich besorgt fragte, ob alles in Ordnung sei. Ich bedankte mich und sagte, dass durchaus alles in

Ordnung und nur die Luft etwas stickig sei. Während Agnès freundlich auf mich einplapperte, dachte ich daran, dass Wittgenstein mir auf seiner ersten Feldpostkarte geschrieben hatte *Bin gespannt auf mein kommendes Leben!* Wenn Wittgenstein in den Krieg zieht und *gespannt* ist, dann durfte ich mir wohl kaum in die Hose scheißen, nur weil ich auf den Hohen Tisch musste. Also riss ich mich zusammen, und in meinem Kopf dröhnten Wittgensteins Worte *Also in Demut die Arbeit verrichten und sich selbst um Gottes Willen nicht verlieren!!!*

Ich schämte mich umso mehr, als meine Angst dann auch noch unbegründet war, denn gegessen wurde in einem zwar scheußlichen, aber harmlosen Kellerrestaurant in der King's Parade. Lieber noch bin ich unter der Erde als in den düsteren Himmelslüften von Trinity Hall.

Ich aß nur Kartoffeln, weil mir alles andere suspekt erschien, was den anderen wohl wiederum suspekt erschien, und so konzentrierte ich mich noch vollkommener auf mein Kartoffelessen, um die sonderbaren Blicke der anderen wegzumachen. So bemerkte ich eine ganze Weile nicht, dass Agnès, die mir gegenüber saß, versuchte, mit mir zu sprechen. Immer wieder sendete sie ein *Entschuldigen Sie* zu mir herüber, aber erst als diese beiden Worte in meinem Kopf zu einer wattigen Schleife geworden waren, verstand ich, dass sie dort draußen gesprochen wurden und hob den Kopf wie ein Pferd aus dem Hafertrog. Nun sah sie mich verwirrt an und erst als ich sie auffordernd anlächelte und sagte »Oh, vergeben Sie mir bitte, was sagten Sie?«, entspannte sich ihr Gesicht und sie fragte:

»Entschuldigen Sie bitte meine Neugier, aber die Sache mit den Büchern lässt mir keine Ruhe, also, ich meine, dass Sie sie in einer Holzkiste in der Erde gefunden haben, das, äh, kommt mir ganz unglaublich vor.«

»Ja, mir selbst erscheint es auch immer noch unfassbar.«

Und jetzt fiel mir wieder ein, wie alles gekommen war, wie Paul mir aus seinem Himmel herabgerufen hatte, ich solle *den Ahorn* im Wald suchen gehen und ich solche Angst hatte und mein kleines Bett nicht verlassen wollte, und wie ich dann doch durch den Wald gehetzt bin und die schrecklichen Geräusche mich fast zu Tode erschreckt haben und wie ich trotzdem immer weiter gestolpert bin, immer tiefer in den Wald hinein, obwohl ich doch wieder raus wollte, und wie ich plötzlich mit dem linken Fuß in eine Hasenfalle getappt bin, nicht mehr aufstehen konnte und zusammengekauert und wimmernd eingeschlafen bin, und wie ich plötzlich aufgewacht bin und es war immer noch Nacht, aber vor mir sah ich auf einmal den Ahorn und um ihn eine Lichtung, nein, keine Lichtung, sondern ein ausgegossenes dampfendes Licht wie um den Jesus in seiner *Transfiguration* herum, und der Ahorn leuchtete golden, obwohl es finsterste Nacht war, und da sehe ich plötzlich, dass Wittgenstein lachend um diesen Ahorn herumrennt und dabei immer wieder ruft: *Ach, wie gut, dass niemand weiß, dass ich Rumpelstilzchen heiß!* Dann bleibt er abrupt stehen, dreht sich zu mir um und kräht:

»Na, sind Sie endlich wach, Sie alte Schlafmütze, kommen Sie schon, ich will Ihnen was zeigen.«

»Ich kann nicht, mein Fuß ist in einer Hasenfalle gefangen.«

»Unsinn, kommen Sie schon her!«

»Aber mein Fuß …«

»Wenn Sie sich noch nicht einmal daraus befreien können, meine Liebe, was nutzt da die ganze Philosophie? Sehen Sie jetzt ein, dass sie zu nichts und wieder nichts nutzt?«

Und dann kommt er zu mir, zieht mir den Fuß aus der Schlinge, ich schreie laut auf, weil der kleine Zeh durchbohrt ist und eine Blutfontäne Wittgenstein ins Gesicht springt, der aber ganz ruhig bleibt. Er reißt sich ein Stück von seinem weißen Hemd ab, schmiert mir eine grünliche Salbe auf den Zeh, die er noch in *Guy's Hospital* angerührt hat, wickelt mir den Stoff um den Fuß und dann zieht er mich hoch, packt mich unter der Schulter und humpelnd lasse ich mich von ihm zu dem Ahorn führen.

»Sehen Sie hier, es liegt alles offen da – und doch ist da etwas unter der Erde. Sie müssen es ausgraben, ich kann es nicht selbst tun, genau hier ist es, merken Sie sich die Stelle, hören Sie! Verdammt, nicht schwach werden jetzt!«

Er gibt mir ein paar Ohrfeigen, und so nehme ich mich zusammen. Wittgenstein stellt sich mit dem Rücken an den Ahorn, dann macht er einen großen Schritt nach vorn und dann noch einen und noch einen:

»Drei Meter nach vorn – können Sie sich das merken?«

Ich nickte, nickte immer wieder, aus Angst, nicht deutlich genug genickt zu haben, und so nickte ich auch jetzt immer wieder, bis ich plötzlich wieder Agnès vor mir sah, die mich mit offenem Mund anstarrte. Da kam zu meiner Erlösung vom Ende des Tisches die heitere Stimme von Orville Wilson zu uns herüber:

»Nun bedräng sie doch nicht so, Agnès, wir werden es schon noch alle erfahren, wenn es an der Zeit ist, nicht wahr?«

Und er lächelte mir aufmunternd zu, mein Krampf löste sich, und Agnès und ich, die wir uns gegenseitig angestarrt hatten, mussten beide lachen, und dann lachten auch alle anderen am Tisch, selbst Higgins tat etwas Ähnliches wie lachen, wenn auch lautlos und mit geschlossenem Mund.

Durch diesen Heiterkeitsausbruch war zum Glück das Thema auch fallen gelassen worden, man plauderte nun dies und das, die Studenten und Professor Dunbar erklärten mir, wie hier in Cambridge alles läuft. Dazu setzte zunächst Professor Dunbar an, mir den Idealzustand eines Vorgangs, wie etwa den des Ablaufs einer Vorlesung oder eines Tutorgesprächs zu erklären, woraufhin die Studenten übermütig kicherten, ihn mit einem »Nun, *offiziell* ist das so, aber tatsächlich …«, unterbrachen, mir verschwörerisch zugrinsten, woraufhin Dunbar wiederum wie ein gutmütiger Vater unwillig grunzte »Na, na, na, so ist es nun auch wieder nicht, tatsächlich sind die meisten …«. Ich nickte eifrig nach vorne, links und rechts, hörte nicht richtig zu und fühlte mich ausnehmend wohl.

Von Zeit zu Zeit blickte ich ans Ende des Tisches zu Orville Wilson hinüber und sah mir seine blonden Haare, die unter der Reitkappe hervorlugten, und seine leicht schiefe, wahrscheinlich einmal gebrochene Nase an und achtete dabei darauf, ihm nicht in seine grünen oder blauen oder grauen Augen zu sehen, die ich aus der Entfernung ohnehin nicht richtig erkennen konnte. Sein blondes Haar sah so anders aus als das helle Fell der Hunde aus dem Ahornwald. Als Orville mich schließlich anlächelte, blickte ich hastig ans andere Ende des Tisches, wo Higgins saß, und ich erschrak, weil er mich anscheinend die ganze Zeit im Auge behalten hatte, aber er lächelte mir nun freundlich, vielleicht mitleidig zu, denn er wiegte langsam den Kopf wie ein elektrischer Buddha.

Ich dachte an Paul und dass er mich vom Himmel aus sehen könnte und fragte mich, ob er mir böse wäre, wenn er sähe, wie ich mir die blonden Haare und die grünen oder blauen oder grauen Augen und die gebrochene Nase von Orville Wilson anschaue, aber dann wedelte ich diesen Gedanken schnell weg und stieß dabei ungeschickterweise ein Glas Rotwein um. Ich entschuldigte mich tausendmal und wollte schon, bis ein diskreter Kellner mir zuvorkam, die Flecken auf der weißen Tischdecke mit meinem Talar wegwischen, was die anderen für einen Scherz zu halten schienen, jedenfalls wurde die Stimmung nach meinem Fauxpas noch ausgelassener.

Als wir spät abends aus dem Kellerrestaurant nach oben auf die gepflasterte King's Parade zurückpurzelten, standen wir noch ein Weilchen lachend und Scherze treibend im Kreis herum. Es war eine sommerlich milde und doch neblige Nacht, wir atmeten gierig die feuchtwarme Luft ein, und unter den Reitkappen meiner neuen Freunde blähten sich die Nüstern, und silberne Atemfäden stiegen zum Himmel empor. Dann verabschiedeten sich die Studenten, die hier in der Nähe ihre Zimmerchen hatten, und Dunbar, Higgins, Orville, Agnès und ich schlenderten langsam in Richtung Trinity zurück. Dunbar und Agnès liefen vorneweg, hinter ihnen Higgins und Orville, und ich bildete mit mir und meinem Talar die kleine Schleppe unseres heiteren Gespanns.

Dann kamen endlich die Sommerferien, und ich schlief fast Tag und Nacht. Ich suchte menschlichen Kontakt so weit wie möglich zu vermeiden, nur ab und zu sah ich Agnès und Orville auf einer Bank sitzen oder auf einer der unzähligen herrlichen Collegewiesen liegen, und jedes Mal forderten sie mich mit einem freundlichen Winken auf, mich zu ihnen zu gesellen, was ich gerne wollte, aber dann doch lieber nicht tat. Ich winkte nur zurück, tippte mit dem Zeigefinger entschuldigend auf meine Armbanduhr und lief eilig weiter.

Außerdem traf ich zweimal in der Woche Higgins zum Mittagessen in seinen Räumen, denn er hatte darauf bestanden, dass ich mich möglichst einmal am Tag kurz bei ihm einfände, während ich mich lieber nur einmal die Woche bei ihm melden wollte, und so hatten wir mit unseren gemeinsamen Mittagessen Dienstags und Freitags einen guten Kompromiss gefunden. Diese Treffen liefen im Großen und Ganzen immer gleich ab. Wir tranken zunächst am Fenster stehend einen Martini, und während ich meinen Olivenkern im Mund hin und her schob, fragte Sir Jonathan mich, wie es mir ginge, und ich antwortete stets:

»Gut, gut, hervorragend.«

»Fein, keine besonderen Vorkommnisse?«

»Nein, keine, nichts, Sir.«

»Gut, dann wollen wir essen.«

Higgins hatte schnell bemerkt, dass ich mich schwer tat, Fleisch zu essen, und so ließ er bald schon vegetarisches Essen servieren, meistens irgendein Kichererbsengericht, das der pakistanische Küchengehilfe fertigte und das mir entsetzliche Blähungen bereitete. Als ich mich gegen diesen zusätzlichen und für Higgins doch sicher ganz und gar unbequemen Aufwand zu wehren suchte, erklärte er mir liebenswürdig, dass ihm derlei fleischlose Kost zweimal die Woche schließlich auch nicht schaden könne. Während des Essens sprachen wir ausschließlich über Philosophie, und es schien mir, als examinierte Higgins mich. Sein gegen mich gehobenes Kinn und seine zusammengekniffenen Augen verängstigten mich an manchen Tagen, aber ich schien mich ganz gut zu machen, denn am Ende dieser Essen nickte er meist zufrieden vor sich hin, faltete aufwändig seine Serviette zusammen, legte sie schwungvoll auf den Tisch, erhob sich und verabschiedete mich mit einem freundlichen »Das wäre alles für heute, meine Liebe, bis zum nächsten Mal.«

Wenn ich nicht schlief oder bei Higgins aß, streifte ich durch die Backs, den hinter den Colleges gelegenen Park am Fluss Cam, ein Hinterland ganz ohne Hintergedanken, das wie alle Parks der Welt der schönste Park der Welt ist, so ganz anders als der Ahornwald. Hier muss man nicht befürchten, dass der Farn meterhoch wächst, es gibt hier gar keinen Farn und daher auch keine Sonnenwende und keine Mittsommernachtsgeräusche. Denn die Fens, der Landstrich, in dem Cambridge liegt, sind zwar ein riesiges Sumpf- und Marschgebiet, das erst im achtzehnten Jahrhundert trockengelegt worden ist, aber dennoch gibt es hier nur liebe Blumen, keinen Farn und daher auch keine Feen.

Während ich so durch die Backs auf und ab lief und über alles nachdachte, blieben manchmal Leute stehen und betrachteten mich, manchmal bildeten sich kleine Gruppen von Menschen um mich herum, in einem scheuen Abstand von ein paar Metern umkreisten sie mich, was mir unangenehm war, sie starrten mich verhohlen an und schienen auf etwas zu warten, und da es mir unhöflich erschien, ihnen nichts darzubieten, deklamierte ich dann meist mit lauter und klagender Stimme ein paar Zeilen Hölderlin:

»*Weh mir, wo nehm' ich, wenn*
Es Winter ist, die Blumen, und wo
Den Sonnenschein,
Und Schatten der Erde?«

Danach verbeugte ich mich lächelnd, die Menschen klatschten wie erleichtert und zerstreuten sich wieder. So verging dieser Sommer in großer Heiterkeit und Leichtigkeit, wie es sich für einen Sommer gehört, englisches Wetter hin oder her.

Mitte September rief mich Susie Burns, die Institutssekretärin, an und teilte mir aufgeregt mit, dass meine Veranstaltungen noch gar nicht im Vorlesungsverzeichnis angekündigt seien, und das zwei Wochen vor Beginn von *Michaelmas*! Was sie denn nun noch schnell, noch heute ins Netz stellen solle? Ich brauchte eine Weile, bis mir einfiel, dass *Michaelmas* der Name des Herbsttrimesters ist, und noch länger, um zu verstehen, dass die Dozenten Titel und Ankündigungstexte ihrer Veranstaltungen bis spätestens Mitte August den Sekretariaten mitzuteilen hatten.

Ich empfand Miss Burns als recht unhöflich und hielt es für meine Pflicht, sie darauf aufmerksam zu machen, aber sie schien derlei offene Worte nicht zu begrüßen. Sie schnaufte wütend in den Hörer, und ich bekam es mit der Angst zu tun, entschuldigte mich daher mehrfach, und nachdem sie einigermaßen besänftigt war, sagte ich ihr, dass alles kein Problem sei, weil ich ohnehin lieber keinen Ankündigungstext schreiben wolle und der Titel meiner Vorlesung einfach nur *Philosophie* laute. Nun herrschte plötzlich Stille in der Leitung, und als ich mich schon auf den nächsten Wutausbruch einstellte, platzte mir ihr schallendes Lachen ins Ohr, was mich noch mehr verängstigte. Ich hörte immer wieder das Wort *Scherz*, und ansonsten konnte ich sie kaum verstehen. Schließlich nahm ich all meinen Mut zusammen, stellte mich dazu auf einen Stuhl, so dass mir fast das Telefon runterfiel, und sagte mit fester Stimme:

»Wie ich bereits sagte, lautet der Titel meiner Veranstaltung *Philosophie*. Ich möchte nun kein Wort mehr hören und nicht weiter von Ihnen belästigt werden. Wenn Sie meinen Wünschen nicht nachkommen wollen, bitte ich Sie, sich in meiner Angelegenheit mit Master Higgins zu besprechen, Guten Tag!«

Ich hängte auf, ließ mich erschöpft auf den Stuhl fallen und beschloss, dass es das Beste wäre, mich zur Beruhigung wieder ins Bett zu legen, war aber unfähig, aufzustehen. Als ich zehn Minuten später endlich so weit war, schrillte das Telefon erneut. Ich wusste, dass es kein Entkommen gab, denn das Klingeln war im ganzen Hof zu hören, Susie Burns wusste, dass ich da war, und wenn ich nicht abnähme, würde sie unter Umständen selbst herüberkommen. Mit zitternder Hand nahm ich den Hörer ab. Die Stimme am anderen Ende war so sanft und süßlich, dass ich eine Weile brauchte, um unter den gestammelten Entschuldigungen und dem unermüdlich rieselig hervorgezischelten Wörtchen *Missverständnis* tatsächlich Susie Burns zu erkennen. Nachdem ich endlich imstande war, die passenden Antworten zu geben, Miss Burns sich unter einem letzten Schwall Entschuldigungen verabschiedetet hatte und ich das erlösende Klicken am anderen Ende der Leitung oder in meinem Kopf gehört hatte, blieb ich noch ein paar Minuten sitzen, den Hörer noch immer am Ohr, aus dem nun leises Meeresrauschen zu mir kam, das sich leider am Ende in ein altvertrautes Kichern verwandelte.

Als ich zwei Tage später wieder bei Higgins auftauchte, schien er mir etwas verstimmt, und als er mich nach dem Essen bereits verabschiedet hatte und ich wie immer an der Tür irrtümlicherweise beim Hinausgehen meine Schuhe auf einem kleinen Perserteppich mit einer roten Ziege darauf abstreifte, rief er mich tatsächlich noch einmal zurück:

»Ah, fast hätte ich es vergessen, meinen Sie nicht, Sie sollten mir noch etwas berichten?«

»Wie meinen Sie, Sir?«

»Nun, wenn ich Sie nach besonderen Vorkommnissen frage, dann erwarte ich von Ihnen vollkommene Ehrlichkeit, lückenlose Offenheit, das ist nur fair, meinen Sie nicht auch?«

»Selbstverständlich, Sir, entschuldigen Sie. Sie meinen natürlich die Sache mit Miss Burns, es tut mir sehr leid, ich dachte, da Sie ohnehin von ihr angerufen wurden ...«

»Natürlich, aber es geht mir nicht um die einzelne Sache, vollkommen unwichtig, diese Miss Burns, dumme Gans, ich möchte mich nur auf Sie verlassen können. Denn es ist schließlich für Sie selbst unerhört wichtig, mir zu vertrauen.«

»Ich weiß, Sir, ich bin Ihnen auch sehr ...«

»Schon gut, schon gut, vergessen Sie es. Nur sollte derlei, wenn möglich, nicht so bald wieder vorkommen, nicht wahr?

»Ja natürlich nicht, Sir, aber sehen Sie, ich wusste nicht, wie ich hätte anders ... ich meine, meine Veranstaltung heißt nun einmal ...«

»Natürlich, das verstehe ich doch alles, meine Liebe, nur sollte es nicht wieder vorkommen, es könnte sonst auf Dauer schwierig für Sie werden, verstehen Sie?«

Und dann lächelte er mich freundlich an, seine Augenbrauen waren tröstend gehoben und berührten einander fast, so dass sich eine Welpenfalte auf seiner Stirn abzeichnete, und schließlich verabschiedete er mich mit einem kleinen Klaps auf die Wange. Erleichtert rannte ich in die Backs, setzte mich ins Gras, das zwar nun schon langsam an der einen oder anderen Stelle herbstlich braun wurde, aber noch immer zutraulich blieb. Hier gab es noch nicht einmal die böse Herbstzeitlose, die uns sonst fast bis an die Grenzen der Welt verfolgt.

Und wie ich da saß und so glücklich und erleichtert war, musste ich auf einmal schluchzen, denn mir fiel wieder ein, wie Paul, kurz bevor er aus dem Ahornwald in das Haus des lieben Jesuskindleins gebracht wurde, immer gemurmelt hatte:

»*Herbstzeitlose. Ich fürchte mich vor meinem Herbstzeitlose.*«

Als Anfang Oktober das Stündchen für meine erste Vorlesung geschlagen hatte, war ich ruhig und guter Dinge. Ich war um fünf Uhr früh aufgestanden, um vor meiner Vorstellung noch mein Zimmer gründlich zu reinigen. Dazu verstreute ich wie immer die nassen Teeblätter, die die Köchin für mich sammelte, über den ganzen Holzboden bis in alle Ecken und auch unter das Bett, ließ sie sich gründlich mit Staub vollsaugen und fegte sie schließlich heiter pfeifend zusammen, alles genau so, wie es Wittgenstein mir beigebracht hatte. Nach meiner Ankunft hier hatte ich als erstes den unhygienischen Teppich aus dem Zimmer entfernen lassen und der Aufwartefrau erklärt, dass sie mein Zimmer nicht zu putzen habe, da ich dies dringend selbst zu erledigen wünsche, was sie zunächst sehr beleidigt und später vielleicht auch erleichtert hatte, denn sie machte immer einen großen Bogen um mich, wenn ich sie zufällig im Flur traf.

Pünktlich um zwölf erschien ich mit Wittgensteins *Philosophischen Untersuchungen* unterm Arm im Vorlesungsraum, einem garstig dunklen und muffigen Kabäuschen im Erdgeschoss von Aufgang H, und meine Studenten, fünf Jungs, die einer dümmer als der andere aussahen, saßen bereits nebeneinander in der ersten Reihe vor meinem Pult. Sobald ich den Raum betrat, sprangen sie auf, stellten sich kerzengerade neben ihre Tischchen und brüllten *Guten Morgen, Madam!* Mit einer müden Priestergeste ließ ich sie sich setzen, und nachdem ich meinen Hochstand eingenommen und ihnen einen guten Morgen gewünscht hatte, klappten sie alle ihre weißen *i-books* auf, die mir wie Ritterschilde entgegenstrahlten. Das brachte mich etwas aus der Fassung, die Kinder starrten mich erwartungsvoll an, aber da mir mein Einführungsvortrag nun entfallen war und ich wie immer keine Notizen bei mir hatte, sagte ich nur:

»Der Titel dieser Veranstaltung lautet, wie Sie wissen, *Philosophie*. Wir werden uns hier ausschließlich mit Wittgenstein beschäftigen. Es soll nur um die Art von Philosophie gehen, die alles lässt, wie es ist, diejenige, die den tatsächlichen Gebrauch der Sprache in keiner Weise antastet, sondern bloß beschreibt. Alle Erklärung muss fort, und nur Beschreibung an ihre Stelle treten. Es ist also für unser Seminar wesentlich, dass wir nichts *Neues* lernen wollen. Alles, was Sie hier brauchen, sind die *Philosophischen Untersuchungen*, die gründlich gelesen zu haben ich selbstverständlich voraussetze. Irgendwelche Fragen?«

Der Junge links außen, der einen kurzen rötlichen Vollbart, ein Palästinensertuch und eine Designerbrille trug, meldete sich:

»Ja, äh, ich hätte eine Frage. Verstehe ich Sie richtig …«

»Wie heißen Sie?«

»Watson, Ma'am, Walt David Watson.«

»Gut, Watson, wie lautet Ihre Frage?«

»Verstehe ich das richtig, wir werden ausschließlich Wittgenstein lesen?«

»Korrekt.«

»Obwohl der Titel dieser Veranstaltung …«

»Ja, korrekt. Nun, lassen Sie es mich so erklären: Wenn wir unseren Gegenstand hier mit *Philosophie* bezeichnen, so erscheint dieser Titel einerseits angebracht, andererseits aber hat er sicherlich manch einen irregeführt. Man könnte sagen, dass der Gegenstand, mit dem wir uns beschäftigen, einer der Erben des Gegenstands ist, den wir *Philosophie* zu nennen pflegten. Verstehen Sie?«

»Ja schon, nur, sollten wir nicht vielleicht dennoch mit diesem Gegenstand beginnen, den wir Philosophie zu nennen pflegten? Sollten wir nicht vielleicht mit Platon beginnen, mit Peter Abaelard fortfahren und …«

»Nein, wir können das alles einerseits voraussetzen, andererseits würde es Ihnen das Hirn austrocknen, sich einfach so, ungeschützt, mit diesem Unsinn zu beschäftigen. Wir werden uns dennoch mehr mit Platon herumschlagen müssen, als uns lieb sein kann, aber wir können uns dem gefährlichen Aberglauben – nicht Irrtum! – der Philosophie nur mit Wittgensteins Hilfe nähern, um uns nicht von vornherein mit dem philosophischen Virus zu infizieren.«

»Aber, entschuldigen Sie, ist das nicht, mit Wittgenstein gesagt, eine etwas einseitige Diät, denn er erklärt uns doch schließlich, dass eine Hauptursache philosophischer Krankheit darin besteht, sein Denken mit nur einer Art von Beispielen zu nähren?«

Sein leichtes Lächeln und vages Achselzucken erschienen mir unterwürfig und triumphierend zugleich, und ich musste mich zusammennehmen, um ihn nicht zu ohrfeigen. Nur der Ekel vor seinem lächerlichen Bart hielt mich davon ab, und so antwortete ich stattdessen freundlich:

»Sehr gut, Watson, sehr gut. Aber freilich ist es zugleich völliger Unsinn, was Sie da reden. Denn wenn man Wittgenstein liest, kann man niemals Gefahr laufen, sich in einseitiger Diät fehlzuernähren. Wir werden vielfältige Beispiele für alle Fragen finden, die ihn beschäftigen. Alle anderen Fragen interessieren uns nicht.«

Plötzlich ging die Tür auf, und herein kam ein etwas dickes Mädchen in einem roten Adidasanzug, mehreren Jutebeuteln über den Schultern und dem *i-book* unter dem Arm. Sie verneigte sich mehrmals vor meinem Pult und entschuldigte sich immer wieder für ihr Zuspätkommen. Ich war dankbar für die Unterbrechung:

»Schon gut, schon gut, nur lassen Sie es nie wieder vorkommen. Wie ist ihr Name?«

»Bliss, Betty Bliss.«

»Schön, Miss Bliss, setzen Sie sich und lesen Sie das hier bitte laut und deutlich vor.«

Ich sprang flink wie ein Eichhörnchen von meinem Pult herunter, ließ Betty sich kaum auf den Stuhl rechts außen an der Tür setzen, legte ihr die aufgeschlagenen *Untersuchungen* unter die Nase und zeigte auf eine Stelle, so dass sie nur schnell und nervös ihre Sachen auf dem Boden ablegen konnte. Sie beugte ihren Kopf, auf dem ihre dunklen kurzen Locken wirr in alle Richtungen standen, über das Buch. Dann begann sie etwas atemlos zu lesen:

»Da alles offen daliegt, ist auch nichts zu erklären. Denn was etwa verborgen ist, interessiert uns nicht. *Philosophie* könnte man auch das nennen, was *vor* allen neuen Entdeckungen und Erfindungen möglich ist.«

»Danke, Miss Bliss. Was sagen Sie dazu?«

Sie starrte ängstlich zu mir auf und stammelte dann:

»Nun, äh, es erscheint ungeheuer erleichternd, dass alles offen daliegt, nicht wahr?«

»Ja genau, ganz genau.«

Ich strahlte sie begeistert an, und sie lächelte aus ihren hellgrünen Augen fröhlich zurück, als sie mir das Buch reichte. Doch kaum hatte ich ihr den Rücken gekehrt, um mich wieder auf dem Pult aufzubauen, setzte sie hinzu:

»Aber ist es nicht auch eine ganz neue Entdeckung, dass alles offen daliegt?«

Mein Lächeln gefror mir auf dem Gesicht, ich konnte es abnehmen, und während ich es in meiner offenen linken Handfläche betrachtete, bevor ich es vorsichtig auf das Pult legte, antwortete ich Betty Bliss:

»Wieso fragen Sie das jetzt? Das sollten Sie frühestens am Ende des Trimesters fragen, und frühestens in weiteren zehn wirklich beantwortet haben wollen, wenn sie nicht mehr nur sophistisch kalauernd vor sich hin plappern, sondern das Ausmaß Ihrer Fragen ersehen können.«

Ich hatte versucht, mit fester Stimme zu sprechen und hielt mich dazu mit beiden Händen am Pult fest, aber in meine Worte mischte sich am Ende ein leichtes Wimmern, das endlich von Bettys freundlicher Stimme erlöst wurde:

»Entschuldigen Sie, aber ich wollte durchaus nicht plappern ...«

»Schon gut, Miss Bliss, lassen Sie nur.«

»Das Dumme ist nur, dass ich mich tatsächlich für das interessiere, was verborgen ist, sonst würde ich wohl auch nicht Philosophie studieren.«

»Nun ja, grämen Sie sich nicht, mein Kind, diese Krankheit werden wir Ihnen schon noch austreiben, seien Sie unbesorgt.«

Ich musste lachen über meine Antwort, und die Studenten lachten nun auch, sie nahmen wohl an, dass ich scherze. Weil ich zu erschöpft war, um weiteren Gesprächen mit diesen Kindern standzuhalten und Walt Watson schon wieder bedrohlich die Hand hob, sagte ich abschließend:

»Gut, sehr schön, sehr schön. Das reicht vielleicht für den Anfang, wir sind doch schon recht weit gekommen und ich denke, wir werden glänzend miteinander auskommen. Ich sehe Sie dann also am Freitag. Auf Wiedersehen!«

Die Studenten klappten ihre *i-books* zusammen und verschwanden wie ein Sandwirbel in einer Fata Morgana. Ich stolperte von meinem Pult herunter und ließ mich auf einem Stuhl neben der Tür sinken, die Schultern hingen mir herab, und plötzlich sah ich, dass auf das Buch, das ich in den Händen hielt, ein paar Tränen tropften. Ich wischte sie hastig mit meinem Talar weg, denn ich hatte schon immer eine entsetzliche Angst vor Wasserflecken auf Büchern. Ich wankte aus dem Raum, und als ich den Hof erreichte und das Licht und die Luft mir tröstlich entgegenflogen, atmete ich auf, aber zugleich sagte ich mir *So geht es nicht weiter! Du wirst es nicht durchhalten!* Doch das schien mir im gleichen Moment etwas dramatisch, und so tat es mir wohl, mich daran zu erinnern, wie Wittgenstein immer wieder zu mir gesagt hatte *Jetzt sich nur zusammennehmen und brav sein!*

Mit großen Schritten begann ich über den Hof zu eilen und überwand mich dabei, dem bösen Brunnen fest in die Augen zu sehen. Da bemerkte ich gerade noch rechtzeitig, dass einer der Studenten mir im Hof auflauerte. Zum Glück war er an seinen türkisfarbenen Augen und dem ordentlich zur Seite gescheitelten, hellbraun und grau gefleckten kurzen Haar und dem schwarzen Anzug recht einfach wiederzuerkennen. Er trat von einem Bein aufs andere und kam nun mit leicht vorgebeugtem Oberkörper auf mich zu:

»Entschuldigen Sie, dass ich Sie noch mal störe, aber ich habe es vorhin versäumt, noch etwas zu fragen …«

»Wie ist Ihr Name, junger Mann?«

»Enderby, Evelyn Enderby.«

»Nun, Enderby, was wollten Sie mich fragen?«

»Ich möchte in keiner Weise zweifeln oder gar Kritik üben an Ihrer Beschränkung auf Wittgenstein …«

»Aber?«

»Es ist nur so, dass ich Ihre Veranstaltung eigentlich besuche, weil ich mich für Miguel de Manzanilla interessiere. Sehen Sie, sein *Kryptychon* war für mich eine ganz neue Entdeckung – ich meine, vielleicht sollte ich lieber nicht von Entdeckungen sprechen …«

Er lachte nervös auf, vielleicht, um seine Bemerkung scherzhaft klingen zu lassen, und so war ich gezwungen, es ihm gleich zu tun und bestäubte meine Rede mit etwas Unernst:

»Na ja, sprechen Sie in Bezug auf Manzanilla ruhig von einer neuen Entdeckung, ich glaube, Wittgenstein würde uns das schon verzeihen, in diesem Fall, vielleicht.«

Ich lächelte ihn müde an nach Art der alten Hasen, während mir Schauer über den Rücken liefen, denn ich war keineswegs davon überzeugt, dass Wittgenstein mir verzeihen würde, aber Enderby hatte durch meine Reaktion anscheinend seine Unsicherheit gänzlich verloren, nickte übermütig vor sich hin, zappelte ungeduldig mit den Armen und sprach nun sonderbar flapsig und in scheinbar großer Bewegung zugleich:

»Tja, genau, ich würde sogar sagen, dass Manzanilla für mich geradezu eine Offenbarung war, und deshalb wollte ich wissen, ob wir nicht vielleicht doch auch noch über ihn sprechen könnten, vielleicht wenigstens in den letzten Sitzungen des Trimesters.«

»Mein lieber Junge, das Trimester hat ganze acht Wochen.«

»Ich weiß, ich dachte nur, vielleicht ...«

»In welchem Studienjahr sind Sie, Enderby?«

»Im zweiten, Ma'am.«

»Das ist zu früh, Sie sollten zumindest fertig studiert haben, vielleicht auch Ihren Doktor gemacht haben, dann könnten wir darüber reden.«

»Oh, tatsächlich?«

Er starrte mich enttäuscht und zugleich abwartend an, anscheinend in der Hoffnung, dass das ein Scherz war. Er tat mir leid, wie er nun den Kopf sinken ließ und mit dem rechten Fuß im Kies des Hofwegs kleine Kreise zog. Aber ich musste hart bleiben, Walt Watson und Betty Bliss hatten mir in ihrer bösartigen Dummheit genug zugesetzt für den ersten Tag. Ich klopfte Enderby auf die Schulter:

»Nehmen Sie es mir nicht übel, Enderby, aber Sie sind noch nicht so weit. Arbeiten Sie, arbeiten Sie hart! Und dann werden wir sehen.«

»Ja, Ma'am, danke.«

Er sprach nun sehr leise, blickte mich schräg von unten an, und in seinen türkisenen Augen glitzerten ein paar Tränen. Um ihn nicht ansehen zu müssen, starrte ich, während ich ihm abschließend einen guten Tag wünschte, auf seine Schulter, und dabei sah ich, dass sein Anzug aus einer sehr feinen Wolle gewebt war. Ich hatte mich schon zum Gehen umgewandt, als diese Wolle mich zurückdrehte, und ich konnte mich nicht erwehren, Enderby zu fragen:

»Ach, sagen Sie, Enderby, was tragen Sie da für einen überaus kleidsamen Anzug? Ich nehme an, es ist ein Harris Tweed?«

Unwillkürlich fasste ich ihm ans Revers, der Stoff war weicher als Engelshaar. Schnell zog ich die Hand wieder weg. Die Tränen waren plötzlich aus Enderbys Augen verschwunden, er stand nun kerzengerade, mit gehobenem Kinn vor mir und lächelte etwas schief:

»Nein, Ma'am, das ist freilich kein Harris Tweed. Ich glaube nicht, dass hier jemand noch so etwas trägt. Es ist ein Anzug vom italienischen Schneider meines Vaters.«

»Ah, sehr gut. Diese Wolle ist ausgesprochen schön.«

»Ja, nicht wahr? Der Schneider bekommt sie von einem australischen Lieferanten, der ausschließlich schwarze Schafe züchtet, daher der exquisite Faden, die Wolle ist nicht gefärbt.«

»Ich verstehe. Ich danke Ihnen, Enderby, und wünsche Ihnen noch einen angenehmen Tag.«

»Ich habe zu danken und wünsche ebenso einen schönen Tag, Ma'am, bis Freitag!«

Ich drehte mich ruckartig um, hastete davon, spürte sein schiefes Lächeln in meinem Nacken und wäre, um das böse Glück voll zu machen, beinahe in den Brunnen gestolpert. Mit einem leisen Aufschrei korrigierte ich kurz vor dem Teufelsschlund meinen Lauf und rannte die letzten Meter, bis ich durch das Great Gate hindurchsprang und endlich wieder im Freien auf der Trinity Street stand, wo gerade eine holländische Rentnergruppe in kurzen Hosen und Baseballkappen vorbeilief, der ich mich erleichtert anschloss.

Langsam kam ich wieder zu Kräften, und unter dem Talar ballte ich die Fäuste. Ich hatte die erste Schlacht verloren, darüber bestand kein

Zweifel, aber so bekam ich langsam vollkommene Klarheit über die Verhältnisse hier, *denn die Klarheit, die wir anstreben, ist allerdings eine vollkommene. Nur so kann die Philosophie ein Kampf sein gegen die Verhexung unsres Verstandes durch die Mittel unserer Sprache.* Ich würde die Verhexungen durchbrechen. Die Gegenseite hatte den Kampf aufgenommen und hatte dazu das Visier öffnen müssen.

Nachdem ich mit der Holländergruppe durch halb Cambridge gestolpert war, King's College besichtigt und erfahren hatte, dass Salman Rushdie hier studiert hatte, schließlich in einem Hamburgerrestaurant gelandet war und sofort den Arm hochgerissen hatte, als die Reiseleiterin gefragt hatte, wer alles das Cheeseburger-Menü haben wolle, dann aber doch von ihr übersehen worden war, was mir auch recht war, weil ich sonst hätte Fleisch essen müssen, trollte ich mich langsam wieder heimwärts.

In meinem Kämmerchen angekommen, setzte ich mich erschöpft auf mein Bett, nahm aus meinem Nachtschränkchen eine Tüte Trockenobst und vom Regalbrett über dem Bett den ersten Band meiner Manzanilla-Ausgabe. Ich schlug die erste Seite auf und begann essend zu lesen. Denn wann immer ich Trost und Stärkung brauche, lese ich das erste Kapitel des linken Seitenflügels, also des ersten Bands des *Kryptychons*, immer lese ich dann die Stelle am Anfang, in der uns Manzanilla erzählt, wie er als junger Mann, als er schon glaubte, den nächsten großen Schritt in der Philosophie getan zu haben und nun alles zu wissen und zu verstehen, was man hienieden wissen und verstehen kann, doch noch von Gott erleuchtet wurde:

»Bereits in meinem zweiundzwanzigsten Jahr hatte ich meine heimliche Schrift *mens finis sub specie aeternitatis* beendet und glaubte nun, wahr und falsch endgültig geschieden zu haben durch eine Trennlinie, die der Herr uns in der Logik aller Dinge zu erkennen gibt. Über meinen scheinbaren Erkenntnissen war ich, ohne es recht zu bemerken, selbstgefällig geworden, mein Denken war der Weisheit untreu geworden und hurte längst in der Eitelkeit des Geistes. Doch wie war es möglich, dass mich der gute Geist verließ, ohne dass ich es bemerkte? Nun, ich hatte, so schien es zumindest, schlicht Recht mit meinem Betrachtungen: In einer bekräftigenden Kritik von des verehrten Wilhelm von Ockhams *Summa logicae* hatte ich versucht zu erhellen, welche Schlüsse wir heute aus Wilhelms richtigen Annahmen darüber, wie das göttliche Wirken der menschlichen Erkenntnis entzogen sei, ziehen können und welche Aussagen diese Annahmen über eben diese Erkenntnis zuließen. Es ging mir darum zu zeigen, wie sich in unseren Worten und Begriffen dennoch eine göttlich wirkende Vernunft ausspricht. Denn wenn der Mensch nicht wirr redet, sondern zwischen seinen wirren und seinen vernünftigen Reden zu scheiden weiß, dann ist dies eine Gesundheit, die Gott dem Menschen gegeben hat. Alles schien mir nun vollkommen klar, und doch war mir fad zumute und ein leichter Ekel vor mir selbst erfasste mich, als ich in einer Dezembernacht im Jahre 1647 meine Feder niederlegte. Da überkam mich ein ungewöhnlich schwerer Schlaf direkt über meinem Skriptorium und riss mich in eine sonderbare Schwebe, so dass ich erst mein Zimmer und schließlich mich selbst schreibend von oben sah. Und wie ich mich ängstigte ob dieses Bildes, da hörte ich plötzlich die tröstende Stimme des Herrn.

Und der Herr sprach zu mir: Wenn einer klar und deutlich zu dir spricht, so halt ihm auch die andere Seite hin. Denn was sich klar sagen lässt, lässt sich auch nicht sagen und lässt sich auch nicht sagen. Und der Herr sprach weiter: Lasse die Kindlein zu mir kommen und jedes nach seiner Zunge zu mir sprechen und schweigen. Denn siehe, ich spreche durch sie alle hindurch, noch durch das Stammeln der Kleinsten sage ich euch: Ich bin der Herr, dein Gott, und du bist mein Geschöpf, meine Zunge und mein Schweigen. Drum richte auch du niemanden nach seiner Zunge, denn richtest du ihn, so richtest du mich. Wenn du einem anderen seine Zunge beschneidest, so beschneidest du mich. Suche nur Licht in deine Rede zu werfen, nur Licht, kein Feuer! Drum möge dein Licht ein Bild sein, ein helles Bild, das nicht brennt, sondern nur die

Wärme deines Herzens in die Welt hinausträgt. Trage es hinein in die Sprache und fasse es an. Fasse dieses Bild an! Nur so nämlich kannst du der Überhebung deiner Vernunft entgehen, indem du das Bild als das, was es ist, als Bild, hinstellst und nicht als Urteil, dem die Welt entsprechen müsse. Und wenn dir ab nun einer Nein sagt, so gib ein Ja dazu und wenn dir einer Ja sagt, so male dir ein Nein dazu, nimm dies Bild an, nimm es hin und sei nicht bös!«

Als mein Trockenobst alle war, legte ich das Buch weg und sagte mir, dass ich nun auch wieder brav sein und alles hinnehmen wolle, wie es ist, so wie auch Wittgenstein es mir immer wieder gesagt hat: *Unterwirf dein Herz & sei nicht bös, dass du so leiden musst! Wenn du krank bist, dann richte dich in dieser Krankheit ein; sei nicht bös, dass du krank bist.* Derart gestärkt konnte ich nun vielleicht doch noch zu Higgins zum Mittagessen gehen, auch wenn ich bereits sechs Stunden zu spät war, aber man soll besser spät als nie seinen Pflichten nachkommen, denn sie sind die einzigen Nachkommen, die wir haben, und aufgeschoben ist nicht aufgehoben, auch wenn am Ende die Tafel für immer aufgehoben wird.

Ich fühlte mich so entspannt, dass ich es wagte, den Talar abzulegen, und wenig später schlenderte ich, eine Bachkantate pfeifend, die Hände in den Hosentaschen, die Treppen hinab, als mir auf dem Treppenabsatz im zweiten Stock Orville Wilson entgegenkam. Ich erkannte ihn nicht sofort, weil er keine Reitkleidung, sondern einen hellblauen Anzug trug und barhäuptig war. Seine Augen waren graublau. Ich erschrak erfreut, verschluckte mich beim Pfeifen und sagte dann etwas krächzend:

»Oh, hallo, was für ein netter Zufall. Was machen Sie denn hier?«

»Kein Zufall, ich wollte zu Ihnen und fragen, ob Sie vielleicht Lust hätten, etwas spazieren zu gehen, der Abend ist so schön klar und mild, und bald wird das Wetter wieder lausig werden, da dachte ich – aber das war vielleicht ein wenig voreilig von mir. Sie haben anscheinend ohnehin etwas vor?«

»Oh nein, er, äh, das kann warten. Ich gehe gern mit Ihnen spazieren, sehr gern.«

Ich hängte mich bei ihm ein und strahlte ihn an, er lachte und sagte:

»Fein. Dann gehen wir.«

Und so hüpften wir gemeinsam die Treppe nach unten, ich fing wieder an zu pfeifen und Orville pfiff sofort die zweite Stimme dazu. Er konnte hervorragend pfeifen, ich musste ihn nur ein-, zweimal korrigieren. Wir liefen durch die Backs, bis wir zum St. John's College und zur Bridge of Sighs gelangten. Auf der Brücke blieben wir stehen und sahen den studentischen Gondolieri zu, die in ihren Stechkähnen die Touristen über den Cam beförderten. Ich drängte Orville weiterzulaufen, denn diese überdachte Brücke, eine scheußliche Kopie der venezianischen Seufzerbrücke, ist in Wirklichkeit gar keine Brücke, sondern mit ihren eisernen Vergitterungen ein Gefängnis des Colleges, und wenn man auf dieser Brücke steht, versteht man schaudernd, dass ganz Cambridge noch immer ein großes Verlies ist. Das sagte ich zu Orville, der aber darüber lachte:

»Ja, ein Verlies vielleicht schon, aber doch wohl eher eins für diejenigen, die nicht darin sein können.«

»Ja, das mag sein.«

Ich verstand ihn nicht recht, wollte aber lieber nicht nachfragen, zog ihn stattdessen über die Brücke hinüber und fragte dabei:

»Was ist Ihr Ziel in der Philosophie?«

Er blieb stehen und sah mich lange schweigend an, vielleicht auch durch mich hindurch, aber er schien dabei nicht über meine Frage nachzudenken, sondern über irgendetwas anderes. Schließlich lächelte er und antwortete:

»Nun, ich habe, wie in allen Dingen, auch in der Philosophie kein Ziel. Nicht weil der Weg das Ziel wäre, sondern weil der Weg glücklicherweise nicht das Ziel ist, sondern immer nur der Weg.«

»Ich verstehe. Aber ich möchte doch wissen, ob Sie irgendwo hinwollen.«

Er lachte wieder, strich mir dabei über die Haare und sagte leise:

»Sie sind ein komischer Kauz.«

Dann räusperte er sich und sagte in scherzendem Ton:

»Na schön, wenn Sie wollen, ist mein Ziel für heute, dass Sie mir alles über Manzanilla erzählen. Zufrieden? Also fangen Sie bitte an, ich habe die ganze Nacht Zeit.«

Ich war plötzlich sehr müde, mir fiel ein, dass ich kaum etwas gegessen hatte, und sonderbarerweise wollte ich plötzlich nicht mehr über Philosophie reden. Ich setzte mich auf eine Bank und murmelte:

»Da gibt's nicht viel zu erzählen. Man muss ihn lesen, das ist alles. Man muss lesen, immer nur lesen, ein Leben lang lesen, dann kann man das Schlimmste verhindern. Wären Sie so freundlich, mich nach Hause zu bringen, bitte?«

»Ja, natürlich, ist Ihnen nicht gut?«

Er setzte sich neben mich, legte besorgt einen Arm um meine Schulter und befühlte mit der anderen Hand meine Stirn.

»Kein Fieber, aber sehr weiß sind Sie.«

»Vielen Dank, es geht schon, kommen Sie, gehen wir.«

Schweigend gingen wir nach Hause, und nachdem Orville mich zu meinem Zimmer zurückgebracht hatte und ich ihm versichert hatte, dass ich nur etwas Schlaf brauche und es völlig überflüssig sei, Dr. Sheppard, den Collegearzt, kommen zu lassen, verließ er mich. Ohne mich auszuziehen, legte ich mich aufs Bett, zog nur den Talar über mich und sank sofort in tiefsten Schlaf, noch bevor Paul zu mir sprechen konnte. Erst im Traum fiel mir mit Schrecken ein, dass ich ganz vergessen hatte, zu Higgins zu gehen.

Am nächsten Morgen war ich ganz wiederhergestellt und eilte nach einem ausgiebigen Frühstück zu Higgins hinüber. Ich klopfte und stürmte dabei wie üblich sogleich ins Zimmer, bevor er die Chance hatte, *Kommen Sie herein!* zu rufen, denn es schien mir wichtig, ihn darin zu überholen. Dieses Mal war Higgins jedoch nicht allein, und so blieb ich erschrocken auf der Schwelle stehen, mit offenem Mund, die Hand auf der Klinke, und wollte schon mein linkes Bein, das noch in der Luft schwebte, zurückrufen, als Higgins mich freundlich heranwinkte:

»Nein nein, bleiben Sie nur, Sie stören gar nicht, wir haben gerade über Sie gesprochen. Darf ich Ihnen Roger Bassington-ffrench, unseren Vize-Dekan, vorstellen?«

Ein großer dünner Mann von undefinierbarem Alter, mit rötlichem Haar und sehr weißer Haut, durch die sich ein hübsches Muster bläulicher Adern zog, kam mit einem liebenswürdigen Lächeln auf mich zu, verbeugte sich leicht und sagte, während ich ihm die linke Hand gab, weil ich mit der rechten noch immer die Klinke festhielt:

»Es ist mir ein großes Vergnügen, Sie endlich kennenzulernen.«

»Ganz meinerseits, Sir.«

Aus dem angenehm warmen Raum rief mir Higgins zu:

»Kommen Sie, kommen Sie, meine Liebe, setzen Sie sich zu uns. Tee?«

»Sehr gern, vielen Dank.«

Ich lief etwas wackelig auf die Sesselgruppe am Kamin zu, in dem ein hübsches Feuer brannte, und währenddessen hielt Bassington-ffrench noch immer meine linke Hand. Er ließ sie erst los, als er mich in einen Sessel gedrückt hatte und Higgins mir eine Tasse reichte. Bassington-ffrench ließ sich in dem Sessel mir gegenüber nieder, aber Higgins blieb neben ihm stehen und musterte mich mit ernstem Gesichtsausdruck:

»Ich hoffe, Sie haben gut geschlafen?«

»Ja danke, vielen Dank. Hören Sie, Sir Jonathan, es tut mir furchtbar leid, dass ich gestern …«

»Schon gut, wir reden später darüber. Kann ich Ihnen ein Frühstück bringen lassen?«

»Nein, vielen Dank, zu liebenswürdig, aber ich habe gerade …«

»Schön, gut, wo waren wir stehen geblieben, Roger?«

Jetzt setzte er sich behaglich neben Bassington-ffrench, so dass sie mir beide gegenüber vor dem Kamin saßen. Sie hatten beide das linke Bein über das rechte geschlagen, und Bassington-ffrench wippte mit dem linken Fuß in meine Richtung. Da ich mich von ihnen nicht angesprochen fühlte, blickte ich ins Feuer. Ich war doch noch recht müde. Aber sie blickten mich weiter an, während Higgins sich seine Frage selbst beantwortete:

»Ah ja, Bassington-ffrench fragte mich, woher Sie eigentlich stammen. Ich wollte ihm gerade antworten, aber nun können Sie das vielleicht selbst tun, vielleicht ist Ihre Antwort ja sogar besser als meine.«

Er zwinkerte mir schmunzelnd zu, rührte dabei in seiner Teetasse und Roger Bassington-ffrench lachte auf Higgins' Scherz hin kurz auf, wobei er ruckartig die Oberlippe hochzog und seine kurzen weißen Schneidezähne und ein ungewöhnlich hohes Zahnfleisch entblößte. Dann sagte er leichthin zu mir:

»Elende Neugier, schlechte Angewohnheit, muss immer wissen, wo alle her sind. Sie sind Deutsche, nicht wahr?«

»Dem Pass nach muss ich das wohl bejahen, aber eigentlich bin ich von polnischem Adel, *pur sang*. Jedenfalls väterlicherseits.«

»Ah, interessant. Was macht Ihr Herr Vater, wenn ich fragen darf?«

»Nicht viel, nehme ich an, er ist tot.«

Ich lachte, und die anderen stimmten ein, wobei Bassington-ffrench wieder sein herrliches Zahnfleisch zeigte. Higgins nickte ihm zu:

»Ich sagte doch, sie ist köstlich.«

Bassington-ffrench nickte lachend zurück, drehte dann abrupt den Kopf wieder zu mir und fragte:

»Aber vorher, bevor er tot war, was hat er da gemacht, wenn ich fragen darf?«

»Er war Pfarrerssohn.«

»Und sein Beruf?«

»Er hat sein Leben lang an einem Altar geschrieben.«

»Er hat bitte woran geschrieben?«

»Nun, Altar bedeutet wörtlich *Aufsatz auf dem Opfertisch*. Und daran saß er ein Leben lang, abgesehen von den letzten zehn Jahren seines

Lebens, in denen er nur noch vor sich hin starrte. Leider ist er nicht fertig geworden mit seinem Altar.«

»Ich verstehe. Und Ihre Frau Mutter?«

»Oh, ich habe keine Ahnung, irgendeine Canaille, ich bin ein uneheliches Kind. Unehelich, aber nicht illegitim, versteht sich.«

»Aha, schön, dann hätten wir das soweit geklärt. Entschuldigen Sie bitte meine Neugier.«

Bevor ich antworten konnte, hatten sie sich beide ruckartig erhoben, standen kerzengerade vor mir und als ich es ihnen gleichtun wollte, sagten beide gleichzeitig:

»Nein, nein, behalten Sie Platz, meine Liebe.«

Ich blieb also sitzen und sah abwartend zu ihnen auf, bis Bassington-ffrench wieder das Wort ergriff:

»Was mich abschließend noch interessieren würde, wäre Ihr Werdegang. Sie haben ja ein durchaus beeindruckendes *curriculum vitae* vorzuweisen.«

»Ach, das würde ich nicht ...«

»Oh, keine falsche Bescheidenheit, meine Liebe, bitte. Sagen Sie, in Stanford, kennen Sie dort Professor Knösel, einen Landsmann von Ihnen?«

»Nein.«

»Ah, nicht?«

Er hatte sich nun lächelnd zu mir herabgebeugt und stützte seine Hände auf meine Armlehnen. Aus seinem grünlichen Seidenanzug kam mir ein Hauch *Uralt Lavendel* entgegen. Während ich wie ein Kaninchen gierig und ängstlich zugleich schnupperte, sagte ich langsam:

»Nein, ich hatte keinerlei Kontakt zu den Kollegen von der Theologie.«

Er wich zurück, lachte kurz auf und nickte dann anerkennend:

»Natürlich, wie dumm von mir. Wir Theologen glauben immer, ihr Philosophen müsstet doch an einem Austausch mit uns unbedingt interessiert sein.«

»Aber das sind wir ja prinzipiell auch, nach Feierabend. Denn es ist doch nun einmal so, dass die Fragen des Glaubens auf einer ganz anderen Ebene liegen als unsere, nicht wahr?«

Higgins räusperte sich:

»Danke meine Liebe, das wär's für heute, wenn der Kollege keine weiteren ...«

»Nur noch eins, entschuldigen Sie, mein Bester. Wollen wir uns nicht wieder setzen?«

Higgins gehorchte ihm, stand dann aber sofort wieder auf und fragte, ob wir nicht einen Single Malt trinken wollten, es sei zwar noch etwas früh, aber er habe da einen herrlichen *Glenorglenda*. Wir stimmten zu, und Higgins machte sich seufzend an seiner Bar zu schaffen. Er wandte uns den Rücken zu, dabei sah ich zum ersten Mal, dass sein tadellos frisiertes Haar am Hinterkopf eine recht kahle Stelle aufwies. Ich starrte traurig auf Higgins' Tonsur, um Bassington-ffrench nicht ansehen zu müssen, der wieder angefangen hatte, mit dem übergeschlagenen Bein in meine Richtung zu wippen und mich dann, während er sein Glas entgegennahm, fragte:

»Sagen Sie, Frau Kollegin, was ist Ihr Ziel in der Philosophie?«

»Nun, natürlich möchte ich den Menschen Wittgensteins Therapie bringen. Sie von der philosophischen Krankheit heilen, von dem Trug, in unseren Worten *Wesen* zu sehen. Ich möchte den Menschen ihre alltägliche Sprache wiedergeben.«

»Therapie, ja? Was sagen Sie dazu, Higgins?«

»Ich bin weiß Gott zu alt dafür, um noch einmal eine neue Sprache zu lernen.«

Er nickte melancholisch in sein Whiskyglas. Ich protestierte:

»Aber Higgins, darum geht es doch keineswegs, im Gegenteil, wir müssen einsehen, dass die, die wir haben, perfekt funktioniert, perfekt, perfekt!«

»Schon gut, schon gut, schreien Sie bitte nicht so. Ich habe doch nur gescherzt. Noch einen Whisky, Roger?«

»Ja, gern. Aber die Sache mit der Therapie gefällt mir nicht. Ein englischer Gentleman in Therapie. Womöglich auf einer Couch! Pfui Teufel!«

Er stieß seine Worte leise lachend hervor und sah mir dabei knapp über die Augen. Ich wollte gehen, aber ohne Higgins' Erlaubnis durfte ich mich nicht entfernen. Ich zitterte und konnte das Whiskyglas, aus dem ich ohnehin nichts getrunken hatte, nicht mehr halten, stellte es daher zwischen meinen Füßen auf den Boden und sagte mir dabei unablässig, dass ich dieses Glas beim Hinausgehen nicht übersehen dürfe. Endlich entließ mich Higgins mit einer müden Geste in meine Richtung:

»Gehen Sie nur, meine Liebe, wir alten Jungs wollen Sie nicht länger langweilen.«

Ich schnellte aus meinem Sessel, und kaum stand ich, hatte sich Bassington-ffrench schon zwischen meine Füße gestürzt und das Glas aufgehoben:

»Darf ich? Nicht dass ein Malheur passiert!«

»Äh, danke.«

Er schüttelte mir nun überschwänglich die Hand:

»Es war mir ein großes Vergnügen, mit Ihnen zu plaudern. Sie nehmen mir meine Neugier nicht übel, nicht wahr? Ich möchte immer alles über alle wissen.«

Er lachte gutgelaunt und statt zu antworten versuchte ich nur, meine Oberlippe genauso weit zu heben wie er. Ich wollte Higgins noch die Hand geben, aber er war schon wieder an seiner Bar beschäftigt und winkte mir nur mit der Rückhand zu:

»Bis Freitag, und vergessen Sie es nicht wieder!«

»Nein, selbstverständlich nicht, Sir.«

Ich lief rückwärts zur Tür, streifte mir auf dem Ziegenteppich die Füße ab und schlüpfte endlich hinaus. Während ich mit auf den Boden geheftetem Blick schnell zurück zu meinem Zimmer lief und tief atmend meine Herzschläge zählte, sagte ich mir, dass ich die Situation doch einigermaßen gemeistert hatte, auch wenn ich mich momentlang nicht recht unter Kontrolle gehabt hatte. Ich durfte mich keineswegs mehr sichtlich aufregen, geschweige denn Higgins anschreien. Aber trotz dieser Abzüge votierte ich auf ein Unentschieden und damit doch auf den im Grunde genommen elegantesten Ausgang, ja auf den, der einem englischen Sportsmann am besten zu Gesicht steht.

Endlich zurück, schloss ich die Tür hinter mir, lehnte die Stirn dagegen und atmete auf, da erhob sich ein leises Hüsteln hinter mir. Ich muss im Herumfahren laut aufgeschrieen haben, denn Agnès Mondet, die als dunkler Schattenriss vor meinem Fenster gestanden hatte, starrte mich nun erschrocken an und begann zu stammeln:

»Um Himmels Willen, ich … ich, entschuldigen Sie vielmals, ich wollte Sie keineswegs erschrecken – die Zugehfrau sagte mir, ich könne hier auf Sie warten …«

»Schon gut, entschuldigen Sie bitte, ich bin etwas instabil heute Morgen.«

»Es tut mir wirklich furchtbar leid, hier so einzudringen, ich komme besser ein andermal …«

»Nein nein, bleiben Sie bitte. Setzen wir uns doch.«

Weil ich außer dem Schreibtischstuhl über keine Sitzgelegenheiten verfügte, wies ich mit einer Geste auf mein Bett und setzte mich, nachdem sie sich niedergelassen hatte, neben sie. So saßen wir eine Weile schweigend da, und während ich noch damit beschäftigt war, meinen Puls zu kontrollieren, blickte sie sich im Zimmer um:

»Haben Sie nur diese Kammer bekommen? Ich meine, wo ist Ihr Salon und wo Ihr Arbeitszimmer?«

»Oh das, nun, bisher hat man mir noch keine rechten Räume zugewiesen, ich hoffe noch auf Wittgensteins Räume in Whewell's Court.«

»Ah, tatsächlich?«

Sie nahm meine Hand und lächelte mich an:

»Geht es wieder?«

»Ja, vielen Dank, ausgezeichnet, ausgezeichnet.«

»Gut, dann gehen wir doch vielleicht etwas an die frische Luft.«

Wir waren schon an der Tür, als ich sie noch einmal zurückhielt:

»Agnès, einen Moment noch – sagen Sie, wie lange haben Sie hier gewartet?«

Sie sah mich erstaunt an, zog dann die Mundwinkel nach unten und zuckte mit den Achseln:

»Oh, keine Ahnung, eine halbe Stunde etwa, vielleicht eine Stunde.«

»Verstehen Sie mich nicht falsch, aber als Sie hier gewartet haben, da haben Sie doch nicht in meinem Papieren ...«

Sie schüttelte entrüstet den Kopf:

»Also wirklich, wie können Sie glauben, dass ich ...!«

Ich flatterte begütigend mit den Händen vor ihrem Gesicht herum:

»Entschuldigen Sie vielmals, natürlich meine ich nicht, dass Sie schnüffeln, es könnte doch aber sein, dass Sie ganz harmlos, um sich die Zeit zu vertreiben ... und es liegt ja alles offen da, die Manzanilla-Bände, meine Notizen ...«

Sie nickte zögerlich, sah mich noch immer missmutig an, und so plapperte ich weiter:

»Bitte, nicht böse sein, bitte nicht! Ich bin etwas eigen in diesen Dingen, verzeihen Sie, ich meinte natürlich keineswegs, dass Sie böswillig ... um Gottes Willen, wie käme ich dazu?«

Endlich lachte sie und klopfte mir auf die Schulter:

»In Ordnung, schon gut, ich verstehe das ja auch, manchmal ist man da etwas eigen – besonders an einem Ort wie diesem, nicht wahr?«

»Ja genau – wie meinen Sie?«

»Nun, jeder weiß, dass es hier ein paar üble Elstern gibt, ebenso kaltblütige wie hohlköpfige Karrieristen, die ihre beeindruckenden Publikationen nachts aus den Schubladen anderer Leute zusammenstehlen. In schwarzen Trikots schleichen sie nachts wie John Robie, die Katze, über die Dächer der Colleges. Erst kürzlich wurde meinem Kollegen Dorry Nofoundland im Schlaf das *i-book* unter dem Kopfkissen wegzogen.«

Ich erstarrte wieder, und Agnès lachte vergnügt auf:

»Na kommen Sie, schauen Sie nicht so entsetzt, ich mache doch nur Spaß!«

Da lachte ich auch, nahm eine etwas lässigere Haltung an, und beim Hinausgehen sagte ich leichthin:

»Ja, natürlich, ich nahm nicht an, dass Sie im wörtlichen Sinn meinten, dass ...«

»Nein, das ginge dann doch etwas zu weit. Obwohl, andererseits, manchmal fragen wir uns schon, ob denn hier alles mit rechten Dingen zugeht, Sie wissen schon ...«

Sie zwinkerte mir zu, und ich zwinkerte zurück. Dann flüsterte sie:

»Bei manchen Leuten möchte ich nicht wissen, wie Sie an ihr Zeug geraten. Nehmen Sie nur den guten alten Dunbar zum Beispiel, der immer damit prahlt, dass er die längste hat ...«

»Die längste?«

»Veröffentlichungsliste – ach, wie herrlich, sehen Sie mal, die Sonne scheint!«

Sie hüpfte über den Hof, und erst jetzt sah ich, wie schön sie gekleidet war. Sie trug ein rotweißgelbkariertes Kostüm mit einem kurzen weiten Rock und passendem roten Mantel darüber und dazu weiße Gummistiefel. Ich blieb bewundernd stehen. Als sie zu mir zurückgehüpft kam, fragte ich sie:

»Sagen Sie, ist das ein Harris-Tweed-Kostüm, das sie da tragen?«

Sie sah an sich hinunter, so dass ich sie nur schlecht verstand:

»Nein, das ist das übliche Burberry. Ich glaube nicht, dass man auf Harris so was macht.«

Dann zog sie aus ihrer Manteltasche ein rotes Hütchen, zog es sich mit beiden Händen auf, stopfte ihr langes Haar darunter und strahlte mich an:

»Es ist ganz hübsch, nicht wahr?«

»Es ist sogar ganz besonders hübsch, Agnès. Es steht Ihnen hervorragend.«

»Oh Dankeschön. Wenn Sie wollen, leihe ich es Ihnen mal. Sie sind etwas kleiner und dünner als ich, aber es müsste in etwa passen.«

»Vielen Dank, das ist zu lieb. Aber das könnte ich nicht.«

Ich bekam einen Kloß im Hals, und dann lief mir unwillkürlich ein Schwall Tränen übers Gesicht. Agnès sah es zum Glück nicht, weil sie schon wieder weiter gehüpft war und mir nun vom Ende des Hofs zurief:

»Kommen Sie schon! Wir gehen zu *Fitzbillies* und stopfen uns mit Chelseabuns voll!«

Ich lief ihr nach so schnell ich konnte, aber meine Beine waren sonderbar schwer und der Kopf ließ sich nicht heben, sodass ich eher meiner Brust als Agnès zurief:

»Warten Sie auf mich! Warten Sie bitte!«

Als wir bei *Fitzbillies* angelangt waren, staute sich bereits eine riesige Menschenmenge von der Bäckerei aus die ganze Trumpington Street hinab. Wir wollten uns schon hinter die drei deutschen und die beiden italienischen Rentnergruppen stellen, als uns noch eine Busladung schwedischer Rentner mit blaugelben Anglerhütchen vor die Füße gekippt wurde. Unbeirrt heiter sagte Agnès:

»Wir haben Zeit, oder? Wenn man in England lebt, sollte man Schlange stehen, finden Sie nicht? Zuhause in Paris würde ich so etwas Dämliches nie machen, aber hier macht es Spaß, nicht wahr?«

Ich nickte etwas erschöpft lächelnd:

»Ja, hier macht alles Spaß. Sagen Sie, Agnès, wollten Sie übrigens aus einem bestimmten Grund zu mir, oder …«

»Nicht direkt, ich wollte nur über ein paar Dinge mit Ihnen sprechen, etwas Austausch und so weiter. Wir sprechen vielleicht beim Essen?«

Drei Stunden später hatten wir eine Tüte mit klebrigen Korinthenbrötchen gekauft und setzten uns damit auf eine Bank hinter dem Fitzwilliam Museum, blinzelten in die Herbstsonne, und Agnès riss sich mit den Zähnen ein riesiges Stück Brötchen aus der Tüte, kaute und seufzte dann zufrieden, während ich mit einer Handbewegung die Brötchen dankend ablehnte und in diesem Moment zum ersten Mal in diesem Jahr an einem Ahorn gegenüber unserer Bank feststellen musste, dass die Blätter nicht nur schon längst gefärbt waren, sondern bereits fielen.

Agnès wischte sich den Puderzucker vom Mund, verschmierte dabei ein wenig ihren roten Lippenstift und sagte schließlich, immer noch kauend:

»Sehen Sie, ich würde wahnsinnig gern wissen, was Sie von meiner Arbeit halten.«

»Oh wirklich? Das freut mich sehr, ich bin daran natürlich hochinteressiert – woran arbeiten Sie denn?«

»Ich arbeite an einer Kritik an Wittgensteins Privatsprachenargument. Ich möchte zeigen, dass ein Mensch durchaus nicht nur allein Patience spielen, sondern auch für sich allein eine Sprache sprechen kann.«

Ich gähnte:

»Aber Agnès, das ist doch selbstverständlich, was soll denn daran eine Kritik sein? Das ist es doch, was Wittgenstein meint, wenn er sagt, dass man Patience allein spielt – denn *so*, wie man Patience allein spielen kann, kann man auch allein eine Sprache sprechen, allein, aber eben nicht privat. Wenn ich eine private Sprache erfände, die aus Lauten bestünde, die nur ich selbst verstünde, so wäre dies eben gerade keine Sprache – so wie meine rechte Hand nicht meiner linken Geld schenken kann, so kann ich auch keine private Sprache sprechen.«

»Ja ja, natürlich. Aber ich möchte eben mehr sagen – ich will sagen, dass es sehr wohl eine private *séance* gibt, die weiter geht, weiter als die Patience.«

Ich versuchte, ruhig zu bleiben, was mir aber nicht gelang. Unwillkürlich fuhr ich in die Höhe, stellte mich vor sie und sagte lauter als mir lieb war:

»Aber das ist doch selbstverständlich Unsinn, meine liebe Agnès, unerträglicher Unsinn!«

Sie lachte auf, aß weiter und während sie mich mit einer Handbewegung aufforderte, ihr aus der Sonne zu gehen, sagte sie:

»Ja natürlich, so scheint es. Aber hören Sie mir doch erstmal zu, ich bin natürlich nicht so dämlich, anzunehmen, dass sich in unserem Inneren gewissermaßen Empfindungsgegenstände befänden, die nur wir selbst sehen könnten und denen also nur wir selbst angemessene Namen geben könnten, Namen, deren Bedeutung nur wir ermessen könnten, und so weiter. Ich meine damit doch nicht, dass ich beispielsweise ein unbestimmtes Gefühl, sagen wir etwa einen sonderbar aus Eifersucht und Zuneigung gemischten Affekt, in mir nun *Rara* nennen und auf diese Weise anfangen könnte, eine Sprache zu sprechen. Aber wenn Wittgenstein von der Vorstellung einer privaten Sprache spricht, die uns in die Irre führt, also die Idee von Lauten, die kein andrer versteht, ich aber zu verstehen scheine, dann würde ich schon seine Beschreibung des Phänomens für unzureichend erklären. Denn sehen Sie, eine private Sprache, *meine* private Sprache, bestünde doch im Gegenteil aus Lauten, die ich gerade *nicht* verstehe und die immer nur ein andrer verstehen kann.«

Ich lief vor der Bank auf und ab. Ich hätte gar nicht widersprechen dürfen, das war schon gefährliche Einlassung genug. Aber andererseits durfte ich mich doch nicht dazu verleiten lassen, interessiert und höflich zu nicken und damit was sie sagte, hinzunehmen, auf mich zu nehmen, oder sie durch Nachfragen gar noch in ihrer Rede zu ermutigen. Und wir wissen schließlich alle nur zu gut, dass das Nicken immer die Nachfrage nach sich zieht und die Nachfrage schon fast die Kapitulation ist. Um nicht zu schreien, flüsterte ich nur:

»Unsinn, Unsinn!«

»Aber Sie wissen doch noch gar nicht, worauf ich hinaus will. Setzen Sie sich gefälligst wieder hin, Sie machen mich ganz wahnsinnig mit diesem Gerenne!«

Ich tat wie mir geheißen und aß nun aus Verzweiflung doch eines der klebrigen, viel zu süßen Brötchen, die Agnès mir noch einmal hinhielt. Nachdem wir wieder eine Weile schweigend dagesessen hatten und nur mein Schmatzen zu hören gewesen war, fragte ich leise:

»Na schön, was wollen Sie denn damit sagen, wenn sie all diesen Unsinn von den inneren Gegenständen nicht meinen?«

Sie lächelte:

»Dankeschön! Also, ich meine etwas, das mit der primitiven Vorstellung von einer privaten Sprache gar nichts zu tun hat, kein Esperanto *pour moi seule seulement* – auch wenn diese Vorstellung von einer Privatsprache natürlich ein rührendes Bild ist, irgendwie verwandt mit einem Kinderspaß, nicht wahr? Ich habe als Kind mit meinen Geschwistern ständig neue Sprachen erfunden. Sie auch?«

»Nein.«

»Haben Sie auch Geschwister?«

»Nein.«

»Also, was ich meine, hat gar nichts mit einer Sprache zu tun, die in einzelnen Worten oder Verwendungen, und das heißt also Bedeutungen, von der allgemeinen abwiche, sondern damit, wie viele Luftblasen sich in den Worten von jemandem ansammeln können – ich meine nicht Seifenblasen, sondern die Luft, die sich in einem Druckzustand bildet, nicht unter den Worten, sondern in ihnen, verstehen Sie?«

»Ich muss gehen, Agnès – Sie machen mir Kopfschmerzen mit ihrem Gerede.«

Ich versuchte wieder zu gähnen und fügte so müde wie möglich hinzu:

»Lesen Sie einfach nach, was Wittgenstein über psychische Phänomene schreibt, und dann treiben Sie sich diese Flausen aus dem Kopf.«

Ich stand auf, aber sie hielt mich am Ärmel fest:

»Warten Sie! Wenn sehr viel Luft einströmt in die Worte, können sie platzen oder aber sich verdoppeln oder aber ein Vakuum bilden, verstehen Sie?«

»Nein, und ich will auch nicht verstehen, was Sie meinen.«

»Sie verstehen mich also sehr gut. Schauen Sie, ich möchte Ihnen doch eigentlich nur sagen, dass ich auf Ihrer Seite bin.«

»Ich muss gehen.«

Sie hielt noch immer meinen Arm fest, und ich starrte auf diesen Arm, der in dem schwarzen Talar wie ein kleiner Ölteppich aussah, auf dem Agnès' weiße Handmöwe festklebte. Sie sprach nun nicht mehr heiter, ihre Stimme klang plötzlich tief und eindringlich:

»Sie müssen mir alles über Manzanilla sagen. Sie müssen mir Einblick in all seine Schriften gewähren, auch in die unveröffentlichten, und mir sagen, wo und wie Sie sie gefunden haben. Sie müssen sich mir anvertrauen. Nicht meinetwegen, sondern Ihretwegen, verstehen Sie das denn nicht?«

Ich riss meinen Arm aus ihrer Umklammerung und presste dabei die Augen zu, weil ich Angst hatte, Agnès' Finger mit von ihrer Hand zu reißen. Durch den Ruck stolperte ich nach hinten und wäre beinahe gegen eine saudische Rentnerin gefallen. Agnès musste lachen, und ihr Lachen tat mir wohl. Sie stand auf, hakte sich bei mir unter und sagte nun wieder heiter:

»Kommen Sie, gehen wir zurück, genug philosophischer Unsinn für heute!«

Wir schlenderten hinüber zu Little St. Mary's the Less, die in dem schönsten kleinen Friedhof wohnt, den sich eine kleine Maria nur mehr oder weniger erträumen kann. Später liefen wir über den Old Court von Peterhouse College, und Agnès scherzte, dass laut Universitätsstatuten hier nur studieren dürfe, wer einen Inzeststammbaum über mindestens sieben Generationen nachweisen könne. Ich lachte laut darüber, auch wenn ich mich für solche Witze nicht begeistern kann, weil ich befürchte, dafür vom Teufel geholt zu werden. Die Sonne ging bereits unter, als wir schließlich wieder vor dem Great Gate standen und Agnès sich verabschiedete. Sie erklärte, dass sie noch etwas vorhabe und zwinkerte mir wieder zu. Ich hielt sie zurück:

»Werden Sie, äh, werden Sie Orville treffen?«

Sie seufzte gelangweilt:

»Orville, Orville, der süße Orville! Ja vielleicht, mal sehen.«

»Sie sind doch – entschuldigen Sie meine Neugier, aber Orville und Sie …«

Sie lachte wieder, tätschelte mir dann die Wange und ich wurde rot.

»Nein, keine Sorge. Orville ist ein überaus schmackhafter Zeitvertreib, mehr nicht. Auf Dauer ist er nicht zu gebrauchen. So, ich muss los. Ich hoffe, wir sehen uns bald wieder – und passen Sie auf sich auf!«

Sie drehte sich um und hüpfte davon. Ich sah ihr nach, ihre weißen Gummistiefel leuchteten in der Dunkelheit, und ich winkte ihr, bis ich sie kaum noch sah. Mein Arm war eine traurige Krähe, und als ich mich schon durch das Tor begeben wollte, rief mir ihre schemenhafte Gestalt am backsteinernen Horizont zu:

»Vergessen Sie nicht, ich bin auf Ihrer Seite, was immer Ihnen hier geschieht!«

In dieser Nacht verriegelte ich zum ersten Mal meine Tür, legte den Samsonite-Koffer mit Manzanillas Schriften ins Bett unter die Decke, während ich selbst angezogen unter das Bett kroch, um Wache zu halten. Aber trotz der Kälte war ich nach einer halben Stunde eingeschlafen, mein Zittern hatte mich in den Schlaf gewiegt.

Als ich mit schmerzendem Rücken aufwachte, stellte ich mit Schrecken fest, dass es bereits zwölf Uhr war und ich gerade noch Zeit hatte, meinen Talar flüchtig abzustauben und das Zimmer gründlich abzuschließen, um dann zu meiner Veranstaltung zu rennen. Doch als ich atemlos in den Raum flog und eine mir unbekannte Studentenmenge und Dorothy McDonald am Pult mich verwundert anstarrten, begriff ich, dass ich mich im Tag geirrt hatte. Morgen erst war Freitag, und während ich mich unter Verbeugungen und gestammelten Entschuldigungen aus dem Raum zurückzog, fragte ich mich, wie ich diese verwirrende Lücke in der Zeit nun füllen könnte. Konnte ich es wagen, über sie hinwegzuspringen wie über eine Pfütze? Nein, das wäre heute Morgen zu riskant, ich war eindeutig nicht in Form, und ich wäre schließlich nicht die erste, die nur einen fatalen Millimeter zu kurz gesprungen und so für immer in dem schwarzen Loch verschwunden wäre. Die einzige Möglichkeit, die Zeit zu überlisten, besteht darin, ihr im Schlaf die kalte Schulter zu zeigen. Ich ging also zurück in mein Zimmer, legte mich zu meinem Koffer in mein braves Bett, das mich sicher über die Stundenschluchten flog und mich schließlich sanft am Ufer des Freitagmorgens wieder absetzte.

So konnte ich guter Dinge, weil als tadellose Erscheinung, bei meiner Vorlesung auftauchen. Walt Watson, Evelyn Enderby und die drei anderen Jungs vom letzten Mal standen kerzengerade nebeneinander, die *i-books* waren bereits aufgeklappt, nur Betty Bliss war noch nicht da, und ich beschloss wütend, ihr, falls sie noch käme, die Teilnahme an meiner Veranstaltung zu verweigern. Denn Unpünktlichkeit ist nicht etwa die Lücke, die der Teufel lässt, sondern vielmehr sein ureigenstes Zeitmaß.

Während ich die Kinder sich setzen ließ, musterte ich die drei Jungs, die ich in der letzten Sitzung noch nicht beachtet hatte. Neben Enderby saß ein kleiner braunhaariger Junge in einem grünen Samtanzug. Ich wies ihn mit dem Zeigefinger an, vor das Pult zu treten:

»Ja, Sie! Kommen Sie! Würden Sie sich bitte vorstellen?«

»Sehr wohl, Ma'am. Mein Name ist St. Claire, John Benjamin St. Claire.«

»Danke, St. Claire. Sie sind in welchem Studienjahr?«

»Im ersten, Ma'am. Dies ist meine erste Vorlesung in Philosophie.«

»Gut, schön. Was genau interessiert Sie an Wittgenstein?«

»Ich schreibe an einer Abhandlung über das Lügen. Ich würde gern zu zeigen versuchen, warum Wittgenstein irrte, als er schrieb: *Das Lügen ist ein Sprachspiel, das gelernt sein will, wie jedes andre.*«

»So, er irrte, wie?«

Ich hatte es bereits bereut, ihn aufgerufen zu haben, und blickte möglichst gelangweilt auf ihn herab, indem ich mein schräggelegtes Gesicht auf meiner linken Hand abstützte, als drohte ich im nächsten Moment einzuschlafen. Aber St. Claire schien das nicht zu beirren:

»Ja, Ma'am, ich denke schon. Denn das Lügen ist doch kein Sprachspiel wie jedes andere.«

»Sondern?«

»Nun, es gleicht eher einem Parameter, einem Vorzeichen, das wir *vor* unsere Sprachspiele stellen. Wenn ich beispielsweise das Sprachspiel spiele, jemandem zu erzählen, wer ich bin, und dabei lüge, dann spiele ich doch kein anderes Sprachspiel, sondern sage nur schlicht nicht die Wahrheit. Das Lügen ist etwas, was dem Sprachspiel vorgelagert ist.«

»Aber glauben Sie nicht, dass *vor* dem Spiel schon *in* dem Spiel ist?«

»Nein, das glaube ich in diesem Fall durchaus nicht.«

Er sprach mit klarer, sicherer Stimme und begann sinnierend vor meinem Pult auf und ab zu gehen, in leicht gebeugter Haltung, die Hände auf dem Rücken, so dass ich unfähig war, ihm etwas zu entgegnen.

»Das Lügen bleibt dem Spiel ganz äußerlich. Es gibt kein Sprachspiel namens *Lügen*, und das nicht deshalb, weil wir es tun, obwohl wir darauf gar nicht abgerichtet werden müssen, sondern weil es etwas ist, das unsere Sprachspiele begleitet, ohne in sie einzugreifen. Das Lügen verdoppelt das Sprachspiel zwar gewissermaßen, weil ich es nach den üblichen Regeln spiele und ihm zugleich im Kopf ein Wissen um die Unwahrheit meiner Worte beigebe – ich meine, wer lügt, spielt natürlich ein doppeltes Spiel –, aber das Spiel selbst bleibt unverändert.«

Schweigend und mit einer wedelnden Geste ließ ich ihn sich wieder setzen, und als er sich gesetzt hatte und mich erwartungsvoll anlächelte, hatte sich das Knetgummi in meinem Mund endlich wieder etwas gelockert, und ich seufzte schopfschüttelnd:

»Mein lieber Junge, ich fürchte, wenn ich Sie noch fünf Minuten weiter faseln lasse, wollen Sie mir noch weismachen, dass das Lügen ein innerer, ein geistiger Vorgang sei.«

»Nein, Ma'am, genauso wenig, wie Denken oder etwas Meinen geistige Vorgänge sind, die man vom Sprechen ablösen könnte. Ich weiß ja: Die Sprache selbst ist das Vehikel des Denkens. Die Währung des Denkens ist die Sprache selbst und nur die Sprache. Ich wollte also keineswegs sagen, dass ...«

»Worte sind auch Taten«, ich sprach so leise wie möglich, so dass St. Claire, Watson und Enderby sich weit vorbeugen und mit der Hand ihr rechtes Ohr nach vorne halten mussten, »lassen Sie sich das gesagt sein. Und wir können lügen oder die Wahrheit sagen, aber ebenso wenig wie es ein Wesen der Negation gibt, gibt es eins des Lügens.«

St. Claire sprang wieder auf und trat erneut nach vorn. Er fasste mit beiden Händen mein Pult wie ein Schwimmer, der ans Ziel gelangt, sich am Schwimmbeckenrand hochzieht, und er sprach aufgeregt und schnell, während ich mir zurückweichend mit dem rechten Talarärmel das Gesicht bedeckte:

»Ich weiß, ich weiß, Ma'am, aber während die Behauptung eines verneinenden Satzes den verneinten Satz enthält, nicht aber die Behauptung des Satzes, der verneint wird, ist es im Gegensatz dazu beim gelogenen Satz so, dass er alles enthält, was auch der aufrichtig geäußerte Satz enthält.«

»Ja, wir sagen die Wahrheit und wir lügen. Den Begriff *Schmerz* hast du mit der Sprache gelernt – und das Lügen ebenso. Das ist schon alles, was sich hier sinnvoll sagen lässt. Was Sie reden, hat mit der Betrachtung unserer Sprache nichts zu tun.«

»Also geben Sie mir ja Recht!«

»Nein. Das Lügen gehört zu unserer Lebensform – es ist als gegeben hinzunehmen und ansonsten ist darüber zu schweigen.«

»Aber …«

»Schweigen Sie gefälligst!«

Ich hatte nun die Arme mit den zu Fäusten geballten Händen nach oben gerissen, aber obwohl St. Claire vor dem Talar-Adler zurückzuckte, sprach er doch weiter, so dass ich die Arme wieder sinken ließ. St. Claire sprach nun leiser, flehender:

»Nein, bitte nicht, lassen Sie es mich noch einmal versuchen: Es verhält sich mit dem Lügen so, als ob wir ein *Als ob* vor unsere Sprachspiele stellten und …«

»Du würdest besser das *Als ob* zu Hause lassen, wie Tagore sagt, es ist zwar unsre eigene Schöpfung, erweist sich aber oft als unser Verderben und Untergang.«

»Oh, das tut mir leid. Ich dachte eher, das *Als ob* wäre der Übergang von einem offenkundigen zu einem nichtoffenkundigen Unsinn.«

»Das ist es auch, aber auch dieser nichtoffenkundige Unsinn ist nichts weiter als ein Bild. Wenn Sie es malen wollten, mein Kind, würde ich es Ihnen schenken, aber nehmen Sie es um Gottes Willen nicht beim Wort, sonst missdeuten Sie dies Bild vom Lügen, denn Sie wissen ja, wenn wir philosophieren, sind wir wie Wilde, wie primitive Menschen, die die Ausdrucksweise zivilisierter Menschen hören, sie missdeuten und nun die seltsamsten Schlüsse aus unserer Deutung ziehen.«

»Ja, Ma'am, verzeihen Sie.«

»Schon gut. Setzen Sie sich bitte wieder. Wie alt sind Sie, St. Claire?«

St. Claire ging mit hängenden Schultern zu seinem Platz zurück. Watson und Enderby klopften ihm tröstend auf die Schulter. Er holte aus seiner Sakkotasche eine kleine Stoffschildkröte, die aus dem gleichen Samt wie sein Anzug war, hielt sie sich mit beiden Händen an die Wange und murmelte:

»Zwanzig, Ma'am.«

»Wie lange lesen Sie schon Wittgenstein?«

»Seit meinem achten Lebensjahr. Meine Eltern gaben mir als kleinem Kind Schopenhauer zu lesen, wovon ich schwer krank wurde. Unser Hausarzt, Dr. Flintstone, probierte alles Mögliche, aber nichts half, und schließlich verordnete er mir Wittgenstein als letzten Versuch, und dann ging es mir schnell besser.«

»Ja, Sie sind auf dem Weg der Heilung, aber es ist noch ein weiter Weg, mein Junge. Denn sehen Sie, welches Fieber noch in Ihrem Kopf ist. Sehen Sie, wie hoch die Wellen der Sprache hier noch schlagen! Die Wellen legen sich, sowie wir uns fragen: Wie gebrauchen wir denn, wenn wir vom Lügen reden, das Wort *lügen*? Die unverstandene Verwendung des Wortes wird als Ausdruck eines seltsamen *Vorgangs* gedeutet. Wie man sich die Zeit als seltsames Medium, die Seele als seltsames Wesen denkt. Sie sind auf den Unsinn über das Lügen gekommen, weil sie noch immer Flausen über die Wahrheit im Kopf haben.«

»Oh nein, nein! Das ist nicht wahr!«

St. Claire weinte nun schluchzend, drückte seine Wange noch fester an die Schildkröte, und Watson und Enderby strichen ihm übers Haar. Ich sprach nun fest, aber doch milde:

»Mein lieber Junge, Sie müssen sich klar machen, dass das Wahrsprechen nicht ein Vorgang ist, der die Worte begleiten muss, wenn sie nicht gelogen ausgesprochen sein sollen. Das Beste, was ich vorschlagen kann, ist wohl, dass wir der Versuchung, dies Bild zu gebrauchen, nachgeben – aber nun untersuchen, wie die Anwendung dieses Bildes aussieht. Hm, wollen wir es so machen?«

St. Claire nickte schluckend und wischte sich die Tränen weg.

»Braver Junge, Sie dürfen sich dafür beim nächsten Mal noch einmal vorstellen.«

St. Claire schaute nun erfreut auf, begann zu strahlen, während die letzten Tränen noch auf seinen Wangen schimmerten, und stammelte:

»Wirklich? Oh, vielen Dank!«

Ich nickte ihm eine Weile gnädig zu, und dabei wackelte mein Kopf etwas zur Seite, so dass ich plötzlich sah, dass die beiden Jungs, die sich noch nicht vorgestellt hatten, schliefen. Ihre Köpfe waren ganz auf die Brust gesackt und die Arme direkt darunter verschränkt. In rasender Wut straffe ich mich und brüllte sie an:

»He, ihr da! Nichtsnutze, wollt ihr wohl aufwachen!«

Binnen einer Sekunde hatten sich die beiden aus dem Schlaf in den Stand gerissen, schlugen die Hacken zusammen und brüllten dabei:

»Ma'am, ja, Ma'am!«

Erst jetzt fiel mir auf, dass sie genau gleich gekleidet waren und auch sonst gleich aussahen. Sie trugen Jeans und unförmige schwarze Sakkos, beige Polohemden, braune geschmacklose Lederschuhe, und ihre aschblonden kurzen Haare waren mit Gel zurückgekämmt.

»Namen?«

Der linke von ihnen antwortete:

»Schulze und Schultze.«

»Austauschstudenten aus Deutschland, wie?«

»Ja, Ma'am, wir sind ein Elitecluster aus Konstanz.«

»So so.«

Ich stieg von meinem Pult herab und trat langsam, schief grinsend, die Hände in den Taschen meiner grauen Anzughose und den offenen

Talar wie einen Frack lässig nach hinten geschwungen, auf sie zu. Dann sagte ich leise:

»Hört mal, Jungs, wenn ihr mich verarschen wollt, müsst ihr früher aufstehen. Glaubt ihr, ich wüsste nicht, dass ein Elitecluster aus mindestens drei Leuten besteht, weil immer zwei die Mittel des dritten eintreiben müssen?«

Nun räusperte sich der rechte von ihnen:

»Ja natürlich, Ma'am, aber unser dritter Mann ist seekrank geworden auf der Überfahrt von Calais nach Dover. Er sitzt noch in der Jugendherberge in Dover, weil er noch etwas schwach ist. Will aber so bald wie möglich nachkommen.«

»Na schön, setzt euch wieder. Und wie lautet euer Cluster?«

»Wir arbeiten an Techniken zur Generalisierung des Wissens.«

»Ah ja. Und was interessiert euch an Wittgenstein?«

Nun sprachen beide hastig zugleich, was lästig war, so dass ich mit den Armen wedelte, bis nur noch der linke antwortete:

»Wittgenstein hat einmal gesagt: *Mein Vater war ein Geschäftsmann, und ich bin auch einer. Ich möchte, dass meine Philosophie geschäftsmäßig ist, dass etwas erledigt und in Ordnung gebracht wird.*«

»Bravo! Warum denn nicht?«

Ich schleppte mich zu meinem Pult zurück und wollte gerade die Sitzung beenden, als Betty Bliss in ihrem roten Trainingsanzug und mit noch röterem Kopf hereingestürmt kam, sich erneut vor mir verbeugte und Entschuldigungen stammelte. Ich nickte müde:

»Schon gut, Betty. Das macht gar nichts. Wir sind für heute ohnehin am Ende, und in der nächsten Sitzung erklären Sie uns bitte, wie Sie es schaffen, immer unpünktlich zu sein.«

Danach fächerte ich nur noch um mich her, bis sie endlich alle weg waren, legte dann den Oberkörper auf das Pult und schlief sofort ein.

Ein Räuspern weckte mich. Es war Charles Willoughby, den ich seit meinem ersten Abend auf dem Hohen Tisch nicht mehr gesehen hatte.

Ich strich mir peinlich berührt den Talar und meine Haare zurecht, während ich ihm den Platz am Pult freigab und stotterte:

»Oh, Entschuldigung, ich nehme an, Sie unterrichten jetzt hier?«

»Ja ja, aber kein Problem, immer mit der Ruhe, ich bin ja früh dran. Ganz schön müdes Wetter, was?«

»Ja, in der Tat.«

»Und, wie läuft Ihr Seminar?«

»Extrem schlecht. Bisher habe ich sechs Teilnehmer, und keiner davon ist wirklich begabt.«

Willoughby stellte seine Tasche neben das Pult und nickte verständnisvoll. Er war um die vierzig, höchstens fünfundvierzig, aber sein entlang des Seitenscheitels locker nach hinten frisiertes Haar war durchgängig leuchtend grau. Auch seine Augen waren leuchtend grau, seine Haut herrlich pudrig silbern, und er trug einen stark taillierten braunen Anzug mit einem feinen gelben Karostreifen darin, der auf der Stelle meinen Neid entfachte. Er nickte eine ganze Weile schweigend vor sich hin, während er verschiedene Manuskriptstapel in Klarsichthüllen auf dem Tisch neben dem Pult ordnete, und ich wollte mich schon aus dem Raum schleichen, als er antwortete:

»Ja ja, schwer erträglich, die meisten Studenten. Dumm und faul. Sie sind eigentlich gar keine Menschen, sondern ein Haufen ekelhafter Larven, oder na ja, sagen wir korrekter, einviertel Tiere und dreiviertel Menschen. Aber, was soll's, das ist der Job, wie?«

»Äh, ja, Sir.«

»Hauptsache, das Wetter wird besser, wie?«

»Ja, Sir, aber ich glaube, das wird es bestimmt. Spätestens heute Nachmittag wird es wieder aufklaren.«

»Na, Ihr Wort in Gottes Öhrchen.«

»Ohr, Sir.«

»Pardon?«

»Ohr, Sir, ich sagte, Ohr, es ist das Ohr des Herrn, nicht sein Öhrchen.«

»Oh ja, natürlich, wenn Sie darauf Wert legen.«

»Ja, unbedingt.«

»Ich verstehe, entschuldigen Sie bitte, ich wollte Ihre Gefühle nicht verletzen. Sie sind also religiös?«

»Das ist es nicht. Ich möchte nur, dass man auch gegenüber nicht Anwesenden respektvoll spricht.«

»Selbstverständlich, meine Liebe, selbstverständlich. Na dann, einen schönen Tag noch!«

Ich bahnte mir mit den Ellenbogen gegen den Strom der jetzt einfallenden, laut schwatzenden Studenten den Weg aus dem Raum und trat ins Freie. Die Sonne schien, ich blinzelte nach oben und verbeugte mich dann vor dem Himmel.

Als ich bei Higgins zum Essen eintraf, stand er schon am Fenster, wandte sich dann um, hielt mir zur Begrüßung meinen Martini hin und fragte lächelnd:

»Und, wie geht es Ihnen?«

»Gut, gut, hervorragend.«

»Fein, keine besonderen Vorkommnisse?«

»Nein, keine, nichts, Sir.«

»Gut, dann wollen wir essen.«

Er ging schon zum Tisch hinüber und klingelte mit einer Zimbel nach dem Essen, aber ich blieb am Fenster stehen und rührte mit dem Zahnstocher in meinem leeren Glas. Mir war, als müsse ich Higgins bitten, mir beim Hinüberlaufen zum Tisch zu helfen, und dementsprechend sah ich ihn wohl an, so dass er besorgt die Augenbrauen hochzog:

»Stimmt etwas nicht, meine Liebe?«

»Higgins, ich –«

Ich wurde unterbrochen durch Higgins' beide Diener, Zeus und Apollo, die nun mit dem Essen hereinkamen, es schnell mit behänden Gesten servierten und dann lautlos und mit gesenkten Köpfen wieder verschwanden. Higgins trat zurück zu mir ans Fenster, legte mir die

Hand auf den Arm und fragte mich mit schräggelegtem Kopf:

»Was wollten Sie mir sagen, meine Liebe?«

»Oh, nichts, es hat sich schon erledigt.«

»Na, kommen Sie, setzen wir uns noch eine Weile auf die Couch – das Essen kann warten, es schmeckt ohnehin scheußlich, nicht?«

Ich musste lachen, während er mich vom Fenster wegzog und in die braune Ledercouch drückte und sich dann neben mich setzte. Er wandte sich mir zu, indem er seine geschlossenen Beine und Füße schräg nebeneinander stellte und seine gefalteten Hände in den Schoß legte, so dass er aussah wie ein weibliches Mitglied der Königlichen Familie beim Pressetermin auf einer Asienreise. Ich musste wieder lachen, aber er gebot mir mit gehobenem Zeigefinger und einem scharf gezischten *Schsch*, damit aufzuhören, worauf ich sofort erstarrte und er nun freundlich fragte:

»Nun, wollen Sie mir nicht sagen, was Sie bedrückt?«

»Ja, Sir, ich will Ihnen alles sagen – aber ich weiß nicht genau, wie. Ich denke, ich brauche Ihren Rat.«

»Nur zu, meine Liebe.«

Ich nahm all meinen Mut zusammen und sagte mit fester Stimme:

»Wie steht meine Sache, Higgins? Sagen Sie es mir frei heraus, Sir!«

Er atmete tief ein, zog die Mundwinkel nach unten und ließ seinen Blick nun von mir weg zu einem Punkt in der Tiefe des Raums schweifen. Nach einer Weile sah er mich wieder an und antwortete mit nüchterner und doch sanfter Stimme:

»Ich will Ihnen etwas erzählen. Als ich während des Krieges mit meinem Freund Plungy Emerson Delaire in Afrika vor der Küste lag und wir uns die Zeit vertrieben, die nicht vergehen wollte – ah Gott, dieses grässliche Warten des Krieges, das einen stumm frisst wie Treibsand! Stunden, Tage, Wochen und Monate, in denen nichts geschieht und die Anspannung und der Stumpfsinn um die Wette ins Unerträgliche wachsen –, während wir uns also das grausame Kriegswarten vertrieben, indem wir auf den Flügeln der deutschen Messerschmitts, die wir abgeschossen hatten, vor der Küste von Tabou surften, stand ich vollkommen unerwartet, aus dem Nichts heraus dem Tod gegenüber. Ein Maloni hatte sich im Wasser zu uns durchgeschlagen und richtete sein Tschaka auf mich. Plungy war direkt hinter mir, und so hatte ich die Wahl, ihn zu schützen, indem ich mich nicht rührte, oder aber meine Haut zu retten und ihn zu opfern, indem ich eine blitzschnelle Bewegung zur Seite machte, so dass Plungy statt meiner von dem Tschaka getroffen würde. Ich starrte dem Maloni in seine grünen Augen, und auf einmal wurde ich ganz ruhig, ich wusste, dass ich stillhalten würde, dass ich stillhalten *konnte*, und da hatte ich keine Angst mehr. Ich breitete die Arme aus und lächelte. Sehen Sie, Wittgenstein hatte mir 1944, als ich als Student noch von hier in den Krieg ziehen musste, geraten: *Sollten Sie je in einen Nahkampf geraten, müssen Sie einfach stillhalten und sich abschlachten lassen*. Ich hielt das damals für absurd, aber nun stand die Zeit still und ich blickte meiner Freiheit ins Auge.«

»Und dann?«

»Nun, der Maloni starrte mich eine Weile an, dann lächelte er und plötzlich tauchte er nach unten ab und verschwand so schnell, wie er gekommen war.«

Ich schüttelte bewegt den Kopf:

»Unglaublich! Mir war gar nicht klar, dass Sie noch in den Großen Krieg ziehen mussten. Sagen Sie, Higgins, haben Sie wirklich gesurft auf den Flügeln der deutschen Messerschmitts?«

Higgins stand nun lachend auf, sah zu mir herab und rief:

»Was glauben Sie denn? Gesurft! Es war Krieg, meine Liebe!«

Leicht taumelnd stand ich auf und ließ mich von ihm zum Tisch führen. Als ich dazu ansetzte, ihn zu fragen, was dies nun genau für mich bedeutete, brachte er mich mit der Hand zum Schweigen und rezitierte stattdessen feierlich:

»*Sommergras*
ist alles, was geblieben ist
vom Traum des Kriegers.«

»Issa?«

»Nein, Bashō selbstverständlich. Und nun lassen Sie uns endlich essen. Sagen Sie, was halten Sie eigentlich von dieser modischen Rückkehr der Ethik in der Philosophie? Scheußlich dumme Angelegenheit, wenn Sie mich fragen.«

Ich stimmte ihm wortreich zu und erklärte, warum diese ganze Ethikphilosophie nichts weiter als ein feiges Ausweichen vor den tatsächlichen ethischen Pflichten sei und damit ein untrügliches Zeichen für die bodenlose Verkommenheit unserer Zeit und ließ meinen Vortrag lauthals in den Ausruf meines Vater münden: *Wie die Optik hinter dem Sehen herhinkt, so die Moralistik hinter der Moralität.* Higgins nickte angewidert kauend vor sich hin, schien mir aber nicht mehr richtig zuzuhören.

Nach dem Essen bei Higgins bin ich wieder einmal in eine meiner Zwangsvorstellungen hineingegangen. Der Platzanweiser begrüßte mich mit einem Nicken, führte mich mit der Taschenlampe an meinen Platz, außer mir war niemand da, es ist ja schließlich *meine* Zwangsvorstellung. Der Film läuft selbstverständlich schon, in einer Schleife zeigt er immer wieder, wie Paul von einem Barhocker fällt, er war eingeschlafen und nun fällt er vom Stuhl, so schlimm, wie man nie im Leben fallen müsste, er fällt auf den Kopf, auf den Steinboden, aus dem ein spitzer Meißel ragt, er ist sofort tot, aber sein Blut und sein Gehirn rinnen noch fünfzehn Sekunden auf den Boden, bis die Szene von vorne beginnt. Ich muss mindestens zwei Stunden bleiben, bis ich meine Zwangsvorstellung verlassen darf. Dann fällt der Vorhang, das Licht geht an, und aus den Lautsprechern singt ein deutscher Männerchor *Paul ist tot, kein Freispiel mehr*, während ich nach draußen gehe. Kaum dass ich wieder auf der Jesus Lane stand, begegneten mir dummerweise Schulze und Schultze, noch bevor ich wieder hinreichend maskiert war. Sie grüßten höflich, sahen mich aber komisch an, und ich versuchte, so arrogant und zerstreut wie möglich zu nicken. Erschrocken ertappte ich mich dabei, dass ich nun schon langsam anfing, wie mein Vater zu seufzen *Ach gib mir eine Maske mehr! Eine zweite Maske!*

Zerstreut blickte ich ins Fenster eines rosagestrichenen Cafés auf der gegenüber liegenden Straßenseite, aus dem eine Touristenschlange quoll, und als ich bereits wieder wegsehen wollte, erschrak ich. Im letzten Fenster des Cafés saß Orville in seiner Reitkleidung. Er hatte mich nun auch gesehen und forderte mich winkend auf, zu ihm zu kommen. Ich schüttelte verkrampft lächelnd den Kopf und wollte schnell weiter gehen, doch Orville war blitzschnell aufgesprungen und quetschte sich im nächsten Moment an den Touristen vorbei auf die Straße. Er ruderte mir mit den Armen entgegen, rief, während er nach rechts und nach links blickend die Straße überqueren wollte, *Warten Sie!*, aber ich streckte abwehrend die Hände aus und schrie:

»Nein, Orville, bitte, bleiben Sie da drüben, kommen Sie nicht rüber!«

»Warum nicht?«

Während ich ihn sprachlos anstarrte, lief ich seitlich ein paar Schritte weiter und auch Orville lief auf seiner Seite ein paar Schritte weiter, schob sich den Reithelm aus der Stirn und fragte dann noch einmal, nun eher belustigt:

»Warum soll ich nicht rüberkommen?«

»Wussten Sie, dass Augustinus der Größte unter allen Kundschaftern des anderen Ufers war?«

Er lachte:

»Nein, das wusste ich nicht. Verstehe ich Sie richtig, wir sollen uns also über die Straße brüllend unterhalten, ja?«

»Ja, das wäre mir durchaus angenehm.«

»Gut, fein. Dann erzählen Sie mir von Augustinus!«

»Ob wir es wissen oder nicht, ob wir ihn kennen oder nicht, wir atmen seine fortwährende Gegenwart aus der Nähe oder Ferne. Denn dieser Größte unter allen Kundschaftern des anderen Ufers hat, wie keiner nach ihm, auch die Menschennatur bis in die geheimsten Gänge erforscht.

Gerade weil er in seiner Jugend mit Streichen und Liebesgenüssen seine junge Leibeskraft vergeudete, wird er uns erregen und stillen, befremden und erobern durch sein Zeugnis von dem furchtbaren Ernst der Dinge, die wir nicht wissen. Denn er ist ein Unerschöpflicher wie wenige unseres Geschlechts.«

»Wer hat denn diesen Unsinn geschrieben?«

»Das habe ich leider vergessen.«

»Kann ich immer noch nicht rüberkommen?«

»Nein, lieber nicht.«

»Wollen Sie vielleicht zu mir rüberkommen?«

»Ich möchte lieber nicht.«

Wir liefen langsam ein bisschen weiter, beide seitlich, dem anderen zugewandt, bis sich Orvilles Straßenseite durch einen Platz von meiner entfernte und wir stehen blieben und uns ein paar Minuten lang schweigend ansahen. Schließlich sagte ich:

»Ich werde jetzt weitergehen und Sie gehen bitte zurück und keiner von uns dreht sich um, abgemacht?«

»Na schön. Sehe ich Sie bald etwas weniger aus der Ferne?«

»Ja, bestimmt, bald, sehr bald.«

Ich rannte schnell weg und drehte mich nicht um.

Ich lief kreuz und quer durch die Stadt, bis ich schließlich, ohne es recht zu merken, über die Queen's Lane aus Cambridge hinausgeraten war. Immer schneller wurden meine Schritte, bis ich an den Uferweg durch die Grantchester Meadows gelangte und meine Beine endlich von der kniehohen Wiese ausgebremst wurden. Die Wiesenblumen waren zwar schon alle verblüht, aber das saftige Gras strahlte in der späten Nachmittagssonne, jedenfalls wo es noch nicht braun war, und bald drehte ich mich hüpfend und singend in den Wiesen herum, bald ließ ich mich fallen, streckte die Beine lachend in die Luft, streichelte das liebe Gras und besprach mich mit den vorlauten Mücken und den heiter wimmelnden Würmchen. So hatte ich mich endlich wieder ganz versammelt und beschloss, noch weiter zu flanieren bis hinaus nach Grantchester. Ein Zitronenfalter leistete mir Gesellschaft und so flog ich mit meinem Talar neben ihm her, der sinkenden Sonne entgegen.

Doch schon bald wurde unser Summflug gestört, weil uns ein laut kreischender Menschenschwarm entgegenkam. Nach einer Weile erkannte ich, dass es lauter Studentinnen und Studenten waren, die als hechelnde Schleppe an einem jungen braungebrannten Mann hingen, der in einer weiten Leinenhose, barfuß und mit weit geöffnetem weißem Hemd vor ihnen her schritt und genüsslich sein kastanienbraunes, mittelgescheiteltes Haar nach hinten schüttelte. Er hatte die Augen geschlossen und den Mund zu einem breiten Lächeln verzogen, das seine ganze obere Zahnreihe entblößte. Die Studenten, Jungs wie Mädchen, zerrten an ihm, stießen einander beiseite, um ihn anzufassen, versuchten, ihm das Hemd vom Leib zu reißen und griffen ihm zwischen die Beine. Manche lagen abseits im Gras, zerrten sich an den Haaren, kreischten mit weit aufgerissenen, tränenden Augen, andere warfen sich schreiend in den Fluss, und alle wimmerten und heulten sie im Chor:

»Golden boy! Oh golden boy, schwimm mit uns, golden boy, mach's uns, bitte, bitte, mach's uns!«

Ich stand mit meinem Zitronenfalter abseits, hielt mir die Ohren zu und starrte auf die Prozession, die wie eine Gewitterwolke an mir vorüberzog und eine Stille und einen klaren tiefblauen Himmel hinterließ, wie ich beides so gläsern hier in Cambridge noch nicht erlebt hatte. So still war es, dass selbst der Zitronenfalter mir nur zuzuflüstern wagte, dass wir nun weiterlaufen könnten.

Als wir Grantchester erreichten, ging bereits die Sonne unter über dem *kissing gate*, unter dem sich gerade eine alte Frau in grünem Ölzeug und ein vielleicht achtzehnjähriger Junge in einem weißen Leinenanzug leidenschaftlich küssten. Wir kamen näher, und sie hörten abrupt auf und traten auseinander, um uns durchzulassen. Als ich zwischen ihnen stand, teilte mir der Zitronenfalter mit, dass er nun lieber nicht mehr weiter mitkommen wolle. So wünschten wir uns gegenseitig alles Gute, und er küsste mich noch schnell, damit ich durch das Tor laufen konnte, und als ich schon hindurchgeschlüpft war und mich umdrehte, um ihm noch einmal zu winken, sah ich, dass die alte Frau aus einem ledernen Brustbeutel ein paar Scheine holte und dem Jungen gab, der sie sorgfältig zählte, nickend in seine Hemdtasche steckte und sich dann von der alten Frau mit einem Handkuss verabschiedete.

Dann folgte ich den Touristenströmen in den *Orchard*, ein wirklich bezauberndes Obstgartencafé, in dem sich gerade eine deutsche und eine italienische Rentnergruppe um die Liegestühle prügelten. Es dämmerte bereits, und ich stellte mich zögernd an den mit Haselnusssträuchern gesäumten Rand des nur von einer kleinen Gaslampe über dem backsteinernen Eingang des Hauses erleuchteten Gartens, als eine Kellnerin mit einem Tablett vorüberkam, auf dem eine herrliche Etagère mit Gurkensandwiches, Scones und Creamcakes schwankte. Ich grüßte sie mit einem Nicken, woraufhin sie mir kopfschüttelnd erzählte, dass die Schlägerei seit heute Nachmittag um drei in vollem Gange sei, und dann sahen wir beide lachend dabei zu, wie eine Italienerin einem Deutschen seinen Anglerhut mit beiden Händen über die Ohren und übers ganze Gesicht zog und er ihr in buchstäblich blinder Wut zwischen die Beine zu treten versuchte, dabei aber immer daneben trat, worüber sie hämisch lachte.

Die Kellnerin forderte mich auf, mit ins Café zu kommen, da ich schließlich bereits seit längerem erwartet würde. Ich sagte, dass ich das kaum glaube, doch sie beharrte darauf, und so folgte ich ihr ins Innere des mit roten Samtpolsternischen möblierten Cafés, bis ich hinter der Kellnerin in ein kreisrundes Nebenkämmerchen trat, das nicht mehr als drei Quadratmeter maß und vom Boden bis zur himmelhohen Decke, die ich in dem diffusen Licht kaum sehen konnte, mit weißem mattem Stoff tapeziert war. In dem Raum befand sich nichts als ein runder Ebenholztisch mit zwei dazu passenden halbrunden, überkopfhohen, rot gepolsterten Bänken darum, und von irgendwo oben fiel fahles Neonlicht auf den Tisch herunter. Die Kellnerin hatte das schwere Tablett mit einem Seufzer auf dem Tisch abgestellt, ich stand noch immer hinter ihr und wollte mich schon an ihrer Schürzenschleife festhalten, um so möglicherweise wieder mit ihr aus dem Raum zu schleichen, als sie sagte:

»So Mylady, hier ist Ihr Gast. Nun können wir wohl endlich den Tee bringen, nicht wahr?«

»Ja, vielen Dank, Ginger.«

Die Kellnerin verbeugte sich, trat dann zur Seite und gab so den Blick frei auf Agnès, die hinter dem Tisch saß, die Kellnerin mit einem Nicken entließ und mich dann lächelnd begrüßte:

»Sie haben sich ja mächtig Zeit gelassen! Es ist zwar schon reichlich spät für Tee, aber andererseits kann man nie genug Tee bekommen, nicht wahr? Oder soll ich Ihnen etwas anderes zum Dinner bringen lassen?«

»Nein, vielen Dank – ich, äh, wusste nicht ...«

»Stehen Sie nicht so herum, kommen Sie, setzen Sie sich!«

Meine Beine waren etwas taub, und so hatte ich Mühe, mich Agnès gegenüber auf die Bank zu zwängen. Sie lachte über meine Unbeholfenheit:

»Na na, Sie sind doch kaum überrascht, mich zu sehen, wie?«

»Nun ja, durchaus, ich hatte keine Ahnung ...«

Die Kellnerin kam zurück und brachte den Tee, den Agnès selbst servierte. Während sie Tee eingoss und mir ein Gurkensandwich auf den Teller legte, betrachtete ich sie aus dem Augenwinkel. Sie trug einen Talar aus schwerem, schwarzem, rotgerändertem Samt mit einer Kapuze daran, wie ich ihn von keiner Universität her kannte. Ihre dunklen Augen hatte sie noch stärker als sonst schwarz umrandet und den Mund noch röter angemalt, so dass ihre weiße Haut feiner als das Davenport-Porzellan schimmerte. Als der Tee serviert war, nahm Agnès die Kapuze ab, schüttelte ihr Haar und biss seufzend in ein Sandwich:

»Ja, das tut gut. Wir wollen uns stärken, nicht wahr? Es dürfte schließlich eine lange Nacht werden.«

»Äh, ich verstehe nicht, Agnès …«

»Oh doch, meine Liebe, Sie verstehen mich sehr gut. Lassen wir die Präludien – kommen Sie, essen Sie, trinken Sie!«

Der Darjeeling schmeckte fein stark, ich lehnte mich behaglich stöhnend zurück und wir aßen einvernehmlich schweigend, bis die ganze Etagère leer war. Kauend starrte ich auf die weiße Tapete und sah erst jetzt, dass in sie ein wiederkehrendes Emblem geprägt war, in dem zwei kleine Affen mit Lilienschwertern miteinander fochten. Langsam wurde ich schwer, mein ganzer Körper wurde warm, mir war, als läge ich in mir selbst im Toten Meer. Nach dem Essen streckten wir Arme und Beine aus, gähnten und lachten dabei, und plötzlich griff Agnès mit beiden Händen mein Gesicht, schüttelte mich an den Ohren und küsste mich herzhaft schmatzend auf beide Wangen:

»Sie kleiner Pfundskerl! Wie schön, dass wir endlich Freunde sind!«

Als sie mich losließ, schnellte ich mit dem Hinterkopf gegen die Bank. Ich lächelte etwas verlegen, rieb mir die Ohren und fragte stammelnd:

»Was wollen wir nun anfangen? Ich meine, was genau wollen Sie hören?«

»Alles selbstverständlich!«

»Ja Agnès, ich will Ihnen alles erzählen, alles.«

Und das wollte ich sogar wirklich, fast aller Widerstand war gebrochen, sprechen wollte ich, bis das Licht der letzten Tage ausgegangen und aller Atem aus meiner Hülle gewichen wäre. Agnès tätschelte mir die Wange:

»Gut, dass Sie endlich zur Vernunft gekommen sind.«

Sie öffnete ihren Umhang, und ich sah, dass sie darunter eine enge, olivgrüne Jacke mit vielen Taschen trug, aus denen sie nun ein winziges Notebook, ein Diktiergerät und ein Richtmikrofon holte und alles auf dem Tisch aufbaute. Ich öffnete unwillig den Mund, aber sie packte mich am Arm und sagte bestimmt:

»Es muss sein – ich kann mich nicht auf mein Gedächtnis allein verlassen!«

»Oh nein, Agnès, Sie werden sich auf dieses Gedächtnis verlassen müssen, oder ich sage kein Wort.«

Ihre Hand um meinen Arm öffnete sich wie eine verblühte Seerose, dann nickte sie mehrmals resigniert vor sich hin, begann langsam die Sachen wieder in ihren Taschen zu verstauen und flüsterte dann mit eindringlicher Stimme:

»Sie verstehen immer noch nicht. Es wäre besser für Sie, wenn Sie mich unser Gespräch aufzeichnen ließen.«

Ich zuckte müde die Achseln:

»Muss ich mich wiederholen? Ich werde Ihnen alles erzählen, Ihnen allein oder gar nicht – Ihre Wahl.«

»Schon gut, ich habe verstanden. Fangen Sie also schon an zu erzählen.«

Ich fragte etwas schläfrig:

»Also schön, womit soll ich beginnen?«

»Mit dem Anfang selbstverständlich.«

»Es ist so schwer, den Anfang zu finden. Oder besser: Es ist schwer, am Anfang anzufangen. Und nicht zu versuchen, weiter zurückzugehen.«

»Nein, ist es gar nicht. Wo immer Sie anfangen, wird der Anfang sein. Aber na schön, wenn Ihnen das Schwierigkeiten bereitet: Wo und wie haben Sie die Kiste mit Manzanillas Schriften gefunden?«

Ich wiederholte murmelnd ihre Frage, nickte dabei eifrig, und dann erzählte ich Agnès, wie Paul mich in den Ahornwald geschickt hatte, wie ich den richtigen Ahorn gefunden hatte und wie Wittgenstein mir die Stelle gezeigt hatte, an der ich graben müsste. Mir fielen die Augen zu, so dass Agnès mir links und rechts Ohrfeigen gab, genau wie Wittgenstein es getan hatte. Nun rüttelte sie an mir und zischte drängend:

»Und dann? Weiter, erzählen Sie weiter! Sie müssen sprechen!«

Ich lehnte den Kopf an die samtene Bank, schloss die Augen und war doch auf einmal ganz wach. Von weit her hörte ich nun meine Stimme, und so sah ich jetzt auch die Lichtung wieder und Wittgenstein, wie er im goldenen Licht des Ahorns stand und auf mich einredete:

»Sie werden es sich merken, verstanden?«

»Ja, Sir. Ich werde alles tun, was Sie sagen.«

»Gut, dann hören Sie zu. Ich werde Ihnen durch Paul mitteilen lassen, wann Sie die Kiste ausgraben sollen, dann werden Sie auf der Stelle hier herkommen, und ich treffe Sie dann wieder hier, verstanden?«

»Ja, Sir, aber ich verstehe nicht …«

»Stellen Sie jetzt keine sinnlosen Fragen!«

»Ja, Sir, nein Sir, ich, es ist nur – warum können Sie die Kiste nicht selbst ausgraben?«

Er warf stöhnend den Kopf in den Nacken, wütend lief er auf und ab, dann packte er mich an den Schultern, sah mich eindringlich an und sprach nun langsam, viel langsamer als sonst:

»Mein liebes Kind, wissen Sie denn immer noch nicht, wer ich bin? Ich bin derjenige, der die Bibliothek von Alexandria angezündet hat – wie sollte ausgerechnet ich diese Bücher ausgraben? Aber ich will es wieder gutmachen, und Sie werden mir dabei helfen.«

»Ja, Sir.«

»Sagen Sie nicht dauernd Sir, wir sprechen beide Deutsch, also ist diese Anrede zutiefst lächerlich!«

»Jawohl, Herr Professor.«

»Und nennen Sie mich zum Teufel nicht Herr Professor! Sie wissen doch, dass ich das nicht mag, denn es ist sehr schmeichelhaft und so weiter, dass ich Professor geworden bin, aber es wäre vielleicht sehr viel besser gewesen, wenn ich die Stelle als Schrankenwärter bekommen hätte. Ich kann meiner Position nicht viel Geschmack abgewinnen, außer dem, was meine Eitelkeit und meine Dummheit manchmal dabei gewinnen. Also kein Herr Professor mehr, verstanden?«

»Ja, Sir.«

»In Ordnung, nun schlafen Sie gut und bis bald!«

In den nächsten Jahren schrieb Wittgenstein mir alles Mögliche, aber von der Kiste war nicht mehr die Rede, und ich wagte auch nicht danach zu fragen und begann allmählich, die Sache zu vergessen, bis Paul mich in der Mittsommernacht vor sieben Jahren erneut aus dem Schlaf riss und mir sagte, dass es nun Zeit sei, wieder in den Ahornwald zu gehen. Ich zog mir die Decke über den Kopf und hoffte, Paul würde mich in Frieden lassen. Aber er rüttelte mich sanft an der Schulter:

»Na, na, du kannst dich nicht drücken, das weißt du doch, meine komische Valentine!«

»Paul?«

»Hm?«

»Bist du mir noch böse, Paul?«

Paul sah mich lächelnd aus seinem Himmel an, duftige weiße Wolken waren um sein schwarzes Haar geflochten, und er streichelte mir die Wange, als er leise antwortete:

»Nein, ich bin dir schon lange nicht mehr böse.«

»Paul, du musst mir glauben, ich habe wirklich nicht mit deiner Mutter unter einer Decke gesteckt, ich habe wirklich nichts damit zu tun, dass ...«

»Schsch, ruhig, ruhig, ich weiß doch – aber du musst jetzt gehen.«

»Paul?«

»Hm?«

»Warum heißt der Ahornwald Ahornwald, wo doch alle Arten von Bäumen in ihm wohnen?«

»Weil der Wald dem einen Ahorn gehört, dem Ahorun. Aber nun geh endlich.«

Paul war verschwunden. Ich kroch widerstrebend aus meinem Bett, zog meinen blauen Frotteebademantel an, öffnete die Verandatür, lief bis zum Ende des Gartens, in dem die kleinen Igel laut schnarchten, dann atmete ich tief ein, hielt mir die Nase zu und sprang vom Gartenzaun aus in den schwarzgrünen Wald. Es dauerte eine Weile, bis sich meine Augen an das seltsam hellgrüne Licht gewöhnt hatten, das zwischen den schwarzen Stämmen schwamm, und dann erst wagte ich wieder zu atmen.

Ich begann zu rennen, und zu spät stellte ich ärgerlich fest, dass ich vergessen hatte, Schuhe anzuziehen. Der launische Waldboden flauschte meine Füße nur, um sie im nächsten Moment fauchend zu kratzen. Ich atmete beim Rennen so laut ich konnte, ich musste das unheimliche Hecheln des Waldes übertönen, denn wenn man in ihm läuft, atmet der Ahornwald rhythmisch mit doppelter Kehle, in das abgebrochene laut hauchende Ausatmen fällt im Kanon das asthmatisch rasselnde Einatmen, und diese kontrapunktisch doppelte Lunge kriecht einem giftig ins Herz, wenn man sich nicht zu wehren weiß. Mir ging der Atem aus, Seitenstiche piesackten mich, und kaum blieb ich mit vorgebeugtem Oberkörper stehen, verstummte der Wald bis auf ein leises Kichern hinter meinem linken Ohr. Ich starrte mit in die Seiten gestemmten Händen schnaufend auf den Tannennadelboden, der wie ein Mikadospiel für die in alle Ewigkeit Verdammten vor mir lag, als sich plötzlich ein gelbes Eichhörnchen unter meinen Blick schob und mir schüchtern lächelnd mit beiden Händchen etwas entgegenstreckte. Ich nahm es, und noch bevor ich nachsehen konnte, was es war, war das Eichhörnchen zurückgezuckt und wie ein Pinselschwung in einer Wasserschale verschwunden.

Ich öffnete die Hand und sah, dass es zwei weiße, wächserne Eicheln waren, und lachend verstand ich. Ich winkte in die Schwärze hinein, brüllte dem Eichhörnchen ein Danke in den argwöhnisch lauschenden Wald hinterher und stopfte mir die Eicheln in die Ohren. So setzte ich langsam trabend meinen Lauf fort. Mag sein, dass der Wald sein Geseufze wieder aufnahm, ich hörte ihn jedenfalls nicht. Vielleicht schwieg er aber auch heimtückisch. Weil ich den kindischen Mitteln des Eichhörnchens wohl doch nicht ganz traute und durch das Wachs mein eigenes Herz unangenehm in meinen Ohren schlagen hörte, begann ich zusätzlich, laut zu pfeifen.

So lief und lief ich, taumelnd vor Müdigkeit, und konzentrierte mich darauf, nicht auf die Richtung zu achten, um so den richtigen Weg zu finden. Nur tiefer und tiefer musste ich in den Wald hineinrennen, aber ich merkte, dass ich heimlich nicht tiefer in den Wald zu laufen, sondern in tauber Angst stattdessen aus ihm herauszukommen versuchte, weil ich es kaum noch ertrug, wie der kniehohe Farn mir mit seinen ekelhaft feinen Händchen an die Beine fasste. Ich hämmerte mir ins Gedächtnis, wie Paul immer, wenn der Weg dunkel wurde, gerufen hatte:

»*Der Weg ist verrückt, was läuft er mir vor den Füßen? Gedanken und böse Wege wären an die Leine zu legen. Nerv, besinne dich: Maikäfer und Bier.*«

Und tatsächlich: es half – weil es nicht half. Denn wie ein Mantra wiederholte ich Pauls Worte mit seiner Stimme in meinem Kopf, mit seinem singend rollenden R, doch der Weg war nicht an die Leine zu legen, und meine bösen Gedanken ließen mich feige aus dem Wald fliehen, aber so lief ich geradewegs tiefer und tiefer in ihn hinein und stand endlich wieder vor dem goldenen Ahorn.

Da war er, der gute böse Ahorun, strahlte mich an und gefiel sich in seiner Verklärung, ließ mich zu sich kommen und stieß mich doch höhnisch weg, sobald ich versuchte, die Stirn trostsuchend an seine Rinde zu legen, stieß mich rüpelhaft gegen die Stirn, so dass ich mit dem Hintern auf den Waldboden fiel, was mich so wütend machte, dass ich immer wieder aufsprang und mich, über meinen Bademantelgürtel stolpernd, mit voller Wucht gegen den Stamm warf, ihm in die Rinde boxte und schrie:

»Böser Onkel Ahorn, weine mal!«

Er lachte gutmütig herablassend, und seine Stüber gegen meine Stirn wurden langsam nachlässiger, spielerischer. Endlich legte ich erschöpft weinend meine Arme um ihn und murmelte:

»Du böser Baum, wirst nie mein Freund sein, aber aufhalten wirst du mich auch nicht, wirst mir nicht den Weg zu der Kiste versperren!«

Da erst fiel mir auf, dass ich gar nicht wusste, von welcher Seite des Baumes aus Wittgenstein drei große Schritte nach vorn gemacht hatte, der dumme Baum war schrecklich rund und ich konnte an der ihn umgebenden Lichtung auch nicht erkennen, ob ich ihn das letzte Mal aus derselben Richtung erreicht hatte oder aus einer anderen. Ich lief um ihn herum, in der Hoffnung, irgendwo eine Markierung zu finden, ein Kreidezeichen, eine Einkerbung, einen roten Punkt, aber natürlich war da nichts. Ich verfluchte Wittgenstein lauthals und schämte mich auf der Stelle dafür. Jammernd fiel ich wieder dem Baum um den Hals, der affektiert belästigt aufstöhnte.

Plötzlich hörte ich hinter mir ein Rascheln, und eine eisige Kälte schlug mir in den Nacken. Ein grausiges Hecheln aus mehreren Kehlen kam näher, und ich wagte nicht, mich umzudrehen, bis der bestialische Gestank aus diesen Kehlen so nah war, dass nur die Angst mich am Kotzen hinderte. Da nieste der Ahorn etwas blasiert und ich wandte mich um, die Hand über Mund und Nase gepresst, und starrte auf sechs flachsfarbene, rotäugige Hunde, von denen fünf in einer Reihe standen und der sechste, also der erste, sich vor ihnen und mir direkt gegenüber aufbaute. Ich sah in seine roten Augen, sah, wie sie alle ihm folgend in Zeitlupe die Lefzen hochzogen, ihre gelben Zähne und ihr hohes, blasses Zahnfleisch entblößten, sah, wie sich ihr Fell zu plustern begann und im goldenen Licht des Ahorns duftig flimmerte, sah, wie sie in unerträglicher Langsamkeit die Brust zum Sprung nach vorne schoben und die Hälse reckten, da knackte hinter ihnen laut ein Ast, und daraufhin war ein noch lauteres Hicksen zu hören.

Aus dem Wald torkelte ein rothaariger, sehr schlanker Mann in einem Schlangenkostüm mit einem breiten weißen Gürtel auf der Hüfte, an dem er sich mit der rechten Hand festhielt. In der Linken schwenkte er eine Flasche in einer braunen Papiertüte und sang lauthals:

»Bitte Herr Grabgräber, musst dich nicht schämen – haatschi! Tschuldigung!«

Die Hunde hatten sich geduckt, ihre Köpfe weg von mir ihm zugedreht, der jetzt schwankend hinter ihnen stand und lallte:

»Gute Güte, meine Lieben, dieser Gestank geht ein bisschen weit, geht er nicht?«

Die Hunde trollten sich mit eingezogenem Schwanz, ein Wind kam auf, verscheuchte den Höllengestank, die Ahornblätter wedelten um mein Gesicht, und es begann in feinen silbrigen Bindfäden aus dem schwarzen Himmel, an dem kein Mond und kein Stern zu sehen war, herabzuregnen. Der Regen war sommerlich weich und warm, ich atmete auf und pinkelte mir dabei in die Pyjamahose. Ich fühlte, wie die Pisse mir an den Beinen auf meine Füße herabrann, und verzweifelt über mich schüttelte ich den hängenden Kopf. Der Schlangenmann aber war noch da, er breitete die Arme im Regen aus, warf genüsslich den Kopf in den Nacken, und von seiner über der Stirn hochgetürmten Frisur schien nicht ein Haar nass zu werden. Dann torkelte er grinsend auf mich zu, schwenkte einen Zeigefinger in meine Richtung:

»Na na na, meine Liebe, Sie hatten doch wohl keine Angst vor diesem schlecht gemachten Spielzeug, wie?«

»Spielzeug?«

»Na, vergessen Sie's. Immer noch auf der Suche nach der richtigen Lösung, wie?«

»Äh, ja. Woher …«

»Gute Güte, das ist doch wirklich nicht so schwierig, die richtige Stelle des Baumes zu finden! Etwas kurz unter der Mütze, wie? Was glauben Sie wohl, warum Wittgenstein Ihnen keine Markierung an dem verdammten Ahorn hinterlassen hat?«

»Ich schätze, Sie werden's mir gleich sagen.«

»Na na na, nicht gleich hässlich werden. Schlückchen?«

Er hielt mir ruckartig seine Flasche hin und fiel dabei fast vornüber. Ich schüttelte etwas angewidert den Kopf, woraufhin er schallend lachte:

»Sich lieber anpissen als ein Schlückchen riskieren, was?«

Um ihn nicht mehr ansehen zu müssen, ließ ich den Kopf wieder hängen, aber er kam mir nun unangenehm nah und klopfte mir geziert patschend auf die Schulter, schlug dabei ein paar Mal in die Luft neben meiner Schulter, verlor das Gleichgewicht, schwankte aus der Hüfte so stark nach vorn, dass er von dem Schwung wiederum nach hinten gerissen wurde, und hätte ich ihn nicht im letzten Moment an seinem weißen Lackgürtel festgehalten, wäre er geradewegs auf seinen betrunkenen Kopf gefallen. Ich bereute meine Hilfe auf der Stelle, denn nach einem heiteren *Uuppalla* fuhr er fort, mich zu beleidigen:

»Nicht gerade das schlauste Mädchen, das Wittgenstein, die knorrige alte Eiche, diesmal wieder geschickt hat. Kein Wunder, dass ihm immer noch keiner seine verdammte Kiste ausgebuddelt hat.«

»Mir können Sie keinen Unsinn erzählen, Herr Schlangenmann, ich weiß, dass Wittgenstein noch niemals zuvor, niemals *vor mir* jemanden hier hergeschickt hat. Er hat niemals einem Schüler, einer Schülerin so vertraut wie mir, sich so anvertraut wie mir – das weiß doch jeder!«

»Sowieso – hicks! Wie heißen Sie überhaupt? Sie sind nicht zufälligerweise Mary-Ann?«

»Nein. Wollen Sie mir nun helfen oder nicht? Ansonsten zöge ich es vor, diese Konversation zu beenden.«

»Gute Güte, immer diese Empfindlichkeit. Natürlich helfe ich Ihnen, oder nicht? Schlückchen?«

»Na schön, geben Sie schon her!«

Er hielt mir die Flasche unter die Nase und hauchte mir grinsend seine Fahne entgegen. Ich konnte nicht noch weiter zurückweichen, weil ich meinen Hinterkopf bereits an den Ahorn drückte. Ich konnte nur versuchen, nicht einzuatmen, aber das Gesicht des Schlangenmannes kam immer näher, bis sich unsere Nasen berührten. Ich sah, dass sein eines Auge grün und das andere blau war, seine weiße Haut und seine hübschen blauen Schatten unter den Augen schimmerten unter dem Ahornbaum. Die spitzen Eckzähne waren zu sehr nach innen gebogen, als dass er hätte ein Vampir sein können. Trotzdem hielt ich ängstlich weiter die Luft an, bis er plötzlich seine Nase nach Eskimoart an meiner rieb. Dann fuhr er lachend zurück, und während ich noch auf meine Nase schielte, nuschelte er:

»Trinken Sie endlich, zum Teufel, oder nicht?«

Ich riss ihm die Flasche aus der Hand und trank. Es war erstaunlicherweise ein recht guter Whisky, wahrscheinlich ein alter *Macallan*, der mir warm die Kehle runterrann, bis der Schlangenmann mir die Flasche wieder wegriss und sie mir dabei leicht an den Schneidezahn schlug:

»He, aber nicht alles, Bürschchen!«

Dann fiel er nach hinten, landete auf seinem Hintern, lachte dabei wie verrückt, streckte schließlich alle Viere von sich und stöhnte behaglich:

»So, Zeit für ein kleines Nickerchen, mein lieber Herr Gesangsverein, das regnet vielleicht! Tse tse, verdammt obszön, sich eine Lungenentzündung oder so was im Regen zu holen, ist es nicht?«

Eine Sekunde später begann er schon zu schnarchen. Panisch stürzte ich mich auf ihn, gab ihm Ohrfeigen rechts und links, zerrte an seinen Haaren, die sich sonderbar hart und flaumig zugleich anfühlten wie zementierte Zuckerwatte. Ich schrie unablässig *nicht einschlafen, Ogottogott, nicht einschlafen!*, bis er endlich die Augen öffnete, aber seine bunten Irise wollten weiterschlafen, so ließ er nur seine weißen Augäpfel noch mal kurz vor die Tür und lallte:

»Schongutschongut. Also warum wohl, Dummerchen, gibt's keine Markierung in dem Ahorn?«

»Sagen Sie's schnell, bitte!«

»Na, weil's natürlich egal ist, von wo aus Sie drei Meter nach vorn gehen, logisch, nicht? Logo logissimo! Stellen Sie sich mit dem Rücken irgendwo an den verdammten Ahorn, gehen drei Meter nach vorn und fangen Sie verdammt noch mal an zu graben! So, Feierabend.«

»Nein, halt – aber die Kiste kann doch nicht überall sein …«

Er richtete sich plötzlich noch einmal auf, seine Augen blieben zwar weiß, aber er sah mich dennoch scharf an und sagte klar und deutlich:

»Wo immer Sie graben, Sie kommen nach unten!«

Dann fiel er endgültig zurück, und seine Lider schnappten mit einem metallischen Klappen zu.

Weil mir nichts Besseres einfiel, tat ich, was er sagte. Zum Glück hatte es aufgehört zu regnen. Ich stellte mich mit dem Rücken an den Ahorn und spürte, wie langsam von den Zehen aus kribbelnd ein feuerroter Zorn in mir aufstieg. Er betäubte meine Angst und übernahm das Kommando über mein Zittern. Mit geballten Fäusten machte ich drei große Schritte nach vorn, setzte mich fauchend auf den Boden und begann mit den Händen zu graben. Nicht mal an eine Schaufel hatte ich gedacht, aber mir war jetzt sowieso egal, ob ich etwas finden würde, wie lange ich graben müsste, ob ich mir die Hände aufriss. Das Ganze war einfach zu idiotisch. Fast enttäuscht stellte ich fest, dass der Waldboden an dieser Stelle so weich und locker wie Holzwolle war, und als ich bereits nach wenigen Minuten auf harten Grund stieß, dachte ich grollend, dass es nicht eben anständig von Wittgenstein gewesen war, mir eine solch lächerliche Aufgabe aufzuzwingen.

Gereizt fächelte ich die Erde von der Metallkiste, aber als ich sie ganz freigefegt hatte, merkte ich, dass es gar keine Kiste war, sondern eine Falltür mit einem Eisenring. Ich hatte Mühe sie anzuheben, aber dann starrte ich plötzlich in die Schwärze eines Abgrunds, der vielleicht auch nur die spiegellose Spiegelung des sternlosen Himmels war. An einer Leiter ging es nach unten, wie tief, ließ sich nicht erkennen. Ohne Zögern stieg ich auf die Leiter, begann gierig und laut fluchend nach unten zu klettern. Ich hoffte, ich könnte geradewegs bis in die Hölle hinabsteigen und sämtliche Teufel da unten kaputtficken, nur um diese Wut loszuwerden, aber nach etwa dreißig Metern war der Spaß schon wieder vorbei. Mit einem ungefederten Tritt, der mir hart in den Nacken sauste, landete mein linker Fuß auf dem Boden.

Mit meinem Nacken hatte auch meine Raserei einen schweren Schlag bekommen, und so standen wir beide taumelnd und kleinlaut auf dem Boden, hielten uns an der Leiter fest, und nachdem meine Augen sich an das schwarzblaue Licht gewöhnt hatten, sah ich mich, nun wieder ängstlich zögernd, um und stellte mit offenem Mund fest, dass ich immer noch im Wald war, nein, *wieder* in einem Wald gelandet war, in einem ganz anderen Wald, einem Tannenwald mit einem sternenklaren Nachthimmel darüber und unter ihm wiegten sich die Bäume im leichten Wind in den Wipfeln und rauschten still, nein, vielleicht nicht still. Jetzt erst fiel mir ein, dass ich noch immer die Wachseicheln in den

Ohren hatte und wunderte mich darüber, dass ich den Schlangenmann trotzdem klar und deutlich hatte reden hören. Ich nahm sie heraus, ließ dabei die Leiter los und erschrak, als sie schnurrend in die Höhe fuhr. Den Kopf in den Nacken gelegt sah ich zu, wie die Leiter einfach zum Mond heraufgezogen wurde, nein, nicht zum Mond. Denn um diesen Vollmond herum leuchteten zwölf Sterne und in einem dieser Sterne verschwand die Leiter. Da verstand ich, dass die zwölf Sterne die Falltüren waren, die nebeneinander im Radius von drei Metern um den Ahorn herum lagen, und lachend winkte ich zum Ahornmond hinauf, aber er antwortete nicht.

Die Wachskugeln warf ich weg. Hier würde ich sie nicht brauchen, dieser Wald atmete freundlich, tief und gleichmäßig, und sein salziger dunkler Duft, die kühle durchsichtige Feuchtigkeit, die einen warmen harzigen Sommertag in sich schlafen gelegt hatte, legte sich fett um meine Schnauze. Zutraulich schnüffelnd lief ich umher, Tränen der Erleichterung liefen mir über die Backen, bis ich erschöpft auf den weichen Nadelboden sank und sofort einschlief.

Als ich aufwachte, war es längst heller Tag, die Sonne schien durch die Tannen und durch meine Lider hindurch, und noch bevor ich die Augen öffnete, wusste ich auf einmal, dass ich an einem See war und dass dieser See in der Nähe des Meeres liegen musste. Ich sprang auf, rannte durch die schüchtern zurückweichenden Tannen dem Licht entgegen und wäre in meinem verrückten Lauf beinahe den steilen Hang hinabgefallen, hätte ein Johannisbeerstrauch mich nicht am Fuß festgehalten. So fiel ich glücklich auf den Bauch und starrte hinab in den dunkelgrünen See. Da erkannte ich, dass ich in Norwegen war. Ich sah mich um, ja, ich war tatsächlich wieder am Sognefjord, genau hier hatte ich mit Wittgenstein gesessen, vor langer, langer Zeit. Ich wandte den Kopf und sah weit hinter mir den kristallenen Fluss aus dem Tannenberg hinabfallen, und dann erblickte ich den bewaldeten Hang zu meiner Rechten und kaum hundert Meter entfernt lag sie tatsächlich da, die unheimliche Holzhütte, die eigentlich keine Hütte ist, sondern ein kleines Haus, aber noch eigentlicher kein Haus, sondern eine einschüchternde, karg thronende Hütte. Ungläubig schüttelte ich den Kopf, dann stand ich langsam auf, klopfte den Sand und die Tannennadeln von meinem Bademantel und lief auf die Hütte zu.

Ich musste nicht klopfen, denn die dem See abgewandte Haustür auf der Nordseite öffnete sich seufzend, als ich näher kam. Ich trat ein. Drinnen im kleinen quadratischen Flur war es finster, und ich stieß die angelehnte Tür zu dem gegenüberliegenden, ebenfalls quadratischen Wohnzimmer auf. Die Sonne schien recht fahl durch die beiden kleinen Fenster in den modrig riechenden, halbdunklen Raum hinein, und erst auf den zweiten Blick erkannte ich die dunkle Rückensilhouette des Mannes. Er stand mit auf dem Rücken gefalteten Händen vor dem linken Fenster, ein Bild von ergreifender Einsamkeit, und als er sich nun auf mein Räuspern hin umwandte, mir jungenhaft lächelnd mit ausgestreckter Hand entgegenkam, fiel mir wieder auf, wie sehr er Fürst Myschkin glich. Ich schluckte schwer, als er mir freudig die Hand schüttelte, mit der anderen Hand auf meine Schulter klopfte und dabei sagte:

»Sie haben es also doch geschafft. Ich wusste es! Wie froh ich bin! Wie ausgesprochen froh! Nun wollen wir uns erst einmal setzen und über alles reden, nicht wahr? Ich empfinde oft schwer, dass ich hier niemand habe, mit dem ich mich etwas aussprechen kann. Wir haben Zeit, nicht? Wir haben alle Zeit der Welt, denn es nutzt überhaupt nichts zwei, drei Stunden lang seichtes Philosophengeschwätz auszutauschen. Ich bin in Gefahr, noch seichter zu werden. Möge Gott es verhüten! Was nutzt das ganze Philosophiestudium, wenn für Sie nichts dabei herauskommt als die Fähigkeit, halbwegs überzeugend über irgendeine abstruse Frage der Logik etcetera zu reden, und wenn es Ihre Denkweise über die wichtigen Fragen des Alltags nicht verbessert? Wissen Sie, es ist mir klar, dass es schwierig ist, *richtig* über *Gewissheit*, *Wahrnehmung*, *Wahrscheinlichkeit* und so weiter nachzudenken. Und das Unglück ist, dass das Nachdenken über diese Dinge *nicht spannend* ist, sondern oft geradezu ekelhaft. Und wenn es ekelhaft ist, ist es *am Wichtigsten* – lassen Sie mich aufhören, zu predigen, was ich sagen will, ist: Ich bin *sehr* froh, Sie wiederzusehen, aber da wir uns nun endlich wieder treffen, wäre es falsch, Gespräche über ernste, unphilosophische Dinge zu vermeiden. Da ich furchtsam bin, habe ich nicht gern Streit, und besonders nicht mit Menschen, die ich gern habe. Aber lieber hätte ich Streit als bloß oberflächliche Gespräche. Als Sie heute Morgen nicht gleich kamen, dachte ich, das liege daran, dass Sie das Gefühl hätten, wenn wir tief genug graben, wären wir nicht mehr imstande, einander in sehr ernsten Problemen zu verstehen. Vielleicht habe ich mich völlig geirrt. Aber da wir es nun gottseidank erleben, einander wiederzusehen, wollen wir uns jedenfalls nicht davor drücken, in die Tiefe zu gehen. Sie können nicht anständig denken, wenn Sie sich nicht wehtun wollen. Darüber weiß ich Bescheid, denn ich bin ein Drückeberger.«

Er lachte herzlich, und ich sagte leise:

»Guten Tag, mein lieber Wittgenstein.«

Ich hatte große Mühe, meine Tränen zu unterdrücken, zum ersten Mal in den langen Jahren, die ich Wittgenstein nun schon kannte, war mein Mitleid mit ihm größer als meine Ehrfurcht. Er schien meine Gedanken zu lesen, denn er erwiderte lächelnd:

»Na na, so schlimm steht es nicht um mich. Mag sein, ich sitze auf dem Leben wie der schlechte Reiter auf dem Ross. Ich verdanke es nur der Gutmütigkeit des Pferdes, dass ich jetzt gerade nicht abgeworfen werde – aber dann wiederum ist dieser Gaul schließlich schon so lange gutmütig und ist eben kein mörderischer Tiger, auf dessen Rücken wir in Träumen hängen, nein, dieser Gaul wird schon noch ein Weilchen Mitleid haben. Aber wenn Sie wollen, bedauern Sie mich ruhig. Sie wissen ja, nur ein sehr unglücklicher Mensch hat das Recht, einen anderen zu bedauern. Kommen Sie, setzen Sie sich!«

Ich sah mich um und stellte fest, dass es gar keinen Stuhl gab, ja es gab, wie mir erst jetzt klar wurde, noch nicht einmal einen Fußboden. Der Dielenboden war sonderbarerweise aus Wittgensteins Wohnzimmer verschwunden, wir standen direkt auf dem Waldboden. Ich starrte abwechselnd auf die moosige Tannennadelerde und auf Wittgenstein, und er antwortete nickend und mit einer wegwerfenden Handbewegung:

»Ja ja, kein Stuhl, kein richtiger Boden mehr. Dieser Wald in meinem Haus lässt sich unmöglich noch mit Teeblättern sauber halten, aber Sie werden sehen, dass uns das die Dinge enorm erleichtern wird. Setzen Sie sich einfach auf den Fetzen da!«

»Wie bitte? Auf den Felsen?«

»Auf den *Fetzen*, den Fetzen, den Teppich da!«, er deutete mit dem Kinn in eine Ecke, in der zusammengerollt ein mottenzerfressener kleiner Teppich lag, »ziehen Sie das verdammte Ding in die Mitte des Raums. Ich werde uns erstmal Tee machen.«

Dann ging er in die Küche, und ich lauschte dem entschiedenen Scheppern des Geschirrs und Wittgensteins heiterem Gepfeife. Ich nahm den Teppich, rollte ihn in der Mitte des Zimmers aus, setzte mich im Schneidersitz darauf und ruckelte dann darauf herum, um das Muster des Teppichs genauer zu betrachten. In der Mitte des schmutzig rotbraunen Grunds war ein weißer Kreis, in dem eine leuchtend hellrosafarbene Lotusblüte und ein schwarzer Donnerkeil sich verschränkten. Ich rutschte etwas unbehaglich auf dem Teppich hin und her, weil mir einfiel, dass ich immer noch meine vollgepisste Pyjamahose anhatte, aber da war Wittgenstein schon wieder da, stellte ein schwarzes Lacktablett auf den Teppich, setzte sich auf seine Unterbeine wie eine Geisha und begann in traumwandlerischer Eleganz, den Keemuntee in Gläser zu füllen. Dann reichte er mir einen Teller, auf dem drei riesige Tomatenbrote lagen. Ich biss gierig in eins hinein, es war ein knuspriges Holzofenbrot, dick mit Butter bestrichen, die Tomaten waren grünsüß und mit grobem Salz und viel Muskatnuss bestreut. Noch nie hatte ich etwas so Gutes gegessen und als ich dies sagte, antwortete er lächelnd:

»Den, der einem eine gute Mahlzeit vorgesetzt hat, vergisst man nicht.«

Wir aßen und tranken eine Weile schweigend, dann fragte ich ihn:

»Sagen Sie, Sir, warum ist die Hütte noch da? Ich dachte, Sie hätten sie Arne Bolstad geschenkt und der hätte sie abgerissen, um mit dem Material sein eigenes Haus auszubauen.«

Wieder machte er nickend eine lapidare Handbewegung, kaute zu Ende und sagte dann:

»Ja ja, das ist die offizielle Version. Eine perfekte Geschichte, um diesen Ort hier zu schützen. Arne ist ein feiner Kerl, hat sich immer wieder von den Philosophietouristen fotografieren lassen, die scharenweise von Bergen hier rauf kommen, hat diesen Unsinn wieder und wieder erzählt und Tausende von diesen Leuten scheinbar treuherzig zu der falschen Stelle geführt, wo sie andächtig auf den kahlen Fleck Erde starren und dann träumerisch in den See herabblicken – nur einen halben Kilometer Luftlinie von hier entfernt, aber es reicht vollkommen. Ich sehe mir das Spektakel manchmal mit dem Feldstecher an, widerlich, widerlich das Ganze. Aber immerhin, niemand hat je Verdacht geschöpft. Und nun, wenn alles gut geht, darf meine kleine Hütte morgen endlich mit mir reisen.«

Ich nickte ihm ein paar Mal zu, auch wenn ich ihm nicht richtig folgen konnte, dann wechselte ich das Thema:

»Entschuldigen Sie, Sir, aber warum haben Sie mir nicht vorher gesagt, dass Sie mich erst hier und nicht bereits im Ahornwald erwarten würden?«

Er zuckte unwillig die Achseln:

»Was ist der Unterschied? Sie sind hier, oder nicht? Ist es wichtig?«

»Nein nein, entschuldigen Sie.«

»Gut, denn wir wollen keine Zeit mit sinnlosem Geschwätz verschwenden. Sagen Sie mir lieber, wie es Ihnen geht.«

»Gut, Sir, danke. Und Ihnen?«

»Ach nun ja, gestern Nachmittag fasste mich eine schwere Depression an. Wie ein Stein liegt es auf meiner Brust. Bin wieder sehr sinnlich und onaniere fast jeden Tag. So geht es nicht weiter.«

»Es tut mir leid, das zu hören, Sir.«

»Na, schon gut. Ist ja immer die gleiche langweilige Geschichte. Kommen wir zu den wichtigen Dingen. Sind Sie satt?«

»Ja danke, Sir.«

»Gut, ich werde Ihnen was zu trinken holen, ich habe eine Flasche 1936er *Mortlach* für Sie besorgt.«

»Oh, vielen Dank, aber ich trinke doch gar nicht ...«

»Ich auch nicht, aber heute werden wir beide trinken. Trinken und graben!«

»Jawohl, Sir.«

Er stand mit seinem charmanten Lachen auf, räumte das Tablett in die Küche, kam kurz darauf mit der Whiskyflasche und zwei Sakébechern aus weißem Porzellan zurück, und während er die drei in die eine Ecke des Zimmers stellte, befahl er:

»Räumen sie den Teppich wieder weg! Genau dort wo Sie sitzen, müssen wir nun graben. Ich hole die Schaufeln.«

Die Gemütlichkeit unseres Picknicks war plötzlich verflogen, und ich war enttäuscht, dass wir nicht noch länger sprechen konnten, es gab so vieles, was ich ihn fragen wollte. Als er mit einer Schaufel und einem Spaten zurückkam, mir die Schaufel gab und dabei erklärte »Ich mache jeweils den ersten Stich und Sie schaufeln die weichere Erde weg, verstanden?«, nickte ich halb brav, halb unwillig und begann dann etwas lustlos, die von ihm aufgeworfene Erde wegzuschaufeln. Diesmal ging die Sache nicht so leicht wie im Ahornwald, denn unter einer dünnen Schicht lockerer dunkler Walderde, in der die hilfsbereiten Ameisen fröhlich wimmelten, lag fett und zäh eine helle Tonschicht, die sich wie steinernes Nougat gegen Wittgensteins Spaten sträubte und mir schwer auf der Schaufel lag. So standen wir schnaufend eng nebeneinander, bis Wittgenstein nach einer Stunde aus der erst zwanzig Zentimeter tiefen Grube aufsprang, den Spaten wegwarf und rief:

»Kleine Pause, trinken wir!«

Er griff nach dem *Mortlach*, öffnete ihn und wollte schon die Sakébecher voll füllen, als ich ihm die Flasche aus der Hand nahm, mit dem Diamantring meines Vaters, den ich am linken Mittelfinger trug, eine Querkerbe in die Mitte der Flasche ritzte und zu meiner eigenen Überraschung mit fester Stimme sagte:

»Bis hierhin – und nicht weiter!«

»Gut, einverstanden.«

Schweigend tranken wir, zogen beim Schlucken genüsslich die Münder nach unten und nickten uns in einvernehmlicher Anerkennung dieses Single Malts zu, der seinen unverwechselbaren Geschmack tatsächlich von den rauchigsüßen, gepökelten Überresten einer riesigen, lachenden Seeschlange erhält, die der einfache Fährmann Calder MacLuchon vor über tausend Jahren im Todessee gefangen hat.

Danach ging es viel besser mit dem Graben. Wir waren nun guter Dinge, pfiffen Bachs *Wohltemperiertes Klavier*, ab und zu hielt Wittgenstein mit dem Tonstechen inne, um meine Zweitstimme zu korrigieren, und ehe wir uns versahen, hatten wir die Tonschicht durchdrungen, und darunter wurde der Boden wieder dunkler und sanftmütiger. Erstaunt sahen wir, wie uns in einem Meter Tiefe plötzlich eine Schar von Regenwürmern lachend begrüßte, mit deren Hilfe dann alles recht schnell voranging – zumindest schien es mir so. Aber tatsächlich war es stockfinstere Nacht geworden, nur von irgendwo schien ein fahles Mondlicht in die Grube. Als die längliche Grube etwa eineinhalb Meter tief war, stemmte sich Wittgenstein noch einmal nach oben, um eine Lampe holen zu gehen. Er brauchte recht lange, und mir wurde etwas mulmig, wie ich erschöpft in der dunklen Grube saß, aber zum Glück krochen die kleinen Regenwürmer tröstend über meine Hände und sangen mir ein Wiegenlied, sodass ich fast eingeschlafen war, als Wittgenstein mit einer Taschenlampe zurück in die Grube gesprungen kam, mir grell ins Gesicht leuchtete und dabei munter sagte:

»So, da bin ich wieder! Ich war sicher, dass ich noch eine Petroleumlampe im Haus hätte, habe alles auf den Kopf gestellt, aber nur diese lausige Taschenlampe gefunden. Aber was soll's – nun haben wir es ohnehin fast geschafft. Sie halten die Lampe, ich grabe das Ding aus!«

Ich stand schwankend auf, und kaum hatte ich Wittgenstein gähnend das Licht der Taschenlampe auf den Boden gehalten, als der Spaten einen hellen steinernen Ruf von sich gab und Wittgenstein ausrief:

»Ha! Habe ich die Begründungen erschöpft, so bin ich nun auf dem harten Felsen angelangt, und mein Spaten biegt sich zurück! Gnade der Tatsachen!«

»Auf dem harten Felsen, Sir?«

»Nun ja, nicht im wörtlichen Sinn.«

»Sie meinen doch hoffentlich eher auf der harten Kiste?«

»Schwatzen Sie nicht, kommen Sie, helfen Sie mir lieber, die Erde wegzufegen.«

Ich ahnte Schlimmes, als wir mit den Händen in der Mitte der Grube eine etwa sechzig mal sechzig Zentimeter messende Steinplatte frei wischten und ich schließlich mit der Hand an den Eisenring stieß. Ich jaulte auf wie ein Hund, dem man auf den Schwanz tritt:

»Eine Falltür! Noch eine Falltür! Oh nein, bitte nicht! Ich will nicht mehr!«

»Ruhe! Reißen Sie sich zusammen, verdammt noch mal! Halten Sie das Licht anständig!«

Ich hörte abrupt auf zu schreien, Wittgenstein zog ächzend die Falltür nach oben, etwas Erde fiel hinab, eng neben ihm stand ich in die Ecke der Grube gequetscht, hielt die Lampe in den Abgrund, ohne hineinzusehen, nun nur noch leise wimmernd, während Wittgenstein mit hochgezogenen Augenbrauen nach unten starrte. Dann murmelte er:

»Eine Leiter! Wahrscheinlich hundert Meter, vielleicht etwas mehr, lässt sich nicht genau sagen… hm, ich muss zugeben, dass mich das etwas überrascht. Ich dachte, wir wären am Ziel. Aber eigentlich ist es auch wiederum logisch – wenn man erstmal anfängt zu graben, geht's immer noch tiefer, wie?«

Dann lachte er mich aufmunternd an. Gequält lächelte ich zurück und fragte dann leise:

»Und jetzt?«

»Wie – und jetzt? Jetzt steigen Sie selbstverständlich da runter und holen die Kiste rauf.«

»Aber … wieso ich?«

»*Ich* werde selbstverständlich nicht hinabsteigen. Was auf einer Leiter erreichbar ist, interessiert mich nicht. Denn dort, wo ich wirklich hin muss, dort muss ich eigentlich schon sein.«

»Aber diese Leiter führt doch hinab und nicht nach oben, man kann mit ihr doch gar nicht über seine eigenen Sätze hinaussteigen und sie dann wegwerfen!«

»Es spielt keine Rolle, ob die Leiter nach oben oder nach unten führt – das Prinzip ist dasselbe, man gelangt über die Leiter weg vom rauen Boden der Tatsachen, man verliert die Reibung. Ich will weder in den Himmel noch in die Hölle, sondern hier auf diesem Boden bleiben.«

Und er stampfte mit dem Fuß auf den Grubenboden, sodass noch mehr Erde in den Abgrund rieselte und die Glühwürmchen, die um Wittgensteins Kopf geschwirrt waren, erschrocken davonflogen. Dann fuhr er träumerisch fort:

»Denn nur von hier aus kann man den lichten Äther sehen, muss nicht mehr traurig sein, sondern kann seine Probleme in eine Freude verwandeln. Sehen Sie mal!«

Er legte seinen Arm um meine Schulter und deutete mit dem anderen Arm geradewegs nach oben, und da sah ich, dass über uns in der Decke seines Zimmers ein großes Loch war. Man konnte nicht nur in den Dachboden hinaufsehen, sondern direkt in den Himmel, denn auch das Dach war offen, ein Loch klaffte an der Stelle, an der einst der Schornstein gewesen war. Wie durch ein riesiges Fernrohr sah ich über uns den Nachthimmel, an dem der Mond hell leuchtete und die zwölf Sterne blinkten, ein dichter dunkler und doch ganz flüssiger Himmel, in dem das Licht kristallen kichernd schwamm, ein Himmel wie aus feinstem dunkelblauem Seidenpapier, hinter dem eine riesige Kerze stand – ja, es war wirklich der lichte Äther, der über unserer finsteren Grube lag.

Staunend sah ich hinauf, bis mir der Nacken steif wurde, dann sah ich Wittgenstein an, der mir freundlich zulächelte:

»Verstehen Sie jetzt, was ich meine?«

»Ja, Sir. Aber warum kann ich nicht auch hier bleiben, mit ihnen auf diesem Waldboden bleiben und in den Äther sehen – warum muss dann *ich* hinab?«

»Weil es diesen Boden nur geben kann, wenn man zwischendurch hinabsteigt, oder, nun ja, eben andere für sich hinabsteigen lässt. Beim Philosophieren muss man ins alte Chaos hinabsteigen und sich dort wohlfühlen.«

»Aber ich fühle mich gewiss nicht wohl da unten! Ich finde das ehrlich gesagt etwas unfair …«

»Ihr Vater wäre stolz auf Sie. Denken Sie daran, wie er immer gesagt hat, das die höchste Art alles Seienden diejenige Seele ist, welche die längste Leiter hat und am tiefsten hinunter kann.«

»Ach, aber nein, das war doch alles nur leeres Gerede! Er hat mir vor allem versucht beizubringen, *niemals* in die Tiefe zu wollen. *Oberflächlich aus Tiefe!* Das war sein wahres Motto. Aber lassen wir meinen Vater selig aus dem Spiel. Sehen Sie, ich fürchte mich einfach ganz fürchterlich, fürchterlich …«

»Pischpasch! Schluss mit dem Gezeter, seien Sie nicht so eine elende Memme! Sie sind jetzt einfach mal dran! Sehen Sie, manche Philosophen – oder wie man sie nennen soll – leiden an dem, was man Problemverlust nennen kann. Es scheint Ihnen dann alles ganz einfach, und es scheinen keine tieferen Probleme mehr zu existieren, die Welt wird weit und flach und verliert jede Tiefe; und was sie schreiben, wird unendlich seicht und trivial. Ich hingegen habe meinen Anteil an Tiefe für dieses und schon das nächste Leben mehr als dreifach geleistet. Mir reicht es, dass ich immer noch fast jeden Tag in ganz andere Niederungen hinabsteigen muss.«

»Das verstehe ich ja alles nur zu gut, Sir. Aber – ich möchte wirklich lieber nicht …«

»Dieser Satz wird Ihnen hier nicht helfen, Sie wissen, dass Sie die verdammte Kiste raufholen müssen, Schluss aus. Also bloß kein metaphysisches Geschwätz, wenn alles so klar ist wie eine Watschen!«

Und er schubste mich an den Rand der Falltür in der Grube, so dass ich beinahe in den dunklen Abgrund hinabgestürzt wäre. Mir blieb gerade noch Zeit, mich schlotternd umzudrehen und mit gläsernen Beinen die Leiter hinabzusteigen. Als meine Hüfte bereits in der Schwärze verschwunden war, bat ich Wittgenstein, mir wenigstens die Taschenlampe zu reichen. Aber er schüttelte nur den Kopf und warf sie weit hinter sich wie ein Wodkaglas, so dass sie oben gegen die Wohnzimmerwand donnerte:

»Die wirst du nicht brauchen. Tu dein Bestes! Mehr kannst du nicht tun. Und sei heiter!«

»Jawohl, Sir.«

»Glückauf!«

Er hievte sich mit federnder Leichtigkeit aus der Grube, drehte sich dann, wieder auf seinem Wohnzimmerwaldboden angelangt, am Rand der Grube noch einmal um und winkte freundlich zu mir herab. Das Mondlicht goss sich strahlenförmig auf ihn hinab, und obwohl er nur ein paar Meter über mir stand, erschien er von hier unten aus riesenhaft. Ich winkte nicht zurück, senkte bloß gekränkt den Kopf und begann langsam nach unten zu steigen. Nach ein paar Metern hörte ich noch einmal Wittgensteins hallende Stimme, die irgendwohin, entweder zum Mond hinauf oder zu mir herab, rief:

»Wo andre weitergehen, dort bleib ich stehen.«

Dann war es still. Stiller als still. Man hörte nicht einmal mehr die entsetzliche Stimme, die um den ganzen Horizont schreit und die man gewöhnlich die Stille heißt, denn hier unten gab es nicht nur keinen Horizont, hier vergaß man, dass es je einen gegeben hatte. Hier war kein Ort mehr, nur noch ein Zug nach unten, der stillste Zug der Welt, so still, dass mein Herz plötzlich stillstand, und ab da stieg ich schneller hinab, in das Loch, das ich selbst war, ohne Stimmen, ohne Leib und

Seele, war ich endlich nur noch das Tiefer-und-Tiefer-ins-Dunkel-Hinab. Und dann lässt sich endlich sagen, was offen daliegt: Alles hat einmal ein Ende, nur die Angst hat zwei. Sie hat dann aber auch wieder nur eins, Anfang und Ende der Angst sind ja eins, denn die Angst ist ein riesiger Wurstring, der sich hier unten schließt, schließt sich einem um den Kopf wie der Eisenring um Heinrichs Brust. Und dann ist man endlich in Sicherheit. Dann geht's nicht mehr weiter runter, und dann kann man sein Richtfest feiern.

Ich hatte die letzte Sprosse der Leiter erreicht und stellte langsam beide Füße auf den Boden. Er war kalt und hart wie Stein. Ich drehte mich in der Schwärze um, und obschon nichts zu sehen war, konnte ich doch den weiten Luftzug eines schmalen Gangs eratmen. Wenig später kam mir tatsächlich einige hundert Meter weit entfernt eine Gestalt mit einer schwankenden Fackel entgegen, und als sie näher kam, hörte ich sie mit hoher Stimme singen:

»Ich warte in Hoffnung mit all meinem Sein
und will jedwedes verlieren.
Ich laure am Straßenrand auf den, der einen
hinaus auf die Straße wirft,
Der sich verbirgt und sieht, der dich ohne dein
Wissen liebt,
Ich hab ihm in heimlicher Liebe mein Herz
gegeben,
Ich warte in Hoffnung mit all meinem Sein
und will jedwedes verlieren.«

Als die Gestalt mich erreicht hatte, verstummte sie, ich erkannte im Schein der Fackel, dass es eine ältere Frau war, die ihr dunkles Haar um einen Bienenkorb herum nach oben geflochten hatte. Sie trug einen orangenen Overall mit vielen Taschen darin und einem ledernen Gürtel darum, in dem sechs Messer verschiedener Größe steckten. Nun stand sie direkt vor mir, verbeugte sich mit über der Brust gekreuzten Armen und ich tat es ihr nach. Dann fragte sie:

»Du bist gekommen, die Kiste zu holen?«

»Ja, Ma'am.«

»Gut, ich werde dich zu deiner Kammer führen.«

»Kammer?«

»Ja, die Kammer, in der du den König erwarten wirst.«

»Ich fürchte, das ist ein Missverständnis. Ich soll lediglich die Kiste ...«

»Folge mir!«

Sie hatte sich umgedreht und lief den Gang zurück. Ich stolperte schwindelnd hinter ihr her, konnte auf dem ebenen Boden schlecht laufen, hielt mich mit den Armen an den glatten, kalten Seitenwänden fest, und dabei wurde mir klar, dass ich langsam leider wieder zu mir kam. Die Frau lief trotz oder vielleicht wegen des Gewichts, das sie auf dem Kopf trug, in geschmeidig schleichender Schnelligkeit, ich hatte Mühe, ihr zu folgen, und um sie durch ein Gespräch etwas zu bremsen, fragte ich sie atemlos:

»Sind Sie hier die Empfangschefin?«

»Nein, ich bin bloß auf der Durchreise.«

»Wohin reisen Sie, wenn Sie mir meine Neugier verzeihen?«

»Das ist meine lustige Pilgerschaft zu dem Land, das da heißt: Land, wo man jedwedes verliert.«

»Sind Sie schon lange auf dieser Pilgerschaft?«

»Seit dreißig Jahren – ich habe einst meine Dissertation im Philosophischen Institut in Berlin verloren. Ich habe immer wieder alle Räume durchsucht und sie nicht gefunden. Deshalb begann ich meine Reise.«

»Und Sie, äh, glauben, dass Sie dort, in diesem Land, wo man jedwedes verliert, Ihre Doktorarbeit wiederfinden werden?«

»Selbstverständlich. Dort wartet sie auf mich. So, da wären wir – Ihre Kammer.«

Am Ende des Gangs lag eine Eisentür, die die Frau nun öffnete, und dann leuchtete sie mit der Fackel in eine drei mal drei Meter kleine Kammer, schob mich mit sanftem Druck hinein und wollte schon die Tür hinter mir schließen, als ich schrie:

»Halt, wo bin ich hier?«

»Diese Kammer liegt tief drunten, recht im Herzen der Erde. Der König hat dies Gemach eigens um deinetwillen gebaut.«

»Was soll ich hier?«

»Auf den König warten. Leb wohl.«

»Halt – können Sie mir nicht wenigstens die Fackel dalassen oder ein anderes Licht bringen lassen?«

»Nein, der König kommt nur im Dunkeln. Du darfst ihn nicht sehen wollen. Du wärst nicht imstande, seinen Anblick zu ertragen – er würde dir nur Qual bereiten, beißende, überwältigende Qual.«

Schwer fiel die eiserne Tür ins Schloss und ließ mich wieder in der vollkommensten Finsternis. Und wieder einmal verfluchte ich mich dafür, dass in mir kein Licht war, wie sehr wünschte ich, ich hätte jetzt wie mein verlachter Vater jammern können: *Licht bin ich: ach dass ich Nacht wäre! Ich lebe in meinem eigenen Lichte, ich trinke die Flammen in mich zurück, die aus mir brechen. Ich kenne das Glück des Nehmenden nicht. Nacht ist es: ach dass ich Licht sein muss!*

Ich wusste, es hatte keinen Sinn zu brüllen oder gegen die Tür zu treten und begann wie eine Katze auf und ab zu laufen, stieß dabei dauernd gegen die Wände und schlug daher gereizt mit dem Schwanz hin und her. Schnell war ich so erschöpft, dass ich mich in einer Ecke in die Hocke sinken ließ, aber statt auf dem Boden landete ich jäh dreißig Zentimeter darüber auf etwas uneben Hölzernem, und während ich aufjaulend sofort wieder hochsauste, weil ich mir einen Splitter in den Hintern gezogen hatte, jubelte ich zugleich:

»Hurra! Die Kiste! Sie muss es sein!«

Während ich mir mit der einen Hand noch den Splitter aus dem Hintern zog, ertastete ich mit der anderen bereits das hölzerne Ding. Es war tatsächlich eine kleine Kiste, und mehr noch: ich konnte sie öffnen. Heiße Tränen rannen mir in springenden Bächen die Backen herab, als meine Hände unter der Holzwolle auf das erste Buch stießen. Ich nahm es heraus und roch gierig an seinem duftenden dicken Ledereinband. Ich brauchte nichts zu sehen, um zu wissen, dass es die richtige Kiste war, dass es die richtigen Bücher waren. Summend schmiegte ich das Buch an meine Wange, da hörte ich plötzlich Schritte und steckte es erschrocken zurück in die Kiste, die zu schließen ich keine Zeit mehr fand, weil sich schon der Schlüssel in der Eisentür herumgedreht hatte. Die Bienenkorbfrau leuchtete mir mit der Fackel ins Gesicht und sagte spöttisch:

»Du hast sie also gefunden.«

»Ja, Ma'am.«

Ich schämte mich, wie ich hier auf dem Boden saß und alles um mich herum voller Holzwolle lag. Die Bienenkorbfrau kam lächelnd auf mich zu, und ich wich erschrocken zurück, als sie mir eine Holzwolllocke aus dem Haar nahm. Ich stand auf, zog den Gürtel meines Bademantels fest zu und räusperte mich. Die Bienenkorbfrau nickte beschwichtigend:

»Na na, es ist ja alles in Ordnung – warum solltest du auch nicht in die Kiste schauen? Du bist ja kein Dieb, der in der Mitte der Nacht kommt. Du sollst ja schließlich die Kiste nehmen und dann wieder gehen.«

»Gut.«

»Allerdings ...«

Sie machte eine Pause und sah dabei sinnend durch mich hindurch, so dass ich, um sie zum Weiterreden zu bewegen, drängen musste:

»Ja?«

»Allerdings sollst du vorher mit dem König sprechen. Du sollst hier auf ihn warten. Er möchte dir wichtige Dinge sagen.«

»Schön – wann kommt er? Also, ich meine, so ungefähr, wann kann ich mit ihm rechnen? Sehen Sie, Wittgenstein erwartet mich sicher langsam zurück, und ...«

»Es kann eine Weile dauern. Ich bin gekommen, um dir dies zu sagen: Der König ist krank. Er liegt zu Bett. Wir hoffen natürlich, dass er bald wieder wohlauf sein wird, aber wir können es nicht wissen.«

»Das heißt ...«

»Dass du warten musst.«

»Hm ... so so, das ist aber durchaus misslich.«

»Nun, es steht dir natürlich frei, zu gehen. Der König würde sich sehr freuen, dich zu sehen, aber er zwingt dich natürlich nicht, auf ihn zu warten.«

»Tja, wenn das so ist, würde ich mich gern vielleicht schon mal auf den Rückweg machen …«

»Bitte!«

Sie hatte nun die Tür freigegeben und wies mit der Hand nach draußen in den Gang. Verlegen stopfte ich die Holzwolle wieder in die Kiste, schloss sie und hob sie hoch. Sie war recht schwer, ich hielt sie mit beiden Armen vor der Brust und wollte sie mir am liebsten bis vors Gesicht heben, um an der Bienenkorbfrau vorbei durch die Tür zu schleichen, ohne sie ansehen zu müssen. Aber ihr durchdringend freundliches Lächeln hielt mich davon ab. Ich lächelte verkrampft zurück, und sie sagte sanft:

»Unser König zwingt niemanden zu sich. Du hast die äußerste Freiheit, zu tun, was dir beliebt.«

»Vielen Dank. Übermitteln Sie bitte dem König meine besten Grüße und Genesungswünsche und vor allem natürlich meinen herzlichen Dank. Und auch Ihnen vielen Dank und auf Wiedersehen!«

Sie nickte mir schweigend zu, und jetzt sprang ich mit angehaltenem Atem an ihr vorbei durch die Tür, lief, so schnell ich mit der schweren Kiste konnte, den von ihrer Fackel spärlich erleuchteten Gang entlang und hörte hinter mir ihr Schweigen, fühlte ihr Lächeln im Nacken. Das Herz tat mir weh, mein Atem ging rasselnd, und wie ein Ertrinkender griff ich mit der Linken nach der Leiter, so dass mir die Kiste beinahe runtergefallen wäre. Dann erst drehte ich mich um. Sie winkte mir zu, und ich hörte plötzlich von allen Seiten her das Schweigen, und da brach es unwillkürlich aus mir heraus:

»Ich kann ihm nicht entfliehen – gerade weil er nicht verhindert, dass ich gehe. Warum hält er mich nicht zurück, greift mir nicht ins Haar und sagt *Du sollst nicht gehen*? Oh, soll er mich doch strafen, mich schlagen, aber dieses widerstandslose Schweigen, das ist unerträglich!«

Die Bienenkorbfrau schien immer noch zu lächeln, ich konnte ihr Gesicht hinter der Fackel nicht mehr erkennen, nur ihre sanfte Stimme kam deutlich und gefolgt von ihren Echokindern zu mir herüber geflogen:

»Wieso meinst du, dass er in Wirklichkeit still ist? Woher weißt du, dass er nicht versucht, dich zurückzuhalten? Aber nun geh und leb wohl, kleine Valentine!«

Da sprang ich schnell auf die Leiter, wuchtete die Kiste auf eine obere Sprosse und begann mich wie ein einarmiger Bandit nach oben zu hangeln. Ich zwang mich, nicht nach unten zu sehen, mein Atem ging immer noch hechelnd und gefährdete mein ohnehin durch die Kiste angeschlagenes Gleichgewicht. Erst nach etwa hundert Metern begann ich mich zu beruhigen und setzte meinen Aufstieg in stabilerer Schieflage fort. Immer mit dem einem Arm die Kiste eine Sprosse rauf, dann den Rest des Körpers folgen lassend, so kam ich irgendwann im fast heiter gewordenen Klumparmwalzer nach oben, und plötzlich wurde es heller und heller und ich konnte weit oben das Tageslicht sehen und musste mich zwingen, nicht auf den letzten Metern leichtsinnig zu werden und die Kiste doch noch in den Abgrund sausen zu lassen. Dann war es geschafft. Übervorsichtig schob ich die Kiste vor mir auf den Grubenboden und starrte einige Minuten darauf, bevor ich mich selbst neben sie setzte. Dabei sah ich, dass es eine Sherrykiste war, was mich irgendwie beleidigte. Aber ich war zu müde und erleichtert, um darüber nachzudenken.

Wittgenstein hatte mir freundlicherweise einen roten Hocker in die Grube gestellt, so konnte ich ohne Anstrengung in sein Wohnzimmer hinaufsteigen und die Kiste abstellen. Erst oben stellte ich fest, dass es hellster Tag war, die Morgensonne schien strahlend durch die jetzt weit geöffneten Fenster, der warme Fichtenduft kam hereingeweht, und auf den Fenstersimsen saßen zwei Eichhörnchen und eine ganze Schar Spatzen, die mir lautstark applaudierten. Ich verbeugte mich gerührt vor ihnen, aber weil ich genau wie Wittgenstein große Angst habe, dass, sobald ich auch nur aufatmen kann, sich bei mir die Eitelkeit regt, fiel ich, um dies zu verhindern, auf die Knie, denn wie Wittgenstein immer sagt: *Nicht das Knien hilft beim Beten, aber man kniet.*

So verharrte ich ein Weilchen mit gesenktem Kopf und gefalteten Händen und dankte Gott dafür, dass ich wieder unter den Lebenden war, und dabei fing ich langsam an, mich zu wundern, wo denn Wittgenstein eigentlich stecke. Ich stand auf und durchsuchte die ganze Hütte nach ihm. Da wurde mir klar, dass ich allein war. Der Vogel war ausgeflogen. Ich ging wieder zurück ins Wohnzimmer und setzte mich ratlos aufs Fensterbrett. Zerstreut blickte ich auf den glatt und offen daliegenden glitzernden See in der Tiefe und dann wieder ins Zimmer hinein, in der Hoffnung, dass sich die Tür öffnen und Wittgenstein hereinspazieren würde. Als ich meinen Blick schon wieder auf den See legen wollte, sah ich hinter dem Türrahmen einen Brief stecken. Ich hüpfte zur Tür, zog den Brief heraus und erkannte schon an der Schreibweise meines Namens auf dem Umschlag voller Ärger, dass Wittgenstein mir in seiner zwar lächerlich einfach, aber für den Ungeübten enervierend zeitraubend zu decodierenen Geheimschrift geschrieben hatte. Ein A ist ein Z, ein B ein Y und so weiter. Fluchend riss ich den Brief auf, und erst nach über einer Stunde hatte ich ihn entziffert:

»Sie haben es also doch geschafft! Gut gemacht! Nun es ist wichtig, auch nicht eine Sekunde wertvoller Zeit zu vergeuden! Sie müssen mit den Büchern schleunigst rüber nach England. Nehmen Sie den braunen Samsonite-Koffer, der oben in meinem Schlafzimmer auf dem Bett liegt und packen Sie die Bücher dort hinein. Ich habe Ihnen alles, was Sie sonst für die Überfahrt brauchen, auch schon eingepackt, vor allem ein paar Krimis. Sie wissen, was Sie, bevor Sie gehen, mit meiner Hütte zu tun haben – und wenn Sie es nicht wissen, sind Sie ein noch größerer Dummkopf als ich glaubte, und dann ist ohnehin alles umsonst. Danach gehen Sie mit dem Koffer hinüber zu Anna Rebni, ihr Enkel wird sie mit dem Auto nach Bergen fahren. Dort gehen Sie an Bord der *Queen of Scandinavia*, die sie nach Newcastle bringen wird. Sie müssen sich beeilen, das Schiff legt um elf Uhr ab. Sie werden in Newcastle erwartet, ein ehemaliger Student von mir, übrigens ein glänzender Logiker, wird Sie mit dem Wagen nach Inverness hochfahren. Schottland ist der richtige Ort für Sie, mir wäre Wales noch lieber gewesen, aber ich fürchte, in Swansea könnte man Sie zu früh aufstöbern. Ich habe in Inverness im Turm von Castle Dunlunar ein absolut stilles Zimmer für Sie herrichten lassen. Dort werden Sie die Schriften Manzanillas übersetzen. Da Sie, wie ich annehme, ebenso wenig wie ich des Spanischen mächtig sind, wird dies wohl einige Jahre dauern. Über alles weitere seien Sie unbesorgt: Das Übersetzen wird ganz allmählich ins Herausgeben übergehen, und dann wird man Sie nach Cambridge rufen. Sie werden diesem Ruf scheinbar arglos folgen, aber vergessen Sie nicht, dass Sie unter keinen Umständen verraten dürfen, dass Sie die Kiste auf meinen Befehl hin ausgegraben haben. Meinetwegen deuten Sie den Leuten etwa an, ich habe Manzanillas Schriften verdrängen müssen, sie unterdrückt und so weiter, das mögen die verdammten Universitätsleute immer. Lassen Sie sich was einfallen. Sie wissen ja: *Wer zuviel weiß, für den ist es schwer nicht zu lügen.* Nun wird eine verdammt harte und unbehagliche Arbeit auf uns beide zukommen, bei der man oft ganz verwirrt dasteht und sich völlig wertlos fühlt. In diesen Fällen schrecke ich wie andere vor dem Denken zurück oder kann nur nach langem Kampf weiterdenken. Ich glaube, dass auch Sie dieses Gefühl kennen und wünsche Ihnen *viel Mut*! – auch wenn ich selbst ihn nicht habe. Wir sind alle krank.

Ihr L.W.«

In dem Brief lag eine Bordkarte für die *Queen of Scandinavia* und eine Packung Streichhölzer. Ich seufzte schwermütig, als ich den Brief in meine Bademanteltasche steckte, denn es tat mir leid, diesen Ort für immer verlassen zu müssen. Erst jetzt merkte ich, wie sehr ich an Wittgensteins norwegischem Wald hing.

Eine Stunde später lief ich mit dem Samsonite-Koffer den Weg ins Dorf hinab zu Anna Rebnis Hof. Ich starrte noch ein letztes Mal auf Wittgensteins Hütte, die jetzt lichterloh brannte. Das Feuer hatte sie schon ein wenig angehoben, und sie war bereit, in der nächsten Stunde in den Himmel aufzusteigen.

Widerstrebend drehte ich mich um, und dann rannte ich so schnell ich konnte runter ins Dorf, der Koffer schlug mir anfeuernd gegen das Knie, und obschon ich das grauenhafte Gefühl hatte, dass der Weg unendlich und meine Beine aus Gummi wären und ich mein Ziel niemals erreichen würde, so wünschte ich doch zugleich, ich könnte für immer und immer so weiter rennen. Noch als ich wie betäubt neben Arvid Rebni im Auto saß, den Koffer auf den Knien, glaubte ich zu rennen. Doch als das Schiff, das ich im letzten Moment noch erreicht hatte, nach ein paar Stunden die norwegischen Häfen hinter sich gelassen hatte und sich endlich genüsslich mit kräftigen Armzügen in Richtung England aufs offene Meer legte, kam etwas in mir zum Stehen.

Ich stand auf dem Oberdeck am Bug des Schiffes, umklammerte die Reling, den Koffer neben mir, der Wind ließ meinen Bademantel hoch hinter mir flattern wie einen Schwalbenschwanz, und mein Pyjama schlotterte lachend um meine Beine. Mir fiel wieder ein, wie ich, als ich noch recht klein war, mit meinem Vater, dessen Verstand bereits das Zeitliche zu segnen begann, auf einem Schiff vor Genua an Deck stand. Er hatte den Arm um meine Schulter gelegt, aufs Meer hinausgezeigt und mit klarer, fester Stimme gesagt:

Noch in diesem Augenblick sehe ich auf meine Zukunft – eine weite Zukunft! – wie auf dieses glatte Meer hinaus: kein Verlangen kräuselt sich auf ihm. Ich will nicht im Geringsten, dass etwas anders wird als es ist; ich selber will nicht anders werden. Aber so habe ich immer gelebt. Ich habe keinen Wunsch gehabt.

Und da hatte auch ich keinen Wunsch mehr und stand glücklich an Deck der *Queen of Scandinavia* und lächelte zuversichtlich aufs Meer hinaus, England, dem Ende der Erde entgegen – mit Recht, wie ich glaube, sagen zu können, finden Sie nicht, liebe Agnès? Denn schließlich ist es mir geglückt, alles so zu machen, wie Wittgenstein es mir aufgetragen hat. Bis auf die winzige Kleinigkeit, dass ich Ihnen all dies erzähle.«

Als Agnès nicht antwortete, öffnete ich langsam die Augen – und schloss sie gleich wieder. Das grelle Tageslicht stach zu sehr, und mein Kopf fühlte sich an wie ein riesiger Kaugummi. Mit einem Auge lugte ich in die Leere auf dem Ebenholzbänkchen mir gegenüber. Agnès war verschwunden, und in mir stieg ein vages Unbehagen auf. Ich blinzelte nach oben und stellte fest, dass das Turmkämmerchen nicht in den Himmel wuchs, sondern höchstens fünf Meter hoch und oben offen war wie ein überirdischer Brunnen. Ich versuchte aufzustehen, schwankte dabei aber so stark, dass ich mich sofort wieder setzen musste. Ich griff an meinen schmerzenden Hinterkopf, starrte dann ungläubig meine Hand an, die keinerlei blutsuspekte Anhaftungen aufwies. Ich wendete meine Hand hin und her, aber sie sah so weiß, klein und dumm aus wie immer. Ich war sicher gewesen, dass mir jemand eine verpasst hatte, doch mein Schwammkopf war anscheinend nur das Ergebnis eines riesigen schwarzen Darjeeling-Katers.

Hinter dem Schleier aus flimmernden weißen Sternchen, die mein schwankender Kreislauf mir vor die Augen warf, strahlte die weiße Tapete des Turmkämmerchens mich aufdringlich an, und nach einer Weile stellte ich erstaunt fest, dass sie gar nicht aus Stoff, sondern aus Plastik war. Noch einmal versuchte ich aufzustehen, ganz langsam ging es besser, und dann fuhr ich mit der Hand über die Plastikfolie mit dem Affenmuster, die recht schlampig aufgeklebt war und zwischen den Folienrändern überall die unverputzte Betonwand hervorlugen ließ. Mein Kopf sackte mir schwer nach unten und so sah ich, dass die Folie an einer Stelle über der Fußleiste sogar in Fetzen herabhing. Ich bückte mich, hob sie an und starrte dann auf ein paar an die Wand getackerte Kabel. Ich riss die Folie ab, es ging ganz leicht, einmal mit kurzem Schwung angerissen, kam sofort die ganze Bahn von oben heruntergesaust, und nach zehn Minuten drehte ich mich staunend in dem hellen Betontürmchen herum, das wie mit wildem Wein mit Kabeln und Wanzen bewachsen war.

Ich musste herzlich lachen. Damit das Lachen auch wieder ein Ende nahm, rannte ich aus dem Turmkämmerchen, rannte lachend durch das Café, durch den nach gefallenen Äpfeln duftenden Obstgarten, wo sich nun gerade eine holländische und eine spanische Reisegruppe um den Frühstückstee prügelten, rannte lachend an der Kellnerin Ginger vorbei, die mir ein freundliches »Guten Morgen, Ma'am, alles zu Ihrer Zufriedenheit?« zurief, rannte lachend durch das *kissing gate*, und erst als ich Grantchester weit hinter mir gelassen hatte, hörte das Lachen auf und ich blieb schwer atmend stehen. Sobald ich wieder zu Atem kam, lief ich zügig zurück nach Cambridge, langsam wieder schneller werdend, bis ich wie ein Wiesel die Treppe zu meiner Zimmer hoch flitzte, dabei die zischende Aufwartefrau fast umrannte, mich nicht entschuldigte und schließlich mit zitternden Händen mein Zimmer aufschloss.

Ich warf mich unters Bett – der Koffer war noch da, aber er wandte vorwurfsvoll seinen Blick ab. Entschuldigungen für die unverzeihliche Vernachlässigung meiner Aufsichtspflichten murmelnd, zog ich ihn unter dem Bett hervor, er sträubte sich beleidigt und ließ sich auch nur widerstrebend öffnen, aber dann sprang er doch resigniert seufzend auf, und erleichtert blickte ich auf die Manzanilla-Bände. Ich sah gleich, dass alle da waren, nahm sie aber trotzdem einen nach dem anderen heraus, blätterte sie einzeln durch und murmelte dabei weiter Entschuldigungen. Allmählich ging mein Murmeln in Lesen über:

»Wie nun sollst du mit der sonderbaren Rede der Menschen umgehen, auf die du allerorten stößt, sobald du die Mauern deiner Gelehrsamkeit verlässt – und selbst diese Mauern flüstern sie dir zu, wenn du nur genau hinhörst – und die dich zuweilen erschrecken mag? Denn wisse, dass diese Rede weder von einem teuflischen Wahnsinn gepackt ist noch von jenem süßen Wahn der Dichterrede, von dem uns Platon sagt, dass er die Stimme des Göttlichen trägt. Denn die Rede, von der ich spreche, ist eine einfache kleine Verwirrung des Geistes, wie sie überall auf Erden zuhause ist und immer sein wird, und Gott in seiner Unerforschlichkeit lässt uns in ihr wohnen und will, dass wir unseren Frieden mit ihr machen.

Darum halte es so: Wenn dir einer sagt, er *wisse*, dass er auf dem Mond gewesen sei, so kannst du ihn getrost für verrückt erklären. Habe Mitleid mit ihm und suche seine Qual durch freundliches Zureden zu lindern. Wenn dir aber ein zweiter sagt, er *wisse*, dass er *noch nie* auf dem Mond gewesen sei, so redet er ebensolchen Unsinn wie der Verrückte. Denn etwas, das für uns alle unanzweifelbar ist, kann kein einzelner *wissen*. Wie die Erfahrung zeigt und aus dem XV. Buch *Über die Dreieinigkeit*, Kapitel 12, des heiligen Augustinus erhellt, wo er erklärt, dass man an solchem nicht zweifeln könne: *Ich weiß, dass ich lebe, ich weiß, dass ich glücklich sein will, ich weiß, dass ich nicht irren will,* so würde der heilige Augustinus vielleicht sein Einverständnis dazu geben, dass wir seine klugen Worte heute so verstehen, dass es in all diesen Fällen unserer unumstößlichen Gewissheit sinnlos ist zu sagen: *Ich weiß*. Denn wenn einer sagt: *Ich weiß, dass ich glücklich sein will*, kann er dies nur sagen, wenn da ein Zweifel in ihm ist, ob es tatsächlich so ist. Vielleicht sehnt sich doch etwas in ihm nach dem Unglück? Und nur der wird den Satz: *Ich weiß, dass ich lebe* sagen, der einen ängstlichen Zweifel verscheuchen will, dass es nicht so sein könnte. Denke dir jemand, der in einem Alptraum stirbt und der nun nach dem Aufwachen erleichtert sagt: *Ich weiß, dass ich lebe*. Sagte dir aber jemand einen solchen Satz, ohne damit einem Zweifel entgegentreten zu wollen, und er sagte dir also einen solchen Satz nur, um dir mitzuteilen, was er weiß, so hast du einen Verrückten oder einen Philosophen vor dir. Habe Mitleid mit diesen beiden!

Was aber, wenn dir ein dritter sagt, dass unter seinem Haus keine Stiege sechs Stock tief in die Erde führt und wenn du ihn fragst, ob er dies *wisse*, er dir antwortete, dass er dies nicht zu wissen brauche, weil es zweifellos so sei? Gib ihm Recht, denn er hat Recht! Und dann lass ihn stehen und geh weiter. Er braucht deine Hilfe nicht und du nicht die seine.

Was aber antwortest du schließlich dem, der dir sagt, er wisse, dass unter seinem Haus eine Stiege sechs Stock tief in die Erde führt und dass diese Stiege direkt unter seinen Füßen liege, wo auch immer in seinem Haus er sich gerade befände, und dass er doch zugleich wisse, dass es eine solche Stiege unter seinem Haus nicht geben könne?

Wende dich diesem zu und sprich mit ihm! Wenn du ihm zeigst, dass unter seinem Haus keine Stiege ist, so wird er dir glauben und dir dennoch nicht glauben können. Du kannst den ganzen Boden seines Hauses aufreißen und ihm zeigen, dass darunter nicht jene Stiege verborgen ist, und er wird dir glauben und dir dennoch nicht glauben können. Denn wenn du ihn nun fragst, ob er noch immer zweifle, obwohl doch offen daliege, dass es keine solche Stiege gibt, so wird er dir sagen, dass sein Zweifel ohne Ende sei und dass er deshalb noch nicht einmal zweifeln könne. Denn ein Zweifel ohne Ende ist noch nicht einmal ein Zweifel. Du musst wissen: Der Zweifel kommt *nach* dem Glauben. Weil aber dieser Mensch das Natürlichste von der Welt, das, was wir alle als Kinder mit dem Sprechen beigebracht bekommen haben, nämlich Gewissheit in den Grunddingen des Lebens, nicht hat, so kann er auch nicht zweifeln wie du, und deshalb nimmt sein Zweifel kein Ende. Du willst ihm helfen, aber er wird dich mitleidig anlächeln und dir sagen: *Es ist immer von Gnaden der Natur, wenn man etwas weiß.* Lerne seine endlosen Zweifel zu verstehen, denn auch sie bilden ein System, das du ergründen musst wie das deiner vernünftigen Zweifel, wenn du verstehen willst, dass deine Gewissheit nicht darin gründet, dass Gott dich einige unveränderliche Wahrheiten der Welt erkennen lässt, sondern in der Gnade eines Grundes, auf dem Gott dich ruhen lässt – eine Gnade, die er diesem anderen Menschen verwehrt, um sich in ihm zu zeigen: Wisse, dass am Grunde des begründeten Glaubens der unbegründete Glaube liegt, so wie dieser Mensch es auch weiß. Sein Wissen kommt von weit her, traurig und froh weht es über das Meer seiner Vernunft, das sich ohne diesen Wind nicht zu bewegen vermag, weil es für die natürlichen Gezeiten unempfänglich ist.

Auch dieser Mensch weiß, dass der Zweifel *nach* dem Glauben kommt, aber er wird dich lehren, dass für den, der wirklich glaubt, der Glaube nach dem Zweifel kommt und dass mit dem Satz *Was ich weiß, das glaube ich* der Zweifel erst richtig beginnen kann. Und auch dieser Zweifel kann ein Zweifel ohne Ende werden und ist doch ein richtiger, ein vernünftiger Zweifel. Habe keine Angst vor diesem Menschen, habe keine Angst vor diesem Zweifel!

Sieh diesen Menschen als Einzelnen an, so wie er dich, und verdopple dich in ihm, ohne ihn in dir zu verdoppeln, und lerne so, Gottes Wort besser zu verstehen in der Rede, die er dir gegeben hat. Denn obschon es wahr ist, dass unser Wissen ein großes Universum bildet und dass nur in diesem Universum das Einzelne den Wert hat, den wir ihm beilegen, so ist doch auch wahr, dass das Einzelne immer zuerst erkannt wird. Und dieses Erkennen ist jenseits des Wörtchens *wissen*, das uns zuweilen verhext, weil wir glauben, in unserem Wissen offenbare sich dasjenige Gottes. Denn Gott hat uns mit unserem Wissen nicht *sein* Wissen, sondern etwas ganz anderes gegeben: die Sicherheit eines Hauses. Nicht mehr, nicht weniger. Ist Gott denn durch unser Wissen gebunden?«

Mein Lesen ging allmählich wieder ins Murmeln über, ich klappte das Buch zu, atmete erleichtert auf und wurde wieder zuversichtlicher. Meine Zweifel legten sich langsam, und das Meer wurde glatter. Es war richtig gewesen, Agnès alles zu erzählen und es ihr auf genau die Weise zu erzählen, wie ich es getan hatte. Ich war sicher, dass es unvermeidbar gewesen war, mich ihr anzuvertrauen und ebenso sicher, dass Wittgenstein mein Verhalten für absolut richtig halten würde, halten *musste*. Wie sonst hätte ich sein eigentliches Geheimnis vor der Entdeckung bewahren sollen? Ich wusste, er hätte an meiner Stelle alles ganz genauso gemacht. Ebenso sicher wusste ich jedoch auch, dass ich Agnès finden und erfahren musste, was sie mit ihrem Wissen nun anfangen würde. Am sichersten allerdings wusste ich, dass ich erst einmal schlafen musste. Ich packte also meinen Manzanilla wieder in den Koffer, legte ihn zu mir ins Bett und schlief sofort ein.

Als ich am Sonntagmorgen erwachte, sah ich an der Düsternis meines Zimmerchens, dass der Herbst bereits begann, mit seinem Verschwinden zu drohen. Ende Oktober bereits den November ins Feld zu schicken ist eine der unzähligen unfairen Verhaltensweisen des englischen Wetters. Dieses Foul nahm ich mit steifer Oberlippe hin, zog mich in bester Laune an und sagte dabei laut immer wieder Wittgensteins Maxime: Wer richtig lebt, der sieht das Problem seines Lebens genau und lebt nicht etwa blind, gleichsam wie ein Maulwurf, so dahin, aber er empfindet das Problem eben auch nicht als Traurigkeit, sondern als Freude – als lichten Äther um sein Leben und nicht als fraglichen Hintergrund.

Der Talar schwang sich heiter um mich, und ich beschloss, den Tag damit zu beginnen, zu Higgins hinüberzugehen, obwohl es Sonntag war und er mich also nicht erwarten würde. Doch als ich vor seiner Tür die Hand gerade zum Klopfen hob, rief Higgins mir schon von innen zu:

»Kommen Sie herein, meine Liebe!«

Ich öffnete die Tür und blieb verdutzt auf der Schwelle stehen. Higgins saß mit dem Rücken zu mir vor seinem Kamin und las die Zeitung zu seinem Morgentee. Endlich drehte er seinen Kopf bis zur Schulter zu mir, und obwohl er mir nur sein Profil zuwandte, sah mich sein linkes Auge über seine Lesebrille hinweg direkt an, als wäre er ein Fischhund. Weil ich noch immer reglos auf seinem Fußabstreifer stand, rief er ungeduldig:

»Kommen Sie schon! Setzen Sie sich – was kann ich Ihnen zum Frühstück bringen lassen? Ich nehme an, Sie essen weder etwas von dem Fisch noch von den herrlichen gebratenen Nierchen. Toast und Marmelade?«

Ich setzte mich ihm gegenüber, während er nach seinen Dienern klingelte:

»Ja bitte, vielen Dank – Sie haben gewusst, dass ich komme, Sir?«

»Natürlich, meine Liebe.«

»Aber –«

Es klopfte leise, und gleich darauf schwirrten Zeus und Apollo lautlos ins Zimmer und servierten mein Frühstück neben dem von Higgins auf der Anrichte, alles machten sie zusammen, hielten jede Platte gemeinsam und stellten dann eine Teetasse so diskret vor mich, als wäre sie mit einem Maienlüftchen herbeigeschwebt. Higgins nickte ihnen zu, und nachdem sie mit tief gebeugten Köpfen wieder hinausgeflutet waren, hob ich meine Frage wieder vom Boden auf:

»Aber … wie konnten Sie wissen, dass ich zu Ihnen kommen würde, Sir?«

»Nun, ich weiß schließlich alles.«

Ich nickte langsam und murmelte:

»Ja natürlich, natürlich. Wie dumm von mir.«

Er lächelte mich mitleidig an:

»Wie dumm von Ihnen, in der Tat. Wenn Sie an einem Sonntagmorgen um halb acht laut pfeifend quer über den stillen Hof laufen, brauche ich nicht einmal aus dem Fenster zu sehen, um zu wissen, dass Sie zu mir kommen.«

Ich lachte erleichtert und zugleich beschämt auf, Higgins leistete mir freundlich lautlos Gesellschaft beim Lachen und sagte dann scherzhaft:

»Die einzigen, die wirklich alles wissen, sind Zeus und Apollo.«

Mein Lachen fiel platschend in meine Teetasse, etwas Tee spritzte auf Higgins' Clubjacket und ich versuchte in höchster Pein mit einer Serviette die kleinen Flecken zu verscheuchen, bis er meine Hand abwies und ruhig sagte:

»Schon gut, schon gut, das macht gar nichts, es muss ohnehin gereinigt werden. Nun trinken Sie in Ruhe Ihren Tee, ich hoffe, Sie mögen *Earl Grey Smokey*. Und dann sagen Sie mir, wie geht es Ihnen?«

Ich stand auf, häufte mir von der Anrichte einen Teller mit Toast, Butter und Marmelade voll und antwortete beiläufig:

»Gut, gut, hervorragend.«

»Fein, keine besonderen Vorkommnisse?«

»Nein, keine, nichts, Sir.«

»Sind Sie sicher, meine Liebe? Immerhin sind Sie außer der Reihe hier und Sie sehen, wenn ich mir diese Bemerkung erlauben darf, etwas angespannt aus. Kommen Sie, setzen Sie sich wieder, Sie haben anscheinend heute Morgen eine leichte Neigung zum Erstarren, wie?«

Ich setze mich lachend und begann mit großem Appetit zu essen. Higgins hatte die gefalteten Hände in den Schoß gelegt und betrachtete mich mit zusammengezogenen Augenbrauen und herabgezogenen Mundwinkeln. Ich aß ungerührt weiter und versuchte ihn so wenig wie möglich anzusehen, bis er schließlich leise sagte:

»Sie haben meine Frage nicht beantwortet.«

»Oh Entschuldigung, Sir. Wie lautete die Frage noch mal?«

Ich leckte mir schmatzend die Finger ab, sie waren voller Orangenmarmelade, und trank dann einen großen Schluck Tee, der ausgezeichnet schmeckte und mein Blut, das davor etwas mürrisch am Straßenrand herumgelungert hatte, zum Weitertraben brachte. Dann drehte ich den Kopf zum Kamin herum und sagte:

»Es ist überaus angenehm, dass in Ihrem Kamin immer ein kleines Feuer brennt. Besonders an einem lausigen Tag wie diesem.«

Higgins nahm jetzt die Lesebrille ab, rieb sich die Augen und sah mich dann kopfschüttelnd an:

»Wenn Sie sich mir nicht anvertrauen, kann ich Ihnen nicht helfen.«

»Aber es ist alles in Ordnung, Sir.«

»Nein, das ist es durchaus nicht, meine Liebe. Sie treiben sich zuviel an schlechten Orten herum, statt anständig zu arbeiten.«

»Oh, Sie meinen, dass ich nach Grantchester gelaufen bin, Sir, ein hübscher Ort, ja, aber das war wohl etwas zuviel Müßiggang. Ja, ich habe mich im *Orchard* mit Agnès, ich meine, mit Dr. Mondet getroffen.«

Er zog missbilligend die Augenbrauen hoch:

»Im *Orchard*? Was für ein dummer Ort.«

»Ja, Sir. Äh, wie meinen Sie, Sir?«

Er schüttelte weiter den Kopf:

»Und Sie haben mir nichts zu sagen?«

»Nun, um ganz ehrlich zu sein, ich wollte Sie etwas fragen.«

»Nur zu, nur zu!«

Er machte eine ungeduldige Handbewegung und sah mich unwirsch an, sodass ich mich sehr anstrengte, meine Stimme so fest wie möglich an den Brustkorb zu zurren:

»Der Ort erschien mir etwas sonderbar. Wir saßen dort in einer runden Nebenkammer, einem Turmzimmerchen, und –«

Ich kam nicht weiter, weil aus Higgins ein überaus unvornehmes, lautes Lachen platzte, das sich in immer neuen Salven entlud, und dabei hielt er sich mit der einen Hand genüsslich gequält den Bauch und klopfte mir mit der anderen auf die Schulter, so dass mir nichts anderes übrigblieb, als meinen Mund in einem schmerzenden Grinsen nach oben zu ziehen. Meine Augen starrten ihn ängstlich an, bis sein Lachen nach einigen Minuten in seehundartig hohen Seufzern ausrollte. Dann wischte er sich die Tränen fort und stöhnte nach Luft schnappend:

»Das ist zu köstlich, meine Liebe, zu köstlich! Sie sind auf diese Schmierenkomödie hereingefallen – auf die *Spy's Chamber*, diese mieseste aller Touristenattraktionen, die unsere gute alte Hure Cambridge in ihrer unermesslichen Sucht nach Verkommenheit zu bieten hat – das ist wirklich unglaublich! Nein, wie herrlich dumm Sie sind!«

»*Spy's Chamber*? Soll das heißen, dass die Kabel, die Wanzen gar nicht echt sind?«

»Natürlich nicht! Das Tourismusamt hat diesen Anbau an den *Orchard* letzten Herbst zusammen mit den Betreibern des Cafés verbrochen und verkauft ihn den verblödeten Touristen als die Kammer, in der Kim Philby sich zwischen 1933 und 1963 mit seinen Verbindungsleuten vom MI 6 getroffen hat und diese Gespräche direkt dort den KGB hat mitlauschen lassen. Dabei weiß jedes Kind, dass Philby seine Opfer wie jeder anständige Apostel immer nur im Bett ausgelauscht hat.«

»Ja natürlich, ich verstehe, Sir.«

Ich starrte in meine leere Teetasse. Higgins klopfte mir tröstend aufs Knie und musste wieder lachen:

»Haben Sie die Plastiktapete runtergerissen?«

»Ja, mag sein.«

»Köstlich! Dreißigmal am Tag wird diese Plane lose angeklebt, um sie dann vor dem offenmäuligen Touristenvieh nach unten rauschen zu lassen.«

Ich schielte ihn schräg von unten an, während sein Lachen langsam in einen schmerzlichen Ausdruck überging, bis er leise seufzte:

»Was sind das für Zeiten? Derlei Geschmacklosigkeiten haben die Old Boys nicht verdient. Sie mögen Monster gewesen sein, aber sie hatten Stil, weiß Gott!«

»Ja, Sir.«

Schließlich sprang er auf, streckte sich und rief mir heiter zu:

»Na ja, hören wir auf zurückzublicken! Kommen Sie, wir wollen etwas laufen.«

Er schwang sich in seinen Burberry, und ich trottete hinter ihm her nach draußen, wo sich die Morgentrübe zu einem kräftigen Tagesregen durchgerungen hatte. Während ich mir den Talar über den Kopf zog, schlug Higgins nur seinen Kragen hoch, blickte hochmütig nach oben und sagte rügend:

»Na, heute will es wohl wirklich schönes Wetter werden!«

Wir liefen eine Weile schweigend durch die leeren Backs, die noch in sonntäglicher Morgenruhe dalagen, stapften durch das nasse Gras, bis Higgins stehen blieb, um den einsetzenden Turmschlägen von St. Peters zu lauschen. Ich stand mit gesenktem Kopf neben ihm und starrte auf meine durchnässten Schuhe. Als die letzten Schläge im Regen verhallten, liefen wir weiter, doch plötzlich machte Higgins abrupt kehrt und sagte schlechtgelaunt:

»Kehren wir um. Es ist keine rechte Freude.«

»Nein, Sir.«

Vor seiner Tür angekommen, verabschiedete er mich freundlich:

»Gut, das wäre alles für heute. Ich wünsche Ihnen einen guten Tag.«

»Danke, Sir, das wünsche ich ebenfalls.«

Ich hatte mich schon zum Gehen umgewendet, da rief er:

»Ach, bevor ich es vergesse – Sie sollten sich etwas häufiger an akademisch angemesseneren Orten aufhalten als dem *Orchard*, finden Sie nicht? Soweit ich sehe, waren Sie noch nicht einmal in der Bibliothek.«

»Nein, Sir, bisher noch nicht, leider, ich gehe direkt heute hin. Ich muss nur vorher noch einmal mit Dr. Mondet sprechen.«

»Dr. Agnès Mondet ist heute Morgen abgereist nach Paris. Sie muss für ihr Forschungsvorhaben dringend eine paar Dinge an Ihrer Heimatuniversität recherchieren, und anscheinend hat sich ganz plötzlich an der Sorbonne ein wichtiger Kontakt für sie ergeben. Schließlich muss sie auch an ihre Karriere nach Cambridge denken.«

»Heute Morgen?«

»Ja, in aller Herrgottsfrühe wollte sie fahren, soweit ich weiß, ich habe sie selbst nicht gesprochen, habe es nur gestern Abend von Dr. Wilson gehört.«

»Und für wie lange wird sie fort sein?«

»Ich habe keine Ahnung. Ein paar Tage nehme ich an, ein paar Wochen? Ist es ein Problem?«

»Nein nein, durchaus nicht. Ich bin nur etwas überrascht, weil sie mir nichts davon gesagt hat.«

»Tja, unsere Forschungsprojekte gehen immer vor, manchmal vergessen wir darüber die sozialen Regeln ein wenig, was ganz natürlich ist, nicht wahr?«

»Ja, durchaus natürlich. Einen guten Tag, Sir! Bis Dienstag!«

Ich drehte mich schnell um, weil der letzte Rest meiner Maske sich gerade von meinem linken Mundwinkel aus ablöste. Dass ich dann zurück zu meinem Zimmer rannte, schien mir unverdächtig, schließlich regnete es in Strömen und mein Talar war schon so vollgesogen, dass er an mir hing wie ein Kind, das sich schwer macht, weil man es ins Bett stecken will. Zurück in meinem Zimmer, zerrte ich ihn mir vom Leib, warf ihn wütend aufs Bett und fiel dabei selbst hinterher. So blieben wir beide eine Weile bewegungslos liegen, einer nasser als der andere, und ich versuchte, ruhig und systematisch darüber nachzudenken, welche Bedeutung Agnès' plötzliche Reise hatte. Aber schnell drehte ich mich im Kreis und als ich einsah, dass alle Antworten bloße Spekulation bleiben mussten und ich unmöglich Gewissheit erlangen konnte, schlief ich ein.

Im Halbschlaf hörte ich ein leises Klopfen an der Tür, das sich etwas lauter wiederholte, bis es mich als lautes Fausthämmern mit Herzklopfen hochschrecken ließ. Ich versuchte, so still wie möglich zu sein, hielt die Luft an in der Hoffnung, dass der Mensch vor der Tür wieder verschwände. Als ich nach einer Weile nichts mehr hörte, ließ ich mich erleichtert in die Kissen zurücksinken. Da öffnete sich langsam die Tür. Ich hielt mir den Talar vor den Mund und starrte ängstlich darüber, bis ein blonder Kopf im Zimmer erschien. Erst als er mir langsam sein Gesicht zuwandte und dann über meinen Anblick lachen musste, erkannte ich Orville. Er trat mit schnellen Schritten in mein Zimmer, setzte sich ans Bett und verwandelte sein Lachen in ein Lächeln. Während er mir die Haare aus dem Gesicht strich, sagte er heiter:

»Ich wollte Sie nicht erschrecken, verzeihen Sie! Ich habe Sie vorhin über den Hof rennen sehen und Sie gerufen, aber Sie liefen so hastig, dass Sie mich wohl nicht gehört haben. Sie sahen etwas erschrocken aus, und da dachte ich, ich schaue einmal nach Ihnen.«

»Vielen Dank. Das ist sehr liebenswürdig. Aber mir fehlt nichts.«

»Aber Sie zittern und ihre Lippen sind ja ganz blau.«

»Ach, das ist nur der verdammte Regen, ich werde mich umziehen, dann geht's schon wieder.«

»Ja, Sie sollten sich tatsächlich nicht in nassen Kleidern aufs Bett legen.«

»Ja, das ist wohl etwas dumm.«

»Ja, ziemlich dumm.«

Dann lachten wir beide, ich stand auf, während Orville meinen Talar vom Bett nahm, ihn ausschüttelte und auf einem Bügel im Badezimmer aufhängte. Dabei sagte er verwundert:

»Sie haben ja gar keine Dusche, geschweige denn eine Badewanne. Dieses kleine Waschbecken hier ist alles?«

»Ja ja, es ist etwas unbequem, aber dann wiederum ist es auch gut so. Man bleibt in gewisser Weise sehr viel reiner so.«

»So so, ich glaube nicht, dass ich Sie verstehe, aber ich bin sicher, dass

Sie jetzt dringend ein heißes Bad brauchen. Kommen Sie, wir gehen zu mir hinüber.«

»Ach nein, das ist sehr liebenswürdig, wirklich, aber es ist gar nicht nötig.«

»Unsinn, Sie kommen jetzt mit mir rüber nach Whewell's Court.«

»Sie wohnen drüben in Whewell's Court?«

»Ja, wussten Sie das gar nicht?«

»Nein. Das wusste ich nicht.«

Ich setzte mich wieder aufs Bett, weil mir etwas schwindelig war. Orville begann aus meinem Kleiderschrank meine Wäsche zusammenzusuchen und fragte dabei:

»Na, was ist nun? Hören Sie endlich auf, sich zu zieren? Das steht Ihnen überhaupt nicht.«

Dann lachte er wieder, zog mich am Arm vom Bett hoch und ich musste auch lachen. Wir verließen das Zimmer. Während ich abschloss, drehte ich mich zu ihm und sagte:

»Ich ziere mich überhaupt nicht, entschuldigen Sie, wenn ich diesen Eindruck erweckt haben sollte, das wäre höchst unfein. Ich würde also sehr gern über Sie und Ihre Badewanne verfügen.«

»Na dann, verfügen Sie, verfügen Sie!«

Wir schubsten uns lachend gegenseitig die Treppe runter, wobei Orville andauernd meine Wäsche fallen ließ. Unten angekommen, war sie so dreckig geworden, dass ich sie direkt in den Mülleimer neben der Eingangstür warf und Orville scherzhaft auf den Hinterkopf schlug. Es hatte aufgehört zu regnen, aber Orville fing trotzdem an zu rennen und rief dabei:

»Wer zuerst da ist, darf sich zuerst ausziehen!«

Vor Anstrengung biss ich die Zähne zusammen, hatte aber keine Chance, ihn einzuholen. Ich rannte gerade durch das Great Gate, da hatte er längst die Trinity Street überquert und ich sah ihn gerade noch als weißen Punkt durch die All Saints' Passage fliegen. Als ich mich keuchend die Stufen in den Turm von Whewell's Court hochschleppte, stand er triumphierend pfeifend vor einer Tür im ersten Stock. Ich fragte atemlos:

»Sie wohnen im ersten Stock?«

»Ja, so scheint es, enttäuscht Sie das?«

»Nein, warum sollte es?«

»Es klang so. Glauben Sie, man gibt einem solch windigen Fellow wie mir gleich die Zimmer oben im Turm? Kommen sie schon rein!«

Ich trat zögernd ein, schaute mich in seinem Wohnzimmer um, während Orville sich auf dem Weg ins Bad auszog und dabei seine Sachen auf den Boden fallen ließ. Dann hörte ich aus dem Bad das einlaufende Wasser und Orvilles Pfeifen, setzte mich auf das dunkelgrüne Ledersofa, drehte den Kopf in alle Richtungen und betrachtete die unzähligen kleinen Bilderrahmen, die an den lindgrün gestrichenen Wänden hingen. Auch auf dem Kaminsims und der Eichenanrichte standen Bilderrahmen mit Photographien darin. Ich stand auf, und während ich mit zusammengekniffenen Augen ein Jugendfoto von Orville musterte, auf dem er auf einem schwarzen Pferd saß, den Poloschläger in der linken Hand hoch über dem Kopf erhoben, die Mundwinkel weit hochgezogen zu einem strahlenden Lachen, das auch die Seitenzähne entblößte, rief ich laut zu ihm ins Badezimmer hinüber:

»Gleich? Was meinen Sie mit gleich?«

»Wie bitte?«

Ich trat einen Schritt von der Fotografie zurück, drehte mich im Kreis und stellte fest, dass auf allen Bildern Orville zu sehen war, und brüllte dann noch einmal gegen das behaglich bollernde Badewasser an:

»Sie sagten, dass man Ihnen nicht *gleich* die Zimmer unterm Turmdach gegeben habe. Soll das heißen, dass Sie damit rechnen, sie irgendwann noch zu bekommen?«

Orville antwortete nicht, er hatte das Wasser abgestellt und kam nun zurück ins Wohnzimmer, lehnte sich mit über der Brust gekreuzten Armen in den Türrahmen und zuckte dann grinsend die Achseln:

»Vielleicht. Vielleicht auch nicht. Ist es wichtig?«

»Nein, natürlich nicht.«

Wir sahen uns eine Weile schweigend an, bis ich ihn fragte:

»Darf ich Sie etwas Persönliches fragen?«

»Nur zu!«

»Schämen Sie sich eigentlich manchmal, wenn Sie so nackt vor jemandem stehen?«

»Ja doch, manchmal, natürlich.«

»Ich glaube Ihnen kein Wort.«

»Oh doch, jetzt zum Beispiel schäme ich mich.«

Er sah plötzlich sehr ernst aus, wodurch ich erschrak und doch grinsen musste, bis wir beide prustend lachten. Dann drehte er sich um, ging zurück ins Bad und rief mir über die Schulter zu:

»Kommen Sie oder nicht? Ich jedenfalls mag keine lauwarmen Bäder.«

Ich trottete langsam den rosagestrichenen langen schmalen Flur ins Bad, und als ich dort ankam, lag er schon in der Badewanne und gähnte. Nachdenklich zog ich mich aus und legte meine Sachen ordentlich über einen Stuhl, worüber Orville wieder lachte. Ich stieg geistesabwesend ihm gegenüber in die Badewanne und fragte dann:

»Noch eine letzte Frage: Wie haben Sie diese Räume bekommen?«

Er stöhnte:

»Du liebe Güte, werden Sie jetzt endlich den Mund halten und diese absolut perfekte Wassertemperatur genießen?«

»Antworten Sie doch bitte!«

»Oh je, wie diese Dinge eben so laufen. Ein Freund eines Freundes hatte einen Freund, und so weiter.«

»Ich verstehe.«

»Nein, Sie verstehen gar nichts. Wenn Sie jetzt bitte meine perfekte Temperatur würdigen könnten …«

»Nicht ganz perfekt für meinen Geschmack.«

»Zu heiß?«

»Nein, zu kalt. Ich bevorzuge es, meine Bäder bei einer Temperatur von exakt 99 Grad Celsius, oder für Sie 210 Grad Fahrenheit zu nehmen.«

Orville küsste mich lachend und rief dann:

»Was für einen Unsinn Sie reden!«

Weil ich aber nicht zurücklachte, sah er mich mit zusammengekniffenem linkem Auge an und sagte amüsiert:

»Sie versuchen zu pokern? Na schön, wie Sie wollen, machen wir es heißer!«

Er drehte das heiße Wasser wieder auf und zog dann in regelmäßigen Abständen den Badewannenstöpsel, so dass sich das für mich höchstens lauwarme Wasser beleidigt gluckernd trollte. Wir starrten uns in die Augen, mein Gesicht lag unter dem Schutz meiner linken gehobenen Augenbraue ruhig da, keine Wimper zuckte, und auch Orville hatte ganz aufgehört zu lächeln, während sich die Haut über seiner Brust langsam rot zu färben begann. Nach zehn Minuten murmelte er durch die Zähne:

»Sie geben nicht auf, wie?«

Ich strich ihm sein hübsches Haar zur Seite und sagte dabei sanft:

»Ich fürchte, Sie müssen kurz aufstehen und in der Küche etwas Wasser kochen gehen. Sonst kommen wir hier nie auf meine Höhe.«

Er hielt meine Hand an seiner Wange fest, küsste sie in die Innenseite und drückte sie dann so stark, dass ich Mühe hatte, nicht vor Schmerz aufzuschreien. Wütend stand er auf, bückte sich zu mir herab, packte mich am Arm und rüttelte mich:

»Na schön, ich werde Wasser kochen gehen.«

»Ja, gehen Sie, Orville, so haben Sie kurz ein wenig Abkühlung.«

Er starrte mich mit offenem Mund an und ließ sich dann platschend wieder ins Wasser sinken:

»Sie meinen es wirklich ernst, wie?«

»Natürlich meine ich es ernst, mein Lieber. Ich bin der einzige Hummer, der in der Hölle der Philosophie nicht gekocht werden wird, weil sich niemand weiter als ich an den Siedepunkt heranwagt. Nicht einmal Wittgenstein konnte so heiß baden.«

Ich lachte, und auch Orville hatte sein Lachen wiedergefunden. Abrupt stand ich auf und nahm ein großes weißes Handtuch von der Stange über Orvilles Kopf, den er meiner Bewegung folgend in den Nacken legte. Verwundert fragte er:

»Sie wollen jetzt gehen?«

»Ich muss. Ich habe Higgins gesagt, dass ich noch heute in die Bibliothek gehen werde.«

»Das ist nicht Ihr Ernst!«

»Doch doch, natürlich. Ich danke Ihnen sehr für das Bad und die fast perfekte Temperatur. Ich würde unsere kleine Konversation gern bald fortsetzen.«

»Warten Sie, ich werde Ihnen etwas zum Anziehen geben.«

Er stieg aus der Wanne, zog einen roten Seidenbademantel mit einem herzfarbenen, schwarzgrundigen Wappen auf der rechten Seite an und schlenderte in sein Schlafzimmer hinüber. Ich folgte ihm, während ich mir die Haare trockenrieb. Aus seinem Kleiderschrank zog er einen dunkelblauen Anzug aus feiner Wolle und hielt ihn mir hin:

»Hier, mein erster Harris Tweed, ich habe ihn mit vierzehn anlässlich der Kommunion meines jüngeren Bruders getragen. Er dürfte Ihnen einigermaßen passen. Und nehmen Sie sich was von der veilchenfarbenen Wäsche, es ist die kleinste, die ich habe.«

Fünf Minuten später stand ich angezogen neben Orville, er rückte mir die Krawatte zurecht, und dann betrachteten wir mich in seinem Kleiderschrankspiegel. Er nickte zufrieden:

»Sie sollten ab jetzt immer meine alte Kleidung tragen. Sie gefallen mir sehr gut darin.«

»Ja, mir gefällt es auch. Aber jetzt muss ich schnell gehen.«

»Ich glaube nicht, dass Sie jetzt noch in die Bibliothek gehen werden. Es ist schon reichlich spät, beinahe Nacht, glaube ich.«

»Ja, mag sein. Aber ich muss in jedem Fall gehen.«

An der Tür drehte ich mich noch einmal um und fragte ihn:

»Orville, stimmt es, dass Agnès heute Morgen nach Paris abgereist ist?«

»Ja ja, das ist sie.«

»Sie haben sie gesehen, bevor sie abfuhr? Sie haben selbst mit ihr gesprochen?«

»Ja. Ich habe sie gestern Abend gesehen, und sie sagte mir, dass sie heute Morgen den ersten Zug nach London nehmen wolle.«

»Wegen ihres Forschungsprojekts musste sie so dringend nach Paris?«

»Ja ja, natürlich.«

»Hm, ja, natürlich. Wissen Sie zufällig Genaueres über Ihr Forschungsprojekt?«

»So dies und das, nichts Genaues. Sie hat mir zwar einiges erzählt, aber ich muss gestehen, ich war in letzter Zeit nicht sonderlich interessiert an ihren Sachen, oder sagen wir eher, an dem großen Ernst, mit dem sie sich in ihr Projekt reinkniet.«

»Hat sie vielleicht jemand anderem Genaueres darüber erzählt oder darüber, warum Sie so überstürzt abreisen musste?«

»Nein, das glaube ich nicht. Ich bin ganz sicher, dass niemand außer mir sie gestern noch gesehen hat.«

In seinen beiläufigen Ton hatte sich eine leichte Schärfe verirrt, die mich aufhorchen ließ. Ich blickte ihn fragend an, und er beeilte sich, wieder leichter und sanfter zu sprechen. Er strich meine in Falten gelegte Stirn glatt, küsste mich auf die Wange und sagte lächelnd:

»Nun hören Sie schon endlich auf, sich ständig unnütz Gedanken zu machen. Vielleicht ist alles viel leichter als Sie glauben – bis bald, hoffentlich!«

Ich schlenderte langsam zu meinem Zimmer zurück. Die Bibliothek konnte warten, solange ich mich nur dort sehen lassen würde, bevor ich Higgins wieder über den Weg lief. Ich schloss dic Tür gründlich hinter mir, überprüfte den Inhalt meines Koffers, legte mich erschöpft aufs Bett, schlief sofort ein, schreckte aber nach einer Stunde wieder auf, zog mich flüchtig an und flitzte die Treppen hinab, so schnell, dass die

Mäuse sich kaum an meinem Talar festhalten konnten, flog über den dunklen Hof, aus dem Tor hinaus und hinüber zu Whewell's Court. Orvilles Wohnung war glücklicherweise unverschlossen. Ich riss die Tür auf, sah ihn in der Ferne hinter der offenen Flügeltür seines Salon lesend im Bett liegen und rief etwas außer Atem:

»Ich möchte lieber nicht allein schlafen. Könnte ich bitte zu dir kommen und mich auf dich legen?«

Orville lachte, legte das Buch weg und sagte:

»Na dann komm schon, aber mach schnell und schließ die Tür hinter dir, bevor halb England noch davon Wind bekommt.«

Ich rannte ins Schlafzimmer, zog mich schnell aus und legte mich auf ihn, strich ihm die Haare aus dem Gesicht und murmelte:

»Ich sehe, was ich liebe – es ist sanft und weich wie Sahne, zart wie die Schirischa-Blume, strahlend wie ein Schmetterling.«

»Aber es ist auch falsch wie eine Fata Morgana, leer wie eine Seifenblase.«

»Das kannst du nicht sagen, das wird sich zeigen.«

»Sag nicht, ich hätte dich nicht gewarnt. Hörst du?«

»Hm.«

»Ich bin der letzte Dreck, hörst du?«

Er packte mich an den Oberarmen, drückte mich wie ein Kran nach oben und schüttelte mich, aber das beeindruckte mich nicht, denn obwohl ich in der Luft hing wie ein Hund und mir die Arme wehtaten, antwortete ich langsam und ruhig:

»Niemand kann mit Wahrheit von sich selbst sagen, dass er Dreck ist. Denn wenn ich es sage, so kann es in einem Sinne wahr sein, aber ich kann nicht selbst von dieser Wahrheit durchdrungen sein – sonst müsste ich wahnsinnig werden oder mich ändern.«

Orville senkte mich wieder ab und schüttelte lächelnd den Kopf:

»Wie wenig du verstehst!«

»Aber es ist doch Unsinn, was du redest!«

»Na, dann will ich so natürlich nicht mehr reden.«

»Du sollst keine Witze machen!«
»Sowieso.«
»Jetzt wollen wir aber alle still sein!«
»Alle?«
»Alle!«

Am nächsten Morgen rollte ich aus Orvilles Bett, versank zum Glück geräuschlos in einem weißen Flokati, hob dann vorsichtig meine Kleider vom Boden auf und schlich ins Bad. Ich duschte sitzend in der Badewanne, um den Vorhang nicht zuziehen zu müssen, vor dessen blendend dichter Weiße mir leicht gruselte. Während ich mir die Haare wusch und die Augen zusammenkniff, damit mir das Shampoo nicht in den Augen brannte, sang ich lauthals:

»*And I really have enjoyed my stay*
But I must be moving on
Like a ship without an anchor,
Like a queen without a throne
I'm an early morning lover
And I must be moving on.

And I will go on shining,
Shining like brand new
I'll never look behind me
My troubles will be few.«

»Na, dafür dass du noch hier in meiner Badewanne rumsitzt, statt längst die Segel gehisst zu haben, nimmst du den Mund ganz schön voll, findest du nicht?«

Er lehnte in der Badezimmertür und gähnte. Ich blinzelte zu ihm hinüber und fluchte dann leise durch die Zähne, weil mir nun doch noch Shampoo in die Augen gelaufen war. Als ich sie endlich ganz aufmachen konnte, saß Orville auf dem Badewannenrand und grinste zu mir hinab:

»Guten Morgen!«

»Oh, ja natürlich.«

»Wie bitte?«

»Ich muss schnell gehen. Die Bibliothek.«

»Selbstverständlich.«

Er küsste mich lächelnd, reichte mir dann ein Handtuch, zog seinen Bademantel an und ging gähnend wieder hinaus. Von draußen rief er:

»Ich lasse dir Frühstück kommen.«

»Vielen Dank, das ist nicht nötig.«

»Oh doch, das ist durchaus nötig. Ich konnte die halbe Nacht nicht schlafen, weil dein Magen so laut geknurrt hat.«

»Das tut mir leid.«

Ich folgte ihm im Handtuch in einen Salon, den ich noch nicht kannte, wo Orville kurz telefonierte. Als er aufgelegt hatte, starrte er durch mich hindurch und sagte düster:

»Noch nicht mal für deine Ernährung scheinst du sorgen zu können.«

»Es tut mir wirklich leid.«

»Schon gut. Komm her.«

Ich setzte mich auf seinen Schoß, und wir wurden wieder heiterer. Es klopfte leise, und ein Diener in weißer Jacke trat ein, sagte *Guten Morgen, Sir*, rollte einen Frühstückswagen an den Tisch und zog sich dann unauffällig zurück.

»Du hast einen persönlichen Diener?«

Orville seufzte:

»Ja, das bin ich meinem Vater schließlich schuldig. Er kann nicht recht einsehen, dass all das hier längst vorbei ist. Komm, iss!«

Wir gingen zum Tisch hinüber, Orville setzte sich mir gegenüber, goss mir Tee ein und sich selbst Kaffee. Er lehnte sich in seinem Stuhl zurück, zündete sich eine winzige Zigarette an und beobachtete schweigend aus zusammengekniffenen Augen, wie ich mich mit Toast vollstopfte. Weil er mich verlegen machte, schaute ich mich im Zimmer um, das mir sonderbar leer erschien, wahrscheinlich weil kein einziges Bild an den hellblau gestrichenen Wänden hing. Als auch das nicht half, um Orvilles starren Blick abzuwenden, fragte ich nach einer Weile mit vollem Mund:

»Du isst nichts?«

»Nein, ich frühstücke niemals.«

»Ja, natürlich nicht.«

»Wie bitte?«

»Leute wie du frühstücken nie.«

Er lächelte amüsiert:

»Leute wie ich?«

Ich stand abrupt auf:

»Vielen Dank für das Frühstück, ich werde jetzt verschwinden.«

»Gut.«

Er blieb sitzen und musterte mich weiter. Ich hatte Mühe, mich umzudrehen und zurück ins Bad zu laufen. Dort schlüpfte ich wieder in Orvilles blauen Anzug, band mir etwas zittrig die Krawatte vor dem Spiegel und schwang mir trotzig den Talar um. Als ich aus dem Bad kam, stand Orville schon an der Wohnungstür. Er öffnete sie, sein Gesicht war eine horizontlose Landschaft, in der seine hellen graublauen Augen undurchdringlich ruhten. Zum Abschied nickten wir uns nur schweigend zu.

Als ich aus Whewell's Court heraustrat, sah ich zum ersten Mal an diesem Morgen, dass es unbarmherziges Wetter war. Der graue Himmel fiel bis auf den Rasen hinab, und ein kalter Wind kippte mir höhnisch einen Eimer Regen ins Gesicht. Ich spuckte eine Regenfontäne aus, schnappte nach Luft und rief dann wütend zum Himmel empor:

»Wie lange muss ich noch? Wann lässt du mich endlich gehen?«

Ich wartete ein paar Minuten auf Antwort, dann zog ich mir den Talar über den Kopf.

»Warte, ich begleite dich!«

Ich hatte Orville nicht kommen hören und zuckte erschrocken zusammen. Er stand hinter mir, zog mir den Talar vom Kopf und legte dann sein Gesicht in meinen Nacken, als wolle er sich ganz dort hineinlegen. Ich drehte mich zu ihm um, er lächelte, und wir küssten uns erleichtert.

Orville spannte einen kleinen roten Schirm auf, wir hüpften lachend aus Whewell's Court hinaus auf die All Saints' Passage und hinüber auf die Trinity Street, wo uns ein wütender Autofahrer anhupte und wir erst recht mitten auf der Straße stehen blieben und uns küssten, bis der Autofahrer ausstieg und uns Prügel androhte. Als wir schließlich lachend und außer Atem Great Court ansteuerten, zögerte ich und hielt Orville am Arm zurück. Er sah mich verwundert an:

»Was ist? Willst du nicht mehr in die Bibliothek?«

»Doch doch, schon.«

»Na dann, hier geht's lang. Wir laufen durch die Hall rüber zu Nevile's Court.«

»Ja, aber neben der Hall ist Higgins' Wohnung.«

»Ja und?«

»Ich möchte lieber nicht, dass er uns sieht.«

»Ach Unsinn. Komm schon!«

Er zog mich durch das Great Gate hindurch, und ich versuchte, mich zu straffen, aber meine Unbeschwertheit war verflogen, obwohl nun sogar der Regen aufgehört hatte. Orville schüttelte den zusammengeklappten Schirm aus, blinzelte in den Himmel, aber ich hörte ihn nur wie durch Watte sagen:

»Ich hab gewusst, dass die Sonne rauskommt. Sieh mal, es wird einen Regenbogen geben!«

»Ich möchte bitte nicht so nah an dem Brunnen vorbeilaufen.«

»Wie bitte? Ist dir nicht gut?«

»Etwas Abstand zu dem Brunnen bitte!«

»Schon gut, schon gut. Nicht aufregen, einfach weiterlaufen! So, jetzt sind wir dran vorbei. Du kannst aufatmen.«

»Mach dich nicht lustig!«

»Was ist mit dem Brunnen? Man kann noch nicht mal anständig darin ertrinken, es ist kaum Wasser drin. Es reicht gerade, um den Frischlingen bei Semesterbeginn eine kleine Taufe zu verabreichen.«

Ich blieb versteinert stehen und starrte ihn an. Es war mir nun gleichgültig, dass wir direkt vor Higgins' Arbeitszimmer standen. Ich flüsterte:

»Du machst so was mit?«

»Was?«

»Die Anfänger erniedrigen! Ihnen die Brunnentaufe geben!«

»Nein, natürlich nicht. Wofür hältst du mich? Im Übrigen sind Fellows und Dons nicht an derlei Kindereien beteiligt.«

»Kindereien! Kindereien nennst du das?«

»Warum regst du dich so auf, Herrgott, was ist plötzlich los mit dir?«

Ich schüttelte langsam den Kopf und musterte ihn schweigend, bis er mich an den Schultern packte:

»Hör auf, mich so anzusehen, hörst du! Ich will von dir nicht länger verdächtigt werden!«

Dann ließ er mich los, und nachdem wir uns eine Weile wütend fixiert hatten, fragte er freundlich:

»Glaubst du nicht, du solltest dich vielleicht bei mir entschuldigen?«

Ich schob das Kinn nach vorn, wollte schon den Kopf schütteln, überlegte es mir halb anders und wackelte so unentschieden mit dem Kopf hin und her, als wäre er ein Taktell. Orville sah mich ruhig an, beide Augenbrauen hoch- und den linken Mundwinkel herabgezogen sah er aus, als könne er ewig so auf mich und durch mich hindurchblicken. Aber schließlich kommt auch mein Blick von weit her, aus tieferer Leere noch als seiner, und so stürzten unsere Augen ineinander, unfähig zu ertrinken alle beide. Unsere Gesichter wurden flach und flacher, fransten an den Rändern aus wie zu dünn ausgerollter Kuchenteig, aber unsere Augen blieben kleine, runde, in der Sonne getrocknete Seeigel. Ich versuchte, die Lider zu schließen, aber sie schienen nicht mehr da zu sein, und so verdunkelte sich langsam das Bild von der Mitte aus, bis ich Orvilles Gesicht nur noch als schwarzen Fleck vor dem Regenbogen im Rahmen des Great Court sah. Endlich schnippte Orville direkt vor meinem Gesicht mit den Fingern, und ich schloss die Augen. Als ich sie wieder öffnete, war alles wieder gut. Er lächelte mich an, legte den Arm um mich und sagte leise:

»Komm, wir gehen weiter.«

»Es tut mir leid, Orville.«

»Schon gut. Du kannst ja nichts dafür.«

»Wie meinst du das?«

»Ach, nichts weiter. Vergiss es!«

Wir schlenderten durch die Halle, wo Daniel Nales gerade die Tische für das Mittagessen decken ließ und Orville beiläufig mit zwei an den Zylinder gelegten Fingern grüßte. Als wir über den nassen Rasen von Nevile's Court vor der Bibliothek angelangt waren, küsste Orville mich zum Abschied auf die Stirn.

»So, von hier an musst du allein weiter gehen.«

Er ging mit gesenktem Kopf davon, drehte sich am Ende des Hofs noch einmal um und winkte kurz.

Als ich die Wren Library betrat, kam eine dunkelhaarige ältere Frau mit einem hellblonden Dutt eilig auf mich zu. Sie sah mich freundlich rügend über ihre riesige Lesebrille an, während sie streng und doch plundernd auf mich einflüsterte:

»Da sind Sie ja endlich! Wir haben bereits gestern mit Ihnen gerechnet. Sir Jonathan hatte Sie uns für spätestens gestern Mittag angekündigt! Wie auch immer, nun sind Sie ja hier. Ich bin übrigens Dr. Suckleston, die Bibliotheksleiterin. Kommen Sie!«

Sie trippelte auf hohen Schuhen ins Obergeschoss, und ich folgte ihr mit großen federnden Schritten die Treppe hinauf und dann durch den herrlichen lichten Bibliothekssaal, unter dessen Südfenster Lord Byrons Marmorkopie in tröstlichem Unglück saß. Ich ging zu ihm und streichelte mit beiden Händen seinen rechten Fuß, der, in sonderbarer Nachlässigkeit über den Sockel hinausragend, einen guten Meter über dem irdischen Schachbrettmarmorboden abgestellt war. Ich sah erwartungsvoll zu Byron auf, aber er blickte weiter zur Seite aus dem Fenster hinaus, unerreichbar versunken in die angestrengt verspielte Haltung, mit der er seine rechte Hand in Kragenhöhe hielt. Ich drehte mich begeistert strahlend zu Dr. Suckleston um und wies auf Byrons Fuß, aber sie schüttelte unwirsch den Kopf und zischelte:

»Lassen Sie das! Er mag das nicht. Sehen Sie denn nicht, was ihm fehlt?«

Verdutzt sah ich wieder nach oben, und erst da bemerkte ich, dass das Buch, das Byron sonst in seiner Linken hielt, nicht da war. Ich sah die Bibliothekarin fragend an und sie nickte heftig:

»*Childe Harold's Pilgrimage* – gestohlen! Sie haben es aus dem Stein herausgefräst! Weiß der Himmel wie! In Trinity werden viele Bücher gestohlen, weiß Gott, aber dass man nun schon steinerne Bücher stiehlt, Bücher, die gar nicht existieren, das geht zu weit, finden Sie nicht?«

»Ja, Ma'am, in der Tat.«

»Nun ja, das wollte ich Ihnen nur kurz zeigen, damit Sie Bescheid wissen. Nun kommen Sie, ich begleite Sie an Ihren Platz.«

»Jawohl, Ma'am.«

Zum Abschied winkte ich dem kleinen Totenschädel zu, der wie eine spielende Katze hinter dem umgekippten Stück griechischer Säule hervorlugte, die Lord Byron als Fußbänkchen diente, und aufmunternd zwinkerte der Schädel mir zurück. Dann wandte ich mich seufzend um und folgte Dr. Suckleston, deren Absätze gereizt auf dem Marmorboden klickten, langsam durch die Halle zurück. Ein paar Schritte ließ ich sie vorgehen, um mir nicht die Ohren zuhalten zu müssen. Ich achtete darauf, nicht aus Versehen auf eine schwarze Fliese zu treten, und spähte gleichzeitig in die Nischen, die verschwiegen zwischen den hohen, rechtwinklig zur Wand gestellten Eichenregalen lagen. In allen Ecken lungerten Menschen mit Büchern in den Händen herum. Es schien mir angemessen, sie alle mit einem freundlichen Nicken zu begrüßen, aber immer wenn ich versuchte, in ein Gesicht zu sehen, drehte es sich von mir weg zur Wand, wurde hinter einem hochgehaltenen Buch oder in einer Lücke im Regal versteckt. Nach einer Weile gab ich es auf und legte meine Augen ganz auf den Boden, was nicht nur sicherer war, sondern mir auch ersparte, mich den abschätzigen Mienen von Bacon und Newton und all den anderen ausliefern zu müssen, die in ihrer weißen Steintracht vor den Regalen Wache hielten. Aber stattdessen spürte ich umso schmerzlicher, wie Sokrates, Cicero und Shakespeare, die hoch über den Regalen, nah am weißen Äther der Kassettendecke schwebten, ihre mitleidigen Blicke wie schwere Hände auf meinem Hinterkopf legten. Erst als die alten, blaugeäderten Hände sich anschickten, meinen Kopf langsam zu Boden zu drücken, brachte ich die Kraft auf, nach vorn zu blicken.

Dr. Suckleston wartete längst am Ende des Saals. Die Hände in die Taille ihres perfekt geschnittenen grünen Kostüms gestemmt, tappte sie mit der linken Schuhspitze auf ein schwarzes Marmorfeld, und ihr scharfes Flüstern flog blitzschnell durch den Raum:

»Wo bleiben Sie denn nur? Kommen Sie doch endlich, bitte!«

»Ich komme ja schon, entschuldigen Sie bitte, ich bin schon da.«

Aber noch war ich nicht da, noch trennten mich fünfzehn Meter vom Ende des Raums, nicht viel, aber genug für einen kleinen Aufschub, und auf die Gefahr hin, Dr. Suckleston noch wütender zu machen, verlangsamte ich meine Kreuzschritte über das Schachbrett noch etwas mehr, schielte wieder in die Nischen links und rechts, überlegte fieberhaft, ob ich mich nicht doch noch in die Regalbüsche schlagen könnte. Aber weil jedes Kind weiß, dass die Bücherregale von Cambridge noch nie einem Menschen Zuflucht gewährt haben, blieb ich schließlich erschöpft stehen, hielt mich an der Schmalseite eines Regals fest, fuhr dann staunend mit der Hand über die viel zu schöne Lindenholzschnitzerei und sagte zu meiner Aufpasserin:

»Sehen Sie mal, über den Trauben sitzt ja eine kleine Heuschrecke! Sie sieht aus, als könnte sie jeden Moment springen.«

»Ja natürlich. Mir sind all unsere Schnitzereien durchaus bekannt. Kommen Sie endlich!«

»Eine wirklich gute Idee, die Eichenregale mit Lindenschnitzereien zu verzieren, finde ich.«

»Ja, womit auch sonst?«

»Die Linde ist mir der liebste von allen Bäumen.«

»Ja, sehr schön. Bitte!«

»Am Sommer ist mir die Lindenblüte das Allerwichtigste.«

»Bitte!«

»Sagen Sie, Dr. Suckleston, gibt es viele Linden in Cambridge?«

Statt einer Antwort lief sie mit schnellen Trippelschritten auf mich zu, packte mich am Arm und zog mich so schnell aus dem Saal, dass meine Füße nur mit größter Mühe die schwarzen Fliesen vermeiden konnten. Nun ging es im Flug treppauf und wieder treppab, mir schien, dass wir mehrfach die gleichen Wege hin und her rannten, ich verlor gänzlich die Orientierung, während Dr. Suckleston ungeachtet ihres festen Griffs um meinen Arm nun wieder viel freundlicher auf mich einredete:

»Wir wollen nun wirklich an Ihren Arbeitsplatz gehen, nicht wahr? Wir wollen doch sehen, ob alles zu Ihrer Zufriedenheit eingerichtet wurde, nicht? Und wenn Sie die Arbeit des Tages getan haben, könnte ich Ihnen im Magazin unsere Miguel-de-Manzanilla-Ausgabe zeigen. Ja, und natürlich auch oben im Saal die Vitrine, die wir bereits für seine Handschriften, die Sie uns freundlicherweise am Ende Ihres Aufenthalts vermachen werden, reserviert haben. Das würde Ihnen doch sicher Freude bereiten, nicht wahr? So, da wären wir.«

Schwindelnd hatte ich an ihrem Arm eine niedrige, fensterlose Kammer erreicht und ließ mich von ihr auf einen Drehstuhl an einem Resopalschreibtisch drücken, auf dem ein riesiger alter Computer stand. Daneben türmte sich ein Stapel von etwa zwanzig Büchern. Zur neonbeleuchteten Decke blinzelnd fragte ich matt:

»Bin ich nun angekommen?«

»Ja, meine Liebe, hier sind Sie endlich an Ihrem Platz. Ich hoffe, Sie haben alles, was Sie brauchen. Ich habe alle Bücher für Sie bestellt.«

»Alle Bücher?«

Mit schwerer Hand nahm ich das oberste vom Stapel und starrte auf die Signatur: *RR 295 W21-22*. Dann legte ich es zur Seite und nahm das nächste, *Sraffa 866*, legte es auf das erste und fuhr derart fort, den ordentlichen Ausgangsstapel in seinen schlampigen, schwankenden Umkehrzwilling zu verwandeln. Dabei fragte ich gähnend:

»Wie darf ich das verstehen, Dr. Suckleston? Ich habe all diese Bücher gar nicht bestellt.«

»Nein, Professor Dunbar war so freundlich, das für Sie zu erledigen. Genauer gesagt, er hat mir gestern Morgen die Signaturenliste der Bücher auf meinen Rechner geschickt, die ich für Sie raussuchen sollte.«

»Sie haben diese Bücher für mich ausgeliehen?«

»Ja natürlich, ich verwahre schließlich Ihre Universitätskarte für Sie und werde auch weiterhin gerne alle Bücher für Sie ausleihen, die Sie benötigen.«

»Aber … entschuldigen Sie, das ist selbstverständlich sehr freundlich von Ihnen, aber, sehen Sie«, mit verdrehtem Kopf sah ich nun die Titel auf den Buchrücken an, »ich brauche diese Bücher gar nicht. Es sind alles mehr oder weniger einführende Bücher zu Wittgenstein, ein paar Briefwechselbände, die ich größtenteils alle selbst besitze, die helfen mir gar nicht weiter, und …«

»Nein nein, Professor Dunbar hat das für Sie ausgesucht und Sie werden schon sehen, dass es die richtigen Bücher für Sie sind. Professor Dunbar ist schließlich der Leiter des Philosophischen Instituts, und das wird schon seinen Grund haben, nicht wahr?«

»Ja, selbstverständlich. Nur, wäre es vielleicht möglich, dass ich mir zusätzlich ein paar weitere Bücher ausleihe, die mir vielleicht unmittelbar noch etwas nützlicher erscheinen? Das ein oder andere Buch vielleicht, sehen Sie, ich brauche eigentlich Zugang zu den Bänden des

Bergen-Archivs, ich meine zu Wittgensteins Nachlassschriften und da wäre es vielleicht sinnvoller, ich könnte selbst … Sie verstehen …?«

Sie zog die Augenbrauen so weit nach oben und den Rest ihres Gesichts so weit nach unten, dass sich ihre Brille nur mit Mühe auf ihrer Nasenspitze halten konnte. Das Ausmaß meines Mangels an Auffassungsgabe schien jenseits ihres Vorstellungsvermögens. Dann gab sie sich einen Ruck, legte mir sanft die Hand auf die Schulter, und mit mildem Tadel sagte sie langsam:

»Aber liebes Kind, Sie müssen doch wissen, dass Sie dafür Ihren Ausleihcode brauchen, die fünf Ziffern Ihres Ausleihcodes.«

»Ja, und den finde ich …?«

»Der Code ist freilich auf der Rückseite Ihrer Universitätskarte.«

»Und Sie könnten mir wohl nicht meine Karte …«

Sie lachte auf:

»Professor Dunbar hat wirklich Recht – Sie *sind* amüsant! So, nun aber genug gescherzt. Jetzt will ich Sie nicht länger stören, damit Sie sich endlich Ihrem Tagwerk zuwenden können. Dann will ich Ihnen das hier nur noch mal schnell zeigen, dann bin ich weg.«

Sie beugte sich über den Schreibtisch und schaltete den grauen PC an, der sich wie eine vorwurfsvoll schnaufende Robbe langsam hochhievte. Dr. Suckleston traktierte die störrische Maus mit ein paar Klapsen auf den Hintern, bis das gewünschte Bild endlich im quadratischen Robbengesicht flackerte, und seufzte dann zufrieden:

»So, da haben wir Ihren Account. Nun beantworten Sie bitte die Emails der Studenten, die sich hier seit Ihrer Ankunft angesammelt haben. Heute Abend sehe ich nach Ihnen. Falls Sie es wider Erwarten schneller schaffen, können Sie noch ein wenig in den Büchern herumlesen. Viel Vergnügen!«

Auch wiederholtes Augenzusammenkneifen konnte den Satz *Sie haben 218 neue Nachrichten* nicht zum Verschwinden bringen, und hilflos fuhr ich auf dem Drehstuhl zu Dr. Suckleston herum. Meine Frage erreichte sie gerade noch in der Tür:

»Ach, nur noch eins, Ma'am. Sagen Sie, haben Sie einen Verdacht, wer Lord Byrons Buch gestohlen haben könnte?«

»Nein, nicht direkt. Aber ich, *wir* nehmen an, dass es ein paar Auslandsstudenten gewesen sein müssen.«

»Sie glauben nicht, dass es auch jemand von hier gewesen sein könnte?«

Ihre Lippen kräuselten sich verächtlich, und erst als ihre Wangen gänzlich denen eines blasierten Pekinesen glichen, antwortete sie kühl:

»Selbstverständlich nicht. Eine solch hinterhältige, unzivilisierte, unanständige Handlung widerspräche ganz dem englischen Nationalcharakter. Guten Tag.«

Hinter ihr fiel die feuerwehrrote Eisentür mit sanft klickender Hingabe ins Schloss, als wäre der Türrahmen ein Magnet. Würdevoll ersparte ich mir, nachzusehen, ob sich die Tür von innen öffnen ließ, wandte mich stattdessen direkt wieder der schnaufenden Robbe zu und las meine erste Nachricht:

»Liebe Dozentin,

mein Urgroßvater Henry Daring, der siebte Lord Furthermore, war im Besitz sowohl der deutschen Erstausgabe von Wittgensteins *Logisch-philosophischer Abhandlung* in der Zeitschrift *Annalen der Naturphilosophie* von 1921 als auch der englischen Erstausgabe des *Tractatus Logico-Philosophicus* von 1922, die, wie Sie sicherlich wissen, nicht nur die erste Buchausgabe des Texts, sondern in der ausgezeichneten Übersetzung Frank Ramseys in gewisser Weise die eigentliche Originalausgabe ist. Beide Ersterscheinungen sind nun glücklicherweise auf mich übergegangen, und da ich mich entschieden habe, meinen B.A. in Philosophie in Trinity College zu absolvieren, bitte ich Sie, mir an untenstehende Adresse meinen Examensnachweis für Ihre Veranstaltung zu übersenden.

Mit besten Grüßen,

Ihr John Daring, Lord Furthermore X.«

Diese Email und die beiden darauffolgenden, in denen mir ein Student im dritten Studienjahr eine Abschlussarbeit zur Prüfung anbot, die den »ersten wahrhaft großangelegten Versuch macht, Wittgensteins gesamte Philosophie aus seiner Homosexualität neu zu erhellen«, und eine Studentin danach fragte, wie sie erstens den Veranstaltungsraum meines Seminars und zweitens eine Buchhandlung für den Erwerb der *Philosophischen Untersuchungen* finden könne, ließen in mir die Hoffnung aufkommen, alle 218 Nachrichten könnten durch die bloße Betätigung der Löschen-Taste beantwortet werden. Aber leider hüpfte nach diesem erfreulichen Auftakt eine Email von Walt David Watson auf den Bildschirm, in der er mich bat, ihm ein gutes Buch oder einen Aufsatz zum Verhältnis von Wittgenstein und Spengler zu empfehlen.

Hier sah ich mich genötigt, den Satz »Vergessen Sie die Sache mit Spengler, jeder hat seine Schwächen, selbst Wittgenstein! Konzentrieren Sie sich auf das Wesentliche!« zurückzuschreiben. Und auch danach folgten zwischen den entspannten Löscharbeiten immer wieder ernsthafte Belästigungen, die allesamt von den Teilnehmern meines Seminars stammten. Bis auf Schulze und Schultze hatten mir alle in der letzten Woche unermüdlich alle paar Stunden ein kleines Nägelchen geschickt. Watson wollte Literatur zu so ziemlich allen Themen haben, die zu Wittgenstein *en vogue* waren, Evelyn Enderby fragte in jedem Brief mit sanften Druck, ob wir nicht doch noch über Manzanilla sprechen könnten, John Benjamin St. Claire bedrohte mich weiter mit den Konsequenzen seiner Kritik an Wittgensteins Beschreibung des Lügens, und Betty Bliss behauptete unverfroren, das Verborgene interessiere Wittgenstein entgegen seiner vordergründigen Leugnungen sehr wohl.

Am Ende des Tages hatte ich alle Nachrichten der mir unbekannten Studenten gelöscht und den übriggebliebenen hundert Anfragen meiner bösartigen Kinder mithilfe des Befehls *Allen antworten* ein entschiedenes »Unsinn!« entgegengesandt, die kleine Robbe hatte endlich wieder ein sauber geputztes leeres Gesicht, und so wartete ich rundum zufrieden mit mir auf meine Entlassung durch Dr. Suckleston, als plötzlich eine neue Nachricht den Bildschirm verunzierte.

»Liebe Kollegin,

entschuldigen Sie bitte, dass ich so Hals über Kopf verschwunden bin, aber Ihre Sache duldete keinen weiteren Aufschub mehr. Ich bin noch immer nicht in Paris, ich musste einen Abstecher über Zürich machen, um mit ein paar Leuten Kontakt aufzunehmen, die mir, *uns* sehr nützlich sein könnten. Morgen dann werde ich endlich in Paris sein und dort als erstes Pierre Rivière, meinen alten Doktorvater an der Sorbonne, treffen, um ihm mein Projekt zumindest in groben Zügen vorzustellen, und ich hoffe, dass er mich vollkommen unterstützen und vor allem an die richtigen Leute in Paris und anderswo vermitteln wird. Dann gibt es kein Halten mehr, und ich werde arbeiten wie der Wirbelwind, denn schließlich sind mir unsere lieben Kollegen aus Cambridge längst auf den Fersen. Aber auch wenn ich nur einen Schritt Vorsprung vor ihnen habe, ich werde doch alles tun, damit dieser Schritt ein großer bleibt für einen kleinen Menschen – für Sie. Ich hoffe also, ich habe nach wie vor Ihr volles Vertrauen, und in dieser Hoffnung bitte ich Sie, mir so schnell wie möglich das Manuskript des *Kryptychons* und Manzanillas Tagebücher an mein Büro an der Sorbonne zu übersenden. Lassen Sie die Bücher bitte von einem französischen Kurier oder notfalls von der Schweizer Buchspedition *Muri-Trans* überbringen, aber in keinem Fall von dem Cambridger Dienst, was auch immer diese Leute Ihnen für ein Angebot machen! Wünschen Sie mir Glück, denn meines ist das Ihre – und denken Sie immer daran, dass niemand außer mir wirklich die Luft in Ihren und Manzanillas Worten bewahren will.

Auf hoffentlich bald, Ihre Agnès.

P.S.: Von Orville Wilson halten Sie sich lieber fern, er dürfte im Moment kaum der richtige Begleiter für Sie sein.«

Kopfschüttelnd las ich den Brief ein paar Mal, dann versuchte ich, Agnès zu antworten, schrieb ihr, dass ich ihren Brief nicht recht verstünde, stellte ihr eine Menge Fragen, aber kaum hatte ich meine gebündelte Ratlosigkeit an sie abgeschickt, wurde sie mir auch schon wieder ins Gesicht zurück geworfen – ich versuchte es wieder und wieder, aber an Agnès' Adresse ließ sich sonderbarerweise nicht zurücksenden. Ein leises Surren an der Tür machte meinem Bumerangschreiben ein Ende, und ich konnte gerade noch Agnès' Brief löschen, bevor Dr. Suckleston sich über meine Schulter beugte und über ihre Brille hinweg den Bildschirm prüfte:

»Nun, alles erledigt?«

»Äh, ja, Ma'am, alles erledigt. Kann ich nun gehen?«

»Natürlich können Sie gehen, warum denn nicht? Ich erwarte Sie also morgen zur gleichen Zeit wieder hier?«

»Morgen? Morgen ist mein Seminar – ich werde dann erst etwas später hier sein können.«

»Gut, aber kommen Sie möglichst direkt nach Ihrer Veranstaltung her.«

»Ja, Ma'am, selbstverständlich, direkt nach dem Mittagessen bei Higgins.«

Schwerfällig stieg ich unter ihrem hin und her schwingenden Hintern die unverputzte Betonwendeltreppe hinauf, und erst jetzt begriff ich, dass ich drei Stockwerke tief im Keller direkt unter der Bibliothekshalle gesessen hatte. Kaum hatte ich im düsteren Vorraum der Bibliothek meine Orientierung wiedergefunden, als Dr. Suckleston mich auch schon mit einem strengen »Guten Abend« in den bereits stockdunklen Hinterhof entließ und hinter mir eilig die Bibliothek verschloss.

Mit hängendem Kopf stapfte ich in den Regen hinaus, blieb schon nach wenigen Schritten wieder stehen, wandte mich nach links und murmelte dem schwarzen Weg, der hinunter zum Fluss führte, zu:

»*Diesen Weg*
geht niemand
an diesem Herbstabend.«

»Vielleicht ist es dann nicht der richtige Weg – Bashō hin oder her.«

Orville stand leuchtend in einem weißen Tennisanzug unter seinem Purpurschirm in der Mitte von Nevile's Court auf dem Rasen und lächelte mich an. Sobald ich den Mund wieder schließen konnte, rannte ich auf ihn zu, warf meine Arme um seinen Hals, so dass ihm der Schirm fast aus der Hand fiel, während er unter meinen Küssen mühsam weitersprach:

»Nun, selbstverständlich:

An einem Abend im Herbst
ist es nicht leicht,
ein Mensch zu sein,

aber siehst du, vielleicht sind wir nicht ein Mensch, sondern zwei Menschen und gehen deshalb nicht den Weg, den niemand geht, das wäre doch immerhin möglich, nicht wahr?«

»Ist das auch Bashō?«

»Nein, Issa. Was ist, kommst du nun wieder mit zu mir?«

»Ich sollte wirklich zu mir gehen – ich war heute noch gar nicht wieder da, das ist nicht richtig.«

»Ach Unsinn, glaubst du, dein Zimmer ängstigt sich, wenn du nicht da bist?«

»Ja, vielleicht.«

Aber kaum hatte ich das ausgesprochen, vergaß ich es auch schon wieder, und Arm in Arm liefen wir hinüber zu Whewell's Court, und das kleine rote Dach über uns sang ein Regenlied.

Eine milde Oktobersonne schien mir am nächsten Morgen durch die Lider, durch die Tür hörte ich die murmelnde Unterhaltung von Orville und seinem Diener, bevor Orville den gedämpft klingelnden Frühstückswagen über den dicken Teppich hinter sich herrollte, als brächte er ein verirrtes Schäfchen von der Weide zurück. Doch kaum sah ich ihm mit blinzelndem Lächeln entgegen, fiel mir mein Seminar wieder ein, fiel mir vor allem ein, dass ich es vollkommen vergessen hatte. Der Schreck stellte mich kerzengerade vor dem Bett auf und ließ mich stammeln:

»Wie spät?«

»Wie bitte?«

»Mein Seminar!«

»Beruhige dich! Es ist erst elf. Du hast also noch eine Stunde.«

»Du weißt, wann mein Seminar anfängt?«

»Natürlich. Ich hab's nachgesehen, als ich dich nach deiner ersten Sitzung abpassen wollte. Ich hab dir aufgelauert, musst du wissen.«

Er küsste mich lachend, aber ich war zu müde und zu verwirrt, um mit ihm zu lachen. Er plapperte vergnügt weiter:

»Aber du hast noch mit einem Studenten in einem wirklich gutsitzenden schwarzen Anzug gesprochen, und so habe ich mich wieder verzogen. Komm, setz dich wieder hin, so, hier, trink deinen Tee.«

»Du hast mir aufgelauert?«

»Nein, ich hab nur Spaß gemacht. Sieh mich nicht schon wieder so an! Ich bin zufällig im Great Court vorbei gekommen, als deine Veranstaltung gerade zu Ende war. Im Übrigen hattest du gestern nichts dagegen, dass ich dir stundenlang im Regen aufgelauert habe, oder?«

»Der Tee schmeckt gut.«

»Fein, in jedem Fall hat er dir deine Gesichtsfarbe zurückgegeben.«

»Orville?«

»Hm?«

»Du sollst mir immer und überall auflauern.«

»Das werde ich.«

»Versprichst du's?«

»Ich versprech's.«

Als ich eine halbe Stunde später ins Bad ging, fiel mir ein, dass ich nicht nur keine Wäsche, sondern vor allem Wittgensteins *Philosophische Untersuchungen* nicht bei mir hatte. Nachdem ich zögerlich Orvilles Exemplar abgelehnt hatte, sagte er:

»Du duschst in aller Ruhe, und ich gehe hinüber zu dir und hole deine Sachen, in Ordnung?«

»Ich weiß nicht, vielleicht schaff ich es ja noch selbst ...«

»Unsinn! Los, gib mir schon deine Schlüssel!«

Er hatte sich eilig angezogen und streckte mir ungeduldig die Hand entgegen:

»Na los, ich kann doch schnell laufen, es macht mir wirklich nichts aus.«

Nachdem er wie eine Schwalbe aus der Wohnung gesegelt war, starrte ich noch eine Weile nachdenklich die Tür an, bevor ich mich langsam ins Bad trollte, dort angekommen aber flink, flink war. Dieses Mal blieb ich soldatisch in der Wanne stehen, zog tapfer salutierend den schrecklich weißen Vorhang zu und pfiff dann laut, während das warme Wasser so weich, wie es da, wo ich herkomme, nie ist, an mir herabrann.

Aus dem Nichts legte sich eine Hand in meinen Nacken, und der Schrei, der aus meiner Kehle platzte, ließ mich, auch nachdem ich mich schon umgewandt hatte und in Orvilles erschrockenes Gesicht starrte, noch eine Weile taub, so dass ich nur sah, aber nicht hörte, wie er beruhigend auf mich einredete, während er mich aus der Dusche holte. Ich versuchte, seine Lippen zu lesen, bis mein Gehör zitternd wieder in seine gläserne Dolmetscherkabine stieg, den Kopfhörer aufsetzte und, noch etwas stotternd, den Dienst wieder aufnahm:

»… mich wirklich nicht kommen hören? Wie gesagt, ich habe schon draußen im Flur gerufen, dass ich wieder da bin.«

»Nein, ich habe dich nicht gehört. Wieso bist du schon zurück?«

»Weil ich mich beeilt habe natürlich.«

»Wie kannst du so schnell sein? Niemand kann so schnell sein!«

»Niemand außer mir. Ich bin der schnellste Läufer in Cambridge, wusstest du das nicht?«

»Nein.«

»Ein mittelmäßiger Ruderer, aber ein verteufelt schneller Läufer.«

»Ja, in der Tat. Es ist mir gestern schon aufgefallen – und das, obwohl es mir manchmal so scheint, als würdest du leicht hinken. Gestern Nacht zum Beispiel, als du aus dem Bad kamst, aber das bilde ich mir wohl ein.«

»Nein, mein rechter Fuß ist tatsächlich etwas eingedreht. Als Kind war ich ein richtiger Krüppel. Aber Missgestalt ist immer kühn, nicht wahr? Man geht unter oder man lernt, die Menschen zu überwältigen. Es liegt ein ungeheurer Ansporn in der gehemmten Bewegungsfähigkeit, man will die stiefmütterliche Kränkung durch die Natur nicht hinnehmen.«

»Ja, ich verstehe.«

»Glaubst du wirklich, dass du das verstehen kannst?«

»Natürlich, aber jetzt muss ich gehen.«

»Ja lauf schnell, hier sind deine Sachen und dein Schlüssel.«

Als ich schon eine halbe Treppe hinabgehüpft war, noch einmal zu Orville hinaufgewinkt hatte und schon dazu ansetzte, den Rest der Treppe mit einem Satz zu nehmen, fragte er laut:

»Wer ist Paul?«

»Wie?«

Mein Kopf war herumgefahren und bestürzt sah ich ihn an. Er sah auf einmal müde aus und verloren in seinem Türrahmen. Gedehnt antwortete er:

»Du hast meine Frage sehr gut verstanden.«

»Woher weißt du von ihm?«

»Letzte Nacht hast du im Schlaf gerufen: *Vergib mir, Paul!*«

Stumm nickte ich dem Linoleumboden zu, und mir war, als könnte ich im Stehen einschlafen, als Orvilles kalte Stimme mich wieder wachrüttelte:

»Schön, dann sagst du es mir eben nicht. Wozu auch? Du weißt nichts von mir und ich nichts von dir, und so soll es auch bleiben.«

»Nein, warte! Ich will dir doch alles sagen. Paul ist tot, schon lange tot, wir wollten heiraten, aber dann ist er gestorben.«

»Heiraten? Warum um Gottes willen wolltet ihr heiraten?«

»Wegen der Liebe und wegen dem lieben Gott.«

»Aber diese beiden mögen das Heiraten doch gar nicht.«

»Ja natürlich, aber das haben wir nicht gewusst. Wir waren dumme junge Hunde. Es lässt sich nicht mehr klar sagen, wie alles war. Jeder glaubte wohl, der andere wolle heiraten, und schließlich verdächtigten wir uns gegenseitig, der andere wolle nur den Willen von Pauls Mutter erfüllen. Aber ich muss jetzt gehen. Ich will dir alles erzählen, aber sei mir bitte wieder gut!«

»Ja, das bin ich – lauf jetzt!«

Ich sprang noch einmal zu ihm hoch, küsste ihm beide Hände, bis er endlich wieder lächelte, und sauste dann die Treppe hinab.

Die Zeit ließ sich nicht überholen. Obwohl ich rannte wie verrückt, war es viertel nach zwölf, als ich mich schnaufend und mir die Seiten haltend auf mein Pult hievte. Die Jungs standen wie gewöhnlich neben ihren Tischchen stramm, die Münder bereits zu einer brüllenden Begrüßung geöffnet, die ich im letzten Moment mit einer schneidenden Dirigentengeste in ihre Kehlen zurückschicken konnte. Während sie sich hustend setzten, sagte ich leise, noch immer schwer atmend:

»Ich muss schon sagen, das ist unglaublich! Es ist viertel nach zwölf und Miss Bliss ist noch immer nicht da. Sie hat es *wieder* getan, aber wir werden uns das keineswegs länger gefallen lassen. Ich schlage vor, wir werden nicht eher mit dem Unterricht beginnen, bis sie hier ist, um ihr schockierendes Fehlverhalten zu rechtfertigen, falls ihr das möglich ist, was ich offen gesagt kaum glaube.«

Die Jungen räusperten sich betreten, sahen einander verstohlen an und musterten dann schweigend die Bildschirme ihrer *i-books*. So saßen wir fünf Minuten in beklemmender Stille, die ich schon bis ans Ende meiner Tage auszuhalten beschloss, als Watson sich mehrfach nervös räusperte und dann langsam den Finger hob. Erleichtert sagte ich unfreundlich:

»Ja, Watson, was gibt's?«

»Entschuldigen Sie, Ma'am, aber wäre es nicht vielleicht besser, wir würden die Wartezeit etwas sinnvoller nutzen? Wir könnten uns beispielsweise, wenn ich mir den Vorschlag erlauben darf, die Zeit vertreiben, indem wir lesen, was Wittgenstein über die Erwartung schreibt.«

Alle außer Schulze und Schultze, die schon wieder schliefen, nickten eifrig und murmelten, sich gegenseitig bestärkend und so langsam lauter werdend, ihre Zustimmung zu Watsons Vorschlag, der in seinen Computer lächelte und sich stolz und beschämt zugleich über den Bart strich.

»Na schön, wie Sie wollen«, sagte ich gähnend, »schlagen Sie also den verdammten Paragraphen 577 auf. Lesen Sie vor, Watson!«

»*Wir sagen ›Ich erwarte ihn‹, wenn wir glauben, er werde kommen, sein Kommen uns aber nicht beschäftigt. (›Ich erwarte ihn‹ hieße hier ›Ich wäre erstaunt, wenn er nicht käme‹ – und das wird man nicht die Beschreibung eines Seelenzustands nennen.) Wir sagen aber auch ›Ich erwarte ihn‹, wenn dies heißen soll: Ich harre auf ihn. Wir könnten uns eine Sprache denken, die in diesen Fällen konsequent verschiedene Verben benützt. Und ebenso mehr als ein Verbum dort, wo wir von ›glauben‹, ›hoffen‹, usw. reden. Die Begriffe dieser Sprache wären für ein Verständnis der Psychologie vielleicht geeigneter als die Begriffe unserer Sprache.*«

»Ja, danke, was sagen Sie dazu, Watson?«

»Nun, Wittgenstein erklärt uns hier an einem einfachen Beispiel, wie uns die Oberflächengrammatik der Sprache täuscht, das heißt, wie uns die Tatsache täuscht, dass wir die gleichen Worte für sehr unterschiedliche Dinge, in sehr unterschiedlichen Situationen gebrauchen. Denn wir können das Wort *erwarten* einerseits im emphatischen Sinn verwenden, um mit ihm den Seelenzustand, die Empfindungstiefe, etwa die Sehnsucht, mit der wir jemanden oder etwas erwarten, zum Ausdruck zu bringen, andererseits aber kann ich auch in einem ganz pragmatischen Sinn, innerlich vollkommen unbewegt erwarten, dass jemand kommt. *Ich erwarte, dass die Putzfrau um acht Uhr kommt.* Was Wittgenstein uns damit sagen will, ist, dass das Wort *erwarten* in den verschiedenen Sprachspielen sich nicht etwa auf *eine,* eine wesenhafte Bedeutung des Erwartens zurückführen lässt, die allen Verwendungen dieses Wortes zugrunde läge – so etwas wie einen allgemeinen Seelenzustand der Erwartung gibt es nicht. Es gibt stattdessen viele Weisen, etwas zu erwarten, mit großer, kleiner und gar keiner Bewegung in mir.«

»Sehr gut, Watson, danke.«

»Und das, wenn ich das noch hinzufügen darf, gilt für all die anderen Worte, von denen wir glauben, ihnen läge ein gemeinsamer Zustand der Seele zugrunde, weil sie für unser Leben so wichtig sind, wie etwa die Worte *glauben* oder *hoffen*. Ich kann sagen: *Ich hoffe, es regnet nicht schon wieder*, und ich kann sagen: *Ich hoffe, mein Vater stirbt nicht an seiner Krankheit*. Das Hoffen, von dem in diesen beiden Sätzen die Rede ist, ist wohl kaum das gleiche. Es gibt nicht die eine Hoffnung, die all mein Reden begleitet, wenn ich sage *ich hoffe*, denn es hängt davon ab, was ich jeweils hoffe, was ich mit dem Wort *hoffen* sage.«

»Ja danke, Watson, sehr schön paraphrasiert. Dann hätten wir das soweit geklärt. Ich schlage vor, wir warten jetzt wieder still auf Betty Bliss.«

»Entschuldigen Sie, Ma'am. Aber dürfte ich vielleicht eine Frage stellen?«

»Wenn es sein muss, St. Claire, bitte!«

Kaum hatte ich St. Claire das Wort erteilt, sprang er hinter seinem Tischchen hervor und begann wieder mit auf dem Rücken verschränkten Armen vor meinem Pult auf und ab zu gehen. Dabei sprach er sinnierend und doch mit schwer erträglich klarer Stimme:

»Halten wir fest: Es gibt eine, nennen wir es behelfsweise, niedrige Verwendung des Wortes *erwarten* und eine hohe oder tiefe, in der das *Ich erwarte* einen inneren Zustand, eine sehnsüchtige, ängstliche, ungeduldige oder wie auch immer bewegte Empfindung zum Ausdruck bringt, nicht wahr?«

Ungeduldig klopfte ich mit einem Bleistift auf das Pult:

»Ja, St. Claire, das hat Watson doch bereits erläutert. Kommen Sie zum Punkt, bitte.«

»Entschuldigen Sie, Ma'am, ich bin etwas umständlich. Ich denke, wir brauchen nicht weiter darüber diskutieren, dass Wittgenstein Recht hat, eine allgemeine tiefere Bedeutung solcher Ausdrücke wie *erwarten*, *hoffen*, *glauben* und so weiter mit Blick auf unsere Alltagspraxis zurückzuweisen.«

»Sehr großzügig von Ihnen, St. Claire.«

Ich spekulierte auf einen Lacher, aber die übrigen Kinder blieben still in Erwartung von St. Claires Rede, die dann auch ruhig wie ein klarer Bergbach weiterfloss:

»Sehen Sie, was mich beunruhigt, ist die Tatsache, dass Wittgenstein selbst hier gegen sein Gebot, die Sprache bloß zu beschreiben und alles zu lassen, wie es ist, verstößt. Er weist unsere Sprache hier in gewissem Sinn zurecht.«

»Ach, erzählen Sie doch keinen Unsinn, St. Claire ...«

»Nein, bitte, lassen Sie mich ausreden! Die Worte, die für unsere Lebensform besonders wichtig sind, können wir tief oder niedrig, kalt oder heiß verwenden, und sie bedeuten dann jeweils etwas ganz anderes, richtig?«

Er hatte jetzt wieder seine Stoffschildkröte herausgeholt, setzte sie direkt vor meine Nase auf das Pult, so dass ich nur noch stumm nicken und ihn mit einer lahmen Schaufelbewegung zum Weiterreden auffordern konnte.

»Wittgenstein will diese Offenheit unserer Sprache zu ihrem Recht kommen lassen, aber zugleich rügt er diese Möglichkeit einer geteilten Zunge, die nun einmal in unserer Sprache liegt. Denn er sagt dann nicht nur, dass wir uns eine Sprache denken könnten, die in den verschiedenen Fällen von ›erwarten‹ konsequent verschiedene Verben benutzt. Er würde eine solche Sprache, eine scheinbar ordentlichere Sprache, der unseren vorziehen, denn er behauptet schließlich, dass die Begriffe dieser anderen Sprache für ein Verständnis der Psychologie, das heißt, der Art, wie wir empfinden und so weiter, vielleicht geeigneter wäre als die Begriffe unserer Sprache.«

»Und?«

»Nun ja, wenn, wie Wittgenstein sagt, eine Sprache vorstellen heißt, sich eine Lebensform vorstellen, dann können nur *unsere* Begriffe geeignet sein, unsere Psychologie zu erklären. Denn es gehört zu unserer Lebensform, zu unserer Empfindungsweise, dass das Niedrige und das Tiefe nicht zufällig zusammen in einem Wort liegen. Denn in uns, tief in uns, und das heißt vor allem auch, auf der Oberfläche unserer Haut, wohnt diese Verdopplung, dieses ewige Gemisch aus stumpfem Erwarten, dass der tägliche Fünf-Uhr-Zug kommt, und verzweifelter Erwartung, doch noch von irgendjemandem erlöst zu werden. Wittgenstein hat das nicht ertragen, weil er …«

»Einspruch! Schweigen Sie und nehmen Sie gefälligst diese alberne Schildkröte von meinem Pult!«

Aber er tat nichts dergleichen, sondern trat wieder dicht an das Pult heran, warf den Kopf zurück und schrie leise:

»Sagen Sie uns doch, Ma'am, auf welche Weise wir hier alle Betty Bliss erwarten? Erwarten wir, dass sie wohl noch kommt oder erwarten wir sehnlichst, dass Sie noch kommen möge?«

»Sagen Sie's mir, St. Claire, da Sie ja alles zu wissen scheinen!«

Da senkte er plötzlich den Kopf, ließ ihn tief auf die Brust fallen, nahm blind seine Schildkröte von meinem Pult und murmelte Unverständliches, so dass ich mich wieder aufrichtete und nun freundlicher fragte:

»Wie bitte? Sprechen Sie deutlicher, wir können Sie nicht verstehen, St. Claire.«

Er wandte sich um, schlurfte auf seinen Platz zurück, und dann brach es schluchzend aus ihm heraus:

»Ich weiß es einfach nicht! Wenn uns gesagt wird, dass wir auf Betty warten sollen und wir schweigen müssen, bis sie kommt, dann erwarten wir sie sehnsüchtig. Dann wächst die Erwartung in uns wie ein eingewachsener Zehennagel in einem vereiterten Nagelbett, wie Kartoffeltriebe im Keller. Denn dass sich Erwartung und Erfüllung in der Sprache berühren, befreit mich zwar davon, dass immer nur die Erwartungen und Erfüllungen der anderen in mir wachsen, aber dann ist es doch auch ein Fluch, dass Erwartung und Erfüllung, dass diese beiden da unten in meinem Keller hocken, sich an den Händen halten und hinter meinem Rücken wispern. Ach, ich weiß nicht, was ich rede. Sagen Sie mir, was ich erwarten kann, worauf ich noch hoffen soll!«

»Noch? Mein lieber Junge, Sie sind gerade mal zwanzig und …«

»Ach, lassen Sie doch diese Sprüche!«

Es war Enderby, der mir seinen Satz wütend an die Stirn geschleudert hatte, und wir alle starrten ihn überrascht an. St. Claire hatte aufgehört zu schluchzen, selbst Schulze und Schultze waren mit einem Ruck aufgewacht, aber am meisten schien Enderby selbst überrascht zu sein, denn er hielt sich die Hand vor den Mund und seine türkisfarbenen Augen blickten erwartungsvoll durch mich hindurch. Da öffnete sich endlich die Tür und Betty Bliss kam mit einem strahlenden Lächeln in unsere erstarrte Runde geflogen.

Diesmal kam Betty nicht dazu, vor mein Pult zu huschen, sich zu verneigen und das übliche Mantra ihrer Entschuldigungen zu stammeln, denn kaum hatte sie einen Schritt auf mich zu gemacht, waren die Jungs auch schon mit heiterem Geheul über ihre Tische hinweg und auf Betty los gesprungen, die nun erschrocken zurückwich und wohl rückwärts wieder aus der Tür gestolpert wäre, hätte die Kindermeute sie nicht festgehalten, ihr ihre Jutebeutel und das *i-book* abgenommen, um Betty schließlich unter lauten Hurra-Rufen in die Luft zu werfen. Immer wieder riefen die Jungs: »Hurra, Betty ist da! Sie ist doch noch gekommen, hurra!«, bis Betty, die in ihrem Trainingsanzug wie ein roter Flummi durch die Luft flog, vor Lachen Bauchschmerzen bekam, um Gnade flehte und von ihnen zurück auf den Boden gestellt wurde. Watson und Enderby hielten die schwindelnde Betty an den Schultern zwischen sich fest, bis sie wieder allein stehen konnte. Währenddessen hatten Schulze und Schultze Bettys Sachen ordentlich an ihren Platz gelegt, und St. Claire, dessen Glückstaumel gar nicht enden wollte, hüpfte mit seiner Schildkröte um Betty und die beiden anderen herum und sang dabei mit heller Stimme:

»Wie kann ich,
wie kann ich erwarten?
Sag mir, oh sag mir:
Wie kann ich,

wie kann ich erwarten,
was nicht da ist?
Lass mich, oh lass mich
Suchen, für immer suchen,
was nicht da ist!«

Erst als John Benjamin St. Claire sein Liedchen zum dritten Mal anstimmte, konnte ich mich endlich aus meiner halben Betäubung reißen, in der ich zusammengesackt über meinem Pult gelegen hatte, streckte mich und hob gebieterisch meine Talarflügel, aber als ich mich anschickte, ein lautes *Ruhe, verdammt noch mal!* auf die Saubande herabzuschmettern, kam zu meinem Erstaunen aus meinem Mund nur ein dünnes flehendes:

»St. Claire, würden Sie bitte still sein, bitte!«

St. Claire hielt sofort inne, wandte sich mir zu und sagte freundlich:

»Oh natürlich, ja, Ma'am, entschuldigen Sie bitte.«

»Nein nein, schon gut, ihr Lied ist sehr hübsch, ich bin nur heute etwas, nun ja ...«

Ich räusperte mich, um dann gefestigter fortzufahren:

»Nun, ich denke, wir hätten die Sache mit der Erwartung soweit geklärt. Vielleicht könnten wir nun wieder zur Tagesordnung übergehen.«

Die Kinder hatten sich alle wieder auf ihre Plätze gesetzt, aber die übliche Steifheit ihrer Haltung war verschwunden, sie streckten die Beine lang aus, lehnten ihre gerundeten, herabgerutschten Rücken bequem an die Stuhllehnen, und das scheele Gebräu aus Unterwürfigkeit und Arroganz in ihren Augen war freundlich nüchternen Blicken gewichen. Während ich mit schräg gelegtem, in die Hand gestütztem Kopf von meinem Pult herab betrachtete, wie sie da vor mir saßen und mich erwartungsvoll ansahen, wurden mir die Beine schwer vom Stehen, und schließlich hatte ich endgültig alle Fäden verloren. In meinem Kopf schnarrte auf einmal die prahlerische Stimme meines Vaters, mit der er jeden Morgen, bevor er das Haus verließ, verkündete: *Dem Zufall bin ich immer gewachsen, ich muss unvorbereitet sein, um meiner Herr zu sein.* Sein kleines Gespenst schwirrte um mich herum, bis ich unwillkürlich laut sagte:

»Ach, lass doch dieses Geschwätz!«

Da begann Watson zu kichern, und kurz darauf lachte das ganze Zimmer, und ich lachte am lautesten, bis Betty uns alle, sich selbst noch den Bauch haltend zur Ruhe brachte:

»Schluss! Schluss! Ich will mich doch jetzt endlich erklären!«

»Also schön, Miss Bliss,« sagte ich, indem ich mir die Tränen wischte, »dann kommen sie mal hier hoch auf das verdammte Pult und erklären uns, warum wir andauernd auf Sie warten müssen.«

Erleichtert taumelte ich vom Pult herab und setzte mich auf einen freistehenden Stuhl an der Tür. Betty nahm zögerlich meinen Platz ein und konnte sich nicht recht entscheiden, ob sie sich auf das Pult aufstützen oder die Arme lieber hinter den Rücken legen sollte. Die anderen sahen verwirrt zwischen mir und ihr hin und her, bis ich Betty mit einer ungeduldigen Geste zum Sprechen brachte.

»Also, das ist jetzt etwas peinlich, hier so zu stehen, weil … da gibt's ja nicht viel zu sagen. Also schön, ich komme immer zu spät, weil ich so hart trainieren muss. Ich laufe jeden Morgen, stundenlang, und darüber vergesse ich manchmal die Zeit, und es tut mir wirklich sehr leid, dass ich deshalb immer zu spät komme. Keineswegs ist dies ein Zeichen von mangelndem Respekt oder …«

»Miss Bliss, eine Menge Leute haben diese Laufkrankheit und schaffen es dennoch, pünktlich in ihren Veranstaltungen zu erscheinen.«

»Ja, Ma'am, ich weiß. Die einzige Entschuldigung, die ich vorbringen kann ist, dass ich es schwerer habe als alle anderen. Ich bin nicht sonderlich schnell, ich bin nicht sonderlich dünn, aber ich will, ich *muss* den Great Court Run im nächsten Jahr gewinnen.«

Ein paar Sekunden herrschte Schweigen, dann stieg aus Schulze und Schultze ein hämisches Gekicher auf und gleichzeitig sagten sie:

»Du? Den Great Court Run? 367 Meter in 43 Sekunden? Wir wollen dir ja nicht zu nahe treten, aber …«

»Das könnt ihr verdammten *krauts* auch gar nicht. So tief nach unten kann ich gar nicht pissen, dass ich euch …«

»Ja, sehr schön, Miss Bliss, danke, kommen Sie wieder da runter, das Pult tut Ihnen nicht gut.«

Grummelnd folgte sie meinem Befehl, ihre dunklen Locken standen vor Wut noch weiter ab als sonst, aber bevor sie sich wieder auf ihren Platz setzen konnte, stellten Schulze und Schultze sich ihr in den Weg, schlugen die Hacken zusammen und Schulze sagte:

»Wir entschuldigen uns vielmals, Betty. Sollte der Eindruck entstanden sein, dass wir dich beleidigen wollten, so täte uns dies sehr leid. Keineswegs liegt es in unserer Absicht, jemanden zu beleidigen. Wozu auch?«

Betty lächelte schwach und setzte schon dazu an, sich ihrerseits zu entschuldigen, als Schulze weitersprach:

»Wir wollten lediglich zu bedenken geben, dass die Teilnahme an kompetitiven Spielen doch wohl sinnvollerweise denen vorbehalten sein sollte, die kompetitionsfähig sind, und die Frage aufwerfen, ob du nicht in derjenigen Personengruppe besser aufgehoben wärst, die sich, weil kompetitionsunfähig, als kompetitionsverweigernd definiert, sich selbst also eher als den autonomen, vertigen Spielen zugeneigt beschreibt, und so, auf diesem Umweg im kompetitiven Gesamtfeld mitunter doch noch recht gut aufgestellt ist, was wiederum uns allen hier zugute käme, denn wie wir wissen, gibt es keine Nullsummenspiele in sozialen Kontexten.«

Betty nickte mehrmals, und während sie sich erschöpft auf ihrem Platz niederließ, sagte sie langsam:

»Ja ja, ich weiß, das hat man mir bereits bei der Studienberatung gesagt. Trotzdem danke für den Hinweis. Aber ich möchte lieber nicht, ich möchte lieber gewinnen.«

Nach einem verlegenen Räuspern fragte Watson:

»Betty, darf ich mal fragen: Wie ist deine momentane Zeit? Wie schnell bist du denn?«

Betty seufzte:

»75 Sekunden – sag nichts, ich weiß ja, ich weiß ...«

Vor dem Fenster war der Herbsthimmel wieder als dichtes graubraunes Bettlaken aufgespannt worden, das kaum noch Licht in unser Kämmerchen ließ und so sah ich von meinem Seitenplatz an der Tür Betty nur noch schemenhaft mit hängendem Kopf auf ihrem Stuhl sitzen. Die Reihe der Jungs neben ihr erschien wie Bettys klumpige Fortsetzung, während Schulze und Schultze klar umrissen noch immer mitten im Raum standen wie zwei sinnlose Holzpflöcke auf einem Bootssteg, dem der See abhanden gekommen war. Es hätte nicht viel gefehlt, und dies Bild wäre mit mir in einen ewigen Schlaf gefallen. Im letzten Moment raffte ich mich aus meinem Stuhl auf und rief heiter:

»Kopf hoch, Leute! Wir wollen uns niemals gehen lassen, denn schließlich sind wir hier in Cambridge, nicht wahr? Und wir wissen, dass Cambridge noch immer der siegreiche Ort der verlorenen Sache und der hoffnungslosen Fälle ist. Ich schlage daher vor, dass wir auf der Stelle runtergehen in den Hof und uns Bettys Laufsache annehmen. Die heutige Stunde ist für die Philosophie ohnehin verloren. Also kommt schon – los, los! Runter mit euch!«

Im Hof angekommen erwartete uns nur der kleine Nieselregen, was ich als Wohlwollen des Himmels gegenüber Betty deutete. Vor der Kapelle schüttelte Betty Arme und Beine, warf St. Claire ihre Trainingsjacke zu und ließ sich, durch den Mund ausatmend, wie eine Heuschrecke in die Tiefstartposition nieder. Während sie auf den Fingerspitzen federnd langsam ihren Hintern hochfuhr, dann wie die Sphinx Kopf und Brust nach vorne schob, als wolle sie sich selbst noch einmal das Rätsel der Strecke stellen, protestierte Enderby: Der Start in den Great Court Run habe aus dem Stand zu erfolgen. Fluchend ließ Betty Kopf und Hintern wieder sinken, aber weil Enderby Recht zu haben schien, ließ ich Betty wieder aufstehen. Schulze und Schultze hatten schon eine Markierung mit dem Fuß in den Kies gezogen und stellten sich nun links und rechts der Startlinie auf. Dann holte Schulze eine Stoppuhr und Schultze eine Pistole aus der Hosentasche, und bevor ich auch nur fragen konnte, warum er eine Pistole mit sich herumtrug, hatte er schon das *ready-steadygo!* gerufen und die Pistole abgefeuert. Betty flitzte in die erste Ecke des Hofs. Schulze und Schultze blieben unbewegt stehen, aber Watson und Enderby rannten neben und St. Claire hinter Betty her und brüllten: *Schneller, Betty, schneller!*

Ich sah sie die Nordseite des Hofs entlangfliegen, aber als sie auf der gegenüberliegenden Seite angekommen waren, verstellte mir der böse Brunnen die Sicht auf die Kinderquadriga und hielt meine Augen fest wie ein Scheinwerfer die eines Kaninchens, und mir war, als habe der Brunnen die Kinder verschluckt und ihr Gebrüll käme aus seinem Höllenschlund und nicht von hinter meinem Kopf, wo das Gespann sich schnaufend längst wieder eingefunden hatte. Erst als ich Schulzes nüchterne Stimme hörte, drehte ich mich um.

»Tja Betty, das waren leider keine 75, sondern 80 Sekunden – ich nehme an, du warst jetzt schlechter in Form durch die ungewohnten Trainingsbedingungen?«

Betty hielt sich die Seite und nickte schwer schluckend:

»Ja, ich hatte einen schlechten Start und bin dann auch noch kaum aus der Ecke zum Angel Court rausgekommen.«

Schultze nickte:

»Hm ja, aber selbst wenn das hier nicht deine Bestform war – ich denke, wir sollten darüber nachdenken, welche Hilfsmittel, möglichst überwiegend legale, wir nutzen können.«

Die anderen Jungs nickten zustimmend, zögernd begann schließlich auch Betty zu nicken und sagte dann mit sarkastischem Auflachen:

»Ja, muss wohl sein, was? Oder wir lassen St. Claires Schildkröte antreten.«

Alle lachten etwas betreten, dann fuhr Betty leiser fort:

»Ich habe immer an Wittgensteins Worte geglaubt, daran, dass *im Rennen der Philosophie gewinnt, wer am langsamsten laufen kann. Oder*

der, der das Ziel zuletzt erreicht. Aber das stimmt einfach nicht – noch nicht mal in der Philosophie.«

Sie standen nun alle schweigend im Kreis, die Köpfe gesenkt. Am Rand der Szene vor mich hin schwindelnd wusste ich, dass es höchste Zeit war, wieder ins Geschehen einzugreifen, aber meine Zunge war gelähmt und ich hoffte, die Kinder würden allein zurechtkommen. Während ich mich fragte, ob Schulze und Schultze vielleicht schon wieder schliefen, straffte Watson sich und rief:

»Okay Leute, keine Zeit für Trübsal! Lasst mal sehen, was wir zusammenschmeißen können!«

Erleichtert begannen sie nun wieder zu schnattern, setzen sich im Schneidersitz auf den regennassen Boden und kramten aus ihren Hosen- und Sakkotaschen kleine Pillendosen hervor, die sie auf einen Haufen in der Mitte warfen. Enderby inspizierte alles, zog dabei zufrieden nickend die Mundwinkel herab und sagte:

»Nicht schlecht für den Anfang. St. Claire, hast du noch diese Tropfen von neulich?«

»Ach ja, die hatte ich ganz vergessen.«

»Gut, schön«, Enderby zog aus seiner Brusttasche ein grünes, seidenes Taschentuch, leerte darauf alle Pillen, vermengte sie mit der Hand, so dass ein buntes Osternest entstand, und ließ dann mit einer einladenden Geste alle zugreifen. Lachend und mit zurückgelegtem Kopf warfen sie sich gegenseitig die Pillen in den Mund, bis Watson sagte:

»So, das reicht, den Rest nimmst du mit, Betty.«

Er drehte aus dem Taschentuch ein Säckchen und gab es ihr, »Morgens, mittags und abends zehn Pillen, zusätzlich jeweils 30 von St. Claires Tropfen. Wir besorgen einmal in der Woche Nachschub. Du hast knapp ein Jahr, um das Beste aus dir rauszuholen, und ich glaube, wir können es schaffen.«

Betty stopfte den Beutel in die Tasche ihrer Trainingshose:

»Gut, danke euch allen – vielen Dank!«

»Oh, und das hätte ich fast vergessen!« St. Claire stand auf, zog aus seiner Tasche ein Stück Kreide, malte auf Bettys runden Schildkrötenrücken eine Schwalbe und murmelte dabei:

»Alter argentinischer Brauch der Cronopien.«

Sie schienen mich völlig vergessen zu haben und schauten erstaunt hoch, als ich mich verlegen räuspernd ihrem Kreis näherte:

»Tja also, gute Arbeit, Kinder! Dann beschließe ich die heutige Sitzung und schlage vor, dass wir uns am Freitag um zwölf wieder hier unten zum philosophischen Rennen treffen.«

Sie lächelten und nickten freundlich durch mich hindurch, und ich begab mich festen Schrittes hinüber zu Higgins' Wohnung.

Unerfreulicherweise war ich nicht der einzige Mittagsgast bei Higgins. Roger Bassington-ffrench öffnete mir die Tür, begrüßte mich liebenswürdig und geleitete mich mit einer Hand unter meinem rechten Ellbogen ans Fenster, wo Higgins mir mit lächelnder Augenbraue meinen Martini reichte:

»Wie geht es Ihnen, meine Liebe?«

»Gut, gut, hervorragend.«

»Fein, keine besonderen Vorkommnisse?«

»Nein, keine, nichts, Sir.«

»Gut, dann gehen wir doch zu Tisch. Ich bin entzückt, Sie beide heute zum Essen bei mir zu haben. Roger sagte mir, dass er das nette und so interessante Gespräch mit Ihnen von neulich unbedingt fortsetzen möchte.«

Bevor ich darauf und auf Bassington-ffrenchs ermunterndes Zunicken reagieren konnte, wehten Apollo und Zeus hinein und trugen das Essen auf. Wir setzten uns eilig, Apollo hielt mir eine Servierplatte unter die Nase, und Higgins sagte munter:

»Ich dachte, eine Abwechslung von den ewigen Choles und Daals würde uns beiden gut tun. Ich hoffe, Sie essen ausnahmsweise einmal ein gutes Kassler mit uns? Wir haben gerade deutsche Woche in der Küche – ich dachte, ein kleiner Gruß aus Ihrer Heimat würde Sie vielleicht erfreuen.«

»Ja, Sir, natürlich gern, Sir, vielen Dank.«

Ungeschickt bugsierte ich mit dem Vorleger ein kleines Stück Fleisch auf meinen Teller, nahm mir dann von den anderen Platten reichlich Sauerkraut und Kartoffelbrei, begann hastig zu essen und schob das Stück Kassler von einer Ecke des Tellers in die andere, bis ich es schließlich unauffällig unter dem Kartoffelbrei begrub.

Unser Essen verlief schweigend. Erst nachdem Higgins den Kaffee an den Kamin hatten bringen lassen und die beiden mir in ihren Clubsesseln mit dem Rücken zum Feuer gegenübersaßen, lehnte Bassington-ffrench sich zurück, schlug genüsslich ein Bein über das andere und fragte mich mit seiner angenehm dunklen, schnurrenden Stimme:

»Gerade gestern hatte ich Gelegenheit, noch einmal den kurzen biographischen Abriss zu Miguel de Manzanilla in Ihrem vorzüglichen Nachwort zum *Kryptychon* zu lesen. Dabei sind mir ein paar Dinge unklar geblieben. Was ich mich zum Beispiel gefragt habe – Miguel de Manzanilla war doch Jude, nicht wahr?«

»Ja, Sir, das heißt … nein, Sir, nicht direkt.«

»Was denn nun, war er einer oder war er keiner?«

»Nun, sagen wir, dass seine gesamte Identität von dem Bewusstein geprägt war, dass er von *Conversos* abstammte, dass also seine Vorfahren unter dem Druck der Inquisition zum Christentum übergetreten waren. Sein Ururgroßvater kam 1492 in Manzanares in Castilla de la Mancha zur Welt und war das erste Kind in der Linie der Manzanillas, das direkt nach seiner Geburt römisch-katholisch getauft wurde.«

»Und wurden die Manzanillas dann tatsächlich Christen oder blieben sie heimliche Juden?«

»Einige von den Nachkommen waren überzeugte Katholiken, andere blieben marranische Juden. Manzanillas Urgroßvater, der Arzt Francisco Manzanilla beispielsweise, getauft mittlerweile in vierter Generation, wurde 1577 in Valladolid auf dem Scheiterhaufen verbrannt. Jemand hatte ihn denunziert, weil am Samstag kein Rauch aus seinem Haus aufstieg und weil er wegen eines angeblichen Magenleidens immer ungesäuertes Brot aß. Er wurde also des Judaisierens angeklagt und verurteilt.«

»Er hat also gestanden.«

»Ja, was man so gestehen nennt unter der Folter. In jedem Fall hat er nicht widerrufen.«

»Dumm von ihm.«

»Ja, Sir.«

»Hm, Sie meinen doch wohl eher, dass er *nicht* gestanden hat, sonst wäre er ja nicht zwangsläufig verbrannt worden. Schließlich konnte, wer gestand, überleben, denn wer sich der Sünde der Häresie bekannte, hatte ja die Möglichkeit, mit einigen Jahren Gefängnis, lebenslangen Erniedrigungen, Enteignung und so weiter, aber immerhin mit dem Leben davonzukommen – nur wer *nicht* gestand, wurde in jedem Fall getötet.«

»Oh ja, natürlich, Sie haben Recht, Sir. Natürlich hat er *nicht* gestanden, er war ein *negativo*, also einer, der bis zum Schluss die Befleckung seiner Seele leugnete. Sagte ich, er habe gestanden?«

»Ja, in der Tat, das sagten Sie.«

»Dumm von mir.«

»Hm, kann ja mal vorkommen. Wobei die Sachlage ja auch noch etwas komplizierter war. Selbstverständlich konnte man auch trotz, also aufgrund des Geständnisses verurteilt und hingerichtet werden. Das ist Ihnen hoffentlich klar, oder?«

»Ja, Sir, selbstverständlich. Die Akteninterpretation ist da etwas widersprüchlich, weil …«

»Schon gut. Und Manzanilla selbst?«

»Tja, das ist kompliziert. Sein Großvater, Don Manuel de Manzanilla, war strenggläubiger Katholik, Jesuitenschüler und späterer Staatsbeamter, dem als erster in der weitverzweigten Familie der alte Titel *Caballero* wieder zurückerstattet wurde, den die Manzanillas im dreizehnten Jahrhundert verliehen bekommen hatten. Manzanilla war also über seinen Großvater ein *Hidalgo*. Dieser Großvater hoffte, wie er in seinen auf lateinisch verfassten Tagebüchern schrieb, die sein Enkel später mit nach England brachte, ins Englische und Hebräische übersetzte und schließlich als unfreiwilliges Manifest einer zerrissenen katholisch-jüdischen Existenz der *Bodleiana* schenkte …«

»Ach«, Roger Bassington-ffrench schnaufte verächtlich durch die Nase, »Miguel de Manzanilla war also auch drüben, am *anderen Ort*, ja?«

»Ja, Sir, er hat nicht nur hier in Cambridge, sondern auch zwischenzeitlich in Oxford Hebräisch unterrichtet, und da er sich nun einmal sehr für die Schriften Wilhelm von Ockhams interessierte …«

»Schon gut, weiter. Was also war mit seinem Großvater?«

»Sie müssen sich klarmachen, dass dessen Vater noch auf dem Scheiterhaufen verbrannt worden war, was der Sohn in seinen Tagebüchern mit keinem Wort erwähnt. Aber gerade dadurch geraten ihm seine Lebensbeschreibungen, in denen er niemals ein Wort über sein Innenleben verliert, stattdessen den Rapport jedes äußeren Ereignisses geradezu zwanghaft in ein vehementes Bekenntnis zur katholischen Kirche münden lässt, zu einer unfreiwilligen Kunst der Negation, in der sich unabweisbar das Schuldgefühl gegenüber diesem Vater behauptet, den er nur aus den bruchstückhaften Erzählungen der Mutter kannte. Manuel war erst ein Jahr alt, als sein Vater ermordet wurde. Wie auch immer man die Tagebücher des Großvaters deutet, er hoffte in jedem Fall – er schreibt es explizit kurz vor seinem Tod –, dass durch sein vorbildliches Katholiken- und Staatsdienerleben die diskriminierenden Statuten der *limpieza de sangre* für die guten Katholiken unter seinen Nachkommen – die anderen, unbekehrbaren Marranen will er in der Hölle schmoren sehen – bedeutungslos werden könnten. Diese Statuten zur *Reinheit des Blutes*, mit denen man, nun da mit der Taufe die Konfessionszugehörigkeit als Ausschlusskriterium gegen die Juden ihre Kraft zu verlieren drohte, die rassistische Kategorie des Bluts erfunden hatte und so den Juden weiterhin ihre Rechte verwehren konnte – diese Statuten stellten, wo sie den Neuchristen die freie Berufsausübung,

Niederlassung und so weiter bis in die vierte, fünfte Generation nicht von vornherein völlig verwehrten …«

»Meine Liebe, mir brauchen Sie nicht zu erzählen, was das Statut zur *limpieza de sangre* war. Ich bin zwar nur ein bescheidener anglikanischer Theologe und kein Philosoph, aber dennoch mit den Eckdaten der Weltgeschichte oder zumindest denen der Kirchengeschichte leidlich vertraut.«

Higgins und er schmunzelten und zwinkerten sich vertraulich zu.

»Oh, natürlich, entschuldigen Sie vielmals, verehrter Vize-Dekan, Sir, ich wollte nur deutlich machen, dass dieses Statut auch einen so märchenhaften assimilatorischen Aufstieg wie den Manuel de Manzanillas permanent zur Disposition stellte. Jeder dahergelaufene analphabetische Neider, der sich als *limpio* aufbauschte, also die Fiktion einer lupenreinen altchristlichen Identität vor sich her zu tragen wusste, konnte ihn jederzeit denunzieren, wie makellos christlich auch immer Manuels Lebenswandel sein mochte. Diese Angst, jemand könnte an seiner katholisch-kastilischen Ehre zweifeln, muss er mit einer grotesken Mischung aus Hidalgo-Stolz und jesuitischer Askese kompensiert haben. Zumindest schildert Manzanilla seinen Großvater als traurige Karikatur des *Caballero de la mano en el pecho* von El Greco: bis ins hohe Alter in kerzengerader Haltung, die rechte Hand stets stolz auf der Brust gespreizt, das kindliche Gegenüber mit strengem, geradem Blick messend, aus einem Gesicht, das von dem Spitzbart und dem blütenweißen Spitzenkragen über dem engen schwarzen Gewand doppelt gerahmt und gehalten wird. Aber wer weiß, vielleicht wollte Manzanilla hier auch die kindliche Angst vor diesem strengen Großvater, bei dem er aufgewachsen ist, nachträglich in marranischem Spott ersticken.«

»Und der Vater Manzanillas?«

»Zum großen Unglück Manuels wollte aus seinem ältesten Sohn, Alvarez, der später in Amsterdam den Namen Isaac annahm, einfach kein rechter *caballero cristiano* werden. Obschon er von seinem Vater zum Studium des Kanonischen Rechts auf die Jesuitenhochschule geschickt worden war, brach er dieses Studium ab und wurde Arzt, ein Wanderchirurg, ergriff damit also einen verdächtig jüdischen Beruf. Schon früh hatte er sich von seiner Großmutter gegen den Willen des Vaters die Geschichte seines verbrannten Großvaters wieder und wieder erzählen lassen und begann um das Jahr 1644 auch noch damit, das Alte Testament zu studieren. Der Anlass dieser Studien war wohl der Märtyrertod des Proselyten Don Lope de Vera y Alarcón …«

»Sie meinen diesen kastilischen Adligen, der als Jehuda der Gläubige, *Juda Creente,* in die Geschichte eingegangen ist?«

»Ja, Sir, den meine ich, der, der auf dem Scheiterhaufen in Valladolid *Dir, Gott, befehle ich meine Seele* sang. Dieses Ereignis muss Alvarez tief beeindruckt haben, jedenfalls wurde er spätestens im Verlauf seiner alttestamentarischen Studien eindeutig zu einem marranischen Juden. Er sah, dass die Bücher Mose der Text waren, den noch alle, Juden, Christen und Moslems, respektierten, während das Neue Testament nur von einer, wenn auch einer recht mächtigen Sekte anerkannt wurde, deren römisch-katholischer Zweig noch dazu der Welt die unermessliche Liebe Christi mit dem Scheiterhaufen geben wollte. Aber Alvarez war Arzt genug, um seine religiösen Überzeugungen an der Leiblichkeit seiner Familie zu messen. Er war besorgter Vater von vier Kindern und Ehemann einer Frau, die eine tiefe Verachtung für alles Märtyrerische hegte und ihrem Mann klarmachte, dass sie keineswegs glaube, dass Gott ihnen bestimmt habe, sich foltern und umbringen zu lassen. Und falls es doch so sei, wünsche sie mit diesem Gott nicht weiter zu kommunizieren.«

»Eine überaus moderne Person, diese Ehefrau. Ganz erstaunlich.«

»Ja, nicht wahr?«

»Ja, geradezu unglaublich modern.«

Ich lachte irritiert auf, und Bassington-ffrench lachte mit einem triumphal kurzen Laut zurück, zog seine Oberlippe hoch und zeigte mir wieder seine kurzen weißen Schneidezähne und das hellrote Zahnfleisch, auf deren Anblick ich bereits sehnsüchtig gewartet hatte.

Higgins räusperte sich, rührte geräuschvoll in seiner Kaffeetasse herum und murmelte mir dann mit etwas verschlafener Stimme zu:

»Fahren Sie fort, meine Liebe, wir wollen die Geschichte noch heute zu Ende bringen.«

»Ja, Sir. Also, der eigentliche Held unserer Geschichte, Miguel de Manzanilla, der älteste Sohn von Alvarez und Rosalia, wurde 1625 in Salamanca geboren, und …«

»Entschuldigen Sie, wenn ich da noch einmal nachhake«, Bassington-ffrench beugte sich liebenswürdig lächelnd nach vorn, umschlang das Knie seines übergeschlagenen rechten Beins mit gefalteten Händen, traf dabei anscheinend versehentlich mit dem Handgelenk seinen Reflexpunkt, so dass mir sein lässig wippendes Bein plötzlich gereizt entgegenschnellte, »aber ich möchte noch einmal auf seinen Großvater zurückkommen. Diese Karriere eines *Converso* scheint ein ganz außergewöhnlicher Fall. Ich glaube nicht, dass ich jemals von jemandem gehört habe, der Ende des sechzehnten Jahrhunderts als Sohn eines verurteilten, verbrannten Judaisierers in den Staatsdienst aufgenommen wurde. Die Erbsündenlogik der *limpieza* verbot schließlich den Nachkommen noch Jahrhunderte später derlei Tätigkeit, und dieser Manuel, Sohn eines Marranen, dieser *delimpio* ersten Ranges, wird nicht etwa enteignet, ihm werden nicht etwa die Haare geschoren, er muss sich nicht im Büßergewand, im *sambenito* bespucken lassen, nein, er darf sogar den den Juden längst verbotenen Titel *Don* tragen, während andere in den Gefängnissen der Inquisition gefoltert werden, weil sie als Kind einmal ein Stück Kuchen aus der Hand eines Juden gegessen haben – das, Sie werden das verstehen, überrascht mich doch sehr. Damit so etwas möglich wäre, müsste dieser *Caballero* schon einflussreiche Gönner bis hoch zum König gehabt haben.«

»Oh ja, Sir, die hatte er. Aber noch etwas anderes kommt hinzu, das die Sache vielleicht erklärlicher macht. Denn was den Scheiterhaufentod seines Vaters betrifft, so half seinen Nachkommen paradoxerweise die Tatsache, dass er als *negativo* hingerichtet worden war. Weil es für die

Seelenpolizei der Inquisition nur Schuldige gab und nur das Geständnis oder der Tod den Prozess beenden konnten, musste man demjenigen, der bis zum Schluss leugnete, immerhin posthum zugestehen, dass er möglicherweise unschuldig gewesen war. Diese Unschuldsmöglichkeit war zwar freilich kein Einwand gegen die notwendige Tötung der *negativos*, denn derlei Opfer mussten nun einmal für die Wahrheitssuche in Kauf genommen werden, und ein guter Katholik musste sich auch als Unschuldiger glücklich schätzen, für die gerechte Sache zu sterben. So traf den *negativo* zwar in jedem Fall die härteste Strafe, aber für seine Nachfahren waren die Folgen mitunter weniger grausam als für die der Geständigen. Denn wer sich beugte und eine echte oder eine erfundene Häresie gestand, damit die Peiniger Ruhe gaben, kam zwar mit dem Leben davon, aber um den Preis des Meineids und des Ehrverlusts seiner Familie.«

»Ja ja, ich weiß, aber das erklärt noch nicht hinreichend …«

»Hinzu kam, dass die Manzanillas mit der jüdischen Adelsfamilie Santa Maria verwandt waren, der absurderweise die Reinheit ihres Blutes bescheinigt wurde, da man ihr zugestand, dass sie aus der gleichen Familie stamme wie die Heilige Jungfrau. Die Santa Marias genossen daher eine gewisse Immunität, von der auch die Manzanillas profitierten – der etwas peinlichen Tatsache, dass Maria Jüdin war, haben die Theologen der Inquisition naheliegenderweise wenig Beachtung geschenkt.«

Bassington-ffrench runzelte die Stirn, massierte sein Kinn und murmelte:

»Hm, hm, ja, ich erinnere mich vage, schon einmal von dieser Familie gelesen zu haben …«

Higgins raffte sich aus seinem Sessel auf, ging hinüber zur Bar und rief Bassington-ffrench über die Schulter zu:

»Ja, es gibt doch diese hervorragende Studie von Rumbelow-Routledge, die letztes Jahr erschienen ist, und in der zum ersten Mal auch die Beziehungen der Santa Marias zu den Manzanillas erhellt werden.

Sie haben die Debatte zwischen Rumbelow-Routledge und Pennington sicher verfolgt?«

»Äh ja, ja natürlich. Jetzt erinnere ich mich wieder, danke für den Hinweis, Higgins.«

»Gern, mein Lieber. Vier Uhr, das ist zwar noch etwas früh, aber ich werde mir einen kleinen Whisky genehmigen, irgendwo auf der Welt wird schließlich gerade die Sonne untergehen. Noch jemand?«

Bassington-ffrench nickte gedankenverloren, ich schüttelte steif den Kopf. Higgins hatte sich wieder gesetzt, und während die beiden schweigend an ihren Whiskys nippten, versuchte ich, etwas Luft in meinen Bauch zu bekommen, um mich zu entspannen. Es wäre alles so viel leichter gewesen, hätte ich Bassington-ffrench einfach Manzanillas Tagebücher vorlesen können, statt all diese Fragen beantworten zu müssen. Um der nächsten Frage zuvorzukommen, erzählte ich mit anfangs etwas belegter Stimme einfach weiter und blickte dabei ins Feuer:

»Miguel de Manzanilla ist einunddreißig Jahre alt, und dank der ehrgeizigen katholischen Erziehung seines Großvaters Doktor der Theologie an der Universität von Salamanca, als er sich 1656, zwei Jahre nach dem Tod des Großvaters, von einem Schlepper über die Pyrenäen nach Frankreich bringen lässt. Seine Eltern hatten bereits zehn Jahre zuvor ihren Besitz zurückgelassen und waren mit ihren drei Töchtern und deren Ehemännern nach Amsterdam geflohen. Auch Manzanilla kam dann nach Amsterdam, aber es war für ihn nur eine Zwischenstation. Zum Leidwesen seiner Familie hatte er nicht vor, sich in die dortige jüdische Gemeinde zu integrieren, weil sein Ziel von Anfang an England war.

Schließlich hatte er bereits 1647, anlässlich Wilhelm von Ockhams dreihundertstem Todestag, heimlich eine kleine Abhandlung über dessen *summa logicae* verfasst – ein Buch, das Manzanilla durch Zufall in die Hände gefallen war und das damals selbst in England so sehr in Vergessenheit geraten war, dass es, anders als viele andere Bücher, die Manzanilla unter Gefährdung seines Lebens in seinen Besitz gebracht hatte, noch nicht einmal auf dem spanischen Index stand.

Seine Flucht aus Spanien fand also bereits im Jahr der Wiederansiedlung der Juden in England statt, aber Manzanilla brauchte dann doch noch fast zehn Jahre, um dorthin zu gelangen. Die Gründe dafür scheinen gleichermaßen Geldmangel wie mangelnde Kontakte nach England gewesen zu sein. Jedenfalls zog er in diesen Jahren zwischen Amsterdam, Hamburg, Venedig und Paris hin und her. Einerseits betätigte er sich immer wieder als Handelsreisender für einen seiner Schwager in Amsterdam, der Handschuhfabrikant war, andererseits war Manzanilla ein akademisch-mönchischer Reisender, der im Ghetto von Venedig seine Hebräisch-Kenntnisse vertiefte und in Paris zwei Jahre lang an der Sorbonne eine Form von Philosophie lehrte, die, sich von Descartes und Spinoza gleichermaßen absetzend, den Skeptizismus Maimonides' mit Ockhams sprachkritischem Postulat der philosophisch-theologischen Unbeschreibbarkeit Gottes zu verbinden suchte. Seine Stellung in Paris war von Anfang an prekär, und das nicht nur, weil er sich gegen den katholischen Rassenwahn auf Henri Mauroy berief, den Franziskanermönch und Professor der Heiligen Schrift an der Sorbonne, der hier bereits über ein Jahrhundert zuvor eine Abhandlung gegen die Statuten zur *limpieza de sangre* geschrieben hatte, die mittlerweile in Frankreich auch nicht mehr sonderlich hoch im Kurs stand. Vor allem musste Manzanillas sprachphilosophische Theologie allen – Juden, Katholiken und Protestanten – unkoscher erscheinen. Er konnte noch so sehr darauf beharren, dass seine konfessionelle Unentschiedenheit, da sie ja offen dalag, das Gegenteil opportuner Anpassung an das jeweilige Gegenüber war, er blieb ihnen suspekt.

Noch in Salamanca hatte er in sein Tagebuch geschrieben: *Jede wahre Philosophie verbirgt wie eine Maske eine andere, und dies ist nicht allein der Not der Verbergung oder gar der eitlen Lust an der Täuschung geschuldet, sondern der Schwäche desjenigen Philosophen, der sein Handwerk ernst nimmt. Denn die Philosophie eines Menschen strebt immer einem Ideal zu, das dem Philosophen selbst am wenigsten möglich ist, wodurch er es in seiner Philosophie umso schöner und klarer gestalten kann.*

In seinen kontinentalen Wanderjahren knüpfte er langwierig und seltsam zögerlich Kontakte nach London, Oxford und Cambridge. Immer wieder schiebt er Korrespondenzen auf, weil sein Englisch angeblich noch nicht gut genug ist. Ich kann nicht beurteilen, was an dem Aufschub seiner Übersiedlung sachlich begründet und was Zauderei war, aber vor allem hatte er nicht nach England gehen wollen, ohne dort ein Werk vorlegen zu können, das seinem Bedürfnis nach einem überkonfessionellen oder eher metareligiösen philosophischen Austausch Gewicht verleihen konnte, denn er hatte Angst, ohne das apologetische Pfund eines solchen Texts auch in England als ein bloß atheistischer Philosoph von allen verurteilt zu werden. Anscheinend versuchte er daher eine Zeitlang eine Fortführung von Ramon Lulls *Buch vom Heiden und den drei Weisen* zu schreiben. Vielleicht sollte es zugleich auch, wenn auch freilich in Unkenntnis des Wortlauts, eine Anknüpfung an Peter Abaelards *Gespräch eines Philosophen, eines Juden und eines Christen* werden, die Schrift, von der er in Paris hatte munkeln hören, dass sie in wenigen Abschriften im Giftschrank von Cluny liege. Die Skizzen in seinem Tagebuch lassen nur erkennen, dass er einen interreligiösen Dialog mit dem Titel *Rede von Baum und Basar wider das Blut* projektierte. Fest steht jedenfalls, dass er in den zehn Jahren vor seiner England-Übersiedlung abgesehen von seinen Tagebüchern nicht ein Wort zu Papier brachte. Irgendwann muss er eingesehen haben, dass er entweder ohne Werk nach *angle terre* gehen müsste oder niemals dort hingelangen würde.

Als er im Januar 1666 endlich in London ankommt, ist die Pest gerade ausgestanden, und der kollektive Wahn, in dem jüdische Messianisten, aber vor allem puritanische Milleniaristen glauben, mit dem armen Irren Sabbatai Zwi sei der Messias gekommen und mit ihm die Ankunft des Tausendjährigen Reichs Gottes, befindet sich gerade auf seinem Höhepunkt. An der Londoner Börse setzt man zehn zu eins darauf, dass Sabbatai tatsächlich der König von Jerusalem ist, und der gute Junge setzt alles daran, sich dieses Kredits würdig zu erweisen. Er nimmt ein

Schiff nach Konstantinopel und empfiehlt dort dem Sultan Mohamed seinen Thron zu verlassen, damit er selbst sich dort hinsetzen könne. Aus Pietät vor der Geisteskrankheit unterdrückt Mohamed sein Lachen und erklärt Sabbatai mit der ruhigen, freundlichen Stimme, mit der er zu seinen Kindern spricht, dass der Herr Messias jetzt ins Gefängnis müsse und es sich dort überlegen könne, ob er lebendig verbrannt werden oder zum Islam übertreten möchte, um sich fortan als treuer Untertan sein Leben zu verdienen. Sabbatai entscheidet sich für letzteres, hält seine Konversion für keinen Einwand gegen seine Auserwähltheit, was zwar einige für durchaus nachvollziehbar halten, denn warum sollte es nicht sein, dass es dem Messias – der doch, wie es in Jesaja Kapitel 53 heißt, nicht in strahlendem Glanze kommen wird, sondern erniedrigt, bespuckt und scheinbar selbst von Gott verstoßen – bestimmt ist, Marrane, gewissermaßen Obermarrane zu werden, aber der sabbatistischen Bewegung ist mit dieser Wendung der Dinge doch ein peinlicher Schlag versetzt.

Die jüdische Gemeinde in London kann nun stolz auf ihre skeptisch gehobene Augenbraue sein, denn im Gegensatz zu ihrer Verwandten in Amsterdam war sie nicht völlig der Verrücktheit dieses Messias erlegen, und auch der gerade erst eingetroffene Manzanilla atmet auf, weil er weiß, dass auch sein Vater nun endlich wieder zur Vernunft kommen wird. Noch eine Woche bevor die Kunde von Sabbatais kläglicher Konstantinopelreise in Amsterdam und London die Runde machte, hatte Manzanilla seinem Vater, der trotz der verzweifelten Versuche der Mutter, ihn davon abzubringen, bereits drauf und dran war, sein Hab und Gut zu verschenken und sich im Büßergewand an den Hafen von Amsterdam zu setzten, um dort die Ankunft des Messias zu erwarten, geschrieben:

Ich beschwöre dich, verehrter Vater, gib nicht der falschen Hoffnung auf derart wohlfeile Erlösung nach. Im Herzen deiner Vernunft weißt Du doch, dass wir nicht von allem erlöst werden können. All Deine Erfahrung sagt es Dir. Der Messias kommt noch nicht, denn erst muss noch einer kommen, der uns sagen wird: Der Messias wird erst kommen, wenn er nicht mehr nötig sein wird, er wird erst nach seiner Ankunft kommen, er wird nicht am letzten Tag kommen, sondern am allerletzten.«

Da klopfte es laut an der Tür. Alle drei schraken wir zusammen, und Higgins, der fast eingeschlafen war, verschüttete vor Schreck seinen Whisky.

»Verdammt! Ich hoffe, wer auch immer das ist, hat einen guten Grund so zu klopfen, sonst gäbe es keine Entschuldigung dafür, dass ich seinetwegen einen uralten *Glen Ord* zur Teppichtaufe verschwende.«

Es klopfte erneut und mit noch entschiedener Hand gegen die Tür. Bassington-ffrench stand etwas schwankend auf:

»Soll ich vielleicht …, mein lieber Higgins?«

»Nein nein, vielen Dank, ich gehe schon.«

Zögernd ging er zur Tür, und Bassington-ffrench und ich folgten ihm in seinem Rücken. Higgins atmete tief ein, reckte das Kinn und riss die Tür auf.

»Süßes, sonst gibt's Saures!«

Sechs kichernde kleine Monster standen vor der Tür und brüllten uns mit hingehaltenen offenen Plastiktüten ihre Losung entgegen, so dass Bassington-ffrench und ich einen Schritt zurückwichen, während Higgins in kerzengerader Haltung die Kinder mit einer gehobenen rechten Hand zum Schweigen brachte:

»Es tut mir sehr leid, meine Lieben, aber ich habe mich trotz der vielen Jahre noch immer nicht an die Übernahme dieses amerikanischen Rituals gewöhnt, bin daher auf euer Kommen gar nicht eingestellt und habe also leider keine Süßigkeiten für euch da. Ich könnte euch stattdessen einen hübschen Sonderdruck meines letzten Aufsatzes zum mathematischen Kalkül in Abaelards *Sic et Non* anbieten …«

Aber die Kinder waren erst murrend und dann laut lachend schon wieder weitergezogen. Wir blieben noch eine Weile in der Tür stehen und sahen ihnen schweigend nach, bis Higgins sich mit einem Räuspern umwandte:

»Tee, meine Lieben?«

Als wir uns wieder auf unseren Plätzen eingefunden hatten, der Tee serviert worden, die Vorhänge zugezogen, das Feuer erneuert worden war und wir uns alle drei behaglich schnüffelnd eine dampfende Tasse köstlichen Keemuntees unter die Nase hielten, hatte ich den Faden meiner Geschichte endgültig verloren und hoffte inständig, nichts mehr von den beiden gefragt zu werden und nur still und müde in ihrer Mitte sitzen zu dürfen. Aber Bassington-ffrench, der wie Higgins noch vor einer Viertelstunde fast eingeschlafen war, zeigte sich nach der Halloweeneinlage deutlich erfrischt. Er biss mit seinen kleinen weißen Schneidezähnen beherzt in sein Gurkensandwich und zwinkerte mir dann munter zu:

»Also weiter im Text! Wo waren wir stehengeblieben?«

»Oh, äh, ja Sir, lassen sich mich kurz …«

Higgins kam mir zu Hilfe:

»Manzanilla ist inzwischen in London angekommen.«

»Oh ja, danke, Sir. Nun, er ist also hier. Hier in England, meine ich, auch wenn er es noch nicht recht glauben kann. So viele Jahre des Herumirrens, in denen die Hoffnung darauf, in England ein paar Jahre in Ruhe lesen und schreiben zu können, immer kleiner geworden war, und nun wird er hier in Cambridge freundlich von Isaac Abendana aufgenommen. Abendana lässt ihn bei sich wohnen und führt ihn zunächst am Magdalene College als Hebräischlehrer für die Dozenten ein …«

»Ach ja, die Abendana-Brüder«, Bassington-ffrench sprach undeutlich, weil er den Kopf auf die Brust gesenkt hatte, um ein paar Sandwichkrümel von seiner smaragdfarbenen Krawatte zu wischen, »sie waren Buchhändler und Hebräischlehrer hier in Cambridge, nicht wahr?«

»Ja, hier und in Oxford.«

»Na ja, macht ja nichts. War dieser Isaac Abendana nicht später der Rabbi der jüdischen Gemeinde in London?«

»Nein, Sir, das war der andere, der ältere Bruder, Jacob Abendana.«

»Ah ja, ich verwechsle die beiden immer. Und Jacob ist auch derjenige, der hier in engem Austausch mit den wichtigsten liberalen christlichen Theologen, vor allem mit den *Cambridge Platonists* stand, richtig?«

»Nein, Sir, das ist wiederum Isaac.«

Higgins wiegte den Kopf:

»Wenn ich Sie da korrigieren darf, meine Liebe, es sind beide Brüder, die eine weitverzweigte Korrespondenz mit den *Cambridge Platonists* und mit allen möglichen undogmatischen Gelehrten pflegen.«

»Oh ja, natürlich, das war vorschnell und ungenau, entschuldigen Sie, Sir, ich dachte hier nur an die Kontakte, die dann für Manzanilla wichtig wurden. Denn die hat alle Isaac Abendana vermittelt, wie vor allem auch den Kontakt zu Ralph Cudworth, der als Master am Christ's College Manzanilla dort zunächst Hebräisch unterrichten lässt, dann mit ihm in regem akademischem Austausch steht und ihn schließlich als inoffiziellen Fellow ans Trinity College vermittelt.«

»Sonderbar«, Bassington-ffrench begutachtete ein Roastbeefsandwich von allen Seiten, bevor er hineinbiss, »ich kenne die Korrespondenz von Ralph Cudworth recht gut, und soweit ich mich erinnere, taucht der Name Manzanilla in seinen Briefen nirgends auf.«

»Nein, zumindest in der alten Edition, in der man Cudworths Privatbriefe nicht mit aufgenommen hat, taucht er nicht auf. Aber in der neuen Ausgabe von Frederick Fernshade, die im Frühling herauskommen wird, sind endlich auch die Briefe versammelt, die Cudworth im Sommer und Herbst 1666 an seine Frau schreibt, als diese zur Pflege ihrer kranken Schwester nach Newcastle gereist war. In dreien dieser Briefe erwähnt er Manzanilla. So schildert er, wie dieser am vierten Juni 1666 das erste Mal zu ihm kommt:

Ich trank gerade Tee mit Benjamin Whichcote, als ein mir unbekannter Spanier mich zu sprechen wünschte, der von unsicherem Auftreten war, sich nicht setzen wollte und schlechtes Englisch sprach, so dass wir ihn schwer verstehen konnten. Er trug ein Empfehlungsschreiben von Isaac Abendana bei sich, und nach längerem Gespräch stellte sich heraus, dass er katholischer Doktor der Theologie und zugleich Jude war. Welche Kon-

fession nun seine eigentliche war, konnte ich nicht klar herausbringen, und ebenso verstand ich nicht, was er wollte, und ich erklärte ihm, dass er gemäß des Akts der Konformität weder als Katholik noch als Jude an einer englischen Universität unterrichten und forschen dürfe, was ihm allerdings wiederum klar zu sein schien. Er bat mich, wie sein Freund Abendana unseren Scholaren Hebräisch lehren zu dürfen, und da er mir trotz seiner wunderlichen Erscheinung – er ist ein kleiner hagerer Mann, von etwas weniger Jahren als ich, der sauber, aber ärmlich wie ein walisischer Bauer gekleidet ist – angenehm war, und weil ich Abendana vertraue, erlaubte ich es ihm. Er bat mich außerdem, mit mir von Zeit zu Zeit über philosophische Fragen disputieren zu dürfen, und auch dies erlaubte ich ihm. Als er das Zimmer verlassen hatte, sahen Whichcote und ich einander ratlos an und fragten uns, ob unsere damalige Fürsprache vor dem Regierungskomitee für die Zuwanderung der Juden uns diesen seltsamen Vogel beschert hatte. Denn gleichwohl dieser Mensch nichts Heimliches an seinem Wesen hatte, gut und bescheiden auftrat, so ist doch auch Vorsicht geboten vor einer solchen Erscheinung. Denn ist auch die Freiheit der Religion das allgemeine Recht aller Nationen und Personen, so ist doch die Unklarheit der Konfession eine Sünde, als derlei Unklarheit dem Atheismus Tür und Tor öffnet.

In den beiden anderen Briefen schwankt Cudworth in seiner Beurteilung des Neuankömmlings, er schreibt einerseits: *Mein seltsamer Spanier interessiert mich sehr*, andererseits strengen ihn die Gespräche mit ihm furchtbar an. Nachdem er Manzanilla einmal ein paar Seiten aus dem ersten Teil seiner Abhandlung *Das wahre geistige System des Universums* vorgelesen hatte, muss Manzanilla ihn mit seiner Debattierlust überfordert haben, denn Cudworth schreibt seiner Frau:

Mein spanischer Jude droht eine wahre Plage zu werden, er folgte mir nach meiner Vorlesung und redete bis zum Abendessen, starrsinnig und verdreht, aber vermutlich nicht dumm. Er gab mir zu, dass Spiritualität und Rationalität eine untrennbare Verbindung eingingen, wollte mir aber dann nicht zugestehen, dass wir das wahre geistige System des Universums erkennen können, sondern redete immer nur von wandelbaren geistigen Systemen des Menschen, und so wollte er auch Benjamin Whichcotes Bestimmung des Menschen als erstem intelligenten Agenten Gottes, den Gott geschaffen habe, damit jemand ihn begreife, nicht zustimmen. Mag er auch streitlustig und anstrengend sein, so ist er dennoch kein gottloser Mensch, sondern vermutlich nur ein Narr. Im Grunde ist es reine Zeitverschwendung, mit ihm zu disputieren.

Und im Oktober 1666 schreibt er schließlich:

Mein Spanier lebt hier unter recht drückenden Bedingungen, wäre nicht die stützende Hand von Abendana, so fiele er wohl ganz in Armut, und ihm bliebe nichts anderes übrig, als sich in den Schutz seiner Gemeinde in London zu begeben. Aber eben dies will er nicht, er will in keiner religiösen Gemeinschaft leben, sondern unbedingt hier eine große Abhandlung in drei Teilen schreiben. Zwar fühle ich mich für ihn verantwortlich, aber doch weiß ich nicht genau, was ich von der Gabe seines Scharfsinns halten soll. Und doch liebe ich ihn und stehe ihm geistig nahe, spüre dieselbe Leidenschaft und Entschiedenheit, den gleichen Drang, lieber zu sterben, als etwas nicht zu verstehen. Gleichwohl strengt er mich furchtbar an, und ich muss, um meinen mannigfachen Pflichten nachkommen zu können, das Gespräch mit ihm meiden.

Aus Manzanillas Tagebüchern wiederum erfahren wir, dass er recht traurig darüber ist, als Cudworth wenig später beginnt, ihm aus dem Weg zu gehen. Dennoch bleibt Cudworth ihm in herzlichem Interesse verbunden und vermittelt ihn, aus Fürsorge und wohl auch, um ihn loszuwerden, ans Trinity College, wofür Manzanilla ihm sein Leben lang dankbar bleibt.«

Bassington-ffrench hielt Higgins blind sein Whiskyglas hin und nickte mir dabei anerkennend zu:

»Ganz erstaunlich, wie Sie ihr Material beherrschen, Tagebuchstellen und nun all diese Briefe haben Sie wortwörtlich parat? Wirklich erstaunlich.«

Ich strahlte ihn an:

»Oh vielen Dank, Sir. Aber das ist wirklich keine große Kunst, wenn man sich jahrelang so intensiv mit etwas beschäftigt. Dann ist man irgendwann ganz verwoben, ganz verwachsen mit diesen Texten, nicht wahr?«

»Ja, verwoben, ganz recht, schön gesagt. Fahren sie doch bitte fort – danke, Higgins, das reicht, ich muss heute Abend noch mein elendes Kolloquium abhalten.«

Higgins hielt mir mit fragendem Blick ebenfalls die Flasche hin, und kopfschüttelnd fuhr ich fort:

»Anfangs ist Manzanilla hier in Trinity nur ein schlecht bezahlter Hebräischlehrer. Sein Doktor der Theologie, immerhin auch in Cambridge der höchste akademische Grad, wird hier freilich nicht anerkannt. Er kann nicht auf die Neununddreißig Artikel des Anglikanischen Glaubensbekenntnisses schwören, und so sind ihm alle Türen, die tatsächlich ins Innere des Colleges führten, verschlossen. Täglich darf er sich hier einige Stunden für seinen Unterricht aufhalten, trägt keinen Talar, ist daher gut als Außenposten erkennbar, wird von den Fellows, die er unterrichtet, zwar höflich behandelt, wird aber jeden Tag nach getaner Arbeit von den klösterlichen Mauern wieder vor das Tor von Great Gate gespuckt. Selbst die Bibliothek darf er zunächst nicht benutzen …«

Es klopfte erneut, viel leiser und doch aufdringlicher, als die Kinder es getan hatten. Dieses Mal schrak niemand von uns zusammen, und noch ehe Higgins sich aus seinem Sessel erheben konnte, hatte sich der Gast mit einem Schlüssel selbst Zutritt verschafft. Wir blickten schläfrig zur Tür, in der Dr. Suckleston auftauchte, energisch ins Zimmer trat und mit hektisch lauter Stimme, begleitet vom Geklimper des Schlüsselbunds in ihrer Hand, zu sprechen begann:

»Da sind Sie ja, meine Liebe, dachte ich's mir doch! Oh, entschuldigen Sie, lieber Higgins, dass ich hier so hereinplatze, aber ich muss wirklich darauf bestehen, dass die Kollegin ihre Arbeit in der Bibliothek erledigt. Ich warte bereits seit drei Uhr auf Sie, seit drei Uhr! Es sind mittlerweile mindestens hundert Emails, die Sie zu beantworten haben. Was haben Sie sich dabei gedacht?«

Sie sah wütend über ihre Brille zu mir herab, ihr Kopf wackelte vor Empörung und ich klappte ein paar Mal den Mund auf und zu wie der Weihnachtskarpfen, den Pauls Mutter uns zu unserer Verlobung zu töten und zu essen gezwungen hatte. Higgins atmete scharf ein, stand auf, legte die Hände an seine Hosennähte und neigte seinen Kopf leicht gereizt zur Seite, bevor er mit balsamierter Stimme antwortete:

»Mein liebe, verehrte Dr. Suckleston, ich bitte vielmals um Entschuldigung, es ist ganz allein meine Schuld …«

»Und meine! Mea culpa! Mea magna culpa! Cheers!«

Bassington-ffrench schwenkte ihr mit hochgezogener Oberlippe sein Whiskyglas entgegen, und bevor Dr. Suckleston den Mund wieder schließen konnte, fuhr Higgins würdevoll fort:

»Verzeihen Sie bitte, Dr. Suckleston, falls wir den Lauf der Dinge behindert haben, indem wir unsere liebe Kollegin hier festgehalten haben für ein kleines akademisches Tête-à-tête. Aber ich bin sicher, dass Sie Verständnis dafür haben, dass die geistigen Angelegenheiten manchmal Vorrang haben vor unseren anderen Pflichten, nicht wahr?«

Er lächelte versöhnlich, aber in seine letzten beiden Worte hatte sich eine leichte Schärfe geschlichen, so dass Dr. Suckleston verlegen ihre Brille mit abgespreiztem kleinem Finger hochschob, Higgins verwundert durch die Gläser betrachtete und dann etwas kleinlauter und daher umso schnippischer antwortete:

»Ja, selbstverständlich, wie Sie wollen, Sir. Sie sind der Master. Ich hielt es lediglich für meine Pflicht, sicherzustellen, dass …«

»Ja, sehr vorbildlich, vielen Dank, meine Liebe.«

Higgins war bereits an der Tür, hielt sie ihr auf, und Dr. Suckleston blieb nur noch, mit hoher Stimme beim Rausgehen zu rufen:

»Aber ich kann mich darauf verlassen, dass Sie sie mir sofort rüberschicken, sobald Sie hier fertig sind?«

»Selbstverständlich, Dr. Suckleston, guten Tag.«

Higgins schloss die Tür, lächelte uns mit hochgezogenen Augenbrauen und dem Ansatz eines Kopfschüttelns an, woraufhin Bassington-ffrench kurz auflachte, seinen Beinüberschlag im Wechsel auffrischte und dann in sein Whiskyglas sinnierte:

»Aufgeschoben ist nicht aufgehoben, was? Nein, das ist es wohl nicht, nicht wahr?«

»Noch ein kleines Schlückchen, Roger?«

»Ja, warum nicht, Jonathan. Was ist mit Ihnen?« Er reckte mir das Kinn entgegen. »Wollen Sie sich diesen herrlichen *Glen Ord* denn ganz entgehen lassen?«

»Danke, Sir, aber ich möchte lieber nicht.«

»Unsinn. Sie trinken jetzt einen mit uns und dann bringen Sie die verdammte Geschichte zu Ende, ich muss gleich in mein Kolloquium.«

Higgins reichte mir mit einem leichten Achselzucken ein Glas dieses tatsächlich sehr hübschen Whiskys. Vorsichtig nippte ich daran und wartete, bis sich das kurze Brennen an der Zungenspitze in die harzige Malzwärme im ganzen Mund verwandelt hatte, und Bassington-ffrench lächelte mir zu:

»Gut, nicht? Er kommt manchmal fast an mein Ideal eines Single Malts heran: der hintergründige Hauch einer Mischung aus Blaubeeren und Ziegenscheiße auf in der Sonne dampfendem Herbstlaub, nicht wahr?«

»Ja, Sir, durchaus.«

»Gut, dann fahren Sie fort.«

»Ja, Sir. Manzanillas Situation am Trinity College ändert sich erst, als er durch den Umweg über das Magdalene College, wo er zusammen mit Isaac Abendana ebenfalls Hebräisch unterrichtet, Samuel Pepys kennenlernt. Der findet ihn anscheinend amüsant und stellt ihn James Duport vor, späterer Master von Magdalene und damals noch Tutor hier in Trinity, der wiederum dafür sorgt, dass Manzanilla die Bibliothek benutzen und außerdem als stummer Gast an Lehrveranstaltungen des allgemeinen Curriculums wie an Zusammenkünften der Fellows teilnehmen darf. Die jeweils vier, fünf angehenden Bachelors in den

Tutorien wundern sich anfangs ebenso wie die Fellows über diesen gut vierzigjährigen Ausländer, der in seiner seltsamen Filzjacke in einer Ecke des Raums hinter ihnen sitzt, aber nach einer Weile gehört er zum Inventar von Trinity.

Der Unterschied seines Status in diesen Mauern und dem an seiner Heimatuniversität Salamanca kann kaum größer sein, aber Manzanilla beklagt sich in dieser Zeit keineswegs darüber, im Gegenteil notiert er jeden Tag, was für ein Glück es ihm ist, all die Texte, die er in Spanien heimlich lesen musste, ganz offen lesen zu dürfen und laut darüber sprechen zu hören. Anfangs spürt er jedes Mal eine drückende Hand auf seiner Schulter, wenn er mit den halben Kindern in ihren Talaren in einem dunklen Raum sitzt und einer dieser schwarzen Engel mit heller, ahnungsloser Stimme ein paar Zeilen Ovid, Cicero, Erasmus oder Descartes rezitiert, als wäre es das Selbstverständlichste auf der Welt.

Freilich ist Manzanilla die offenkundige Perspektivlosigkeit seines Zaungastdaseins bewusst, aber die plötzlichen Anfälle von Verzweiflung, die er in kleiner, wütender Schrift seinem Tagebuch zu schultern gibt, richten sich niemals auf seine konkrete Lebenssituation. Seine eigentliche Angst ist, nicht über die nötigen geistigen Kräfte für das Werk zu verfügen, das in vagen Umrissen in seinem Kopf wächst. So schreibt er im Frühling 1668:

Die Furcht ergreift mich wieder, weil meine ganze Existenz von einer Gabe abhängt, die mir jeden Tag genommen werden mag. Ich fühle, dass mein Geist die Arbeit nicht aushalten und darum brechen wird. Denn mein Geist ist zu klein für die Aufgabe, die ich ihm gegeben habe. Herr, gib mir das richtige Maß meiner Aufgabe! Lass meinen Geist nicht brechen! Lass mich so lesen und schreiben, wie Du es mir gegeben hast zu tun. Führe mir Auge und Hand. Beschütze meinen Geist durch Deinen Geist! Schicke mich auf ewige Wanderung, aber sei mir gnädig, Herr, lass mich entfernt von der Welt sein, und ich werde ihr immer nah sein. Lass mich in den Büchern bleiben für immer. Gib, Herr, dass mein Geist nicht bricht!

Mag auch die Angst um den Verlust seiner Geisteskräfte ihn permanent plagen, sein Hinterbänklerleben nimmt er in heiterer Demut hin, und tatsächlich bildet die manchmal freundliche, meist eher skeptische Duldung, in der er lebt, schließlich den Boden für den wichtigsten akademischen Austausch, den Manzanilla hier in Cambridge gewinnt: Einer seiner Hebräisch-Kurse, an dem drei Doktoren der Theologie teilnehmen, hatte sich über Übersetzungs- und Auslegungsfragen mit der Zeit organisch in ein philosophisches Seminar verwandelt. Die drei hatten Manzanilla bedrängt, ihnen seine philosophisch-theologische Haltung auseinanderzulegen, anfangs in einer Mischung aus banaler Neugier und Missbilligung gegenüber einem solch ungreifbaren Menschen, später dann in streitbar respektvollem Interesse für seine Position.

Manzanilla bleibt ein ganzes Jahr lang misstrauisch gegenüber seinen drei vorgesetzten Hebräisch-Schülern. Sind ihre kritischen, ja oftmals provozierenden Fragen nach dem Verhältnis des jüdischen Gesetzes zur *lex naturalis*, nach dem Verhältnis von Schriftlichkeit und Mündlichkeit im Judentum, nach seiner Haltung zur noahchidischen Position jüdischer Apostaten, nach seiner Meinung zur Unsterblichkeit der Seele, zur calvinistischen Prädestinationslehre, zur katholischen Engelsdiskussion – sind all diese Fragen nicht offenkundig Fangfragen, Fallen, um ihn wahlweise als Atheisten, Proselytenmacher oder katholischen Mystiker zu überführen?

In traumatischer Verschiebung überwältigt ihn erst hier in England die Angst vor der inquisitorischen Verfolgung, und einige seiner Tagebucheinträge zeigen, dass er nahe daran war, einer durchaus nicht unbegründeten Paranoia zu verfallen. Schließlich konnte ein solcher *Doktor der Göttlichkeit* in jedem harmlosen Widerspruch eine lästerliche Beleidigung seines protestantischen Glaubens ausmachen. Dass die jüdische Gemeinde in London ihren Mitgliedern unter Androhung des Banns verbietet, mit Christen religiöse Streitgespräche zu führen, erscheint Manzanilla nun nicht mehr als kleingeistige, schädliche Selbstabschließung, sondern als notwendige Schutzmaßnahme, um das dünne Eis einer schließlich nirgends vertraglich zugesicherten jüdischen Lebensgrundlage in England nicht zu gefährden.

Ein paar Mal spielt er mit dem Gedanken, nach London zu gehen, sich doch noch in den Schutz der jüdischen Gemeinde zu begeben, doch noch Handwerker zu werden, wie er es sich als junger Mann gewünscht hatte, oder aber direkt zurück nach Amsterdam zu gehen, in den Schoß von Gemeinde und Familie, und *Affe unter Affen zu spielen*, wie er, Uriel da Costa zitierend, schreibt. Es ist Isaac Abendana, der ihn beruhigt und vom Wohlwollen seiner drei anglikanischen Schüler überzeugt. Was aber seiner Öffnung diesen Männern gegenüber den entscheidenden Ausschlag gegeben zu haben scheint, ist eine Äußerung, die einer von ihnen, Gilbert Swordsman, ihm gegenüber am Ende einer Sitzung macht: *Lang leben der König Zweifel und seine Königin Gewissheit! Darauf können wir uns doch alle einigen, nicht wahr?*

Manzanilla gewinnt Gilbert Swordsman, Gordon Shaftesbury und Geoffrey Shakelton, seine *drei Könige aus dem Engelland*, wie sie sich ihm gegenüber scherzhaft nennen, für eine gemeinsame Lektüre von Ockhams Schriften, und sehr bald wird aus dem Quartett die Quadratur eines Kreises, eine eingeschworene Gemeinschaft von Theologen, die sich darauf verständigt, dass wahre Theologie nur die sein könne, die es demütig hinnimmt, dass ihr Gegenstand sich wissenschaftlicher Erkenntnis entzieht, und wahre Philosophie wiederum nur diejenige sei, die weiß, aber nicht hinnehmen kann, dass ihre wissenschaftliche Erkenntnis sich immer in theologische Doxa zu verwandeln droht. Ein guter Theologe, so ihre gemeinsame Überzeugung, muss die Stärke seines Glaubens aus der philosophischen Schwäche dieses Glaubens schöpfen und darf dabei nicht der Versuchung erliegen, den Glauben zu einer unvernünftigen Gefühlsreligion werden zu lassen. Dass der Glaube eine *Meinung* ist, wie Ockham sagt – *fides est opinio* –, dass er nur und gerade als eine solche Meinung *gewusst* werden kann, so sicher wie sonst nichts, ist Mitte bis Ende des siebzehnten Jahrhunderts, über dreihundert Jahre nach Ockhams Tod, eine ebenso große, ja vielleicht noch größere Herausforderung für die Theologie als zu Ockhams Zeiten.«

»Na, das scheint mir doch stark übertrieben, meine Liebe, um nicht zu sagen falsch«, Bassington-ffrench wackelte missbilligend und zugleich sonderbar beschwingt mit dem Kopf, »Glaubenskriege, Cromwell, Restauration hin oder her – aber William Ockhams Unabhängigkeitserklärung Gottes von der menschlichen Erkenntnis stellte doch wohl zu seiner Zeit eine ganz andere Ungeheuerlichkeit dar als im doch schon recht modernen England am Vorabend der *Glorreichen Revolution*. Du lieber Himmel, der Mann hat schließlich nichts Geringeres eingeleitet als die Abtrennung der Theologie von der Philosophie! Den Glauben als Glauben wollte er stärken und die Wissenschaft als Wissenschaft, und er trat noch dazu für eine franziskanisch arme Kirche ein. Welche Provokation sein Werk zu seinen Lebzeiten für die damals auch in England noch päpstliche Ordnung der Dinge darstellte, konnten sich die Zeitgenossen Ihres Manzanilla nicht mehr vorstellen.«

»Oh gewiss, Sir, natürlich hatte zu Manzanillas Zeiten die syllogistische Gotteserkennerei der alten Scholastik längst ausgedient. Aber auch die undogmatischsten Cambridger Theologen, die die Religionsfreiheit hochhielten – allerdings nur die des Christen, versteht sich –, füllten aus Angst vor allem, was nach Atheismus oder Sektiererei riechen konnte, die alten Gottesbeweise in neue Schläuche. Denn die Bedrohung des vernünftigen Glaubens kam ja scheinbar von überall her: Quäker, Baptisten, puritanische Fanatiker, Milleniaristen auf der einen, katholisierender Pomp in der anglikanischen Kirche auf der anderen Seite – von der Angst vor Bacons und dann vor Newtons wissenschaftlicher Entgöttlichung der Welt nicht erst zu reden. Für Ockhams Befreiung des Glaubens von seinen pseudowissenschaftlichen Krücken und der Wissenschaft von ihrer Fesselung durch den Glauben konnte damals noch immer kein Platz sein, und schon gar nicht für jemanden wie Manzanilla, der aus Ockhams Theologiekritik folgerte, dass die Theologie als eine nur als Unsinn sinnvolle Form der Sprache zu betrachten sei, und der ausgehend von dieser Sonderform sinnvollen Unsinns eine allgemeinere Sprachphilosophie entwickelte.«

»Hm, wie gesagt, ich sehe das anders. Wir waren in England schon immer modern und vernünftig genug, um allen möglichen Unsinn zu dulden. Aber bitte, fahren Sie fort – oh, danke, Higgins, aber das muss jetzt wirklich der letzte sein.«

»Nun, Manzanillas neue Kollegen offenbarten diesem Fremdling das Dilemma ihrer eigenen geistigen Heimatlosigkeit. Sie wollten von ihm wissen, was ein Theologe über seinen Glauben, seine Aufgaben denken solle, der sich in gleichgroßer Distanz zu denjenigen Cambridger Kollegen befände, die die alte Scholastik in immer verrückteren Universalentwürfen vor den verteufelten Naturwissenschaften schützen wollten, wie zu denjenigen, die davon träumten, in Bacons *Neu-Atlantis* eingemeindet zu werden und diese Insel seliger Naturwissenschaftler mit der Gründung der *Royal Society* endlich aus dem Meer gerettet sahen. Manzanilla konnte die Fragen seiner Mitstreiter nicht beantworten, sagte nur, dass Gott uns die Sprache als Heimat gegeben habe, was den anderen unbefriedigend und versponnen erschien, und so war er gezwungen, den Gedanken, die ihn seit fast zwanzig Jahren begleiteten, endlich Gestalt zu verleihen und sie damit dem Licht der Kritik auszusetzen. Er brach mit seinem Grundsatz, dass man seine wahren Gedanken und seinen wahren Glauben nicht offenbart, noch nicht einmal sich selbst, geschweige denn mit anderen disputiert.

Und so begann er endlich zu schreiben. Denn um mit anderen zu sprechen, musste er schreiben und umgekehrt, und als er einmal angefangen hatte, gab es kein Halten mehr. Er schrieb die gut tausend Seiten seines *Kryptychons*, das er seinen neuen Freunden widmete, in nur einem Jahr nieder.«

Ich hatte viel zu lange in Zungen geredet und war nun am Ende meiner Kräfte. Durch die stickige Kaminluft hatte sich ein asthmatisches Pfeifen in meinen Atem geschlichen. Also schwieg ich in der Hoffnung, dass die anderen sich mit diesem Ende vorerst zufrieden geben und mich für heute entlassen würden. Das plötzlich laut gewordene Ticken der Uhr hinter Higgins' Kopf nahm ich ebenso als gutes Zeichen wie sein langes Räuspern, das irgendwann von Bassington-ffrench, der gereizt an seinem Manschettenknopf zu nesteln begonnen hatte, unterbrochen wurde.

»Ja, furchtbar dicke Schwarte, dieses verdammte *Kryptychon*«, er stand mit einem Ruck auf, schwankte deutlich und setzte sich daher langsam wieder hin, »besonders, wenn man bedenkt, dass die beiden Seitenflügel jeweils fünfhundert Seiten lang sind, während der Mittelteil oder Mittelschrein, oder wie immer ich das nennen soll, es ist ja schließlich ein verdammtes Buch und kein Altar, lumpige fünfzig Seiten lang ist. Und in denen schreibt er dann auch noch nur über das Wetter, oder habe ich da irgendwas übersehen?«

»Nun, Sir, wenn Sie das Prosagedicht auf die spanische Sonne so beschreiben wollen ...«

»Na ja, meinetwegen. Kann man ja auch niemandem verübeln, in Cambridge die Sonne zu vermissen. Wir werden in dem verdammten Sumpf hier ja schließlich alle irgendwann rheumatisch. Aber ich muss jetzt trotzdem irgendwie in mein verfluchtes Kolloquium. Higgins, mein Lieber, wäre es möglich, etwas Kaffee zu bekommen?«

Während Higgins nach Zeus und Apollo klingelte, die Vorhänge zur Seite zog, die Fenster in die Dunkelheit hinein öffnete und die kalte, feuchte Luft ins überheizte Zimmer strömen ließ, saßen Bassington-ffrench und ich uns fröstelnd gegenüber und blickten einander müde an. Er hielt die Arme eng vor der Brust gekreuzt und wackelte zum Ausdruck seiner Missbilligung der Lüfterei mit hochgezogenen Schultern, während seine hellblauen, leicht glasigen Augen auf meinem Gesicht ruhten. Erst als Kaffeeduft das Zimmer erfüllte, Fenster und Vorhänge wieder geschlossen waren und ein frisches Stück Holz im Kamin knisterte, ließ er entspannt die Schultern fallen und lächelte mich an.

»Gottseidank ist all das jetzt Geschichte, nicht wahr?«

»Ja, Sir.«

Ich verstand zwar nicht recht, wovon genau er sprach, aber mein Atem reichte nicht mehr für eine Nachfrage, die Bassington-ffrench aber auch nicht zu erwarten schien, denn er fuhr heiter fort:

»Du meine Güte, wen interessiert es heutzutage schon noch, welcher Konfession man angehört? Wer will schon wissen, was einer so glaubt, ja ob er überhaupt was glaubt. Jedenfalls unter einigermaßen zivilisierten Leuten sind keine *Confessiones* mehr zu machen. Unter uns, selbst für mich sind das alles nur noch akademische Fragen.«

»Ja, Sir.«

»Sie selbst zum Beispiel, Sie sind doch Protestantin, richtig?«

»Nein, Sir.«

»Sondern?«

»Nun, wie ich Ihnen neulich schon sagte, war mein Vater der Sohn eines protestantischen Pfarrers, er selbst jedoch war ausgesprochen antireligiös, so dass er mich nicht taufen ließ.«

»So so, nicht getauft, wie?«

»Nein, Sir.«

»Na ja, man hat Ihnen ja stattdessen die akademischen Weihen gegeben, nicht wahr?«

»Ja, Sir.«

»Ja ja, eine Weihe nach der anderen und ein Weitpissen nach dem anderen. Aber man weiß ohnehin nicht, wohin einen alles führt, wie?«

»Ja, Sir …, ich meine, nein, Sir.«

Ich sah ihn schwindelnd an, unter seinem rotblonden Haar leuchtete seine weiße Haut, als hielte man ein Pergament vor eine Kerze, und die feinen blauen Adern unter seinen Augen harmonierten vorzüglich mit seinen tiefen Lachfalten. Um ihm nicht länger unter die Augen zu starren, heftete ich meine Blicke auf seinen Anzug, der etwas dunkler grün war als der, den ich von unserem letzten Treffen kannte.

»Entschuldigen Sie, Sir. Aber der Anzug, den Sie da tragen, der Ihnen übrigens ausgezeichnet steht, ist das ein Harris Tweed?«

Bevor Bassington-ffrench, der sich nun geschmeichelt lächelnd über seine Anzugbrust strich, antworten konnte, sprang Higgins auf, legte mir die Hand auf die Schulter und frage besorgt:

»Ist Ihnen nicht gut, meine Liebe?«

»Oh, doch doch, Sir.«

»Sie sprechen so seltsam, so rasselnd.«

»Oh das ... ist nichts, Sir.«

»Na schön, wie Sie meinen. Aber ich denke, das wäre alles für heute, meine Liebe. Sie können gehen.«

»Ach nein, sie soll noch bleiben! Wir bleiben ja alle noch. Es ist übrigens kein Harris Tweed«, Bassington-ffrench hatte es geschafft, aufzustehen und lehnte nun an der Bar, wo er eine neue Flasche *Glen Ord* öffnete, »Sie erlauben doch, mein lieber Jonathan? Leider ist es keiner, ich meine, kein Harris Tweed, sondern irgendwas Italienisches. Harris, ja, herrliche Stoffe, aber sie sitzen einfach nicht mehr wie früher, oder aber man selbst sitzt nicht mehr wie früher, was weiß ich? Was man von diesem *Glen Ord* glücklicherweise nicht behaupten kann, wie?«

Higgins und ich lachten gezwungen etwas zu laut und verstummten dann abrupt, als es an der Tür klopfte. Gequält schnaufend und mit hängenden Schultern ging Higgins öffnen, während Bassington-ffrench sich wieder in seinen Sessel fallen ließ, das Glas hob und rief:

»Wunderbar! Je mehr, desto fröhlicher!«

Es war der Mathematiker Charles Willoughby, der in schlecht gelaunter Körperhaltung hereinkam und fragte, ob jemand von uns Lust habe, ihn an den Hohen Tisch zum Essen zu begleiten, da seine Frau noch länger arbeiten müsse. Wir schüttelten alle die Köpfe und Bassington-ffrench deutete auf die Bar:

»Vergessen Sie das Hochamt und trinken Sie lieber was, Charles. Higgins hat hier alles, was wir brauchen bis zum Ende aller Tage.«

Willoughby stand trotz Higgins' einladender Gesten unschlüssig im Raum herum, auf seinem silbrig grauen Haar schimmerte ein Perlennetz kleiner Regentropfen. Bassington-ffrench plauderte weiter:

»Wie geht's Ihnen, Charles? Was macht das Liebesleben, alter Junge – immer noch in italienischer Stimmung?«, er beugte sich mir zwinkernd zu, »Sie müssen wissen, dass Charles Willoughby und Dorothy McDonald, die Literaturwissenschaftlerin, erst vor einem Monat geheiratet haben, die beiden sind schon seit über zehn Jahren ein Paar, und nun haben sie sich doch noch getraut, mit drei Tagen Venedig und allem drum und dran, zwei echte Romantiker, was Charles?«

Willoughby grunzte mürrisch, ging dann mit langen Schritten zur Bar hinüber, goss sich einen großen Whisky ein, hielt das Glas hoch, betrachtete das flüssige Gold und sagte dabei in bitter fröhlichem Tonfall:

»Mein Liebesleben? Oh, Dorothy absolviert nach der Arbeit zur Entspannung ein paar hektische Liegestütze auf mir, um sich danach auf den Rücken fallen zu lassen und die ganze Nacht wie ein besoffener Bär zu schnarchen. Also, wenn Sie das meinen … danke Roger, ausgezeichnet, exzellent – cheers!«

Ich starrte peinlich berührt zu Boden, Bassington-ffrench lachte laut und Higgins sagte einfühlend:

»Bitte, lieber Charles, nehmen Sie es nicht so schwer, Sie müssen immer bedenken, unter welch enormem Stress Dorothy steht, es muss ein grauenhafter Druck sein, die ultimative Christopher-Marlowe-Biographie zu schreiben. Und ist der Gedanke nicht tröstlich, dass Sie eines Tages dieses Buch in Händen halten, es öffnen werden, und von dem Vorsatzblatt lächelt Ihnen die Zeile entgegen: *In Liebe, für meinen Mann Charles*?«

»Hm ja, ja, natürlich, natürlich.«

Er stürzte seinen Whisky in einem Zug herunter, und während Bassington-ffrench ihn nun freundlich in einen Sessel drückte, kam Higgins wieder zu mir und flüsterte:

»Sie dürfen … Sie *sollten* nun wirklich gehen, meine Liebe.«

Er zog mich am Ellbogen aus meinem Stuhl und ließ mich kaum von den anderen beiden verabschieden, aber Bassington-ffrench, der scherzhaft tröstend auf den murrenden Willoughby einredete und ihm dabei das Knie tätschelte, hatte mich anscheinend ohnehin vergessen, und so schubste Higgins mich von den beiden unbemerkt zur Tür. Auf der Schwelle hielt er mich noch einmal fest.

»Bevor Sie gehen, möchte ich Ihnen noch einen guten Rat geben, meine Liebe.«

»Ja, Sir?«

»Ich habe Sie in letzter Zeit häufiger mit Dr. Wilson gesehen.«

»Ja, Sir.«

»Ich glaube ehrlich gesagt nicht, dass er ein passender Begleiter für Sie ist.«

»Ich danke Ihnen für Ihren Rat, Sir.«

»Sie wollen ihn also nicht befolgen.«

»Nun, Sir … ich, ehrlich gesagt, nein.«

»Ich bitte Sie dringend, meinen Rat zu befolgen. Entschuldigen Sie, dass ich so deutlich werden muss, aber Sie sollten die Liebe besser nicht mit dem Sex verwechseln. Verstehen Sie?«

»Ja, Sir, in etwa.«

»Gut.«

»Womit sollte ich sie denn besser verwechseln, Sir?«

Er schnaufte in kraftlosem Ärger:

»Glauben Sie mir, mit derlei sinnloser Renitenz gegen meine Versuche, Ihnen zu helfen, rücken Sie mein Fleisch wieder einmal ein gutes Stück seiner Verwesung näher.«

»Das tut mir sehr leid, Sir, das war nicht meine Absicht. Es ist nur so, dass das zwischen Orville und mir nicht so ist, wie Sie denken, weil …«

»Schon gut, wir reden ein andermal darüber. Gehen Sie jetzt.«

»Sagen Sie, Higgins, meinen Sie, ich muss jetzt noch rüber in die Bibliothek? Ich bin etwas müde, und …«

»Nein nein, gehen Sie nur nach Hause. Da ich nicht glaube«, er wandte seinen Kopf zum Zimmer zurück, »dass Bassington-ffrench es heute noch in sein Kolloquium schafft, ist es wohl nur fair, auch Sie für heute zu befreien. Also, gute Nacht.«

»Vielen Dank, Sir. Gute Nacht.«

Ich starrte noch eine Weile auf die Maserung der zugeschlagenen Eichentür, bis die kalte Luft mich an der Schulter rüttelte und mir zurief: *Aufatmen, aufatmen!* Und so folgte ich ihr, drehte mich um und atmete tief, um dann, erst langsam und dann immer schneller werdend, das Weite zu suchen, ließ den Great Court hinter mir, rannte, ich weiß nicht wie lange, mit fliegendem Talar durch die dunklen Straßen von Cambridge, bis ich mich die Stufen zu meinem Zimmer hochschleppte.

Als ich es aufschloss, zitterte mein Zimmer ängstlich wie ein Hündchen, und mir fiel erst jetzt wieder ein, dass ich es zwei Tage lang allein gelassen hatte, und da es schließlich keine Erinnerung hatte, konnte es ja nicht wissen, ob ich wiederkäme oder es für immer allein zurückließe. Beruhigend redete ich auf es ein, machte die Lampe auf dem Schreibtisch an und öffnete die Fenster, aber wie unter Schock schlotterte es weiter. Da wusste ich, dass etwas nicht stimmte.

Eine Sekunde später wurde mir auch klar, was nicht stimmte. Alles war verloren. Das Spiel war endlich aus. Schwankend stand ich am Tisch und brauchte ein paar Minuten, bis ich es schaffte, mich vor meinem Bett auf die Knie zu lassen und mit einer Hand darunter zu tasten. Mit einem halben Aufatmen stellte ich fest, dass der Koffer noch da war. Aber hinter dem Aufatmen stand ein vernünftigeres Holzauge in meiner Lungenwand und hielt mit ganzer Kraft die Luft am gespannten Seil. Langsam zog ich den verdächtig leichten Koffer unter dem Bett hervor. Obschon das Schloss unbeschädigt war und beim Öffnen die gewohnten, wenn auch etwas leiseren Schnappgeräusche machte, trat schon einen Augenblick, bevor ich es dann wirklich sah, das Bild des offenen, leeren Koffers vor meine Augen. So konnte ich mir immerhin, als ich auf den stummen rot-grün-karierten Stoffgrund des armen Koffers blickte, sagen *Ich habe das schon einmal gesehen.* Mehr konnte ich an diesem Abend nicht tun.

Von Anfang an wusste ich, dass mir Manzanillas Schriften eines Tages gestohlen werden würden, fast als wären sie nur bei mir, weil ich ihnen eine so schlechte Hüterin war. Vielleicht hatte Wittgenstein sie mir nur deshalb anvertraut, bestimmt wusste er, dass auf mich kein Verlass sein würde, auch wenn er mir das nie zugegeben hätte. Eine Minute später wurde mir klar, dass diese Überlegungen nur erbärmliche Versuche waren, mich der Schuld für mein Versagen zu entledigen.

Ich schloss in Zeitlupe Fenster, Vorhänge und den stumm leidenden Koffer, zog mich aus, löschte das Licht und legte mich ins Bett. Mein Zimmer, ja ganz Cambridge gab keinen Laut mehr von sich, und alles, was noch zu hören war, war mein Zähneklappern. Ich stand noch einmal auf und holte mir aus dem Kleiderschrank zwei zusätzliche Wolldecken. So ging es besser. Nun musste gehandelt werden. Alles Menschenmögliche und -unmögliche getan werden, um den Dieb zu finden. Gleich morgen früh würde ich Hebel in Bewegung setzen, von denen ich jetzt noch nicht einmal wusste, welche sie sein könnten. Gleich morgen.

Ich starrte in die Dunkelheit, und mir fiel wieder ein, dass heute der erste November war und also heute Nacht alle Heiligen zur Erde zurückkehren würden. Deshalb war es so still, so still wie noch nie, weil alle Menschen in ihren Betten lagen und darauf lauschten, wie die Heiligen mit ihren Wattefüßen über die Erde huschten. Als mir die Augen zufielen, sah ich, dass mit der Nacht der erste Schnee fiel, dann lächelte mir Paul aus seiner Wolke zu und ich verstand, dass ich länger schlafen würde als jemals zuvor.

Im blassen Licht über mir bewegten sich schwankend drei schemenhafte Kreise. Kurz bevor es mir gelang, mich ihnen zu nähern, sank ich zurück in die Tiefe, wo die Schwärze mich wieder löschte. So wurde ich wieder und wieder nach oben geschubst, bis ich es endlich schaffte, aufzutauchen, und als das Wasser über meinen Augen verschwand, blickte ich in die besorgten Gesichter von Higgins, Professor Dunbar und dem Collegearzt Dr. Sheppard, der nun lächelnd als erster sprach:

»So, da wären wir wieder! Damit wäre auch die letzte Schläferin wieder wach. Wir sind also alle wieder an Deck.«

Er zählte meinen Puls, nickte zufrieden, packte dann sein Köfferchen und wurde von Dunbar zur Tür gebracht, während Higgins mich noch immer mit leichter Skepsis ansah:

»Guten Morgen, meine Liebe!«

Er klang warmherzig, erleichtert und zugleich tadelnd.

»Mhm …«

»Können Sie mich verstehen?«

»Mhm …«

»Wie fühlen Sie sich?«

»Hunger.«

»Na, das ist selbstverständlich. Ich lasse Ihnen etwas bringen. Können Sie sich aufsetzen?«

In Ermangelung eines Morgenmantels reichte er mir meinen Talar, während ich mich träge aufsetzte. Das blasse Morgenlicht wurde von meiner Schreibtischlampe unterstützt. Ich hatte nicht sofort erkannt, wo ich war, weil mein Bett seltsamerweise von der Wand abgerückt worden war und frei im Raum stand, sofern von Freiheit angesichts der Enge des Raums die Rede sein konnte. Professor Dunbar hatte Dr. Sheppard wispernd verabschiedet, die Tür behutsam hinter ihm geschlossen und war nun ins Zimmer zurückgekehrt. Er betrachtete mich neugierig, bevor er grinsend fragte:

»Wie ist Ihr Kopf?«

»Riesig.«

»Kein Grund zur Sorge. Die meisten von uns hatten ein paar Stunden lang böse Kopfschmerzen nach dem Aufwachen.«

»Uns?«

Higgins antwortete für ihn:

»Ja, von uns allen. Was möchten Sie frühstücken?«

»Tee, Rührei, Toast, Marmelade, viel Butter … bitte.«

Higgins zog die kleine Klingel, die sonst auf seinem Kaminsims stand, aus seiner Hosentasche, und kaum hatte er sie mit schlenkerndem Handgelenk betätigt, als Zeus und Apollo hereinhuschten, und mir, obschon sie in meinem Zimmer recht deplaziert aussahen, ein Tablett mit dem Gewünschten und einer Vase mit einer roten Nelke darin vor die Nase stellten. Dunbar richtete die Kissen in meinem Rücken, und als die Diener sich zurückzogen, murmelte Higgins:

»Auch noch nicht so ganz wieder auf dem Posten, die beiden, scheint mir.«

Er goss mir Tee ein und setzte sich dabei auf die linke Bettkante, während Dunbar es sich auf der rechten Bettkante gemütlich machte. Ich hielt die Tasse mit dem duftenden *Earl Grey* eine Weile in beiden Händen, bevor ich unsicher trank und dabei versuchte, nicht zu laut zu schlucken, weil die beiden mir so still lächelnd gegenübersaßen. Ihre schräggelegten Köpfe berührten einander fast. Schließlich klärte Higgins seine Kehle, nahm seinen üblichen Gesichtsausdruck an und sagte in offiziellerem Tonfall:

»Nun frühstücken Sie erst einmal in aller Ruhe und stärken sich. Und dann haben Professor Dunbar und ich eine gute Nachricht für Sie, zwei gute Nachrichten sogar, um genau zu sein.«

Ich nickte wortlos, weil mir mit Herzrasen erst jetzt wieder einfiel, dass mir alles gestohlen worden war, und so hoffte ich, dass die guten Nachrichten darin bestanden, dass Manzanilla über Nacht zu mir zurückgekehrt und der Dieb gefasst wäre. Krampfhaft versuchte ich, in mein Nicken Überraschung und Dankbarkeit zu legen. Dann wartete ich darauf, dass die beiden mich nun für mein Frühstück allein ließen, damit ich wieder zu mir kommen könnte, aber Higgins und Dunbar blieben seelenruhig sitzen, blickten erwartungsvoll abwechselnd auf mich und mein Tablett, und so begann ich, unter ihren Blicken etwas beklommen zu essen. Das Rührei war ausgezeichnet, wie ich eher registrierte als schmeckte, und um die peinliche Stille um mein Kauen herum zu durchbrechen fragte ich:

»Habe ich sehr lange geschlafen? Welcher Tag ist heute?«

»Mittwoch.«

Sie hatten beide gleichzeitig geantwortet, und erstaunt und erleichtert rief ich:

»Aber dann habe ich ja nur eine Nacht geschlafen, ganz normal! Gestern war Dienstag, heute ist Mittwoch. An Allerheiligen einschlafen, an Allerseelen aufwachen, wie sich's gehört, oder nicht?«

Die beiden lachten freundlich, schüttelten amüsiert die Köpfe, bis Higgins mir die Teetasse, aus der ich gerade schlürfend trank, abnahm und dann langsam sagte:

»Heute ist Mittwoch. Aber nicht Mittwoch der zweite November, sondern Mittwoch der vierzehnte Februar. Sie haben also dreieinhalb Monate geschlafen.«

Ich prustete den Tee wieder aus, und Dunbar beugte sich vor, um mir auf den Rücken zu klopfen, während Higgins ruhig weitersprach:

»So lange wie wir alle in etwa. Die ersten sind am Montag wieder aufgewacht und die letzten Nachzügler heute Morgen um sieben, zwei Stunden vor Ihnen. Ich für meinen Teil bin am Dienstagmorgen wieder zu mir gekommen, kurz vor Kollege Dunbar hier.«

»Sie sind mir natürlich zuvorgekommen, wie immer, mein lieber Higgins.«

Die beiden scherzten vor sich hin, bis ich ihre Schmunzelspiele lallend unterbrach:

»Wir alle? Soll das heißen … ganz Trinity College?«

»Nein, natürlich nicht nur Trinity College«, Dunbar schüttelte ungeduldig den Kopf, »ganz Cambridge hat selbstverständlich im Winterschlaf gelegen. Ganz regulärer Schlaf aller Seelen von Anfang November bis Mitte Februar. Variiert jedes Jahr um ein paar Tage, mal kürzer, mal länger. Ich erinnere mich, wie wir einmal, direkt nach dem Krieg, ja es war 1946, stark überzogen haben, bis Ende Februar alle in den Betten. Ich erinnere mich gut, obwohl ich damals erst fünf Jahre alt war.«

Higgins musterte mich:

»Wussten Sie denn nicht, dass wir hier Winterschlaf halten?«

»Nein, Sir. Wie … warum …«

»Selbstverständlich um die ungeheuren geistigen Kräfte, die diesen Ort auszeichnen, zu sammeln, zu bündeln, zu einigen – nennen Sie's, wie Sie wollen.«

»Alle, restlos alle schlafen?«

»Nun, es gibt immer ein paar schwarze Schafe, die nicht schlafen – man verdächtigt den einen oder die andere, aber wer es ist, lässt sich logischerweise kaum rausfinden.«

Dunbar lachte:

»Ja, der Feind schläft nicht, was?«

Higgins nahm mir das Tablett weg, stellte es auf den Schreibtisch und dann sich selbst in gerader Haltung vor mein Bett. Dunbar erhob sich ebenfalls und Higgins sagte feierlich:

»Meine Liebe, wir haben nun die große Freude, Ihnen die frohe Botschaft zu übermitteln, dass das College Ihnen nun doch die Erlaubnis erteilt, nach Whewell's Court zu übersiedeln. Sie dürfen am Freitag Wittgensteins alte Räume ganz oben im Türmchen beziehen. Auf dass auch Sie sagen können:

Wenn eine Wohnung prangt, in hoher Luft gebauet,
So hat der Mensch das Feld geräumiger und Wege
Sind weit hinaus, dass Einer um sich schauet,
Und über einen Bach gehen wohlgebaute Stege.«

In Erwartung meiner Freudenbekundungen zogen er und Dunbar Brauen und Münder nach oben, aber zu ihrer Enttäuschung kam aus meinem Mund nur:

»Und die zweite? Was ist die zweite gute Nachricht?«

Die Brauen blieben oben, während die Münder verstimmt nach unten rutschten. Dann sagte Higgins kühl:

»Wir wollen einmal annehmen, dass Sie noch nicht wieder ganz bei sich sind. Direkte Undankbarkeit konnte man Ihnen bisher ...«

»Entschuldigen Sie, Sir«, ich hatte mich wieder einigermaßen im Griff, »ich bin wohl tatsächlich noch etwas benommen. Natürlich freue ich mich sehr, ich nehme an, so sehr, dass ich diese gute Nachricht noch gar nicht fassen kann. Bitte verzeihen Sie, meine Herren!«

»Na schön«, Higgins schnaufte, Dunbar nickte ihm begütigend zu, dann nahmen sie beide wieder Haltung und festliche Gesichtsausdrücke an, und Higgins fuhr in erneuter Feierlichkeit fort:

»Die zweite gute Nachricht besteht darin, dass Ihnen die große Ehre zuteil wird, zum Ausklang des Trimesters in gut einem Monat die erste der ehrenvollen Bill-Gates-Lectures im Senatshaus zu halten.«

»Äh …?«

Dunbar lachte gutmütig und klopfte mir auf die Schulter:

»Ja, das ist ein bisschen viel an so einem Morgen. Schließen Sie den Mund ruhig wieder, mein Kind. Geben Sie sich ein paar Tage, um die Sache zu fassen. Und dann nichts wie ran an den Computer, und dann schreiben Sie gefälligst den besten Vortrag Ihres Lebens, über Wittgenstein und Manzanilla oder worüber auch immer.«

»Ja, und wir hoffen«, ergänzte Higgins, »wir gehen davon aus, dass Sie sich der Verantwortung, die mit dieser Ehre einhergeht, bewusst sind. Die Bill-Gates-Lectures *Wissen im Einundzwanzigsten Jahrhundert* werden in die ehernen Bücher von Trinity College eingehen, und auf der Premiere liegt freilich ein besonderes Argusauge.«

»Ich … äh … ich verstehe.«

»Das wollen wir hoffen.«

»So, kommen Sie, alter Knabe«, Dunbar schüttelte Arme und Beine aus, setzte seine Reitkappe auf und rüttelte dann an Higgins' Ellbogen, »wir haben unsere Aufgabe hier für heute erfüllt, nun wollen wir die Kollegin mit diesen Neuigkeiten allein lassen.«

Higgins nickte, und als sie sich schon zum Gehen wenden wollten, beugte ich mit einem Ruck meinen Oberkörper aus dem Bett nach unten, sodass mein Kopf den widerlich staubigen Boden berührte, und tastete dann panisch nach dem Koffer. Vielleicht war ja alles nur ein Albtraum gewesen, ja so musste es sein! Doch dann bekam ich den widerstandslos leichten Koffer zu fassen, hörte noch durch das Rauschen in meinem Kopf hindurch Higgins fragen *Ist Ihnen nicht gut, meine Liebe?*, bevor ich die Augen schloss, in der Hoffnung, die Schwärze würde mich zurückholen.

»Sie hätte nicht direkt nach dem Aufwachen sechs Rühreier essen dürfen.«

»Ja, Sie haben Recht, Higgins – he, hallo! hallo! Nicht wieder einschlafen!«

Sie gaben mir böse brennende Ohrfeigen. Widerwillig öffnete ich die Augen und murmelte:

»Haben Sie mir denn sonst gar nichts mitzuteilen?«

»Wie bitte?«

»Keine weiteren Nachrichten, Higgins?«

»Nein, natürlich nicht, was denn noch?«

»Schon gut. Ich dachte nur.«

»Ist Ihnen besser?«

»Ja, danke.«

»Gut, dann stehen Sie jetzt endlich auf, ziehen sich an, und ich lasse die Zugehfrau kommen, damit sie das schöne Frühstück, das Sie dem Fußboden übergeben haben, beseitigt.«

Sie sahen mich beide mitleidig und etwas angewidert an und verabschiedeten sich dann hastig, während ich nur stumm meine Rechte hob und in die Kissen zurückfiel.

Eine Stunde später schunkelte ich ordentlich geputzt und in meinem grauen Anzug, einem neuen hellblauen Hemd und meinem Talar tadellos gekleidet auf den noch etwas wackeligen Beinen, aber mit schon wieder recht fester Pfeifstimme die Treppen hinab. Im Hof kläffte mich eine überaus unenglische Kälte an, auf dem Rasen lösten sich sogar Spuren von Schnee in breiige Pfützen auf. Schlotternd zog ich den Talar fester um mich, und als ich den Great Court verlassen hatte, begann ich durch die fleckigen, abwechselnd schon matschigen und noch glatten Straßen zu rennen, meinen flüchtenden Gedanken hinterher.

Wie sollte ich bloß etwaige Zeugen nach etwas befragen, was vor dreieinhalb Monaten geschehen war? Und wer konnte das sein, ein etwaiger Zeuge? Sollte ich offen oder verdeckt ermitteln? Dass aus dem Koffer außer dem *Kryptychon* und Manzanillas Tagebüchern auch all meine persönlichen Dokumente, vor allem diejenigen, die meine akademische

Identität beglaubigten, gestohlen worden waren, war zwar zweitrangig, würde aber die Suche unter Umständen noch zusätzlich erschweren. Ich brauchte also jetzt all mein Denkvermögen, denn mein Geist war ohnehin immer schon zu schwach für meine Aufgabe gewesen.

Mir fiel ein, wie Wittgenstein einmal bei einem gemeinsamen Spaziergang, bei dem er ununterbrochen wütend auf mich eindoziert hatte, plötzlich stehen geblieben war und verzweifelt ausgerufen hatte *Ich bin zwar frei durch den Geist, aber der Geist hat mich verlassen!* Mir wurde übel, ich war wohl für das Laufen noch zu schwach, musste anhalten. Der einzige Effekt dieses Laufs war also, dass meine schönen schwarzen Lackschuhe jetzt durchweicht waren. Ich blickte traurig auf sie herab, und als ich den Kopf wieder hob, sah ich mich im spiegelnden Schaufenster eines Frisiersalons und erschrak. Noch dünner war ich geworden und meine Haare seltsam lang, als hätte ich nicht etwa drei, sondern mindestens sechs Monate geschlafen. Ich wollte schon den Laden betreten, als ich eine vertraute Stimme hinter mir singen hörte:

»*Don't change your hair for me,*
My funny Valentine,
Not if you care for me …«

Ich sah weiter in die Schaufensterscheibe, in der er langsam neben mir Gestalt annahm. Er hatte den Kragen seines dunkelbraunen Ledermantels hochgeschlagen, wodurch noch besser zur Geltung kam, dass sein hübsches Haar, das ihm auf der rechten Seite leicht übers Auge fiel, im Gegensatz zu meinem tadellos geschnitten war. Ich drehte mich schwindelnd zu ihm um.

»Hallo, Orville.«

»Hallo, Rumpelstilzchen.«

Er lächelte und küsste mich dann, aber ich blieb steif:

»Sehe ich so schlimm aus?«

»Schlimmer. Du bist schon wieder ganz blaugefroren. Komm, wir gehen zu mir, setzen dich vor den Kamin und …«

»Nein. Lieber nicht.«

»Wieso nicht?«

»Seit wann bist du wieder wach?«

»Seit gestern Abend um sieben, wenn du's genau wissen willst. Trotzdem habe ich heute Nacht ganz hervorragend geschlafen.«

»Tja, ein reines Gewissen ist das beste Ruhekissen, wie?«

»Fängst du schon wieder an?«

»Erstaunlich, wie gut du schon wieder aussiehst. Du bist erst seit gestern Abend wieder wach, aber dein Haar ist perfekt geschnitten.«

»Natürlich ist es das, sonst hätte ich wohl kaum meine Wohnung verlassen.«

»Wann warst du beim Friseur?«

»Ich gehe nicht zum Friseur, ich lasse ihn selbstverständlich kommen. Heute Morgen um neun. Wirst du jetzt aufhören?«

»Nein.«

»Gut, aber dann wollen wir dich wenigstens in einem warmen Café ertragen. Dein Anblick ist mittlerweile durchaus unerfreulich – ein Jammer um deine Schuhe übrigens.«

»Ja, das ist es wirklich.«

Ich starrte wieder auf meine Schuhspitzen, bis Orville mich am Ärmel ein paar Straßen weit hinter sich her zog und mich dann in der St. Mary's Passage in *Auntie's Tea Shop* schubste, wo mich ein herrlich trockenes Bad aus warmer, aber nicht überheizter Luft empfing.

Bis auf zwei kleine Tischchen, an denen jeweils ein Student emsig sein *i-book* quälte, war *Auntie's Tea Shop* leer. Ich ahnte, dass ich in dieser Attrappe eines viktorianischen Wohnzimmers besonders auf der Hut sein musste, und wie zu meiner Bestätigung kamen sofort zwei dienstbare Engel mit weißen Schürzchen herbei, geleiteten uns sanft zu einem hübschen kleinen Sofa, das mit einem dunkelblauen William-Morris-Stoff bezogen war, auf dem orange Lilien und gelbe Amseln, hellblauer Eisenfarn und grüngelbe, wie die Haare der Botticelli-Venus geschwungene Blütenstile und Blätter ineinander verschlungen schwebten, und das von einer in der Mitte herzförmig geschwungenen Teakholzlehne gerahmt war. Kaum dass wir uns gesetzt hatten, knieten die Engel vor mir nieder und begannen, mir Schuhe und Socken auszuziehen und die Hosenbeine hochzukrempeln. Bevor ich protestieren konnte, kam hinter einem Vorhang ein dritter Engel mit einer kleinen weißen Emaillewanne herbei, in der heißes Wasser dampfte. Ich ergab mich und sah behaglich peinlich berührt auf ihre im blondierten Haar dunklen Scheitel, während sie mir zu dritt die Füße wuschen und sich dabei wispernd über die korrekte Wassertemperatur stritten.

Als ihr Streit zu eskalieren drohte, standen sie abrupt auf, wischten sich die nassen Hände an ihren Schürzchen, und während zwei von ihnen mit zitternden Unterkiefern und feuchten Augen ins Hinterzimmer verschwanden, seufzte der dritte kurz, zuckte die Achseln, nahm dann mit leicht pikiertem Gesichtsausdruck Orvilles Bestellung entgegen und fragte dann gedehnt, während er gelangweilt über Orvilles Kopf hinweg durch das Schaufenster auf die Straße blickte:

»Tee und Sandwiches, Scones mit Butter und Marmelade normal oder möchten Sie das Valentinstag-Angebot?«

»Das worin besteht?«

»Sie zahlen nur einmal, wenn Sie für zwei essen.«

»Nein danke, wir sind zu zweit und dafür werden wir auch bezahlen.«

»Wie Sie wünschen, Sir. Ich lasse noch neues heißes Wasser für das Fußbad Ihrer Begleitung kommen.«

»Vielen Dank.«

Der Engel verschwand, und drei Minuten später kamen die beiden anderen wieder herein. Der eine stellte das volle Tablett auf den niedrigen, korbeingefassten Glastisch vor uns, der andere trug eine Emaillekanne mit kochendem Wasser herbei, das er mir mit süßlichem Lächeln direkt auf die Füße goss, um dann enttäuscht zu registrieren, dass ich ebenso widerlich zurücklächelte.

Als sie verschwunden waren, flüsterte ich:

»Lass uns bitte gehen, Orville, mir ist nicht wohl hier.«

Ich war sicher, dass die beiden Studenten an den Tischchen neben uns lauschten, auch wenn ihre Finger nun wie im Schlaf über die Tastaturen flogen. Aber Orville lachte nur kopfschüttelnd, legte den Arm um mich und rüttelte mich sanft zurecht.

»Unsinn, trink deinen Tee. Er ist sehr gut.«

»Ich möchte doch lieber zu dir.«

»Das hättest du dir früher überlegen müssen. Jetzt sind wir hier.«

»Lass uns bitte gehen, ich kann hier nicht reden … das ist doch nur sinnloser Aufschub!«

Er hielt im Kauen inne, zog die Augenbrauen erstaunt hoch:

»Oh, dann habe ich wohl was Grundlegendes falsch verstanden. Ich dachte bisher, dass du dafür Sinn hast, für sinnlosen Aufschub, meine ich.«

»Ja schon«, ich küsste ihn traurig, »aber das kann ich mir jetzt nicht mehr leisten.«

»Gut, dann gehen wir – sobald du gegessen hast.«

Wir aßen und tranken schweigend, und Orville zog die Stirn in Falten. Ich schielte ihn ängstlich von der Seite an, und als er es merkte, lächelte er gequält, strich mir über die Wange und sagte leise:

»Es ist nicht in unserer Hand.«

»Nein, das ist es wohl nicht.«

Er nickte langsam und winkte dann nach einem Engel, der sofort mit der Rechnung und meinen trockenen, spiegelnd geputzten Schuhen in den Händen und einem Handtuch über dem einen und meinen Socken über dem anderen Unterarm erschien. Indigniert verhinderte er, dass ich mir selbst die Füße abtrocknete. Orville war bereits aufgestanden und im Mantel, hatte achtlos einen großen Geldschein auf den Tisch geworfen, und ich sah hilflos zu ihm auf, während der Engel mit einem diskreten *voilà* meine Hosenbeine wieder herunterkrempelte, die Bügelfalte glattstrich und sich dann schwungvoll wieder aufrichtete, während die anderen Engel hinter dem Kuchenbuffet hämisch kicherten. Die beiden Studenten schienen keine Notiz von uns zu nehmen, sie schrieben in unveränderter Geschwindigkeit, aber ich konnte deutlich sehen, wie ein hauchfeines Grinsen um ihre Mundwinkel zuckte.

Draußen schien die Sonne, und erfreulicherweise war der Schneematsch ganz verschwunden. Die Straßen waren wieder so vollkommen trocken, als hätte ein riesiger Fön das fröstelnde Cambridge durchgepustet, und die Temperatur war zum englischen Februarmittelmaß zurückgekehrt. Erleichtert atmeten wir auf, fassten uns lächelnd an den Händen und schlenderten durch die Straßen, bis ich plötzlich stehen blieb, ihm um den Hals fiel und rief:

»Orville, gib es mir einfach zurück, leg alles heute Nacht zurück in den Koffer, und wir wollen kein Wort darüber verlieren. Gib es mir zurück und alles ist wieder gut!«

Er wand sich aus meiner Umarmung, starrte mich an und fragte leise:

»Was meinst du?«

»Du hast es gestohlen, aber ich bin dir nicht böse, ich will auch gar nicht wissen, warum, gib es nur einfach …«

»Ich habe deinen Manzanilla nicht gestohlen, ich war es nicht, hörst du?«

Er rüttelte mich wütend, aber ich befreite mich aus seinem Griff und rückte wie betäubt von ihm ab, schaute ihn nicht mehr an, sondern betrachtete nur müde eine Coladose im Rinnstein und murmelte:

»Orville, woher weißt du, was mir gestohlen wurde? Ich habe es gar nicht erwähnt und es auch sonst niemandem erzählt.«

»Ja, ich weiß. Aber nur weil du es niemandem erzählt hast, heißt dass nicht, dass niemand davon weiß. Der Dieb zumindest weiß davon, aber auch ein paar Leute, die wiederum den Dieb beobachten. Nehmen wir an, ich weiß einiges. Nehmen wir an, ich weiß sogar mehr als mir lieb ist und ich dir aber nicht sagen kann, was ich weiß. Nehmen wir an, dass ich nicht einfach da raus kann, Dinge zu wissen. Aber ich schwöre dir, dass ich nicht der Dieb bin.«

»Du bist der einzige, der den Schlüssel zu meinem Zimmer hatte. Am Morgen des Tages vor dem großen Schlaf bist du in meine Wohnung gegangen, um mir meine Sachen zu holen, erinnerst du dich?«

»Natürlich erinnere ich mich, was redest du?«

»Hast du das *Kryptychon* und die Tagebücher da gestohlen, oder schon in der Nacht, während ich bei dir schlief – bist schnell rübergehuscht und…«

»Hör auf damit! Zum letzten Mal, ich war es nicht! Wenn du's genau wissen willst, war der Koffer bereits am Dienstagmorgen, als ich deine Kleider holen kam, leer.«

»So so«, ich lächelte spöttisch, »ist dir jemand zuvorgekommen?«

Er schüttelte schweigend den Kopf, sah mich müde und enttäuscht an, und ich nickte stur an ihm vorbei:

»Du bist nicht der Dieb, aber du weißt über den Inhalt des Koffers, ja über alles Bescheid. Du bist nicht der Dieb, aber du schnüffelst in meinem Koffer herum, der verschlossen unter dem Bett liegt.«

»Ich musste den Koffer nur kurz anheben, um zu wissen, dass er leer war. Ich bin am Dienstagmorgen, als du noch schliefst, darüber informiert worden, dass der Diebstahl kurz bevorstehen musste. Du musst mir glauben.«

Kopfschüttelnd strich ich ihm sein Haar aus der Stirn und sagte leise:

»Schade um uns. Überaus schade.«

»Du musst mir glauben! Du weißt doch: Die Schwierigkeit ist nur, die Grundlosigkeit unseres Glaubens einzusehen. Am Grunde des begründeten Glaubens liegt der unbegründete Glaube.«

Er hielt meine kalte Hand an seiner Wange fest, und so standen wir eine Stunde oder eine Minute, bis neben uns ein penetrant diskretes Hüsteln angeworfen wurde. Wir fuhren herum und blickten in ein dumpf dreinblickendes dunkeläugiges Gesicht unter einer blauen Wollmütze, neben dem ein breit grinsendes blauäugiges stand, aus dem auch das Hüsteln kam, das jetzt von einem munteren Plaudern abgelöst wurde:

»Hallo Orville, alter Schwede, auch wieder wach, wie ich sehe. Gut geschlafen?«

»Oh, du bist's, Brian. Seit Monaten wach, nehme ich an.«

»Leider nein, mein Lieber. Willst du mich nicht vorstellen? Oder mach ich das am besten selbst? Brian Ferguson, sehr erfreut!«

Er schüttelte mir überschwänglich die Hand, ich nickte nur stumm. Orville machte keine Anstalten, mich vorzustellen, aber Ferguson, der seinen Begleiter ebenso wenig vorzustellen gedachte, schnatterte unbekümmert weiter:

»Sie müssen der Grund dafür sein, dass wir nichts von Orville zu sehen bekommen in letzter Zeit – von wegen Forschung! Hör mal, Orville, du musst endlich einmal wieder eins deiner herrlichen Feste geben, es ist nicht direkt die Jahreszeit, aber wir könnten mal wieder ein paar Kisten Bollinger bei dir köpfen, und dann ein paar von diesen köstlich kreischenden Mädchen in den Brunnen im Great Court werfen, was meinst du?«

»Tja, wie du schon sagst, Brian, es ist nicht direkt die Jahreszeit und abgesehen davon, wie heißt es so schön bei Hölderlin:

Es fehlet aber das Geld, denn zu viel
ist ausgegeben worden. Zu Gaste nämlich hatt
ich geladen und wir saßen beieinander.«

»Ach Wilson, jetzt liest du schon deutsche Dichter, wie? Und außerdem, was für ein Blödsinn, dass dir jemals das Geld fehlen könnte! Wie viel auch immer du ausgeben würdest, dein alter Herr wird glücklich sein, dir noch mehr zu schicken. Scheint eher so, als wärst du nicht übermäßig amüsant im Moment.«

»Ja, es scheint ganz so. Vielleicht bin ich der Eintönigkeit endloser Abwechslung etwas müde.«

Die ganze Zeit über hatte Fergusons Bekannter mich mit leicht geöffnetem Mund angestarrt, während er die Holzverschlüsse seines unförmigen blauen Dufflecoats langsam auf und wieder zu gemacht hatte, und nun platzte er in einer höchst unangenehmen Mischung aus Bayrisch und Englisch heraus:

»Jetzad hob i's! In Prag! Da war's, wo i Sie scho amoi gsehn hob!«

Statt aus der Tür zu treten, quollen mir die Worte unter der Zunge auf, und Ferguson fiel seinem Begleiter ins Wort:

»Oh, darf ich vorstellen – Xaver Oberleitner aus Vilshofen, Fellow am

St. John's seit dieser Woche, kam am Sonntag mit dem Zug an und fiel am Bahnhof Cambridge zur Begrüßung direkt noch mal zwei Tage mit uns in den Schlaf. Ja, lieber Oberleitner, das ist kein Wunder, dass du die Kollegin aus Prag kennst, sie ist nämlich die Verlobte vom Paolo gewesen, vom Paul Sauler, nicht wahr meine Liebe, Sie sind es doch?«

Oberleitner schaute ihn perplex an:

»Sauler? Des sogt ma nix.«

»Doch doch, Musiker in Prag, talentierter junger Mann, trauriges Ende, tragisch, tragisch.«

»Wieso wissen Sie von Paul?«

Meine zitternden Worte kamen von weit her, nicht aus mir, sondern, wie mir schien, aus den weißen Fäden, die den Himmel durchzogen und auf denen die Krähen ihre Jungen neben sich in die Luft setzen.

Ferguson tätschelte meine Hand und raunte einfühlend:

»Erinnern Sie sich denn nicht mehr an mich, meine Liebe? Naja, ich war ja nur den einen Sommer in Prag, aber wir hingen damals doch alle zusammen in den Cafés herum. Musiker, Künstler, Studenten, schöne Zeit, aber trauriges Ende natürlich für Sie. Das muss schlimm gewesen sein. Sie waren ja noch ganz jung damals. Haben Sie selbst ihn einliefern lassen? Ist er dort einfach so weggestorben?«

Orville zog endlich meine Hand aus Fergusons und sagte scharf:

»Es reicht, Ferguson.«

Er wollte mich schon von ihnen wegziehen, als der Bayer ausrief:

»Jetzad hob i's! Du bist doch dem Kata Toni sei Dochter, oder net?«

Verwirrt schüttelte ich den Kopf, und Orville zog mich von ihnen weg. Wir hatten sie schon ein gutes Stück hinter uns gelassen, als Ferguson fröhlich hinter uns herrief:

»Ich hoffe, wir sehen uns bald wieder!«

Eigentlich wäre es nun an der Zeit gewesen, wieder einmal in eine meiner Zwangsvorstellungen von Pauls Tod zu gehen, aber da ich Orville dort nicht mit hineinziehen durfte, hetzte ich stattdessen blind wie ein zu schneller Wecker durch die Straßen und schleifte den nun leicht hinkenden Orville neben mir her. Er hing fest an meiner Hand, ließ sich nicht abschütteln und redete unablässig auf mich ein:

»Nicht die Augen zumachen! Ja, brav … nein, nicht wieder zumachen, nein – mach sie auf, sieh mich an, sieh mich an!«

Endlich blieben wir atemlos stehen, und weil ich Orville noch immer nicht ansehen wollte, gab er mir links und rechts eine Ohrfeige, was mich so wütend machte, dass ich ihm rechts und links und rechts Ohrfeigen gab, bis er halb heulend, halb lachend meine Hand schnappte:

»Schluss jetzt! Wir gehen jetzt zu mir ins Warme. Aber vorher kaufen wir dir noch einen Mantel.«

»Ich brauche keinen Mantel, mein Talar reicht für alles.«

»Ja, das sehe ich. Deine Nase wird in voraussichtlich zehn Minuten abfallen. Am besten, wir kaufen dir einen Pelzmantel.«

»Nein, keinen Pelz. Mit Pelz hat man kein Glück.«

»Warum nicht?«

»Mein Vater hat sich einmal als Herr Hermes ausgegeben und auf diese Weise einen Pelzmantel ergaunert. Direkt danach ist er beim Pfandleiher, als er den Pelz versetzen wollte, verhaftet worden und saß dann eine Weile im Gefängnis, was ihm in mancherlei Hinsicht sehr gut getan hat, für mich aber recht unangenehm war.«

»Ich verstehe, dann eben keinen Pelz. Was willst du dann?«

»Grüne Klöße für das Ich.«

»Na schön, ich werde meinen Koch bitten, sein Möglichstes zu tun. Gehen wir endlich.«

»Ja, gehen wir zu dir ins Bett. Und da bleiben wir, bis alles wieder gut ist.«

»Gut.«

Wir lächelten uns traurig an, aber als wir den Weg zurück zu Whewell's Court liefen, wurden unsere Füße leichter und schließlich begannen wir zaghaft lachend zu hüpfen. Doch vor Orvilles Tür angelangt, fiel mir plötzlich mein drohender Vortrag wieder ein, und panisch rief ich:

»Aber ich muss ja arbeiten!«

Orville zuckte die Achseln, betrat schlendernd seine Wohnung und wies dann mit der Gebärde eines lakonischen Conferenciers, der den Star des Abends ankündigt, in seinen Salon. Die grünen Samtvorhänge waren zugezogen, im Kamin brannte ein Feuer, und auf dem Tisch davor dampfte eine Schüssel mit grünen Klößen.

»Arbeiten können wir, wenn wir tot sind.«

Orville hatte es ganz ernst gesagt, und ich wollte ihm glauben.

Am Freitagmorgen um sieben klopfte es zaghaft an der Tür, und kurz darauf erschien der Kopf von Orvilles Diener unter räuspernden Bedauernsbekundungen im Schlafzimmer:

»Ich bitte vielmals um Entschuldigung, Sir, aber da draußen sind zwei Herren für ihre, äh, Begleiterin. Die Herren lassen sich leider keinesfalls abweisen und bestehen tatsächlich darauf, jetzt gleich mit ihr zu sprechen. Es ist mir wirklich überaus unangenehm, Sir, aber …«

Ehe er seinen Satz vollenden und wir uns auch nur im Bett aufsetzen konnten, wurde die Tür weit aufgerissen und zwei ältere Männer in grauen Kitteln traten, den leise protestierenden Diener beiseite schubsend, direkt vor das Bett. Der eine schaute sich interessiert im Zimmer um, bis sich sein Blick schließlich im weißen Flokati neben seinen Füßen verfing, während der andere uns eine Weile mit heruntergezogenen Mundwinkeln musterte und dann mit lauter, ruppig freundlicher Stimme sagte:

»Wegen dem Umzug. Das sind doch Sie, oder?«

Er holte einen Lieferschein aus seinem Kittel, befestigte ihn auf einem Klemmbrett, setzte umständlich eine Lesebrille auf seine Nasenspitze und fragte dann meinen Namen und meine Zimmernummer in Great Court ab. Ich nickte ängstlich, Orville sah mich verschlafen fragend an. Der Mann nickte zufrieden:

»Gut. Dann gehen wir jetzt also einfach die zwei Stockwerke hoch bis unter den Turm und bringen die Sachen. Dann kommen Sie mal mit!«

»Ich … äh, ja, sofort, natürlich … aber vielleicht gehen Sie schon mal vor, ich würde mir gern was anziehen.«

Er schnaufte missbilligend:

»Na ja, so haben wir aber nicht gewettet. Punkt sieben war abgemacht mit dem Master Higgins. Um halb acht haben wir den nächsten Kandidaten.«

»Ja, das verstehe ich, aber sehen Sie, ich wusste nicht, wann Sie, also vielmehr, dass Sie kommen würden, vielleicht könnten Sie einfach schon mal vorgehen. Ich komme gleich.«

»Nein, dann müssten wir wenigstens die Liste mit Ihren Sachen durchgehen, Sie müssen das ja unterschreiben«, dann drehte er sich zu seinem Kollegen, »hol mal das Zeug rein – he, Fernshaw, hol mal das Zeug!«

Der andere riss seine Augen aus dem Flokati, trottete nach draußen und kam mit meinem Koffer und einer Handvoll Wäsche über dem Arm wieder herein, warf mir alles aufs Bett, während der andere von dem Lieferschein auf seinem Klemmbrett ablas:

»Ein brauner Koffer, Samsonite, leer, sieben Paar Unterwäsche, sieben Paar Strümpfe, sieben hellblaue Hemden, das wär's. Alles Ihre Sachen, richtig?«

»Äh, ja, aber wieso haben Sie die einfach aus meinem Zimmer …«

»Sind das Ihre Sachen oder nicht?«

»Ja, schon, aber …«

»So, gut, dann mal hier unterschreiben, bitte.«

»Aber es fehlen noch meine Bücher, die Wittgensteinausgabe und …«

»Für die Bücher sind wir nicht zuständig, die hat der Vize-Dekan persönlich rübergebracht. Jetzt mal bitte unterschreiben.«

Ich unterschrieb blind, und Orville, der jetzt kerzengerade im Bett saß, blickte verwirrt zwischen den Männern und mir hin und her:

»Was passiert hier eigentlich? Umzug, wieso Umzug?«

»Ich ziehe heute nach Whewell's Court um, also hierher, meine ich, über dich, in den Turm.«

»Was? Um Gottes Willen, das darf nicht sein! Du ziehst nicht hier ein, nicht da oben!«

Der Möbelpacker klopfte ungeduldig mit einem Bleistift auf sein Klemmbrett:

»Wenn Sie jetzt endlich mal kommen würden, junge Frau, wir könnten schon längst fertig sein.«

»Ja, entschuldigen Sie, aber vielleicht könnten Sie jetzt auch einfach gehen, ich brauche Sie nicht mehr, die paar Sachen kann ich ja schließlich auch allein hoch tragen. Vielen Dank!«

»Das kommt gar nicht in Frage, Auftrag ist Auftrag, wie soll ich mir denn das quittieren lassen? Und außerdem darf ich Ihnen sonst die Schlüssel gar nicht überreichen. Also wenn Sie jetzt mal bitte …«

Kapitulierend schüttelte ich den Kopf, schlug die Decke zur Seite und wollte schon aufstehen, aber Orville hielt mich am Arm fest:

»Bleib hier. Du darfst da nicht hoch!«

»Aber warum denn nicht? Freu dich doch für mich! Ich wollte immer da hoch ins Türmchen, in Wittgensteins alte Räume, von Anfang an, es ist eine große Auszeichnung.«

Die Möbelpacker nickten zustimmend, und Orville ließ mich los. Er schaute apathisch auf seine Hand, während ich aus dem Bett hüpfte. Hastig zog ich mich an, unterstützt von den Möbelpackern, die mir meine Wäsche und meinen Anzug vom Teppich aufhoben, ausschüttelten und mir überreichten. Schließlich warf ich den Talar mit großem Schwung um mich, kletterte dann noch einmal auf allen Vieren auf das Bett, um mich von Orville zu verabschieden, aber er erwiderte meinen Kuss nicht, verschränkte die Arme vor der Brust und sah mich vorwurfsvoll an.

»Orville, bitte, sei nicht böse. Ich muss jetzt da hoch. Wir sehen uns später, ja?«

Er zuckte die Achseln:

»Wozu noch? Du glaubst mir doch sowieso nicht, du glaubst mir gar nichts, sonst würdest du nicht da hochgehen. Du glaubst noch immer, ich hätte den Manzanilla gestohlen.«

Die Möbelpacker fingen hinter mir wieder an zu murren, und so glitt ich vom Bett und stopfte statt einer Antwort die Wäsche aus meinem alten Zimmer in den leeren Koffer und drehte mich dann mit den beiden Graukitteln zum Gehen. Als ich schon fast draußen war, flog direkt neben meinem Kopf ein weißer Porzellanengel gegen die Wand, und hinter mir schrie Orville:

»Ja, geh endlich, verflucht, und komm nie wieder, du verdammte Irre!«

Ich atmete zusammen mit den Möbelpackern tief durch, und ohne uns umzudrehen verließen wir ordentlich hintereinander das Schlafzimmer.

Als ich die Möbelpacker entlassen hatte, drehte ich mich summend und mit meinem Koffer in der Hand in meinem neuen Arbeitszimmer herum. Es war etwas kalt und zugig hier oben, blasses Morgenlicht legte sich zaudernd auf den bleichen Holzboden, alles hier lag in seiner Kargheit offen da. Überhaupt hatten diese Himmelsräume nicht die geringste Ähnlichkeit mit der Unermesslichkeit der Wohnung zwei Stockwerke unter mir, in der Orville jetzt, wie ich genau sah, wenn ich die Augen schloss, in seinem roten Bademantel wütend auf und ab lief. Er hatte eine Zigarette im Mundwinkel und die Fäuste in den Taschen des Bademantels vergraben, seine linke Augenbraue war noch verächtlicher gehoben als sonst und nun sah ich deutlich, dass er den rechten Fuß ganz leicht nachzog. Ich zwang mich, die Augen wieder zu öffnen, um nicht zu ihm hinunter zu rennen.

Ich hatte noch fast vier Stunden Zeit bis zu meinem Seminar, und so setzte ich mich an den gebrechlichen kleinen Schreibtisch, der direkt unter den drei verbundenen Spitzbogenfenstern stand und blickte durch dieses herrliche Triptychon hinunter in den Hof von Whewell's Court, auf dessen Rasen sich Gottseidank kein Brunnen sehen ließ, und hinüber auf den gegenüberliegenden Gebäudeflügel und dann über seine Dächer und Schornsteine hinweg auf das bombastische Wolfson

Building, das mit seiner aufrichtigen Hässlichkeit die Arroganz der hoffnungslos verspäteten Gotik von Whewell's Court tröstlich plump überragte.

Langsam sammelte die Morgensonne über Whewell's Court mehr Kraft und schien mir nun freundlich ins Gesicht, bis ich mich blinzelnd halb abwandte, den Stuhl an die Seite des Tisches drehte, so dass die Sonne mir aufmunternd auf die linke Schulter klopfte. Ich sah mich in dem quadratischen Raum um und stellte mit Wiedersehensfreude fest, dass an der gegenüberliegenden Wand all meine Bücher wie brave Schulkinder nebeneinander auf einem Bord saßen. Doch mit einem Stich in der Brust sah ich neben den Wittgenstein-Büchern die Bände der Manzanilla-Ausgabe, traurige Klone, nun da ihre Urschrift verschwunden war. Ich ging zu ihnen hinüber und fuhr ihnen tröstend über die zitternden Rücken, bis sie sich etwas entspannten. Dann nahm ich den letzten von ihnen vom Bord, trug ihn hinüber zum Schreibtisch, wo er sich in der Mitte öffnete und leise zu sprechen begann:

»Immer wieder schüttelt der Geist den Kopf über mich. Denn ich klage, ich sei zwar frei durch den Geist, aber der Geist habe mich verlassen. Ein Weiserer als ich weiß vielleicht Halt in der weißen Weisheit zu finden: *Der Geist wird erst frei, wenn er aufhört, Halt zu sein.* Aber dies kann nur sagen, wem der Geist starker Halt ist, und sei es auch nur im Geiste. Wahrlich, dies kann nur sagen, wer Gewissheit darüber hat, dass ihn der Geist nicht verlassen wird. Eine wahre *filosofia blanca* aber muss mehr Respekt davor haben, dass Gott uns den Geist jederzeit nehmen kann.

Respekt vor dem Wahnsinn – das ist eigentlich alles, was ich sage. Denn du sollst den Wahn weder fürchten noch bewundern, weil er beides nicht verdient und weil er in ersterem Fall dir zu nahe kommt und in letzterem Fall so weit von dir entfernt bleibt, dass du noch nicht einmal seine Umrisse sehen kannst, und so wirst du sein Gespenst überall und nirgends vermuten, statt seine kleinen schwarzen Fußabdrücke in all unseren weißen Worten zu finden. Du sollst ihn respektieren, und er wird dich in gebührendem Abstand umstreifen wie der Fuchs den Hühnerstall, vor dem der alte Hund wacht. Und wenn du ihn aus deinen müden Hundeaugen betrachtest, wie er da vorne an der Grasnarbe unruhig hin und her streift, wirst du verstehen, dass seine Unruhe von nichts anderem herrührt als von der Beweglichkeit desjenigen, dessen Abwesenheit er zu sein scheint, nämlich der Beweglichkeit deines Geistes.

Denn der Geist kann jederzeit gehen, und wenn er dich verlässt, dann um zu einem anderen zu kommen, und was wir die Geschichte des Menschen nennen, ist dieses Kommen und Gehen. Respektiere also den Wahnsinn, da er mitunter nichts anderes ist als der Wandel der Welt, die Ankunft neuer Worte aus der Agonie der alten: Eine unbesiegbare Armada von Bildern kann in die Knie gehen, wenn ihr ein neues Bild entgegentritt. Denn du kannst zwar ein Huhn konservieren, indem du es mit Schnee ausstopfst, aber vielleicht bekommst du dabei eine Lungenentzündung, an der du stirbst. Auch darin liegt Gottes Naturgesetz. Und dass du den Wandel der ewigen Welt nicht zu verstehen vermagst und ebenso wenig zu unterscheiden weißt, wann der Wahnsinn dieser Wandel oder bloße Pein ist, auch dies gehört zur göttlichen *lex naturalis.*

Und so sprach auch der arme Uriel da Costa die Wahrheit, als er sagte, dass Gott, der Schöpfer der Natur, sich widersprechen würde, wenn er dem Menschen der Natur Widersprechendes auferlegte. Deshalb sind viele Gebote der Religionen tatsächlich widernatürlich, abergläubische Riten, Frevel wider die naturgegebene Freiheit des Menschen, und wir sollten diese Gebote nicht blind befolgen, sondern vernünftig prüfen und uns nicht unter die anmaßliche Rede der Kirchen von der Unsterblichkeit der Seele beugen. So etwa schien Uriel da Costa, dass Gott uns nicht aufgegeben haben könne, unsere Feinde zu lieben, da dies wider das natürliche Recht sei: *Was nützt es, wenn mir Unmögliches befohlen wird, das ich nicht erfüllen kann?* Nun, auch hier hat da Costa Recht, ich kann nicht meine Feinde lieben, und allzuviel Unrecht geschieht im

Namen dieses Gebots. Denn der Herr hat mich als Menschen geschaffen und nicht als Lamm.

Aber da Costa hatte nicht Recht, als er sagte, dass Gott sich nicht widersprechen könne. Denn Gott selbst spricht ständig im Widerspruch zu uns. Er gibt uns auf, den Widerspruch vernünftig zu lösen und verlangt doch zugleich, in diesem Widerspruch zu verharren. Uriel hat nicht gesehen, dass Gott stets mir nur befiehlt, was mir unmöglich ist. Alles andere könnte ich mir schließlich selbst befehlen, da die Vernunft und mein Herz es mir ganz von sich aus gebieten. Uriel hat dies nicht verstanden, weil er nur mit seinen Augen die Schrift las, nicht aber all die Stimmen hören konnte, die Gott uns schickt, auf dass wir sie nachsprechen wie Kinder und uns über die Worte in unserm Munde wundern.

Wenn nämlich Gott mir Widernatürliches und Unmögliches befiehlt, so will er nicht, dass ich ihm blind gehorche, denn er will keine wohlfeile Unterwürfigkeit. Er will, dass ich erkenne, was mir möglich und was mir unmöglich ist. Wenn ich nun erkenne, dass ich meine Feinde nicht lieben kann, weil dies widernatürlich ist und ich es dennoch versuche, so mag ich dabei erfahren, dass ich nicht einmal meinen einzig wahren Freund liebe, weil ich zu selbstsüchtig, eitel, kleinmütig oder tumb bin. Um mir zu helfen, spricht Gott also immer wieder mit der gütigen Schlange des Paradoxons zu mir.

So nämlich widerspricht Gott sich und widerspricht sich doch nicht. Er will sich an der Unsinnsrede des Menschen erfreuen, denn in ihr waltet seine Güte. So hat Gott uns auch aufgegeben, in die Zukunft zu sehen, und uns diese Gabe doch zugleich verwehrt. Deshalb lehrte uns schon Ockham, dass die Welt nicht vergänglich, sondern ewig sei, und ihr Wandel nicht etwa nach Gesetzen folge, welche Gott uns offenbart habe. Und da schon Ockham uns sagte, dass nur Aussagen über das Vergangene und die Gegenwart wahr sein können, nicht aber solche über die Zukunft, so füge ich hinzu, dass wir auch über Aussagen über die Gegenwart stets im Zweifel gehalten werden, weil sie von der Wanderschaft des göttlichen Geistes in Bewegung gehalten wird, damit nicht die Lüge zur Weltordnung wird.

Respektiere also den Wahnsinn, um dem Geist, der dir von Gott mit der Sprache geschickt und genommen wird, deine Bewunderung zu zollen. Denn der Geist gehört dir nicht und verlangt doch alles von dir. Er kommt zu dir hinzu und bleibt nicht unbedingt bei dir. Darum sei auch du ein Proselyt im wörtlichen Sinn, ein *Hinzugekommener*, einer, der niemals ganz eins wird mit dem, wozu er hinzugekommen ist. Dann kann der Geist umso länger dein Wegbegleiter sein.

Und wenn er dich verlässt, so sollst du ihn nicht suchen, wo er nicht ist: in dir. *Suche mich nicht, wo ich nicht bin! Und selbst wenn ich dir genommen oder gestohlen werde, nimm es hin. Nimm alles hin und sei doch kein Lamm! Dann wirst du mich wiederfinden, indem du an den Anfang zurückkehrst.*

Denn es ist nicht schwer, den Anfang zu finden. Er liegt direkt vor dir, in der Mitte, wo immer du willst.

Am Anfang war das Bild, und das Bild war im Wort, und diese beiden sollen beieinander liegen für immer, sonst werden beide krank. Aber während ich dies schreibe, kommt der Fuchs aus dem Dunkel meines Zimmers, er legt seine blutende Pfote auf mein Papier und sagt: *Hör auf damit, du tötest uns beide!* Und weil ich ihn in meiner kleingeistigen Furcht verscheucht habe, hör ich ihn nun jede Nacht heulen, und ich weiß, er wird noch lange durch die Mauern von Cambridge geistern, bevor ihm jemand seine Pfote verbindet.«

In seinem murmelnden Singsang begann Manzanilla mir noch zu erzählen, warum der Geist niemals über dem Wasser schwebt, sondern den rauhen Boden unter sich braucht, aber da waren meine Augen schon zugefallen und meine Arme auf den Schreibtisch niedergerutscht, und während das Buch mir weiter ins Ohr flüsterte, schlief ich tief und fest.

Als ich fröstelnd aufwachte, war es bereits halb zwölf und mir blieb gerade noch Zeit, in meinem neuen winzigen Badezimmer zu duschen. Mit knurrendem Magen und weichen Knien machte ich mich auf den

Weg zu meinem Seminar. Schon von weitem sah ich mit Erstaunen, dass die Kinder nicht nur alle schon im Great Court versammelt waren, sondern bereits mit dem Lauftraining begonnen hatten.

In ihrem roten Trainingsanzug rannte Betty winkend an mir vorbei, hinter ihr her flogen brüllend die samtgrüne und die schwarze Silhouette von John Benjamin St. Claire und Evelyn Enderby, während Schulze und Schultze starr mit Uhr und Pistole an der Zielgeraden standen und Walt David Watson daneben auf einem hohen Holzpodest wie ein Tennisrichter saß und auf sein *i-book* einhackte.

Die Hände in den Hosentaschen, den offenen Talar nach hinten geschwungen, überquerte ich gezwungen lässig den Hof, um zum Startpunkt zu gelangen, und brüllte den drei Jungs so frischluftig wie möglich entgegen:

»Morgen, Gentlemen!«

»Guten Morgen, Ma'am!«

Durch das plötzliche Aufspringen in den Strammstand wäre Watson beinahe von seinem Hochsitz gefallen, er schwankte mit dem Oberkörper gefährlich nach hinten, während Schulze und Schultze tadellos die Hacken zusammenknallten und ungerührt mit Pistole und Uhr an der Stirn salutierten. In diesem Moment kam Betty ins Ziel, und Schulze stoppte, die Uhr noch an seine Stirn gelegt, ihre Zeit:

»65,3 Sekunden! Gratuliere, Betty, das ist deine absolute Bestzeit!«

Betty hielt sich keuchend und freudestrahlend die Seiten, während St. Claire und Enderby ihr und dann sich gegenseitig um den Hals fielen und jubelten:

»Ja, wir können!«

Dann maß Schultze, den Blick starr auf die Uhr in seiner Linken gerichtet, Bettys Puls an ihrer Halsschlagader und rief dann zu Watsons Thron hinauf:

»160!«

Watson hob nickend einen Zeigefinger, bearbeitete weiter sein *i-book*, drückte dann mit dem Schwung eines drittklassigen Pianisten die Entertaste, und alle sahen erwartungsvoll zu ihm auf. Der Computer schnurrte eine Weile, und schließlich verkündete Watson in angeberisch beiläufigem Tonfall:

»Okay Betty, soweit alles unter Kontrolle, deinen Puls müssen wir etwas senken, ich habe die Ergebnisse des Bluttests von heute Morgen gerade von Dr. Sheppard geschickt bekommen und so schon in meinen Berechnungen berücksichtigen können. Deine Blutwerte sind wieder stabil, wir geben dir aber vielleicht etwas weniger Venlafaxin, probieren wir's mal mit 150 mg, und etwas mehr Kokain, hält die Manie natürlicher in Form. Und deine Fettverbrennung ist uns um drei Punkte aus dem Ruder gelaufen, nicht weiter dramatisch, aber wenn wir es nicht beobachten, könnten wir da ein Problem bekommen. Also alles in allem ein recht gutes Bild.«

Alle nickten aufatmend und zufrieden, gaben sich lässig Fünfen in die Hände, bis ich mich vom Rande her bedrohlich räuspernd bemerkbar machte:

»65,3 Sekunden? Das ist ja eine unglaubliche Verbesserung!«

»Ja, absolut fabulös, nicht wahr?«

Betty hielt sich, noch immer etwas außer Atem, an den Enden eines weißen Handtuchs fest, das sie sich um den Nacken gelegt hatte und strahlte mich an. Zu ihren Füßen knieten St. Claire und Enderby und massierten ihr heiter summend die Beine. Bettys Strahlen erlosch, als ich eine Weile mit den Händen auf dem Rücken vor ihr auf und ab wanderte und sie dabei mit bösem Blick taxierte. Sie legte den Jungs die Hände auf die Scheitel, um ihrer Massiererei Einhalt zu gebieten, worauf mir die beiden die Köpfe zudrehten. Sie sahen aus wie zwei melancholische Porzellanlöwen. Betty fragte leise und ängstlich:

»Sind Sie denn nicht stolz auf uns?«

»Oh doch, mein Kind, sehr stolz, ein bisschen zu stolz. Wann sind Sie alle aus dem großen Schlaf erwacht?«

»Am Montagabend um neun. Wir sind alle zur gleichen Zeit aufgewacht.«

»So so. Sie hatten also von Dienstag bis jetzt Zeit für das Training und haben es geschafft, sich in diesen drei lausigen, doch sicher auch noch recht schlaftrunkenen Tagen um 15 Sekunden zu verbessern – absolut fabulös, meine Liebe, in der Tat!«

Betty sah mich verwirrt an:

»Aber dafür schlafen wir doch schließlich hier in Cambridge so lang. Wir lernen im Schlaf, das weiß doch jeder! Ich meine, entschuldigen Sie, Ma'am …«

»Schon gut, Betty, lassen wir's. Und Sie? Was ist mit Ihnen, Enderby?«

»Mit mir, Ma'am? Was sollte mit mir sein?«

Er erhob sich, stellte sich kerzengerade vor mir auf, abwechselnd glitzerten mich seine türkisfarbenen Augen spöttisch an und glitten zuckend von meinem Blick hinab. Gelangweilt laut ausatmend fasste ich ihm wieder einmal an sein engelweiches schwarzes Revers:

»Ein wirklich feines Stöffchen, Enderby. Habe ich Ihnen das schon gesagt?«

»Ja, Ma'am, Sie erwähnten es bereits.«

Er blickte jetzt starr an mir vorbei wie ein Unteroffizier an seinem Vorgesetzten. Ich fummelte weiter an seinem Kragen herum.

»Ein außergewöhnlich schöner Faden. Dies ist ein anderer Anzug, nicht wahr, er ist noch etwas schmaler geschnitten als der, den Sie sonst tragen.«

»Ja, Ma'am. Mein Vater hat ihn mir gestern aus Rom schicken lassen.«

»Sehr hübsch, aber sagen Sie, kann es sein, dass sich bei diesem Stoff der eine oder andere weiße Faden in das schwarze Schaf verirrt hat?«

Enderby atmete scharf ein, blitzte mich kurz wütend an, um dann leise zu antworten:

»Das glaube ich kaum, Ma'am, einen solchen Fehler würde niemand, weder der australische Schäfer, noch der italienische Schneider, noch mein Vater, noch ich selbst dulden. Eine ganze Kette des Anstands hängt an diesem Faden.«

»Mhm, ja, selbstverständlich. Dann schien es mir wohl nur so, das trübe Februarlicht und so weiter. Sagen Sie, Enderby, die ganzen dreieinhalb Monate durchgeschlafen?«

»Ja, Ma'am, selbstverständlich.«

»Auch darin irren Sie sich bestimmt nicht?«

Er machte große erstaunte Augen:

»Nun, Ma'am, wie sagt Wittgenstein: *Wenn einer glaubt, vor wenigen Tagen von Amerika nach England geflogen zu sein, so glaube ich, dass er sich darin nicht irren kann. Ebenso, wenn einer sagt, er sitze jetzt am Tisch und schreibe.* Gilt dies nicht auch, wenn einer sagt, er habe die letzten dreieinhalb Monate geschlafen?«

»Hm, ja, ja, Sie können sich nicht *irren* darin, gewiss, aber das heißt selbstverständlich noch nicht, dass es auch so war, nicht wahr? Vielleicht doch zwischendurch mal wach geworden und ein bisschen durch die Gebäude spaziert? In das ein oder andere Zimmerchen hineingeschnuppert?«

»Gewiss nicht, Ma'am. Soweit ich weiß, schlafwandle ich nicht.«

»Na schön. Lassen wir das.«

Ich klopfte ihm müde auf die Schulter, und plötzlich fiel das maliziöse Lächeln aus seinem Gesicht. Er sah mich neugierig an:

»Sie brauchen unsere Hilfe, Ma'am? Ist es das?«

Ich zuckte schnaufend die Achseln:

»Ja, Enderby, ich fürchte, ich habe keine Wahl. Ja, ich brauche Ihre Hilfe.«

Ich schaute erschöpft in ihre erwartungsvollen Gesichter, die im Halbkreis vor mir schwebten. Nur Schulze und Schultze standen noch mit dem Rücken zu mir an der Zielgeraden, als wollten sie gewappnet sein, falls das philosophische Rennen gleich in die nächste Runde gehen würde. Erst als ich auf den Fingern pfiff, drehten sie sich verwundert um und stellten sich dann zu uns. Wie sie da, gerader als alle anderen, am Rand standen, ein einziges aufreizendes Ärgernis, überkam mich, vielleicht nur aus Müdigkeit, ein leichtes, aber deshalb nicht weniger gefährliches Mitleid mit ihnen. Um es zu verbergen, fragte ich sie bösartig freundlich:

»Sagen Sie, Schulze und Schultze, ihr dritter Mann ist anscheinend immer noch nicht aufgetaucht?«

Schulze räusperte sich betreten:

»Nein, Ma'am. Leider nicht.«

»Ist er noch immer in der Jugendherberge in Dover? Kuriert seit vier Monaten eine Seekrankheit aus, die ihn auf der übergroßen Überfahrt von Calais nach Dover niedergestreckt hat? Hat ihn schwer erwischt, den armen Hund, wie?«

»Ja, Ma'am.«

»Wie bitte? Sie sprechen zu leise, Schulze, ich kann Sie kaum verstehen.«

»Ich, sagte, ja, Ma'am. Hat ihn schwer erwischt, in der Tat, allerdings hat sich sein Zustand nun eher in eine Seekrankheit an Land verwandelt. Was seine Lage in gewisser Weise noch heikler macht.«

Er wich dem Blick auf meine gehobenen Augenbrauen aus und sah mit gesenktem Kopf hilfesuchend zur Seite auf Schultzes Sakkoknöpfe, der nun das Kinn reckte und weitaus sicherer als sein Kollege sprach:

»Ja, Ma'am, hier ist die Sache: Dummerweise hat sich unser dritter Mann anscheinend verliebt und weigert sich daher momentan, zu uns aufzuschließen. Das ist misslich, keine Frage, aber wir sind dennoch zuversichtlich, dass es sich lediglich um eine kurzfristige Verirrung handelt.«

»Hm, misslich, in der Tat. Sie sind sich selbstverständlich im Klaren darüber, dass der Ausfall des dritten Mannes Ihr gesamtes Forschungsprojekt gefährdet? Dass sie zu zweit keinerlei Handlungslegitimation besitzen, geschweige denn Mittel zur Verfügung gestellt bekommen?«

»Ja, Ma'am, das ist uns überaus bewusst, und wir werden alles, notfalls *alles* tun, um ihn zur Vernunft zu bringen. Zumal sexuelle Interaktionen im Allgemeinen, aber auch affektive Selbstverpflichtungen im Besonderen tatsächlich ja keineswegs eine Gefährdung von Arbeitsabläufen darstellen müssen, sondern im Gegenteil transgressive Wissensformen bereithalten, die sich wiederum …«

»Aber das ist doch nicht wahr!«, auf St. Claires Wangen hatten sich zwei kreisrunde rote Flecken gebildet, »wer liebt, schiebt seine Arbeit auf!«

Betty strich ihm mitleidig grinsend übers Haar:

»Und woher willst du das wissen, mein Kleiner?«

»Daher, woher ich alles weiß – aus den Büchern, woher sonst?«

Das schien allen einzuleuchten, sie nickten stumm, selbst Schulze und Schultze wackelten mit den Köpfen und murmelten, dass man diesen Einwand berücksichtigen müsse, bis Watson, der sich eine Weile nachdenklich den Bart gestreichelt hatte, schließlich Designerbrille und Palästinensertuch zurechtrückte und mit fester Stimme sprach:

»Nein, Unsinn, St. Claire. Oder sagen wir so, du hast zwar Recht mit dem Aufschub, aber der Aufschub ist schließlich längst kein Gegensatz mehr zu den Pflichten der Gegenwart, sondern in sie integrierbar und deshalb haben wir hier überhaupt kein Problem.«

Die anderen staunten ihn anerkennend an, er strahlte und fuhr dann mit gesenktem Kopf in prahlerischer Bescheidenheit fort:

»Na ja, vielleicht ist das noch nicht ganz durchdacht, ich müsste mich mal länger mit diesen Fragen …«

»Wie auch immer, Watson«, unterbrach ich ihn gereizt, »schieben wir die ontologischen Fragen nach der spezifischen Seekrankheit des abwesenden dritten Mannes noch etwas auf, wir haben Wichtigeres zu tun. Also, wie ich bereits sagte, ich brauche Ihre Hilfe, Ihrer aller Hilfe. Enderby, sagten Sie nicht immer, Sie würden sich gern mit Manzanillas *Kryptychon* beschäftigen?«

»Ja, Ma'am, das sagte ich.«

»Nun, ihr Wunsch geht in Erfüllung, wenn auch, wie Wünsche das so an sich haben, freilich nicht ganz so, wie Sie sich das vorgestellt haben …«

»Wir sollen Ihnen helfen, die gestohlenen Manuskripte wiederzufinden?«

Betty hatte es ganz ruhig gefragt, und niemand außer mir schien überrascht:

»Woher wissen …?«

»Die Spatzen pfeifen es von den Dächern, Ma'am. Wir waren bisher nur nicht sicher, ob es stimmt.«

»Ja, es stimmt leider.«

Ich hatte etwas zu kleinlaut geantwortet und damit Enderbys Spottlust aufgerufen:

»Wir sind zu jung, um Manzanilla zu studieren, aber um Ihnen zu helfen, ihn wiederzufinden, sind wir wohl nicht zu jung?«

»Sehen Sie, mein lieber Enderby, alt werden ist nichts für Memmen. Das können Sie noch nicht wissen, aber Sie sind verdammt noch mal alt genug, um zu wissen, dass man, um etwas zu finden, nie zu jung sein kann, um zu verstehen, was man da gefunden hat, schon. Aber ich fürchte, ich muss mich setzen.«

Und dann wankte ich über den Hof, gestützt vom sichtlich erschrockenen Enderby, bis ich schwindelnd auf dem bösen Brunnenrand saß und mich nicht mehr im Geringsten fürchtete. Die Tage der Angst schienen auf einmal wenn auch noch nicht gezählt, so doch zählbar. Dumpf wandte ich mich um und starrte in den Brunnenschlund hinab. Er war weder so tief, wie ich geglaubt hatte, noch so flach, wie Orville behauptet hatte. Es war kein Wasser drin, daher keine Spiegelungen, aber es gab auch keine Moosränder an den Steinen und keine blinkenden Münzen auf seinem Grund. Das Geschnatter der Kinder hörte ich lange nur wie durch Watte, bis Watsons Stimme wieder durchdrang:

»Es ist doch am besten, wir teilen uns auf und durchsuchen jeweils zu zweit systematisch ein Gebäude und verhören, also befragen dabei alle Leute, denen wir begegnen.«

»Nein, das gefällt mir gar nicht«, St. Claire schüttelte nicht nur den Kopf, sondern seinen ganzen Körper, »ich will, dass wir alle zusammenbleiben.«

»Sei nicht dämlich, St. Claire«, rief Betty, »eine solche Verschwendung von Zeit und …«

»Wir machen es, wie St. Claire sagt«, unterbrach ich sie hastig, »wir müssen zusammen bleiben. Denn wie ihr doch gelernt haben müsstet: Die Sprache ist ein Labyrinth von Wegen. Du kommst von *einer* Seite und kennst dich aus; du kommst von einer andern zur selben Stelle, und kennst dich nicht mehr aus. Um uns nicht zu verlieren, werden wir uns alle zusammen in dieses Labyrinth begeben und nach dem Manzanilla suchen. Denn die Sprache hat für alle die gleichen Fallen bereit; das ungeheure Netz gut gangbarer Irrwege. Also keine Widerrede!«

Schulze und Schultze nickten begeistert, und die übrigen fügten sich nach einem kurzen ehrenrettenden Gegrummel, so dass wir kurz darauf, angeführt von Watson, der uns über seinen Computer in die direkt vor uns liegenden Gebäude navigierte, schweigend hintereinander durch Cambridge marschierten.

Weil Watson uns aus der Vogelperspektive seiner Bildschirmlandkarten durch die Colleges führte und dabei anscheinend die Dachansichten mit den falschen Gebäudefüßen verband, kannten wir uns tatsächlich plötzlich auf den vertrauten Wegen nicht mehr aus. Treppauf, treppab liefen wir stumm ergeben hinter Watson durch dunkle Hausflure und drückten dabei in stumpfsinniger Gewissenhaftigkeit jede sich bietende Türklinke nieder. Fast alle Zimmer waren verschlossen, aber wenn eines offen war, durchsuchten wir es ohne Vorwarnung, befragten den verschreckten Bewohner nach seinem Alibi für die dreieinhalb Schlafmonate währende Tatnacht und erhielten dabei freilich immer dieselbe Antwort. Erst als wir den Aufgang B von Great Court, in dem wir unsere Suche gestartet hatten, ohne es zu merken durch den Hintereingang ein zweites Mal betraten und von einem wütenden Bewohner, der gerade erst wieder etwas Ordnung gebracht hatte in sein daunenstöberndes Zimmer, das nach unserem Besuch so hübsch heimelig wie ein geschüttelter Briefbeschwerer ausgesehen hatte, unter Androhung von Prügeln verjagt wurden, begriffen wir, dass wir uns lediglich im Kreis um Great Court herumbewegt hatten. Wieder im Hof vor dem Speisesaal angelangt, blickten wir peinlich berührt aneinander vorbei und Betty stöhnte höhnisch:

»Wie schwer fällt mir zu sehen, was *vor meinen Augen liegt*!«

Watson fummelte nervös an seinem Computer herum, um dann umso entschiedener seine Führung zu verteidigen:

»Der Weg scheint etwas sonderbar, ja, aber da ich die Modalitäten unserer Suche genau eingegeben habe, wird mir das Programm schon die richtige Route gegeben haben. Ich kann zwar daraus noch keine Regel ablesen, geschweige denn analysieren, aber langsam werden wir sie schon verstehen, glaube ich …«

»Ihr Weg ist schon in Ordnung, Watson«, ich klopfte ihm auf die Schulter, er nickte zufrieden, »führen Sie uns weiter, wir brauchen eben etwas Geduld. Außerdem glaube ich nicht, dass wir die Regel dieses Suchspiels nicht verstehen.«

Watson sah mich zweifelnd an:

»Meinen Sie damit, dass die Regel darin besteht, unseren Weg so, äh, dämlich wie möglich zu wählen?«

»Ja, so in etwa und auch wieder nicht. Gehen wir weiter, wir folgen der Regel, und das heißt, dass wir nicht wählen. Wir folgen der Regel *blind*. Aber zugleich besteht das Spiel ja darin, die Regel erst zu erfinden, und zwar während wir ihr bereits folgen. Es könnte sogar sein, dass wir die Regel schon abändern, indem wir uns ihr gemäß bewegen. In der zielsicher schlafwandlerischen Harmonie von Kenntnis und Unkenntnis, Befolgen und Brechen der Regeln liegt immer der richtige Weg.«

Enderby schien wenig überzeugt. Er schwankte mit dem Kopf wie eine Boje bei Seegang und räusperte sich elegisch, bevor er sprach:

»Aber, entschuldigen Sie, Ma'am, nichts gegen Watsons, äh, unorthodoxe Führung, aber sollten wir nicht vernünftigerweise von den Tatsachen ausgehen, also den Gegebenheiten des Ortes und des Diebstahls, und von diesen Tatsachen aus eine Regel ableiten, nach der wir unsere Suche weitaus effektiver, weil systematischer …«

»Als ob du von diesen Tatsachen eine Regel ablesen könntest wie Gradzahlen von einem Thermometer«, rief Watson gekränkt, »wenn da irgendwo stünde, was wir tun sollen, würde ich es wohl auch sehen, oder nicht?«

»Das stimmt«, kam ihm Betty unerwarteterweise zu Hilfe, »wir wissen, was wir suchen, wir kennen die Tatsachen und können sie trotzdem nicht lesen wie die Zeitung. Also muss unser Weg seine eigenen Regeln haben, wir müssen den Tatsachen einfach weiter folgen, ohne zu wissen, ob wir es wirklich tun.«

Enderby schüttelte noch unwirscher den Kopf:

»Ich wollte keineswegs behaupten, dass sich von den Tatsachen unser Weg regelrecht ablesen ließe. Aber das kann doch nicht bedeuten, dass wir vollkommen orientierungslos durch das verdammte College laufen sollten.«

»Wir sind nicht orientierungslos! Wir werden unseren Weg schon machen. Du bist vielleicht nur zu ängstlich, um der Regel zu vertrauen, blind zu vertrauen, gerade um dann vielleicht auch von ihr abweichen zu können, um sie zu brechen.«

»Ach Betty, du hast doch selber Angst! Wer Regeln bricht, ohne sie zu kennen, bricht sie auch gar nicht, jedenfalls nicht im guten Sinn. Wer blind ist, weicht genauso wenig vom vorgezeichneten Weg ab wie derjenige …«

»Hört auf zu streiten!« St. Claire hielt sich jammernd die Ohren zu. Als die anderen betreten schwiegen, fuhr er laut und klar fort:

»Sehen wir es ein: Wir kennen uns nicht aus. Niemand von uns hat im Moment etwas Sinnvolles mitzuteilen. Wir sehen nur, wie sehr wir geneigt sind, etwas zu sagen, was keine Mitteilung ist. Können wir jetzt bitte weitergehen?«

Er sah mich fragend an, und die anderen folgten seinem Blick. Ich zuckte kurz die Achseln, raffte mich dann zu einem entschlossenen Nicken auf:

»Ja, gehen wir weiter. Was auch sonst? Oder haben Sie einen anderen Vorschlag, Enderby?«

Er überlegte eine Weile und sagte dann leise, aber deutlich:

»Nein, Ma'am, habe ich nicht.«

»Irgendjemand sonst?«

Ich ließ sie eine Weile schweigend zu Boden oder in die Luft starren, zählte im Kopf zehnmal bis zehn und rief dann:

»Watson, übernehmen Sie wieder!«

»Ich bin nicht sicher, ob ich weitermachen kann …«

»Sie müssen, Watson, Sie müssen! Schreien Sie, fluchen Sie, aber machen Sie weiter.«

»Ja, Ma'am.«

Eine Stunde später liefen wir noch immer durch die Gebäude rund um Great Court. Alle Türen waren nun verschlossen, und müde und hungrig taumelten wir hinter Watson her, der uns gerade eine steile Treppe hinabführte, die, wie mir schien, in das Kellergewölbe unter der Hall führte, als wir von irgendwoher klirrendes Lachen und hämisches Gejohle hörten, das an den Kellerwänden entlang huschte und sich emsig vervielfältigte. Watson sah irritiert von seinem Bildschirm auf, folgte mit den Augen den aufdringlich lockenden Geräuschen und lief ihnen dann bis zu einer vermoderten Eichentür am Ende eines fackelbeleuchteten Gangs hinterher. Vorsichtig öffnete er die Tür einen Spalt weit, und wir drängten uns schielend und ängstlich schnuppernd um ihn, um einen Blick in die Unterwelt zu erhaschen. Aber enttäuscht stellten wir fest, dass wir gar nicht im Keller unter der Hall, sondern über eine Hintertreppe direkt in ihr gelandet waren. Wir standen hinter einer ihrer anscheinend selten benutzten Seitentüren und spähten in den Speisesaal, der mit lärmenden Studentinnen und Studenten überfüllt war. Erfreulicherweise saßen sie alle ordnungsgemäß in ihren Talaren an den langen Tischen.

Der nur mit Kerzen erleuchtete Saal schien mir noch düsterer als sonst. Auf dem High Table saßen sonderbarerweise keine Professoren oder Fellows, sondern ebenfalls Studenten, die zwar anständig in Talaren gekleidet waren, aber auf ihren Köpfen alberne rot blinkende Teufelshörner aus Plastik trugen. Die Studenten am Hohen Tisch erhoben sich nun von ihren Plätzen, woraufhin alle im Saal ebenfalls aufstanden. Der

Student in der Mitte des Hohen Tischs, der anscheinend den Vorsitz über dieses Mittagessen führte, hob sein Glas und warf etwas Blinkendes hinein. Die Kinder unten im Saal taten es ihm gleich, und nun sah ich in den Gläsern der Studenten, die mit dem Rücken zu uns direkt vor uns standen, dass es Geldmünzen waren. Der Vorsitzende reckte sein Glas noch weiter nach vorne und nach oben, als wolle er seinen Arm weiter dehnen als die ehrgeizigste Primaballerina und brüllte dann:

»Gott rette die Königin!«

Kaum gebrüllt, kamen seine Worte hundertfach verstärkt aus dem Saal zu ihm zurückgesprungen und dann versuchten alle prustend, so schnell wie möglich zu trinken, ohne dabei das Geldstück zu verschlucken. Verwirrt schaute ich zu Enderby hinüber, der mir flüsternd erklärte:

»Sie müssen Queen Elizabeth auf der Münze vor dem Ertrinken retten und deshalb den Schnaps so schnell wie möglich runterkippen. Wer der letzte ist, hat verloren.«

Ich nickte anerkennend und wisperte dann wissend:

»Das ist kein normales Mittagessen.«

Enderby sah mich mitleidig an:

»Nein, Ma'am. Das ist eine Einführungsveranstaltung für die Füchse, also die Frischlinge.«

»Selbstverständlich.«

»Wir haben das alles eigentlich, zum Glück, schon hinter uns.«

»Psst«, zischte Watson, »Die hören uns sonst noch und dann wird's ungemütlich.«

Unterdessen war der Verlierer ermittelt worden, der genüsslich jammerte:

»O jemine! Ich habe meine Münze verloren! Sie ist mir wieder hineingeplumpst, und das Glas war noch halb voll, o je!«

»In den Brunnen! In den Brunnen!«, rief die erheiterte Menge, und auf einen Fingerzeig des Vorsitzenden hin wurde er von drei Studenten unter dem Beifall der Kinder aus dem Saal geschleift. Er protestierte dabei lachend:

»Halt! Sollte ich nicht erst den Stock bekommen? Oder wenigstens die Peitsche?«

»In den Brunnen! In den Brunnen!«

Als sich die Türen hinter dem Quartett schlossen und die Kinder sich wieder auf ihre Plätze setzten, ergriff der Vorsitzende das Wort:

»Wir fahren einstweilen fort. Die Stunde der Wahrheit hat geschlagen, wir kommen nun zur großen Beichte.«

Ein begeistertes Raunen ging durch den Saal, der Vorsitzende hielt mit der einen Hand einen Champagnerkübel in die Luft und mit der anderen dämpfte er die plötzlich juchzende Menge:

»Danke, danke! Lasst mich fortfahren, Freunde! Wie ihr wisst, finden sich in diesem Kübel auf kleinen, lieben Papierkügelchen eure geheimsten Wünsche, niedergeschrieben von den Kommilitonen eures Vertrauens. Ich werde nun Zettel um Zettel entfalten und vorlesen, und wenn ihr euer Geheimnis hört, werdet ihr selbst euch vor uns allen zu erkennen geben. Und glaubt nicht, ihr könntet mogeln und schweigen, denn auf der Rückseite des Papiers steht ohnehin, um wen es sich handelt, und die Bloßstellung ist hundertmal peinlicher als der Mut zur Wahrheit.«

Das schaudernde Juchzen hüpfte wieder durch die Menge, während der Vorsitzende seine Hand genüsslich durch die Papierkugeln fahren ließ wie durch weiches Wasser und dann in spielerischer Langsamkeit eine herausnahm und entfaltete. Als er sich dann, den Zettel weit von sich haltend und ihn noch immer glattstreichend, räusperte, herrschte völlige Stille, so dass St. Claires unentwegtes leises Summen uns beinahe verraten hätte, wenn nicht Betty ihn mit einem leichten Stoß in die Rippen zum Verstummen gebracht hätte. Endlich las der Vorsitzende in singendem Tonfall:

»Ich möchte so gern einmal vom alten Dekan in einem Schweinestall von hinten gefickt werden und die anderen Professoren sollen mir dabei auf den Kopf pissen.«

Das Publikum klatschte wohlwollend, und nachdem der Vorsitzende mit augenrollender Strenge nach dem Eigentümer dieses Wunsches gefragt hatte, erhob sich unter fußetrampelndem und pfeifendem Beifall ein dunkelhaariges Mädchen mit Zahnspange und an den Ohren zu Schnecken gebundenen Zöpfen. Sie machte einen kleinen Knicks und schlug dabei kokett die Augen nieder, um dann strahlend in die Menge zu rufen:

»Ja, ich gestehe, das ist mein Wunsch. Ich bin die Charlotte und studiere im ersten Jahr Ökonomie. Ich danke euch!«

»In den Stall, in den Stall!«

Das Mädchen wurde ebenfalls von drei Studenten aus dem Saal getragen, warf dabei Kusshände in alle Richtungen, aber der Applaus des Publikums klang nun etwas angestrengt, wie es schien, wurde es langsam von einer ersten Erschöpfung heimgesucht. Bevor der Beifall ganz in sich zusammensinken konnte, schickte der Vorsitzende eine neue Welle seiner Kraft in den Saal hinunter:

»Ja, danke, ihr seid großartig! Wir danken Charlotte und vor allem auch ihrer Freundin Lizzy, die uns Charlottes Geheimnis übermittelt hat. Bevor wir mit dem nächsten Geständnis fortfahren, wartet aber ein ganz besonders poetisches Intermezzo unserer diesjährigen Abschlussstudenten auf euch. Begrüßt bitte recht herzlich unsere Meister der Künste!«

Während unter müdem Klatschen eine Gruppe von etwas älteren Talaren in Zweierreihen in den Saal einzog, bemerkte ich, dass Schulze und Schultze das Ganze mit ihren Mobiltelefonen filmten. Als ich sie fragend ansah, wisperte Schulze achselzuckend:

»Eine recht verkommene Komödie alles in allem. Aber wir müssen schließlich alle elitären Praxen erfassen. Ich schicke das Material direkt nach Konstanz, von wo aus es nach Berlin, Hamburg und München weitergeleitet wird. Besonders die korporative Idee, die Anfängerfeierlichkeiten aus Motivationsgründen mit denen der Absolventen zu verbinden, macht auf unsere Leuten sicher einen exzellenten Eindruck.«

Ich nickte dumpf und wandte den Kopf dann schnell wieder der Bühne auf dem Hohen Tisch zu, von wo die Absolventen nun den Anfängern, die sich der Reihe nach unter dem Podest anstellten, um ihre Taufe zu erhalten, auf die Köpfe herabpissten, bis am Ende dieser einschläfernden Prozedur einer der Absolventen noch einmal nach vorn trat, der Menge sein Glas entgegenhob und in melancholisch heiterem Ton deklamierte:

»Nun tretet ihr mit frohem Mut
Ins Land des Glücks hinüber
Und schwingt im Sonnenstrahl den Hut
S'wacht kein Magister drüber.
Die Heft und Bücher sind verbrannt
Die Weisheit überwunden
Die euch an eitlen Formentand
Den jungen Sinn gebunden.«

Dann verneigte er sich, wischte sich unter dem wieder brav lärmenden Beifall lachend ein paar Tränen von den Backen und setzte sein Glas an seinen fischartig geöffneten Mund. Gebannt starrte ich auf die im Kerzenschein leuchtende Flüssigkeit, die in dem Glas vor seinem Gesicht vor- und zurückschwappte, bis Enderby mich am Ärmel von der Tür wegzog und Betty sie leise hinter uns schloss.

Erst jetzt fiel mir auf, dass ich als einzige noch in den Saal gestarrt hatte, selbst Schulze und Schultze hatten ihre Telefone eingepackt und wandten sich hinter Watson, der seinen Computer entmutigt unterm Arm trug, zum Gehen. St. Claire wartete anscheinend schon eine ganze Weile mit seiner Stoffschildkröte an der Wange auf dem Treppenabsatz auf uns. Als wir alle wieder im Hof standen, einer blässer als der andere, beobachteten wir stumm, wie der Hausmeister den Verlierer des ersten Trinkens aus dem Brunnen zu holen versuchte, der sich aber gegen seine Rettung zu wehren schien. Schlotternd wandte ich mich ab und blickte in die vorwurfsvollen Gesichter der Kinder. St. Claire fragte mich enttäuscht:

»Sollten Sie uns nicht zum Guten führen, Ma'am?«

»Man kann die Menschen nicht zum Guten führen; man kann sie nur irgendwohin führen. Das Gute liegt außerhalb des Tatsachenraums.«

»Das mag wahr sein. Aber wenn es wahr ist, ausnahmslos wahr, dann können wir auch Ihnen nicht mehr helfen.«

Seine Unterlippe zitterte, und Watson nahm tröstend seine Hand. Betty sagte leise:

»Gehen wir. Wir sehen uns am Dienstag zum Unterricht oder zum philosophischen Rennen oder wozu auch immer, aber die Schriften Manzanillas werden Sie mit uns nicht mehr finden, und das heißt wahrscheinlich, dass Sie sie gar nicht mehr wiederfinden werden.«

Sie drehten sich um, liefen mit hängenden Köpfen davon, und es dauerte eine Weile, bis ich zu meiner begütigend bittenden Armbewegung die Tonspur finden konnte:

»Wartet! Es tut mir leid! Ich wünschte ja auch, es wäre anders – nun wartet doch! Bleibt gefälligst stehen, verdammte Saubande!«

Aber sie ließen sich nicht beirren und schon waren sie durch das Tor verschwunden.

Mit hängenden Talarflügeln stand ich eine Weile fröstelnd herum, starrte noch immer auf das abweisend leere Tor und fluchte weiter leise durch die Zähne. Als ich einsehen musste, dass sie wohl nicht zurückkommen würden, drehte ich mich achselzuckend um und wollte schon zu Higgins hinübergehen, in der Hoffnung, dass er mich trotz meiner unverzeihlichen Verspätung bewirten oder mich wenigstens an seinem Kamin sitzen lassen würde, als mir die Bibliothekarin mit triumphierendem Lächeln in den Weg trat:

»Ah, da hab ich ja Glück, Sie gerade noch zu erwischen, meine Liebe!«

»Oh hallo, Dr. Suckleston! Ich wollte gerade zu Master Higgins zum Essen hinüber, ich bin furchtbar spät dran, wenn Sie mich bitte entschuldigen …«

»Nein, er erwartet Sie heute nicht, Sie kommen direkt mit mir rüber in die Bibliothek, ich habe Ihnen an Ihrem Arbeitsplatz ein paar Sandwiches richten lassen, also kommen Sie, Liebes!«

Sie hakte mich fest unter, hielt mich dabei zusätzlich mit ihrer freien Hand am Oberarm fest, und mit mühsam unterdrücktem Heulen ließ ich mich wieder in die neonzirpende Kammer im Untergeschoss der Wren Library schleifen und an den Resopalschreibtisch vor die traurige alte Computerrobbe drücken. Ich zog meine Füße vom eiskalten Fußboden auf den Drehkreuzfuß des Stuhls hoch, während Dr. Suckleston ununterbrochen gurrend den Rechner anwarf, ungeduldig mit der Pumpsspitze auf den Boden tippte, zwischendurch seufzend mit dem Hintern wackelte, mir übers Haar strich und dann einen Teller mit Sandwiches unter die Nase hielt, die ich unbesehen in mich hineinstopfte und mit meinen Tränen nachsalzte.

»Gott, wie lange diese Kiste braucht – na also, geht doch, da wären wir ja endlich. So, wenn Sie Ihre Emails beantwortet haben, machen Sie sich an Ihren Vortrag. Da, neben der Tastatur liegt ein Brief von Professor Dunbar mit diesbezüglichen Anweisungen, und darunter liegen wiederum ein paar Bücher, die er Ihnen geschickt hat. So, viel Spaß, Liebes, und bis heute Abend!«

Ich nickte stumm, drehte mich dieses Mal gar nicht erst um, als die Eisentür ins Schloss klickte, sondern glotzte lieber apathisch auf den Bildschirm. Ich weiß nicht, wie lange ich so gesessen habe, ohne etwas zu sehen oder zu denken, hier unten vergingen die Tage unbemerkt, und ich hatte keine Kraft, auf die Uhr zu sehen. Als mir irgendwann die Augen zufielen, sah ich im Nachbild die Wände des Raums langsam auf mich zukommen, und da fiel mir auf, dass diese Kammer die gleichen Maße hatte wie die tief unter den Wäldern, in der ich die Manzanilla-Kiste gefunden hatte und in der ich auf den König hätte warten sollen. In der Ferne sah ich wieder die Bienenkorbfrau und hörte, wie sie mir sanft hinterrief *Woher weißt du, dass er nicht versucht, dich zurückzuhalten?*

Ich schüttelte mir schaudernd, mit hochgezogenen Schultern und rausgestreckter Zunge, die herabhängenden Hände aus, als wären sie verdreckte Gummihandschuhe. Dann straffte ich mich, setzte mich ordentlich an den Schreibtisch und wandte mich, nun hellwach, meinen Emails zu. Diesmal, so beschloss ich, würde ich sie gar nicht erst lesen, sondern sofort löschen. Als einziges Zugeständnis wollte ich sie immerhin anständig Nachricht für Nachricht einzeln tilgen. Aber als ich mich tapfer zur hundertsten Post durchgelöscht hatte, leuchtete mir Agnès' Name entgegen, und gegen meine Willen begann ich ihren Brief zu lesen:

»Liebe Kollegin,

ich hoffe, Sie sind wohlbehalten aus dem großen Schlaf erwacht, den man ja grässlicherweise in Cambridge zu absolvieren hat. Und kaum sind Sie wieder unter den Lebenden, muss ich Sie bereits wieder schelten, liebe Freundin, verzeihen Sie mir, aber das war sehr dumm von Ihnen, mir den Manzanilla nicht zu schicken, sehr dumm! Nun sehen Sie, was geschehen ist! Ich will nicht weiter darauf herumreiten, weiß ich doch, dass ich Ihrem Unglück nicht noch weiteres hinzufügen darf durch meine sinnlosen Vorwürfe. All das bringt uns die gestohlenen Bücher schließlich nicht zurück, aber, verzeihen Sie mir, einmal gesagt werden musste es doch! Wir wollen uns nun trösten mit einem winzigen Glück im Unglück: Ich habe durch den Cambridger Winterschlaf immerhin ein wenig Vorsprung vor meinen Gegnern gewonnen und Ihre Sache bereits weit vorantreiben können. Natürlich wissen wir aber auch nur zu gut, dass unter Umständen noch nicht einmal dieses kleine Glück existiert, *nichts Richtiges im Falschen* – kleiner Scherz! Das schwarze Schaf war die ganze Zeit über wach und ist mir vielleicht schon auf den Fersen. Wie auch immer, meine Forschung in Ihrer Sache macht riesige Fortschritte, ich arbeite Tag und Nacht an Ihrer Geschichte, und auch die nötigen Gelder lassen sich, wie es scheint, zusammenbringen – Gottlob frisst einem immer eine Reihe älterer Herren aus der Hand, nicht wahr? –, und so werde ich bald mit Siebenmeilenstiefeln nach Cambridge zurückkehren und Manzanillas Worte und mit diesen die Ihren vor den englischen Blutsaugern retten! Gerade in diesem Moment sehe ich klar vor mir, wie Ihre Worte aus der hilflosen Quelle aufsteigen, sich mit Luft füllen und sich über dem Wasser schwebend verdoppeln. Also, courage, meine Liebe!

Nun hoffentlich wirklich auf sehr bald, Ihre Agnès.

P.S.: Ich bitte Sie noch einmal dringend, sich von Orville fernzuhalten, er ist nun wirklich der denkbar unpassendste Begleiter für Sie. Was auch immer er von Ihnen will, es kann ihm kaum um Sie gehen – ich denke, im Grunde Ihres Herzens wissen Sie das auch.«

Dieses Mal versuchte ich nicht mehr, Agnès zurückzuschreiben, ich versuchte noch nicht einmal mehr zu verstehen, was ich alles nicht verstand, sondern löschte ihre Nachricht mit dem mulmigen Gefühl, einen großen, aber unvermeidbaren Fehler zu begehen. Dann löschte ich schnell auch noch alle anderen Nachrichten, jetzt doch alle auf einmal, schaltete aufatmend den Computer aus und nahm Professor Dunbars Brief vom Schreibtisch. Statt ihn direkt zu öffnen, pfiff ich in schlecht gespielter Selbstvergessenheit irgendein Liedchen vor mich hin, schlug dabei mit der Längsnaht des Briefs den Takt auf die Schreibtischkante und blickte schwachsinnig über den Bildschirm hinweg in die Leere der Betonwand. Endlich kapitulierte ich und riss den Brief auf:

»Liebe Kollegin,

ich möchte Ihnen noch einmal herzlich dazu gratulieren, dass Ihnen die große Ehre zuteil wird, den Eröffnungsvortrag der Bill-Gates-Lectures zu halten, und Ihnen zugleich mitteilen, wie sehr ich mich auf Ihren gewiss fulminanten, luziden und alluvialen Vortrag freue. Ich wünsche Ihnen viel Kraft und Mut für diese wunderbare, aber auch nicht eben leichte Aufgabe, denn Sie wissen ja: Mit großer Macht kommt auch große Verantwortung!

Sie werden es mir hoffentlich nicht übelnehmen, wenn ich alter Recke Ihnen ein paar kleine Tipps gebe: Achten Sie darauf, dass Ihr Vortrag ein mit der Fachliteratur abgeglichener, transparent aufgebauter Text wird. Sollten Sie unbedingt zu literarischen Einsprengseln greifen, achten Sie bitte darauf, dass diese sich stets von selbst erschließen, und denken Sie beim Schreiben immer daran, dem Leser so viele Regieanweisungen wie möglich zu geben. *Regieanweisung, Regieanweisung, Regieanweisung!* lautet die Devise, um größtmögliche Transparenzergebnisse zu erzielen. Ich hoffe, die beigelegten Bücher können Ihnen dabei eine kleine Orientierungshilfe geben. Aber nun lassen Sie mich aufhören zu predigen und Ihnen stattdessen alles Gute wünschen!

Also frisch ans Werk!

Ihr Professor Dunbar«.

Ich ließ den Brief zu Boden flattern, reckte den Hals und drehte den Kopf schräg, um den kleinen Bücherstapel am Rand des Schreibtischs in Augenschein zu nehmen, ohne ihn anfassen zu müssen. Der Titel des obersten Büchleins lautete *Was bedeutet das alles? Eine ganz kurze Einführung in die Philosophie*, und nach einem längeren verwirrten Blick auf die darunter liegenden Buchrückchen stellte ich fest, dass der Stapel lediglich aus zehn weiteren Exemplaren dieses Bändchens bestand. Ich wollte sie gerade alle in den Papierkorb neben dem Schreibtisch schieben und hatte dazu bereits meinen Ärmel über meine Hand gestülpt, als sich das neue Schloss geschmeidig drehte und Dr. Sucklestons duales System aus Absatzklacken und sirrender Stimme wieder erklang. Erleichtert atmete ich auf.

Was sie sagte, verstand ich kaum, und was ich verstand, vergaß ich auf der Stelle, aber ich nickte ihr unentwegt zu und sie schien damit zufrieden, zumindest entließ sie mich aus der Kammer, scheuchte mich die Treppe hoch vor sich her, sodass mir oben kaum Zeit blieb, in den Saal zu gucken und dem aufmunternd zwinkernden Totenkopf hinter Lord Byron zuzuwinken, da hatte sie mich schon durch eine der Hintertüren der Bibliothek in die Dunkelheit geschubst.

Ich spähte in die Schwärze, in der dummen Hoffnung, auf dem Rasen von Nevile's Court könnte das weiße Leuchten von Orville in seinem Tennisanzug unter der purpurnen Kuppel seines Regenschirms erscheinen, aber der dunkle Nebelhimmel, der sich auf die Erde gelegt hatte, war undurchdringlich. Ich trat unter dem Schutz der Balustrade hervor in den Hof, blinzelte in den Nieselregen, zuckte dann trotzig die Achseln und rief:

»*Im Winterregen,*
und nicht einmal ein Hut aus Stroh –
nun denn, nun denn …«

Es kam keine Antwort. Eine Weile lauschte ich in die Nacht, aber es blieb still. Zum ersten Mal seit meiner Ankunft senkte sich vollkommene Mutlosigkeit über mich, und ich verstand plötzlich, dass Wittgenstein, als er einmal zu mir gesagt hatte *Der Abgrund der Hoffnungslosigkeit kann sich im Leben nicht zeigen*, dies keineswegs als Trost gemeint hatte. Nichts zu sehen, nichts zu machen, ich konnte also getrost einfach weiterlaufen, irgendwohin, und so trugen mich meine Beine über den Rasen von einer Ecke des Hofs in die nächste, in der gleichgültigen Hoffnung, durch ein offenes Tor, Türchen, irgendeinen Durchschlupf dem Mauerdickicht zu entkommen.

Mein Herz setzte aus, als sich in der Ecke zum New Court eine dunkle Gestalt aus dem Lorbeer herauslöste und langsam, mit leicht erhobenen Armen, die mir etwas Sackähnliches entgegenhielten, auf mich zukam. Mit angehaltenem Atem blieb ich stehen und ließ den Geist näherkommen. Ich schloss die Augen, endlich hatte ich ihn erkannt. Es war kein Sack, sondern ein Wollmantel, den Orville mir um die Schultern legte:

»Nicht einmal ein Mantel, nicht einmal ein Hut aus Stroh, ja. Aber siehst Du, Bashō hat eben auch gesagt:

Die Welt im Schnee. Lass uns
die schönste Aussicht suchen gehen,
bis wir taumeln, fallen.«

»Aber es gibt keinen Schnee in Cambridge, Orville, in ganz England gibt es keinen. Und deshalb ist es aussichtslos.«

»Dann müssen wir eben weg aus England.«

»Bist du mir nicht mehr böse?«

»Doch, aber nicht genug.«

Er lächelte endlich wieder und wir küssten uns, küssten uns, bis uns die Beine einschliefen und wir darüber lachen mussten. Dann liefen wir taumelnd aus den Höfen hinaus, aber als ich den Weg nach Whewell's Court einschlagen wollte, hielt Orville mich zaudernd zurück:

»Ich … ich glaube, ich will heut nacht lieber nicht zu mir.«

»Dann gehen wir eben zu mir.«

»Nein«, er schüttelte langsam den Kopf, »das geht noch weniger.«

»Warum denn nicht?«

Er zuckte gereizt die Achseln:

»Weiß nicht, nur so. Schau mich nicht schon wieder so sonderbar an! Ich möchte einfach lieber nicht nach Hause, das ist alles.«

»Na schön, wo willst du dann hin? In ein Hotel?«

»Ja, gehen wir ins Hotel!«, er strahlte erleichtert, »ja komm, wir gehen ins Regent Hotel. Ich war ewig nicht da. Ich hab dort gewohnt, bevor ich die Wohnung in Whewell's Court bekommen habe. Es wird dir gefallen. Ein schönes Haus, angenehme Leute – wie man so sagt.«

»Nein, sag das nicht, bitte!«

Panisch hielt ich mir die Ohren zu, bis Orville meine Hände runternahm, mich schüttelte und rief:

»Wieso nicht? Wieso denn nicht, zum Teufel? Sag es mir, wieso soll ich das nicht sagen?«

»Weil … weil, Paul hat mir das geschrieben von … von dort, wohin sie ihn gebracht haben: *Ein schönes Haus. Angenehme Leute.*«

»Wer hat ihn dort hingebracht?«

»Ich möchte lieber nicht darüber reden. Komm, gehen wir ins Regent. Mir ist eiskalt – obwohl der Mantel sehr warm ist, ich habe mich noch gar nicht dafür bedankt. Sehr warm ist er und auch sehr schön, ist es ein Harris Tweed?«

»Nein, ich habe ihn von meinem Londoner Schneider schicken lassen – wer hat Paul dort hingebracht? Nein, ich lass dich erst los, wenn du's mir gesagt hast. Wer?«

»Seine Mutter, nein, die Männer, die seine Mutter gerufen hat.«

»Und wohin haben Sie ihn gebracht?«

»Ins Haus des lieben Jesuskindes.«

Orville zog die Augenbrauen hoch, schwieg eine Weile und murmelte dann:

»Ich verstehe.«

»Nein, du verstehst gar nichts. Er hat mir von dort geschrieben«, ich holte Pauls Brief aus meiner Brustinnentasche, in fünfzehn Jahren war er zu hauchdünnem Pergament geworden, faltete ihn mit zitternden Händen aus und las:

»*Die Fenster in unseren Zimmern sind vergittert, damit wir beim Spiel nicht hinausfallen. Wenn wir heftig klagen, halten uns die Brüder des Jesuskindes oder seine Halbbrüder fest. Wenn wir herzzerbrechend sind, werden wir auch gebraust und gebadet.*«

Orville blickte nickend zu Boden und rieb sich eine kleine Ewigkeit mit der linken Hand über Stirn und Augen. Endlich straffte er sich wieder, sah mich eindringlich an und sagte fest:

»Wir wollen das alles vergessen. Es war nicht deine Schuld.«

»Woher willst du das wissen?«

»Weil ich es weiß.«

»Ich habe ihn im Stich gelassen. Das letzte, was Paul mir geschrieben hat, war: *Ich bin sehr unglücklich über das immergleiche Essen.* Aber ich bin trotzdem nicht zu ihm gegangen. Ich bin am Ahornwald entlang auf das Haus zugelaufen, durch den ekelhaften Farn am Wegesrand, bin dann in großen und langsam kleiner werdenden Kreisen um es herum geschlichen. Aber als ich näher kam, sah ich, dass rund um das Haus die böse Herbstzeitlose blühte. Da bin ich weggerannt und nie wieder gekommen. Und Paul ist da drin langsam gestorben, hat sich einfach aufgelöst oder die Brüder des Jesuskindes haben ihn aufgelöst oder auferlöst gen Himmel, obwohl ich immer vor mir sehe, wie er auf den Kopf fällt und ...«

»Ja, das wollen wir jetzt vergessen, hast du verstanden? Komm, gehen wir, es ist furchtbar kalt.«

Wir hielten uns fest umschlungen, liefen langsam und schweigend in Richtung Regent Street, die in der gleichen Richtung wie Whewell's

Court liegt. Plötzlich blieb Orville stehen und sagte in sonderbarer Heiterkeit:

»Wäre es nicht schön, wir könnten an den Handgelenken deiner linken und meiner rechten Hand unlösbar zusammengebunden sein und so aufs Schafott geführt werden?«

»Was redest du denn da?«

»Schau nicht so erschrocken, ich mach doch nur Spaß. Komm, gehen wir doch nach Hause zu mir!«

»Aber du wolltest doch nicht …«

»Ja, ich weiß, aber das war hasenfüßig. Man darf es nicht so weit kommen lassen, die eigene Wohnung zu meiden, so leicht darf man es ihnen nicht machen, nicht wahr?«

»Wem darf man es nicht so leicht machen?«

»Na, ihnen allen eben. Nun komm schon. Es ist alles wieder gut.«

Aber das war es nicht ganz. Die ganze Nacht hindurch zuckte Orville immer wieder nervös zusammen, fragte mich wispernd *Hörst du das auch?* und sprang dann, obwohl ich jedes Mal, nachdem wir gemeinsam eine Weile in die Dunkelheit gelauscht hatten, den Kopf geschüttelt hatte, aus dem Bett und spähte hinter Türen und Vorhänge. Wenn er dann zu mir zurückkam, wurden sein anfangs erleichtertes Lächeln mit jedem Mal gequälter und seine Umarmungen verzweifelter.

Als er mich am nächsten Morgen in aller Frühe weckte und ich ihn ängstlich durch meine Hand anblinzelte, strahlte und duftete er schon wieder wie die erste Ginsterblüte in der Aprilsonne. Mit euphorischem Schwung zog er die Vorhänge zur Seite, drehte neben dem Fenster eine kleine Pirouette und kam dann lachend zu mir zurück ins Bett gesprungen. Mir wurde vollends unheimlich, und ich stammelte blöde:

»Wie spät ist es, um Himmels willen?«

»Nach des Himmels Willen – Gott hab ihn selig – ist es sieben Uhr.«

Es klopfte leise, Orvilles Diener trat ins Zimmer, murmelte *Guten Morgen, Miss, Guten Morgen, Sir*, stellte uns das Frühstückstablett ohne uns anzusehen aufs Bett und wollte sich bereits zurückziehen, als Orville ihm zurief:

»Vielen Dank, Grigorij. Ach, bitte seien Sie gut und packen Sie ein paar Sachen für uns ein. Wir werden ein, zwei, drei Tage verreisen.«

»Sehr wohl, Sir. Soll ich dem Chauffeur Bescheid geben?«

»Nein danke, nicht nötig, ich fahre selbst.«

Das schien Grigorij zu missfallen, denn er hob die Augenbrauen, sah Orville mit väterlicher Strenge direkt an, seine Haltung und Stimme hatten plötzlich alles Dienliche verloren:

»Wenn ich mir die Bemerkung erlauben darf, Sir …«

»Nein, Grigorij, dürfen Sie nicht.«

»Sir, Sie wissen nur zu gut, dass Sie mit Ihrem Fuß nicht Auto fahren sollten, und …«

»Ach Unsinn, und widersprechen Sie mir jetzt nicht länger, wir wollen doch keine Konflikte mehr miteinander haben, nicht wahr?«

»Nein, Sir, gewiss nicht. Aber wie Sie wissen, habe ich Ihrem armen alten Herrn Vater versprochen …«

»Hinaus!«

»Sehr wohl, Sir.«

Grigorij machte eine kleine Verbeugung beim Hinausgehen, aber ein ebenso kleines Lächeln umspielte seine Lippen, als sei es ihm eine Genugtuung, dass Orville, und noch dazu vor Publikum, hatte schreien müssen. Tatsächlich verdüsterte sich Orvilles Miene für einen Moment, und als sein Diener leise die Tür hinter sich schloss, starrte er eine Weile ins Leere und seufzte dann:

»Warum sterben sie denn nicht endlich? Aber nein, sie werden ja ewig leben, ewig, ewig …«

»Wie?«

»Vergiss es. Wir lassen uns die Laune nicht verderben«, die Wolken verschwanden wieder aus seinem Gesicht, »wir fahren übers Wochenende ans Meer, rauf nach Sunny Hunny – nach Hunstanton. Dort werden wir ewig am Fuß der bunten Klippen gen Osten spazieren, bis wir die Sonne über dem Meer untergehen sehen werden. Also komm, beeil dich – *carpe diem*!«

Ich erschrak:

»Aber … es ist doch noch nicht unser letzter Tag, oder?«

»Nein, kleine Amsel, *carpe diem* heißt schließlich richtig verstanden: Lebe jeden Tag, als wäre er dein erster!«

Wenn ich jetzt an einem anderen Strand sitze, weit entfernt von Englands Ostküste, inmitten der anderen Touristen auf ein anderes Meer schaue und dabei zurückblicke auf das klare einsame Wintermeer vor Hunstanton, bleibt mir nur noch das Rätsel zu lösen, wie es möglich war, dass wir dort zwei Tage lang glücklich waren.

Erst als wir am späten Sonntagabend zurückfuhren, weil ich darauf bestanden hatte, am Montagmorgen in aller Frühe endlich mit der Arbeit an meinem Vortrag zu beginnen, legte sich eine pelzige Bangigkeit auf unser gutes Schweigen. Mir war, als säßen zwei kindisch hämische Geister hinter uns auf dem Rücksitz und als wollte ich sie von uns fernhalten, legte ich meine Hand in Orvilles Nacken. Er wandte sich mir lächelnd zu, und als er eine enge Kurve auf der schmalen Landstraße nur im letzten Moment nehmen konnte, merkte ich plötzlich, dass er viel zu schnell fuhr. Doch im Gegensatz zu mir schien er nicht erschrocken, denn er sagte nur gedehnt:

»Entschuldige, ich kann den Fuß schlecht vom Gas nehmen und merke es manchmal nicht.«

»Gottseidank gab es keinen Gegenverkehr.«

»Ja ja, natürlich.«

»Nicht?«

»Doch doch. Aber andererseits … wenn ein Doppeldeckbus in uns hineinkrachte … an deiner Seite zu sterben ist so eine himmlische Weise zu sterben. Und wenn ein Zehntonner uns alle beide tötete … an deiner Seite zu sterben, nun, das Vergnügen, das Privileg ist meines.«

Ich küsste ihn, und zum ersten Mal, seit wir Hunstanton verlassen hatten, lächelte er wieder gelöster.

»Mach dir keine Sorgen, ich fahre jetzt vernünftig. Ich will nur einfach nie, nie mehr nach Hause, weil es nicht mehr mein Zuhause ist, sondern ihres und ich nicht mehr willkommen bin. Aber wir werden tapfer sein und dahin zurückkehren, nicht wahr? Dafür musst du aber kurz aufhören, mich zu küssen, weil meine Wünsche sonst doch noch wahr werden.«

Wir lachten, und als wir zuhause ankamen, hielten wir uns dadurch heiter, dass wir laut pfeifend durch alle Zimmer von Orvilles Wohnung liefen, alle Lichter anmachten und wieder löschten, bis wir uns erschöpft ins Bett fallen ließen und sofort einschliefen.

Am nächsten Morgen war es doch nicht morgens, sondern bereits später Nachmittag, als ich Orville verließ, und während wir uns in seiner offenen Wohnungstür noch einmal zum Abschied küssten, hatte ich das Gefühl, dass uns jemand beobachtete, aber Orville strich mir die Stirn glatt und versicherte mir, dass diesmal ich Gespenster sähe.

Gegen alles in mir riss ich mich schließlich von ihm los, lief, riesige Kinderkusshände zu ihm hinabwerfend und stolpernd und mit ihm lachend die Treppen nach oben, beugte, je höher ich stieg, Kopf und Knie immer weiter hinab, um den Moment, in dem Orville unter dem Treppenabsatz in der Tiefe verschwinden würde, hinauszuzögern. Als ich nicht länger in der Hocke gehen konnte, ihm aber noch eine letzte Kusshand zuwerfen wollte, war er plötzlich verschwunden, erschrocken blieb meine Hand auf meinem Mund gepresst, weil sich vor meine Augen die Rückenansicht eines Mannes schob, der anscheinend die Räume über Orville bewohnte und gerade dabei zu sein schien, seine Wohnungstür zu öffnen. Aber ich konnte an der Angespanntheit seines Halses und der Hand, mit der er den Schlüssel betätigte, sehen, dass er dort schon eine Weile gestanden haben musste. In gespielter Beiläufigkeit und Überraschung drehte er sich zu mir um.

Er war sehr alt, seine Schultern hingen ebenso traurig herab wie sein riesiger Schnurrbart, unter dem er einen bitteren Mund verbarg. Sein Talar war von einem hauchdünnen silbrigen Geflecht überzogen, von dem ich unmöglich sagen könnte, ob es aus Spinnweben oder einem zarten Pilzbewuchs bestand. Seine leise Stimme aber kannte kein Alter und flog in bernsteinfarbenem Klang auf mich zu:

»Ah, Sie sind es! Ich habe mich schon gefragt, wann ich Sie einmal zu Gesicht bekomme. Sie wohnen über mir, nicht wahr?«

»Ja, Sir.«

»Sie wohnen über mir und Wilson wohnt unter mir, ich wohne also zwischen Ihnen beiden, was, wie Sie sich denken können, äußerst unangenehm für mich ist.«

»Äh … ich bin nicht sicher, ob ich Sie …«

»Sie sind doch Deutsche, nicht wahr?«

»Technisch gesehen ja, Sir.«

»Wie sagt doch Ihr Dichter:

Himmlisch wars, wenn ich bezwang
Meine sündige Begier,
Aber wenns mir nicht gelang,
Hatt ich doch ein groß Pläsier.«

Ich lächelte:

»Sie sehen gar nicht so aus, als ob Sie Heine schätzen würden, wenn ich mir diese Bemerkung erlauben darf, Sir«

»Ich schätze ihn auch keineswegs«, er funkelte mich böse an, »ganz im Gegenteil, frivoler, ortloser Bursche. Ich wollte nur meine Befürchtung bestätigen, dass Sie ihm positiv gesonnen sein könnten. Wenn ich Ihnen einen guten Rat geben darf, meine Liebe: Das Ficken hat noch nie nicht gegen das Heimweh geholfen.«

»Das Ficken selbst vielleicht nicht. Allerdings vermag ich das nicht zu beurteilen, da ich weder an Heim-, Fern-, noch sonst einem Weh leide.«

Er lächelte plötzlich wehmütig und tätschelte mir freundlich die Schulter:

»Ja, verbergen Sie nur Ihr Herz, ich selbst würde es nicht anders machen. Habe es dieses ewige Leben lang nie anders gemacht. Aber denken Sie, ich hätte diese stinklangweilige Staubexistenz freiwillig gewählt? Das elende Latein und nur die noch elendere Fresserei als Trost? Glauben Sie mir, meine Liebe, Sie wären hier nicht die einzige, die Tränen wie schmutzige Postkarten in einer Schublade aufbewahrt.«

In die Traurigkeit seines Lächelns mischte sich für einen Moment eine Spur Schelmischkeit, die seinen Schnurrbart an einer Seite etwas anhob. Er wies mit dem Zeigefinger nach oben, dann flüsterte er:

»Ich habe den da oben nie gemocht. Ich habe ihn verabscheut, das weiß jeder. Aber im Grunde habe ich ihn freilich geliebt, auf durch und durch schmutzige Weise geliebt. Nein, widersprechen Sie mir nicht, mein Kind, es gibt sie, die Sünde, und ich weiß alles über sie. Denn ich bin sündig, bis in alle Winkel meines Wesens. Aber Sie sind noch jung, nicht richtig jung mehr, freilich, aber Sie können sich noch retten. Sie werden die große Eröffnungsvorlesung im Senate House halten?«

»Ja, Sir.«

»Ja, das Senate House«, er starrte durch mich hindurch in andere Zeiten, »es ist keine halbe, sondern eine ganze Ewigkeit her, dass ich dort gesprochen habe, einmal und nie wieder übrigens, aber seit damals weiß man in Cambridge immerhin, worin die Natur der Poesie besteht, nicht wahr?«

»Ja, Sir.«

»Gut, dann arbeiten Sie, arbeiten Sie hart – oder um es mit einem anderen deutschen Dichter zu sagen: Heulen Sie nicht, arbeiten Sie!«

»Ja, Sir.«

»Und gehen Sie nicht mehr dort unten in diese Wohnung.«

»Ich wünsche Ihnen einen schönen Tag, Sir.«

»Ja, schlagen Sie meine Warnungen nur in den Wind, aber Sie kennen ja sicher das alte deutsche Märchen: *Zwei Kinder, allein in der Wohnung, stiegen in einen großen Koffer, der Deckel fiel zu, sie konnten nicht öffnen und erstickten.*«

»Ja, Sir. Auf Wiedersehen.«

»Ach, was auch immer.«

Mit einer abfälligen Handbewegung drehte er sich um und schloss nun endlich wirklich seine Wohnung auf.

Als ich ebenfalls meine kalte Wohnung aufschloss, ging die Sonne gerade unter und ich lief ihr ans Fenster nach und flehte sie an, noch ein Weilchen zu bleiben, aber sie schüttelte nur mitleidig lächelnd den Kopf über mich, während ich ihr immer würdeloser hinterrief *te quiero, sol! Te quiero!*

Bis die Wohnung einigermaßen aufgeheizt war, ich mir eine Kanne Tee gekocht und mich seufzend an den Schreibtisch gesetzt hatte, waren zwei Stunden vergangen, und mir schien, dass es nun nicht die optimale Tageszeit war, um mit der Arbeit zu beginnen. Immerhin wollte ich vor dem Schlafengehen noch ein paar erste Skizzen versuchen, und so schrieb ich ein paar Stunden lang das Wort *Wissen* in verschiedensten Schriftzügen aufs Papier, bis mir darüber die Augen zufielen und ich mich mit letzter Kraft zum ersten Mal in mein neues Bett schleppte, das noch schmaler, noch härter als mein vorheriges in Great Court war.

Ich verbrachte eine unruhige Nacht auf dieser übermönchischen Pritsche, weil ich alle Stunde, kaum dass ich eingeschlafen war, beim Umdrehen aus ihr hinausfiel und jedes Mal entsetzlich erschrak. Während ich dann fluchend und mir die schmerzende Hüfte reibend in das ungastliche Bett zurückkroch, fragte ich mich, wie Wittgenstein hier nur hatte schlafen können. Ich stellte mir vor, wie er die halbe Nacht unbeweglich auf dem Rücken liegend in die Dunkelheit gestarrt und sich mit Selbstvorwürfen gequält hatte. Dann zählte ich rückwärts von tausend bis null, lauschte dabei in die dicke Nacht hinein und hörte außer dem altvertrauten Kichern hinter meinem Ohr noch ein merkwürdig kratzendes oder eher schabendes Schlurfen vor meiner Tür, das sich in kurzen, regelmäßigen Abständen entfernte und wieder zurückkam und mich gegen Morgen in seiner wohltuenden Beständigkeit endlich in den Schlaf gewiegt hatte.

Auch die kälteste Dusche konnte mich am nächsten Morgen nicht vollständig wiederbeleben, und als ich mich um fünf vor zwölf auf den Weg zu meinem Seminar machte, fürchtete ich, trotz meines tadellosen Aussehens in Orvilles dunkelblauem Kinderanzug unter dem gründlich ausgeklopften Talar, meine Maske nicht ganz wahren zu können. Aber dann bog ich in den Great Court ein, und schon von weitem winkten mir die Kinder, die sich vor der Hall bereits zum Start gesammelt hatten, freundlich zu. Mir wurde wieder leichter. Ich hielt mich dazu an, in ernsthafter Lässigkeit auf sie zuzuschlendern, als sich mir plötzlich Susie Burns, die Institutssekretärin, in den Weg stellte. Sie war in Begleitung eines mir unbekannten Mannes in rotem Talar, der als erster das Wort an mich richtete:

»Guten Tag, liebe Kollegin. Es tut uns leid, dass wir diesmal so spät dran sind mit unseren Mitteilungen und Sie daher einen überflüssigen Weg hatten. Aber sehen Sie, diese Dinge dürfen nicht mit der Post, sondern nur persönlich zugestellt werden, und der Bescheid ist erst vor einer halben Stunde vom Dekan unterzeichnet worden. Die diesbezügliche Sitzung hat zwar bereits am Freitag stattgefunden, aber Sie wissen ja, wie das ist ...«

»Äh, ja, Sir – entschuldigen Sie, Sie sind ...?«

»Martin, Dr. Joseph Martin, Dekanatsgehilfe. Hier ist also ihr Freistellungsauftrag.«

Er reichte mir mit feierlichem Schwung einen dicken gelblichen Leinenumschlag, den ich ein paar Mal in der Hand wendete, wobei ich den weichen Stoff genüsslich drückte. Mit Blick auf die Kinder, die mich mit ungeduldigen Gesten dazu aufforderten, endlich zu kommen, sagte ich nach einer Weile:

»Vielen Dank, Sir – und auch Ihnen, Miss Burns. Ich werde mir die Sache gründlich durchlesen, sobald ich kann. Wenn Sie mich jetzt entschuldigen würden, meine Studenten warten ...«

Ich nickte ihnen eine kleine Verbeugung zu und wollte mit energischem Schritt zwischen ihnen hindurch laufen, aber sie griffen mich blitzschnell jeweils an einem Ellenbogen und Dr. Martin sagte fröhlich lachend:

»Nein, nein, meine Liebe, dieser Last gilt es Sie doch eben zu entheben! Sie sollten uns wohl doch kurz zuhören oder den Brief lesen. Sie werden Ihr Seminar nicht mehr halten müssen, das eben bedeutet doch ein Freistellungsauftrag. Von nun an sind Sie von der Lehre freigestellt, vollends befreit, um sich ganz Ihrem exzellenten Vortrag widmen zu können.«

»Aber … aber das ist gar nicht nötig. Ich meine, das ist natürlich sehr umsichtig, ich danke dem Dekan und so weiter, aber ich möchte doch lieber mein Seminar bis zum Ende des Trimesters abhalten. Es hindert mich keineswegs an meiner Arbeit, im Gegenteil ist es außerordentlich …«

»Wie Dr. Martin schon sagte«, Susie Burns, die mich bisher mit gleichgültiger Miene gemustert hatte, zog gereizt die Luft ein, »Ihre Freistellung ist eine Anordnung des Dekans, und Sie dürfen dies durchaus als ein keineswegs selbstverständliches Privileg betrachten.«

»Ja natürlich, ein großes Privileg, aber vielleicht ein allzu großes Privileg, schließlich möchte ich die Universität nicht unnötig belasten durch den Ausfall meiner Lehrtätigkeit …«

»Wenn ich Sie daran erinnern darf, meine Liebe: Wir sind hier in Cambridge«, Susie Burns hob würdevoll das Kinn, «wenn wir uns diese Freiheit nicht leisten könnten, wären wir wohl kaum die Institution, die wir sind. Erst kürzlich hat die Universität elf Millionen Pfund allein für die Absicherung der laufenden Kosten der Freistellungsaufträge in Island angelegt.«

»Oh, ich verstehe, aber, meine Studenten – ich kann sie doch nicht einfach so im Stich lassen. Sie brauchen doch meine Hilfe.«

»Na na«, Joseph Martin lächelte nachsichtig, »das wollen wir immer gern glauben, hält uns am Laufen, nicht wahr? Aber natürlich kommen die Kinder sehr gut allein zurecht. Gestatten Sie?«

Locker untergehakt hatten sie mich, bevor ich antworten konnte, galant einen halben Kreis in die Richtung gedreht, aus der ich gekommen war, und so liefen wir drei flink in Richtung Great Gate zurück. Mühsam drehte ich zwischen ihnen den Kopf zurück zu den Kindern, und für einen kurzen Moment erschienen sie noch einmal in meinem Augenwinkel. Sie hatten aufgehört zu winken und sich bereits wieder an der Startlinie aufgebaut, wo Betty schon nickend und mit in die Hüfte gestemmten Händen die Beine ausschüttelte, während Watson und Enderby heftig gestikulierend auf sie einredeten und St. Claire zwischen Schulze und Schultze hin und her hüpfte. Da fiel mir etwas ein:

»Warten Sie bitte einen Moment!«

Augenblicklich kam unsere Formation zum Stehen, und Martin fragte freundlich:

»Haben wir etwas vergessen?«

»Ja, Sir, ich möchte vorerst noch nicht in meine Räume zurück, ich muss erst an meinen Arbeitsplatz in der Bibliothek. Dr. Suckleston erwartet mich dort sicherlich.«

»Nein, keine Sorge, das tut sie nicht. Wie von der Lehre, sind Sie auch von Ihrem Bibliotheksarbeitsplatz freigestellt.«

»Ich verstehe. Aber vielleicht könnten wir trotzdem kurz dort vorbeigehen. Ich würde gern eine Email an meine Studenten schicken, um ihnen die Sache zu erklären.«

»Aber darum müssen Sie sich doch nicht kümmern! Ihre Studenten werden selbstverständlich von Miss Burns informiert.«

Wir hatten uns wieder in Gang gesetzt, doch schon nach ein paar Metern verzauderte sich mein Gang erneut, und so kamen die beiden anderen sanft wieder zum Stehen. Nachdem sie eine Weile diskret schweigend zu Boden geblickt hatten, fragte Joseph Martin höflich:

»Ist da noch immer etwas, das Sie beunruhigt?«

»Oh, entschuldigen Sie, dass ich Sie so aufhalte, aber mir ist noch was eingefallen. Ich denke, ich werde heute mein Mittagessen bei Higgins etwas vorziehen und jetzt schon hingehen. Er erwartet mich erst um zwei, aber andererseits erwartet er mich ohnehin immer, gewissermaßen, und daher …«

»Nein, meine Liebe«, Martin lächelte noch immer, »er erwartet Sie nun nicht mehr. Sie sind einstweilen auch von allen sozialen Pflichten freigestellt. Das Dekanat hat Master Higgins bereits informiert. Selbstredend zeigte er sich verständnisvoll, und er lässt Ihnen als kleinen Gruß ab heute täglich Ihr Essen von seinen persönlichen Dienern in den Turm von Whewell's Court bringen.«

Darauf gab es nichts mehr zu erwidern, und so liefen wir endlich ungehindert im Gleichschritt. Susie Burns nickte mir zur Belohnung lächelnd zu, Dr. Joseph Martin stimmte ein heiteres *Ein Freund, ein guter Freund* an, in das Susie lachend mit einfiel und ich begleitete die beiden pfeifend die Treppen zu meiner Wohnung hinauf.

Nachdem sie unter freundlichen Grüßen verschwunden waren, wollte ich den Schwung, mit dem wir mich in meiner Wohnung abserviert hatten, nicht entkommen lassen, sondern für die Arbeit nutzen, und so stürzte ich mich, noch immer im Gleichschritt mit ihren Phantomen an meiner Seite, an den Schreibtisch, hob den Füller in der Faust hoch über den Kopf eines Blatt Papiers und atmete tief ein.

Bevor ich ausatmen konnte, öffnete sich nach einem angedeuteten Klopfen die Tür schon wieder, und Zeus und Apollo fluteten mit meinem Essenstablett herein und stellten mir einen abgedeckten Teller direkt unter die Nase auf das Papier. Zeus nahm mir sanft den Stift aus der immer noch gehobenen Linken und steckte stattdessen eine Gabel hinein, während Apollo mir die Serviette umband. Dann schwebten sie unter Verbeugungen rückwärts hinaus und schlossen lautlos die Tür.

Müde seufzend nahm ich die silberne Haube vom Teller. Er war randvoll gefüllt mit fahl dunkelgrünen Dosenerbsen, die offenkundig nicht von Higgins' pakistanischem Küchengehilfen, sondern leider von dessen deutschem Kollegen zubereitet worden waren. Missmutig, aber mit großem Hunger stopfte ich die mehligen Erbsen in mich hinein, die mir schon nach der dritten Gabel Bauchschmerzen bereiteten. Als der Teller leer war, stellte ich ihn neben dem Schreibtisch auf den Boden, und obwohl es nun allein wegen meiner Bauchkrämpfe mein gutes Recht gewesen wäre, auf dem Schreibtisch niederzusacken, begann ich dennoch in Zungen zu schreiben. Dem Diktat einer Stimme folgend, von der ich mich nicht erinnern konnte, ob wir einander schon einmal vorgestellt worden waren, sauste die Feder kratzend über das Papier wie eine Eisschnellläuferin, und nach einer halben Stunde war die erste Fassung meines Vortrags fertig.

Erleichtert stand ich auf und wollte zur Belohnung einen kleinen Spaziergang machen, riss angeberisch pfeifend die Tür auf und starrte geradewegs in die Gesichter von Brian Ferguson und Xaver Oberleitner. Sie hockten wie zwei von der Mutter vor dem Supermarkt vergessene Kinder auf einer Bank in der Flurnische vor meiner Tür und schlugen anscheinend schon eine ganze Weile die Zeit mit einem Kartenspiel tot. Oberleitner glotzte mich wieder nur dumpf aus seinem zu großen blauen Dufflecoat an, während Ferguson mir sein entgegenkommendes hellblaues Lächeln auf seinem langen Hals schaukelnd entgegenhob:

»Guten Tag, meine Liebe, ist da irgendetwas, was wir für Sie tun können?«

»Guten Tag… äh, nein, sehr liebenswürdig. Was machen Sie beide denn hier auf dem Flur? Sie wohnen doch nicht etwa auch hier in Whewell's Court?«

»Oh nein, wir doch nicht«, er schmunzelte, »nein, wir sind nur hier zu Ihrer Unterstützung, falls Sie irgendetwas etwas brauchen oder einmal die ein oder andere These durchgehen wollen. Oder einfach nur, falls Sie in den Arbeitspausen zur Entspannung ein wenig plaudern wollen, mal den Kopf frei machen, mal durchpusten und das ganze Zeug.«

»Danke, ich brauche nichts.«

»Wie Sie meinen, meine Liebe. Ich bin in jedem Fall sehr erfreut, dass wir uns auf diesem Wege wieder begegnen, vielleicht könnten wir ein paar Prager Erinnerungen austauschen. Gott, wie lang das alles her ist!

Aber Ihren Paul, den vergisst man ja nicht so leicht, feiner Mensch!«

Ich hustete und reckte mich übertrieben, um mein Zittern zu unterdrücken, und sagte dann so fest ich konnte:

»Ich bin mir sicher, Sie nie zuvor gesehen zu haben, und ebenso sicher bin ich mir, dass Sie Paul nicht gekannt haben.«

»Tja ja«, er schüttelte bekümmert den Kopf und lächelte mir einfühlsam zu, »der Schmerz lässt so vieles nicht zu, nicht wahr? Sie werden sich schon noch an mich erinnern, wenn wir uns ein bisschen näher unterhalten.«

Schwankend zog ich mich in meine Räume zurück und begann würdevoll langsam die Tür zu schließen, da fuchtelte Oberleitner, als wäre er plötzlich aus einem Traum erwacht, mit dem rechten Arm gegen mich und stammelte aufgeregt auf seinen Kameraden ein:

»Des ist doch dem Kata Toni sei Dochta, wie oft soll i des jetzad no sogn? Härst na du goar net zua, Fergi?«

Seine dunklen Augen waren in der Aufregung noch runder geworden, und die roten Flecken auf seinen Wangen sogen sich immer weiter voll Blut, so dass ich schon fürchtete, sein Kopf könnte platzen, doch Ferguson murmelte nur routiniert:

»Ist ja gut, Oberleitner, ist ja gut.«

Daraufhin zuckte Oberleitner nur noch die Achseln und fiel in sein Schweigen zurück. Ich schloss schnell die Tür vor seinen traurigen Kuhaugen.

Zurück im Arbeitszimmer fehlte mir die Kraft, durchzulesen, was ich geschrieben hatte. Unruhig lief ich auf und ab, schielte nach dem Papier auf dem Schreibtisch, ohne ihm zu nah zu kommen, blieb immer wieder stehen, um nach den beiden vor der Tür zu lauschen, aber es war nichts zu hören. Um mich davon abzuhalten nachzusehen, ob sie noch da waren, ging ich nach nebenan in die Schlafkammer, legte mich in meinen Kleidern auf die Pritsche und wartete darauf, dass die Sonne untergehen würde. Doch auch als sie längst verschwunden war, war ich nicht eingeschlafen, sondern atmete rasselnd in die Nachtluft, die sich langsam wieder zu dunklem Knetgummi verdickte und sich auf meine Brust legte.

Gegen drei Uhr nachts öffnete sich die Tür leise und ich erschrak keinen Moment, denn ich wusste, dass es Orville sein musste. Er trat an mein Bett, legte den Zeigefinger an seine Lippen, und nachdem ich steif und eckig aufgestanden war, legte er den Mantel um meine Schultern. Beim Hinausschleichen wich ich kurz vor der Wohnungstür zurück, aber Orville schüttelte entwarnend den Kopf und wies lächelnd in den Flur, wo Ferguson und Oberleitner leblos auf dem Boden lagen. Als wir über sie hinwegstiegen, flüsterte Orville:

»Ich habe Ihnen in alter Gastfreundschaft eine etwas verfeinerte Flasche Bollinger hochgeschickt. Sie wird sie für etwa sechsunddreißig Stunden schlafen lassen. Ferguson hat sicher geahnt, dass etwas nicht stimmt mit der Flasche, aber man kann sich immer auf den Tugendcharakter seiner Trunksucht verlassen.«

Wir rannten mit den Mäusen um die Wette nach unten, aber als ich vor seiner Tür abbremste, zog Orville mich weiter bis nach draußen, zum Hof hinaus, zog mich immer schneller werdend durch die dunklen Straßen, bis ich atemlos und stolpernd stehen blieb und keuchte:

»Wohin … wohin gehen wir denn?«

»Ins Regent Hotel, in mein altes Zimmer. Nur bis morgen früh und dann sehen wir weiter. Komm«, er sah auf die Uhr, »das Bad, das ich uns für halb vier einzulassen gebeten habe, wird sonst kalt.«

»Aber bitte nicht zu heiß.«

»Nein, keine Angst«, er küsste mich und lächelte spöttisch, »wir können uns deine Protzereien jetzt ohnehin nicht mehr leisten.«

Das grüne Zimmer im Regent wirkte wie eine Miniatur von Orvilles Wohnung. Während ich mir nach dem Baden die Haare trocken rubbelte, schnüffelte ich die seidentapezierten Wände entlang, an denen die gleichen silbergerahmten Kinderfotos von Orville hingen wie in

Whewell's Court. Auf dem Kaminsims stand eine riesige, irgendwann einmal weiße, mittlerweile stark vergilbte Kerze. Ich nahm sie vorsichtig vom Kamin und drehte mich fragend zu ihm um. Er stand im Bademantel in der Mitte des Raums und führte ein kurzes, wortkarges Telefonat nach dem anderen. Mit zusammengezogenen Brauen fixierte er mich, murmelte *hm, hm, hm, ich verstehe* ins Telefon und wackelte jetzt kurz energisch mit dem Zeigefinger zum Zeichen, dass ich die Kerze wieder an ihren Platz stellen sollte. Erschrocken gehorchte ich, woraufhin er lächelte, die Hand über die Sprechmuschel legte und mir zuflüsterte:

»Entschuldige! Meine Kommunionskerze. Hänge irgendwie an dem Ding. Leg dich schon mal ins Bett, das dauert hier noch eine Weile – ja, Wilcox, ich höre Sie, ich höre!«

Tatsächlich taumelte ich vor Müdigkeit, schon schleppte sich das bleiche Morgenlicht durchs Fenster, aber Orville zog ihm, noch immer mit dem Telefon in der Hand und *hm, hm, hm, ich verstehe* murmelnd, die dicken Samtvorhänge vor der Nase zu. Bis mir die Augen zufielen, verfolgte ich vom Bett aus im fast dunklen Raum die Bewegungen von Orvilles schwarzer Gestalt, die sich am Telefonkabel leicht hinkend hin und her wiegte wie ein lose vertäutes Segelboot.

Als ich mittags wieder aufwachte, war das Zimmer von einer zum ersten Mal frühlingshaft strahlenden Sonne weißgolden ausgeleuchtet, und Orville saß mir mit in den Händen vergrabenem Gesicht in einem Ledersessel, den er ans Bett gezogen hatte, gegenüber. Schaudernd setzte ich mich auf und fragte leise:

»Hast du gar nicht geschlafen?«

Er hob den Kopf und starrte lange schweigend durch mich hindurch. Die sonst himmelblauen durchsichtigen Schatten unter seinen Augen hatten sich tief violett gefärbt, und im Sonnenlicht glänzten drei silberne Fäden in seinem blonden Haar, die ich noch nie gesehen hatte. Ich wollte ihn schütteln, umarmen und küssen, um ihn zu sich und zu mir zurückzuholen, fürchtete mich aber zu sehr vor dem reptilienartigen Blick aus seinen blutunterlaufenen Augen, und so klatschte ich nur einmal vor seinem Gesicht in die Hände, wovon er augenblicklich zusammenzuckte und mich dann gequält anlächelte:

»Zartfühlend wie immer.«

»Es tut mir leid, ich ...«

»Schon gut«, er rieb sich kräftig die Stirn und von dort aus nach unten streichend das ganze Gesicht, als wolle er es weg- und freiwischen in einem, und erst da hüpfte ich aus dem Bett zu ihm auf den Sessel, umarmte und küsste ihn panisch, bis er in göttlicher Wiederholung des Immergleichen endlich wieder lachte, und wir uns beide beruhigten.

Einige Stunden später und gestärkt durch ein gutes Mittagessen stolperten wir aus dem Hotel in die Nachmittagssonne und schlenderten durch Pembroke und Queens' College hinüber zum Fluss und dann hoch durch die Backs, als hätten wir alle Zeit der Welt. Erst als wir hinter Trinity College entlang liefen, wurde uns wieder mulmig, und plötzlich blieb Orville stehen. Er sprach hastig und entschieden:

»Ich habe nicht gewollt, dass es so kommt. Ich hätte mich nicht auf diese Leute einlassen dürfen, ja, aber dann hätte ich mich freilich auch nie auf dich eingelassen. Nie im Leben! Aber jetzt ist alles eins. Fest steht, dass es hier keinen Weg mehr für uns gibt. Lass uns weggehen von hier. Irgendwohin, nach Südfrankreich, nach Spanien.«

»Ich kann hier nicht einfach weg, Orville.«

»Du musst dich entscheiden«, er zuckte gereizt die Achseln, »willst du mich behalten, müssen wir weg von hier.«

»Ich kann hier nicht weg. Ich muss meinen Manzanilla wiederfinden.«

»Ach, vergiss doch den elenden Manzanilla – kein Mensch außer dir interessiert sich für das verdammte Zeug!«

Er hatte leise geschrieen mit einer kellertief kehligen Stimme, die ich nicht kannte, und in ängstlicher Scheinwut brüllte ich zurück:

»Wenn sich niemand dafür interessiert, dann kannst du ihn mir ja auch endlich zurückgeben.«

Er schüttelte mich und klang wieder vertrauter:

»Ich kann es nicht fassen, dass du mir noch immer nicht glaubst.«

»Aber ich glaube dir doch, ich glaube dir doch alles.«

Wir umarmten uns wieder, doch er flüsterte gehetzt:

»Glaub mir, hier ist kein Platz mehr für uns. Und deshalb träume ich von einem Grab, tief und eng, dort halten wir uns umarmt wie mit Zangen, und niemand wird uns jemals mehr sehn.«

»Orville bitte, nicht so fest, ich kriege keine Luft mehr.«

»Dann lass uns weggehen aus England. Und wenn es nur bis nach Wales oder Schottland ist, aber weg von hier, weg aus dieser Enge.«

»Ich kann hier nicht weg. Ich muss doch bis zum Schluss hier durchhalten.«

»Dann verlierst du mich.«

»Gut, wir gehen ja, aber lass mich wenigstens noch meinen Vortrag halten. Danach gehen wir weg.«

»Dann wird es zu spät sein.«

»Bitte, Orville, es sind doch nur noch fünf Wochen. Danach gehen wir weg.«

Er trat einen Schritt von mir zurück, fuhr sich langsam mit dem Daumen über den Mund und sagte dann müde:

»Du bist wirklich zum Kotzen.«

»Bitte, Orville, nur noch fünf Wochen.«

Er zuckte angeödet mit den Schultern und sagte, zum Gehen gewandt:

»Was auch immer. Komm, die Sonne geht schon unter, ich bring dich nach Hause, bevor sie dich suchen. Obwohl die beiden Hunde vor deiner Tür noch eine Weile schlafen dürften. Aber sicher ist sicher, du willst schließlich niemandem Kummer bereiten, nicht wahr, das wäre dir unerträglich?«

»Hör auf, bitte, ich kann nicht mehr.«

»Ja, ich auch nicht.«

Wir sprachen kein Wort mehr miteinander, während wir langsam zu Whewell's Court zurückgingen, einen halben Meter Abstand zwischen uns, ein halber Meter, der auf einmal die ganze Welt der Bretter in meinem Kopf bedeutete, und als wir vor Orvilles Tür angelangt waren, fiel mir wieder ein, wie mein Vater einmal ganz leise, längst jenseits aller Klage, gesagt hatte: *Die Einsamkeit hat sieben Häute, es geht nichts mehr hindurch.* Da riss ich Orville an mich, und stumm fielen wir zurück in seine Wohnung.

Am nächsten Vormittag tauchte ich pfeifend auf dem Treppenabsatz vor meiner Wohnung auf. Ferguson und Oberleitner waren bereits wieder auf dem Posten. Oberleitner sah gar nicht zu mir auf, sondern spielte in seinen Kragen gähnend mit den Holzverschlüssen seines Mantels, während Ferguson mich mit eng vor der Brust gekreuzten Armen und noch enger übereinandergeschlagenen Beinen beleidigt aus tief geränderten Augen ansah:

»Das war nicht nett von Ihnen, gar nicht nett, meine Liebe.«

»Guten Morgen, meine Herren! Herrlicher Tag, wie? Irgendwelche Neuigkeiten?«

»Noch nicht«, er verzog zickig den Mund, »aber wir hoffen doch sehr, dass Ihre blendende Laune uns den Tag über erhalten bleibt. Es wird Sie sicher freuen zu hören, dass drin der Vizedekan mit ein paar Herren auf Sie wartet.«

Er hatte sich wieder ganz gefangen und lächelte liebenswürdig mit aufeinandergepressten Lippen, und ich konzentrierte mich darauf, dieses Lächeln bis in die ekelhafte Grübchenbildung neben seinen gehobenen Mundwinkeln hinein genau nachzuahmen.

»Oh, wie überaus erfreulich! Ich danke Ihnen, Ferguson. Meine Herren ...«

Nach Andeutung einer herablassenden Verbeugung drehte ich mich schwungvoll zur Tür um, wobei meine Maske sich kurz von meinem zitternden Kinn ablöste, aber tief einatmend klebte ich sie wieder fest und trat dann zackig, als wären die Männer dort drin eine einzige kräftig niederzudrückende Türklinke, in mein Zimmer.

»Morg-«

Der Gruß klammerte sich an meiner Zunge fest, als er unerwarteterweise nicht auf Gesichter, sondern auf fünf Hinterköpfe traf. Sie hatten vor meinem Schreibtisch in einer Reihe Platz genommen, und von deren linkem Rand aus sagte Bassington-ffrench, ohne sich umzudrehen:

»Guten Morgen, meine Liebe! Verzeihen Sie, dass wir Sie hier so überfallen. Kommen Sie, setzen Sie sich an Ihren Schreibtisch, damit wir besser plaudern können.«

Wortlos schlich ich um die Reihe herum und setzte mich dann ihr gegenüber an meinen Schreibtisch. Die kleine Februarsonne klopfte mir aufmunternd auf die Schulter, und als ich daraufhin noch immer bewegungslos dasaß, wurde sie deutlicher und gab mir einen Klaps auf den Hinterkopf. Endlich nickte ich höflich:

»Guten Morgen, meine Herren!«

Bassington-ffrench, der von hier aus nun rechts außen saß, erhob sich halb, drückte mir herzlich die Hand, und dann nickte Professor Dunbar neben ihm mir gutmütig zu, während neben ihm wiederum zwei junge Männer, augenscheinlich Doktoranden, in gelblichen Safarianzügen mit ihren *i-books* spielten und nur kurz und zerstreut zu mir aufblickten. Ganz links saß Higgins. Er sah ungewöhnlich müde aus, saß mit mühsam übereinandergeschlagenen Beinen leicht verdreht auf seinem Stuhl, wodurch er etwas absentiert von der Reihe wirkte, und blickte mit schräg gelegtem Kopf unter dem Dreieck seiner sorgenvoll zusammengezogenen Augenbrauen hervor. Als ich ihm zunickte, hob und senkte er einmal schnell die Augenbrauen, lächelte mir dabei gequält zu, und ich konnte nicht an mich halten:

»Hören Sie, Higgins, es tut mir furchtbar leid, falls ich Ihnen Kummer …«

»Schschsch … nicht jetzt. Wir sprechen ein andermal, meine Liebe.«

»Ja, Sir, selbstverständlich.«

»Ja, kommen wir doch lieber zur Sache«, Dunbar rieb sich gutgelaunt die Hände und schob dann seine Reitkappe etwas aus der Stirn, »Zunächst einmal wollen wir Ihnen sagen, wie sehr wir uns freuen, dass Sie fleißig arbeiten und gut vorankommen. Wir wollen heute sehen, was gemeinsam zu besprechen vielleicht sinnvoll sein könnte. Ich schlage vor, wir sammeln erst einmal ein paar Fragen.«

Er blickte schunkelnd nach links und rechts in die Reihe, aber niemand meldete sich zu Wort. Die Doktoranden hielten im Tippen inne und starrten mit weitaufgerissenen Augen auf ihre Tastatur nieder, auf dass der Kelch an ihnen vorüberginge. Nach einer Schweigeminute seufzte Higgins melancholisch auf, und ich hoffte schon, er wolle etwas fragen, aber falls es so war, kam ihm Bassington-ffrench zuvor:

»Ja, vielleicht fange ich mal an«, er schlug seine Beine wie immer genüsslich hektisch übereinander und ruckelte dabei seinen Oberkörper nach oben, als müsse er ein Gefäß auf seinem Kopf balancieren, »Um noch einmal an unsere nette Konversation von vor dem großen Schlaf anzuknüpfen – was mir auch nach Ihrem Kommentar seiner Tagebücher nicht klar werden konnte, ist, warum Manzanilla eigentlich Cambridge verlassen hat. Denn er ist schließlich ziemlich direkt nach der Abfassung des *Kryptychons* verschwunden, nicht wahr?«

»Ganz recht, Sir, er verlässt England im Frühling 1671.«

»Und kurz darauf bricht sein Tagebuch plötzlich ab, richtig?«

»Äh, nein, Sir, keineswegs. Er hat es im Gegenteil bis zum Ende geführt, auch wenn der Umfang seiner Aufzeichnungen mit den Jahren immer kleiner wird, bis er in den letzten Monaten kaum mehr als ein paar Worte schreibt. Es ist nur so, dass der letzte Band seiner Tagebücher, der die Jahre von 1672 bis zu seinem Tod im April 1687 umfasst, noch in Arbeit, also noch nicht herausgegeben ist. Ich hoffe, Ihnen allen diesen Tagebuchband, der zugleich meine Manzanilla-Ausgabe komplettieren soll, noch in diesem Frühjahr präsentieren zu können. Und damit zugleich selbstverständlich auch einen Kommentar, der ihre offenen Fragen zufriedenstellend zu beantworten vermag.«

»Hm, schön, ja«, er runzelte unzufrieden die Stirn, »aber vielleicht könnten Sie uns trotzdem einstweilen kurz erklären, warum er von hier weggegangen ist.«

»Tja, offen gestanden ist das schwer zu sagen«, fröstelnd blickte ich auf meine bläulichen Hände herab, »entschuldigen Sie, könnten wir vielleicht die Heizung etwas höher drehen, scheußlich kalt hier, finden Sie nicht?«

Bassington-ffrench und Dunbar blickten einander kurz fragend an und begannen dann gleichzeitig mit heruntergezogenen Mundwinkeln den Kopf zu schütteln, woraufhin die Doktoranden doppelt so kräftig den Kopf schüttelten.

»Äh … ja, gut, dann fahre ich fort?«

»Wir bitten darum!«

Bassington-ffrench schaufelte gereizt in die kalte Luft, und ich fragte mich erschöpft, wie viele solcher Gespräche noch vor mir lagen, wie lange sie mich noch erzählen und wann sie mich gehen lassen würden. Higgins las meine Gedanken, stand auf, drehte die Heizung höher und nickte mir, sich wieder setzend, aufmunternd zu, sodass ich mir einen Ruck gab.

»Manzanilla hatte, äußerlich gesehen, keinen Zwang zu gehen. Niemand hat ihn aus Cambridge vertrieben oder dergleichen, sein Auskommen als Hebräischlehrer war zwar äußerst kärglich, aber immerhin stabil, und wenn es einmal gar nicht reichte, konnte er sich stets der Unterstützung seiner befreundeten drei Theologen sicher sein, die auch dafür gesorgt hatten, dass er schließlich ein Zimmer hier in Trinity College bekam. Und außerdem war da auch immer noch die treue Hand von Isaac Abendana.

Dass er von hier verschwunden ist, scheint eher damit zu tun zu haben, dass er sein Werk nun abgeschlossen hatte, auch wenn er das nie so deutlich sagt. Als Manzanilla im Januar 1671 den letzten, also den mittleren Teil des *Kryptychons* zu Ende geschrieben hat, notiert er in sein Tagebuch: *Die eigentliche Entdeckung ist die, dass ich nun fähig sein werde, das Philosophieren abzubrechen, wann ich will. Aber wenn die Philosophie in mir zur Ruhe kommt, was kann es dann sein, das an ihre Stelle tritt und in mir nicht zur Ruhe kommen wird?*

Den Anlass seiner Reise gibt ein Brief seiner Schwester, die ihm mitteilt, dass der Vater im Sterben liegt. Manzanilla sagt seinen drei Engeln Swordsman, Shaftesbury und Shakelton bei seiner Abreise, er werde so bald wie möglich aus Amsterdam zurückkehren, und legt sein Werk zur Verwahrung in ihre Hände. Aber sie scheinen zu ahnen, dass sie ihn nie wiedersehen werden, denn Gilbert Swordsman schreibt am 22. April 1671 in sein Tagebuch: *Manzanilla fort. April ist der böseste Monat.*

Als Manzanilla in Amsterdam ankommt, ist sein Vater bereits beerdigt, aber er bleibt dennoch ein halbes Jahr dort, um seine Mutter zu unterstützen und als Buchhalter im Geschäft seines Schwagers auszuhelfen. Das Leben zwischen den Häusern seiner Familie und der Synagoge tut ihm gut, die Verfolgungsträume, die ihn auch in Cambridge nie verlassen haben, lassen ihn eine Weile in Ruhe, und seine Familie drängt ihn, sich für immer in ihrem Schoss niederzulassen, sich endlich doch noch beschneiden zu lassen und zu heiraten. Als seine Mutter und seine Schwestern mit der Nachbarin Verhandlungen um deren achtzehnjährige Tochter aufnehmen, packt Manzanilla unter der Klage der Frauen seine Sachen, aber statt nach Cambridge zurückzukehren, fährt er südwärts. Er reist durch halb Europa und verbraucht dabei das gesamte Erbe seines Vaters, um drei Jahre später in Thessaloniki ein letztes oder vielleicht erstes Zuhause zu finden. Immerhin verbringt er dort die letzten dreizehn Jahre seines Lebens und ist damit dort so lange geblieben wie sonst nur in Spanien.«

»Hm, hm, schön schön«, Dunbar rüttelte sich aus dem hundertsten seiner Dreißig-Sekunden-Nickerchen wieder auf, »dann ist seine Geschichte ja noch mal gut ausgegangen, alles in allem, meine ich.«

»Ja, Sir, so versuche ich es auch zu sehen.«

»Schön schön. Weitere Fragen, meine Herren?«

»Wenn ich da noch mal nachhaken dürfte, meine Liebe – ich bin eine

Plage, ich weiß«, Bassington-ffrench entblößte entwaffnend sein Zahnfleisch, »aber mir erschließt sich das noch nicht recht. Ein ehemaliger katholischer Gelehrter und zugleich jüdischer ehemaliger Cambridgemann reist durch das glaubenskriegszerstörte Europa, begibt sich ins osmanische Saloniki und wird dort glücklich – ein freier Mensch?«

»Von Glück und Freiheit war meines Wissens nie die Rede, Sir.«

»Na wie auch immer, aber wovon lebt er? Wie ist seine soziale Situation? Was wird aus seiner Philosophie?«

»Er hat anscheinend wechselnde Berufe, arbeitet unter anderem als Buchhalter, Hafenangestellter, Gärtner und schließlich als Verkäufer eines Tuchhändlers.«

»Arbeitet also für die Türken, also die Osmanen?«

»Er arbeitet für alle, die ihn anständig behandeln, für Türken, Griechen, portugiesische Juden, Inder.«

»Und seine Philosophie? Hat er sie tatsächlich hinter sich gelassen?«

»Nein, Sir, wohl nicht oder zumindest nicht ganz. Er scheint weiter gearbeitet zu haben, aber ob und was er in der zweiten Phase seiner Diaspora geschrieben hat, werden wir nie erfahren, da außer seinen Tagebüchern, die er drei Tage vor seinem Tod zusammen mit einem Bündel getrockneten Lavendels an Gilbert Swordsman nach Cambridge schicken lässt, wo sie ein Jahr später tatsächlich ankommen, nichts von ihm aus seinen späten Jahren erhalten ist. Jedenfalls beschreibt er im Tagebuch in einer Mischung aus Klage und großer Heiterkeit, dass er, wann immer er einen neuen Gedanken auf dem Papier festzuhalten versucht, nach ein paar Seiten feststellt, dass das Geschriebene nur eine schlechtere Version von etwas ist, das er bereits geschrieben hat.«

»Tja, das passiert den Besten, trist, na ja. Hat er Freunde?«

»Er spricht mit vielen Leuten. Aber Freunde, nein, scheint nicht so, Sir. Jedenfalls niemand, den er seinem Tagebuch vorstellt.«

»Was ist mit Frauen? Ich meine Huren? Oder ist er homosexuell? Zumindest in seinen Cambridger Tagebüchern schwärmt er ja immer mal wieder von einem namenlosen Fellow, nie was Eindeutiges, kann auch mönchisch vergeistigte Liebe sein, aber immerhin, es ist auffällig.«

»Mag sein, aber da es unmöglich ist zu beurteilen, ob diese Uneindeutigkeit nun den Restriktionen seiner Zeitgenossenschaft geschuldet ist oder der Uneindeutigkeit seiner Neigungen, möchte ich mir darüber lieber kein Urteil erlauben, Sir, wenn Sie erlauben. Dieser Bereich seines Lebens entzieht sich meiner Kenntnis.«

»So so, entzieht sich, wie? Zu schade. Apropos Neigungen«, er nahm ein gefalztes Blatt Papier aus der Innentasche seines apfelgrünen Seidensakkos und entfaltete es mit gezierten Handbewegungen, als fürchte er, das Papier oder aber sich selbst an ihm zu beschmutzen, »also meine Liebe, das alles ist gewiss sehr inspiriert und auch sehr inspirierend und so weiter, aber ich bin offengestanden nicht sicher, ob Sie damit schon auf dem richtigen Weg zum *Wissen im 21. Jahrhundert* sind, was ja, wie ich Sie vielleicht erinnern darf, immerhin Ihr Vortragsthema sein wird, nicht wahr?«

Er hielt sich das Blatt auf Armeslänge vom Leib, räusperte sich ausgiebig, fuhr sich mit der Zungenspitze über die Unterlippe und las dann in laut scherzendem Ton:

»Er hat ins Weinhaus mich geführt,
dessen Schild über mir heißt: Liebe.
O stärkt mich mit Obstkuchen,
bettet mich unter Apfelbäumen,
denn krank vor Liebe bin ich!
Seine Linke unter meinem Kopf,
und seine Rechte, die soll mich umfangen.

Beschworen hab ich euch,
Söhne Englands, bei den Gazellen
oder den Hirschkühen auf der Flur:
Weckt nicht und schreckt nicht die Liebe,
bis es ihr gefällt.«

Zum Abschluss räusperte er sich noch einmal wirkungssüchtig in die ausgespannte Stille hinein und sah mich dann erwartungsvoll mit hochgezogenen Augenbrauen an, die im Verein mit seiner ebenfalls hochgezogenen Oberlippe unmöglich erkennen ließen, ob sein Blick nur anzüglich amüsiert oder eher angewidert erbost war. Ich senkte daher meinen flackernden Blick etwas tiefer zu dem Blatt Papier, das er noch immer auf Armeslänge von sich hielt, und als ich darauf den runden Abdruck eines heißen Tellers und ein paar ekelhaft grünliche Erbsenflecken erkannte, stieg mir das Blut vom Nacken aus pochend hinter die Ohren, bis es mein ganzes Gesicht flutete. Niemand schien zu atmen, und trotzdem wurde die Luft dünn vom Schweigen, bis Bassington-ffrench es endlich in heiterer Auflösung seiner Gesichtsstarre brach. Munter plaudernd schwenkte er das Papier:

»Nun, so weit erstmal, wir wollen es aus Gründen der Diskretion dabei bewenden lassen, auch wenn ich Ihnen allen selbstverständlich nur ungern die Beschreibung der körperlichen Vorzüge des hier angesungenen Herren vorenthalte – wir gratulieren Ihnen zu Ihrer Fantasie, meine Liebe, und ich bin sicher, die Reize von Dr. Orville Wilson haben jedes Ihrer goldenen Worte verdient ...«

Die beiden Doktoranden lachten prustend durch die Nase, Dunbar schlug sich glucksend mit der Reitgerte gegen den Stiefel, nur Higgins amüsierte sich nicht und schüttelte missbilligend den halb zu Boden gesenkten Kopf, ohne dass sich erkennen ließ, wem seine Missbilligung galt.

»Aber ... aber«, protestierte ich mit wie auf Stelzen wackelnder, viel zu hoher Stimme, »das ist doch gar nicht mein Text!«

»Nicht Ihr Text, wie«, Bassington-ffrench hielt mir das Papier mit der beschriebenen Seite vor die Nase, »und warum liegt er auf Ihrem Schreibtisch? Ist das Ihre Schrift oder nicht?«

Ich schielte auf die schwarzen kleinen Schlaufen, die sich auf den Zeilen wie Schwalben bei schlechtem Wetter auf Drähten aneinander drängten, und nickte vage:

»Ja, es scheint so, das habe wohl ich geschrieben, aber es ist trotzdem nicht …«

»Schon gut, meine Liebe, schon gut«, Dunbar hatte das Wort übernommen, indem er Bassington-ffrench kurz mäßigend auf den Arm klopfte, »wir sind doch nicht hier, um Ihnen Kummer zu bereiten, sondern um Sie zu unterstützen. Was der Vize-Dekan in vielleicht etwas unorthodoxer Form ansprechen wollte, ist doch nur die Frage, unter welchen Bedingungen Sie am besten arbeiten können. Wir waren uns bisher sicher, dass Sie so frei von allen Ablenkungen sein sollten wie möglich, um keine Kraft zu verschwenden. Aber nun haben wir uns etwas besonnen und uns daher selbstkritisch fragen müssen, ob es nicht vielleicht ein bisschen engstirnig von uns war, Sie daran zu hindern, Ihren privaten Interessen nachzugehen, Sie verstehen?«

»N-nein, Sir, ich fürchte …«

»Nun, was wir sagen wollen, ist, dass Sie Wilson sehen können, so oft Sie wollen, ja, wir wollen Sie ausdrücklich dazu ermuntern. Also gehen Sie nur, wann immer Ihnen danach ist hinunter zu ihm. Niemand wird sich Ihnen in den Weg stellen. Denn wir haben vielleicht ein wenig aus dem Blick verloren, dass zu effizienter, tatsächlich erfolgreicher Arbeit auch die rekreativen Akte gehören. Ohne Rekreation keine Konzentration, nicht wahr? Also: *Erlaubt ist, was gefällt!* Nur tun Sie uns einen Gefallen und bleiben Sie in der Nacht vor Ihrem Vortrag bitte hier und allein, gehen Sie früh zu Bett und sammeln Sie sich.«

»Äh, ja, Sir.«

»Gut, dann wäre das geklärt und Sie müssen keine Heimlichkeiten mehr haben, nicht wahr? Das ist doch für uns alle unangenehm und, seien wir ehrlich, einer Institution wie der unseren unwürdig. So, meine Herren …«

Er erhob sich leicht schnaufend, und sofort taten die anderen es ihm gleich, nur Higgins kam ihm deutlich verzögert nach. Sie schüttelten mir nacheinander herzlich die Hand, wünschten mir alles Gute und verließen in Vorfreude auf das Mittagessen schnatternd das Zimmer. Higgins war noch geblieben und hatte eine Weile schweigend vor seinem Stuhl gestanden. Dann war er neben mich an den Schreibtisch getreten, sah mich aber nicht an, sondern blickte zum Fenster hinaus und murmelte:

»Ein herrliches Fenster haben Sie hier, oder besser drei herrliche Fenster. Man kann weit hinaussehen. Weit hinaus, man sieht die Wege, die die Menschen nehmen.«

»Ja, Sir.«

Ich hatte mich umgedreht und schaute nun ebenfalls hinaus. Als die Sonne meine Augen traf, blinzelte sie freundlich und verzog lächelnd das Gesicht. Higgins legte mir die Hand auf die Schulter und drückte sie ein paar Mal.

»Sie müssen tapfer sein, mein Kind, und alles so gut wie möglich machen.«

»Ja, Sir. Ich kann nun nicht mehr zurück, wie?«

Jetzt erst sah er mich an und nickte dann lächelnd:

»Ja, von hier oben kommt man nicht so leicht wieder runter, aber Sie werden sich schon darin einrichten.«

»Ja, Sir.«

»Gut, dann werde ich den anderen jetzt an den Hohen Tisch folgen. Ich bedaure es übrigens sehr, dass wir im Moment nicht zusammen essen können, ich vermisse das wirklich. Apropos, da kommt Ihr Essen. Bis bald, meine Liebe!«

Bevor ich ihn fragen konnte, wann ich wieder zu ihm kommen dürfe, hatte er mir schon den Rücken zum Gehen gewandt und winkte mir noch einmal, ohne sich umzudrehen, während Zeus und Apollo sich vor ihm verneigend hereinhuschten und mir mein Essen brachten. Ich brauchte den silbernen Deckel nicht hochzuheben, um zu wissen, dass es wieder Erbsen waren.

Zwei Stunden später lag ich mit einer Wärmflasche auf dem Bauch und drei Kissen unter dem Kopf auf meiner Pritsche, las murmelnd im *Kryptychon* herum, auf der Suche nach einem Eingangszitat, von dem aus ich meinen Vortrag entwickeln könnte, fand aber nichts, weil meine Gedanken sich ständig die Treppe hinabschlichen. Immer wieder entschlüpften sie mir, immer wieder packte ich sie am Schlafittchen und setzte sie vor dieselbe Stelle:

»Glaubt das Kind, dass es Milch gibt? Oder weiß es, dass es Milch gibt? Weiß die Katze, dass es eine Maus gibt? Nun, ebenso wenig wie das Kind zu wissen noch zu glauben braucht, dass es Milch gibt, braucht die Katze zu wissen, dass es eine Maus gibt, weil Milch und Maus nun einmal so fest gegeben sind in den Welten von Kind und Katze, dass sie an deren Existenz nicht zweifeln könnten, ohne dass die ganze Welt zu verschwinden drohte. Nur eine im Irrgarten des Denkens verlorene Katze wird eine andere fragen: *Weißt du, dass es eine Maus gibt?* Aber auch wenn wir uns nicht in diesem Irrgarten verloren haben und scheinbar frei durch die vertrauten Straßen streifen, antworten wir der verirrten Katze dennoch meist brav wie eine Maus: *Aber ja, natürlich weiß ich, dass es Mäuse gibt, ich sehe und fresse sie doch tagtäglich!* Denn dass wir Katzenmäuse dergleichen Unsinn reden, hat seinen guten Sinn auf den Wegen, die der Herr uns tagtäglich bereitet.

Aber auch diese Wege können sich jederzeit in einen Irrgarten verwandeln, und mitunter müssen wir dazu nur kurz innehalten auf ihnen. Sobald wir aber ganz stehen bleiben, unsere Pfoten unter unseren Augen ängstlich hin und her wenden und uns fragen: *Was kann ich wissen?*, so vergessen wir, dass es Katzen und Mäuse gibt, ja wir vergessen uns selbst und sind dann endlich gottvergessene Kreaturen. Die Dinge erscheinen uns plötzlich in leerem Glanz. Denn dann ist es, als wollten wir versichern, dass es Dinge gibt, die wir *wissen*. Wir scheinen dann etwas zu wissen, worüber Gott selber uns nichts erzählen könnte. Daher liegt alles Verderben, aber auch alle Erlösung in diesem Stehenbleiben.

Aber nun vergiss auch dies Bild wieder! Bleib nicht länger stehen, vergiss Katze und Maus, denn du bist keines von beidem, ebenso wenig wie du Wolf oder Lamm bist. Sei vor allem kein Lamm und hüte dich vor den Lämmern! Gefährlich sind die Sanftmütigen! Denn sie glauben, ihnen sei das Himmelreich, und so versperren sie die Wege des Erdreichs.«

Kaum hatte ich die Passage endlich zu Ende gelesen, hüpften meine Gedanken schon wieder davon, diesmal ließ ich sie mit resigniertem Achselzucken ziehen und legte mir das offene Buch aufs Gesicht, um fünf Minuten zu schlafen. Obwohl das schwere Buch mir unangenehm auf die Wangenknochen drückte und mich schlecht atmen ließ, verwuchsen sich die unruhigen fünf Minuten, in denen das Buch unablässig auf mich einredete, dann zu zehn Stunden. Verwirrt schreckte ich in die stockfinstere Nacht hinein auf und wusste eine Sekundenewigkeit lang nicht, wo und wer ich war. Es fiel mir dadurch wieder ein, dass ich begriff, dass ein Geräusch im Hof, das noch immer anhielt, mich geweckt hatte, wodurch ich wiederum verstand, dass das schwere Ding auf meinem Gesicht nicht der Sargdeckel, sondern das *Kryptychon* war.

Noch bevor ich das Licht angemacht hatte und schwindelnd aufgestanden war, wusste ich: Wittgenstein ist wieder da! Das traurig leise Ineinanderwüten von zischenden und schlurfenden Geräuschen konnte von keiner anderen Menschenmaschine stammen als von ihm. Voller Freude und Furcht öffnete ich das Fenster zum Hof und sah seine dunkle Gestalt nervös auf dem Rasen kreisen. Die Hände auf dem Rücken warf er immer wieder den Kopf in den Nacken und stieß in kehligem Singsang unverständliche Laute aus:

»Ntrräglich! Ntrräglich!«

»Wittgenstein, sind Sie es?«

Der Läufer auf dem Rasen hielt abrupt inne, suchte mit vogelruckartigen Kopfbewegungen die Quelle des Zurufs, und ich ruderte so euphorisch mit den Armen, dass ich fast aus dem Fenster gefallen wäre:

»Hier bin ich, Wittgenstein! Sind Sie es wirklich? Welche Freude, was für ein Glück! Sie sind wieder da!«

Sein finsteres Gesicht hellte sich auf und er winkte lächelnd zurück:

»Ja natürlich bin ich wieder da! Es bleibt mir angesichts Ihrer Unfähigkeit wohl kaum etwas anderes übrig.« Als er weitersprach, verschwand sein Lächeln langsam wieder in der Finsternis. »Die Frage ist eher, was zum Teufel Sie noch immer hier machen! Ich habe Ihnen doch gesagt, dass dies ein gefährlicher Ort ist, ein verderblicher Ort. Die Luft hier ist schlecht, sehr schlecht, sie verdirbt den Charakter.«

»Ja, Sir, ich weiß. Kommen Sie rauf?«

»Noch mal da rauf? Aber nie im Leben! Kommen Sie gefälligst runter!«

»Ja, Sir.«

Ich flitzte die Treppen hinab, vorbei an Orvilles Tür, vor der meine Gedanken kauerten und mir kurz schuldbewusst zuwinkten, aber ebenso schuldbewusst schaute ich weg und rannte so schnell ich konnte weiter in den Hof. Atemlos begrüßte ich Wittgenstein noch einmal und er schüttelte mir herzlich die Hand und schimpfte dabei auf mich ein:

»Ntrräglich! Ntrräglich! Was haben Sie sich dabei gedacht? Wie konnten Sie das verdammte Zeug nur aus den Augen lassen?«

»Ich weiß, Sir, aber sehen Sie, ich konnte schließlich nicht rund um die Uhr neben dem Koffer hocken und …«

»Na ja, lassen Sie es gut sein. Es ist meine Schuld, ich hätte Ihnen die Sachen nicht anvertrauen dürfen.«

»Oh nein, sagen Sie das bitte nicht, Professor!«

»Ja, es tut mir leid, es ist grausam, das zu sagen, aber leider ist nun einmal auch wahr, und deshalb muss ich es Ihnen sagen. Ihnen fehlt einfach die nötige geistige Reife, um eine so schwere Aufgabe zu übernehmen. Sie sind noch zu jung, noch immer zu jung, nach all den Jahren, und werden es wohl auch immer bleiben. Aber hätte ich auch nur geahnt, dass Sie so vollkommen versagen würden, ich hätte den verdammten Marranen gar nicht erst ausgegraben.«

»Entschuldigen Sie, Sir«, kochend stieg mir das Blut in den Hinterkopf, »aber soweit ich mich erinnere – korrigieren Sie mich, wenn ich mich irre – habe *ich* den verdammten Ma- … den Manzanilla ausgegraben und nicht Sie, bin *ich* hinabgestiegen in die Kammer des Königs, nicht Sie. Um mich mit dieser wenig bequemen Aufgabe zu betrauen, schien Ihnen meine geistige Reife ausreichend, dafür war ich wohl nicht zu jung!«

»Regen Sie sich ab! Es ist nun einmal so: Alt werden ist nichts für Memmen. Das können Sie noch nicht wissen, aber Sie sind verdammt noch mal alt genug, um zu wissen, dass man, um etwas zu finden, nie zu jung sein kann, um zu verstehen, was man da gefunden hat, schon. Aber ich fürchte, ich muss mich setzen.«

Er taumelte leicht und hielt sich die linke Hand gekrampft auf den Unterbauch, als er sich die paar Schritte zu einer Bank am Rand des Rasens bewegte. Erschrocken sprang ich hinter ihm her und stützte ihn, während er sich mit schmerzverzerrtem Gesicht setzte. Aber kaum saß er, lächelte er schon wieder in tadelloser Selbstüberwindung:

»Nicht weiter schlimm. Man stirbt, das ist alles. Weniger schlimm als die Schmerzmittel, die einen vollkommen verblöden. Hauptsache, ich kann wieder arbeiten. Im Übrigen ist es ein bisschen wie damals im Krieg. Bei jedem Schuss zuckt meine Seele zusammen. Ich möchte so gern noch weiter leben! Vielleicht bringt mir die Nähe des Todes das Licht des Lebens. Möchte Gott mich erleuchten.«

»Ach, sagen Sie das nicht, Sir.«

»Na, nun heulen Sie bloß nicht! Wo waren wir stehengeblieben?«

»Bei meiner geistigen Unreife, Sir.«

»Ach ja, also … verdammt, hören Sie auf zu heulen! Wissen Sie noch, wie wir damals, direkt nach Ihrer Ankunft in England, gemeinsam haben Drachen steigen lassen? Erinnern Sie sich, die Drachen für die Wetterwarte in Glossop?«

Ich nickte stumm und er gab mir sein Taschentuch, lehnte sich dann entspannt in der Bank zurück, breitete die Arme aus und plauderte munter weiter:

»Diese verrückten Drachen zu bauen, war wirklich eine der schönsten Aufgaben meines Lebens. Auch wenn sie selbstverständlich alle nicht so recht flogen, wie sie sollten, nicht wahr? Und ich bin Ihnen bis heute dankbar, dass Sie mir dabei, wenn auch meistens ziemlich ungeschickt, assistiert haben, meine Einsamkeit gelindert und mir den lieben langen Tag zugehört haben.«

Er klopfte mir auf die Schulter, während mir ein neuer Schwall Tränen über das Gesicht rann, worüber er so herzlich lachen musste, dass auch ich schließlich lachte:

»Sie wären ein lausiger Flugzeugingenieur geworden, Sir.«

Er hatte aufgehört zu lachen und nickte ernst:

»Ja, das ist wohl wahr. Na ja, kein lausiger, sondern ein mittelmäßiger, was dann wiederum natürlich das Lausigste überhaupt ist. Aber immerhin habe ich dabei etwas gelernt, was Sie, wie ich fürchte, noch immer nicht verstehen: Wolken kann man nicht *bauen*. Und darum wird die *erträumte* Zukunft nie wahr.«

»Aber ich erträume mir doch gar keine Zukunft, ich will doch nur, dass die Vergangenheit für ein paar Stunden Ruhe gibt.«

»Das ist in gewisser Weise dasselbe.«

»Ich fürchte, ich verstehe nicht ganz …«

»Sag ich doch! Warum sonst wollten Sie mit diesem Wilson weggehen? Es war übrigens sehr dumm von Ihnen, ganz und gar charakterlos, sich auf den Mann einzulassen. Sie haben darüber Ihre Aufgabe hier ganz aus den Augen verloren. Menschen, zu denen man sich hingezogen fühlt, muss man sich vom Leibe halten, das weiß doch jedes Kind. Sie wissen doch, unsere Träume sind voll Tand, gleichsam Papiermützen und Kostüme.«

»Ja, Sir, ich weiß das alles …«

»Ob Sie das alles wirklich wissen, wird sich darin zeigen, wie Sie handeln und über Dinge sprechen.«

»Ja, auch das weiß ich alles. Aber so einfach ist es nicht. Denn weil sich mein Wissen am Schluss auf seiner Anerkennung gründet, kann nicht nur ich gegen mein besseres Wissen, sondern das Wissen selbst gegen sich verstoßen – und zwar ganz und gar wissentlich.«

»Sie reden Unsinn, wie immer. Kommen Sie, wir gehen ein Stück.«

»Geht es wieder, Sir?«

»Ja ja, natürlich. Bitte kein Gehätschel, steht Ihnen auch nicht im Geringsten.«

Er schlug die Richtung zum Great Court ein, lief schnell wie immer, und wieder einmal fiel mir auf, dass unser beider Sucht nach schnellem, aggressivem Gehen ein wesentlicher Bestandteil unserer Beziehung war. Unter dem Great Gate angekommen, blieb er stehen, schaute in den Torbogen hinauf und schüttelte den Kopf:

»Verbrecherisch stillose Architektur! Aber in ihrer monströsen Scheußlichkeit wenigstens nicht mittelmäßig. Obwohl das Englische an sich zugleich immer mittelmäßig ist, nirgends eine Spitze, nur Hochebene, elendes Mittelmaß eben – so wie ich.«

»Um Gottes Willen, Wittgenstein, was reden Sie denn wieder ...«

»Nein nein, schauen Sie sich allein das Haus an, das ich für meine Schwester gebaut habe. Es ist das Produkt entschiedener Feinhörigkeit, *guter* Manieren, der Ausdruck eines großen *Verständnisses* für eine Kultur etcetera. Aber das *ursprüngliche* Leben, das *wilde* Leben, welches sich austoben möchte – fehlt. Man könnte also auch sagen, es fehlt ihm die *Gesundheit.*«

»Ja, mag sein, Professor, Ihr Haus hat etwas Totes an sich, aber dann, schließlich ist ein solches Totenhaus keineswegs mittelmäßig, und was Ihr eigentliches Denken betrifft ...«

»Nein nein, sehen wir die Dinge, wie sie sind: Das jüdische ›Genie‹ ist nur ein Heiliger. Der größte jüdische Denker ist nur ein Talent – ich zum Beispiel. Man könnte sagen, ob es nun stimmt oder nicht, dass der jüdische Geist nicht im Stande ist, auch nur ein Gräschen oder Blümchen hervorzubringen, dass es aber seine Art ist, das Gräschen oder die Blume, die im anderen Geist gewachsen ist, abzuzeichnen und damit ein umfassendes Bild zu entwerfen. Es ist dem jüdischen Geiste typisch, das Werk eines anderen besser zu verstehen, als der es selbst versteht.«

»Oh bitte, Wittgenstein, beleidigen Sie nicht wieder Ihren Intellekt mit dem ewigen Wahnbild von einem jüdischen Geist. Offen gestanden finde ich es deprimierend, dass jemand wie Sie …«

»Nein, hören Sie zu: Es ist, glaube ich, eine Wahrheit darin, wenn ich denke, dass ich eigentlich in meinem Denken nur reproduktiv bin. Ich glaube, ich habe nie eine Gedankenbewegung *erfunden*, sondern sie wurde mir immer von jemand anderem gegeben. Ich habe sie nur sogleich leidenschaftlich zu meinem Klärungswerk aufgegriffen. Was ich erfinde, sind neue *Gleichnisse*.«

»Aber was kann man denn noch mehr wollen als das, Sir?«

»Ja ja, ist ja auch egal. Eitles Geschwätz. Kommen Sie, drehen wir eine Runde um den Hof. Was ich sagen will, ist: Philosophie dürfte man eigentlich nur *dichten*. Daraus muss sich, scheint mir, ergeben, wie weit mein Denken der Gegenwart, Zukunft, oder der Vergangenheit angehört. Denn ich bekenne mich damit auch als einen, der nicht ganz kann, was er zu können wünscht.«

»Sie wissen so gut wie ich, dass das nicht stimmt. Da wir davon sprechen …«

»Ja, womit wir wieder bei dem Schlamassel wären, den Sie uns eingebrockt haben. Sie hätten Ihre Zeit nicht ausschließlich damit verbringen dürfen, sich von dem blonden Schnösel vögeln zu lassen. Ja, schauen Sie nicht so wütend, so ist es nun einmal! Aber andererseits, das Kind war schon vorher in den Brunnen gefallen. Apropos, sollen wir uns setzen?«

In völliger Gleichgültigkeit setzte ich mich neben ihn auf den Rand des Teufelsbrunnens und starrte auf den Rasen, der in der Dunkelheit wie mit einem Ölteppich überzogen schien. Wegen des Gekichers in meinem Kopf dauerte es eine Weile, bis Wittgensteins Stimme wieder zu mir durchdrang:

»… schon das war natürlich ein fataler Fehler. Ich hatte Ihnen doch gesagt, dass Sie unter keinen Umständen erzählen dürfen, wo und wie Sie Manzanillas Schriften gefunden haben. Warum nur haben Sie sich dazu hinreißen lassen, es dieser Agnès Mondet zu erzählen? Hat Sie Ihnen etwas in den Tee geschüttet?«

»Nein, Sir, ich habe ihr im Gegenteil alles mit größter Absicht erzählt. Ihr die Geschichte zu erzählen erschien mir als die einzige Möglichkeit, Ihr Geheimnis zu wahren, Sir. Durch meine Offenheit ließ ich Agnès in dem Glauben, nun alles zu wissen, und so konnte ich mühelos verbergen, dass Sie die Bücher selbst dort unten vergraben haben und …«

»Ach Unsinn! Alles vermasselt haben Sie dadurch!«, wütend sprang er auf, rannte um den Brunnen herum, immer schneller, nach zwei, drei Runden musste ich die Augen niederschlagen, weil mir schwindelig wurde. Ich starrte also wieder auf den Boden, während er unablässig ausrief:

»Ntrräglich! Ntrräglich!«

»Bitte, Sir, glauben Sie mir, dass ich nach bestem Wissen und Gewissen gehandelt habe und nach wie vor glaube, ja mir absolut sicher bin, dass es das Richtige war …«

»Ja, schon gut«, er blieb plötzlich vor mir stehen, nickte ein paar Mal vor sich hin und starrte dabei durch mich hindurch. Dann begann er wieder, um den Brunnen herum zu laufen, bis sein Gang in ein Hüpfen überging und er schließlich lachend ausrief:

»Ach, wie gut, dass niemand weiß, dass ich Rumpelstilzchen heiß!«

»Ja, Sir. Aber sollten Sie sich nicht vielleicht etwas schonen?«

»Ja«, er setzte sich atemlos wieder neben mich, »vielleicht habe ich es heute etwas übertrieben. Sehen Sie, einmal wohnte ich in Irland neben einem Bauern, der mich, nur weil ich beim Laufen laut mit mir spreche, so sehr hasste, dass er es mir verwehrte, über seine Schafweiden zu laufen, weil ich angeblich seine Schafe verrückt machen würde, so dass ich, wohin ich auch wollte, stets einen Umweg von zehn Meilen machen musste, wodurch meine alltäglichen Wege recht mühsam wurden. Aber ich habe es dennoch nicht gewagt, ihm in die Quere zu kommen, was nicht sehr mutig von mir war. Verstehen Sie?«

»Ja, Sir, ich glaube schon.«

»Gut, dann begleite ich Sie jetzt nach Hause, und ich hoffe, dass Sie sich ab jetzt klüger verhalten werden.«

Wir liefen langsam zurück, und er hakte mich freundlich unter, als wolle er mich stützen, aber ich glaube, dass seine Schmerzen in diesem Moment wieder sehr stark geworden waren. Vor dem Treppenaufgang zu meiner Wohnung in Whewell's Court blieb er stehen, umarmte mich und sagte:

»Alles, was du zu tun hast, ist jetzt noch von hier an den Weg nach Hause finden.«

Bevor ich antworten konnte, war er in der Dunkelheit verschwunden.

Langsam drehte ich der sternenklaren Nacht den Rücken, stieg mit entschieden wackeligen Schritten die Treppen hoch und konzentrierte mich darauf, Orvilles Tür zu übersehen. Als ich sie schon fast passiert hatte, drehte mir ein leises Kichern am Boden den Kopf zurück und ich sah meine Gedanken gutgelaunt auf der Türschwelle liegen, die Beine ausgestreckt und die Hände behaglich über den kugelrunden Bäuchen gefaltet. Orville hatte ihnen ein Schüsselchen Milch vor die Tür gestellt, und meine linke Augenbraue kletterte verärgert in die Höhe, als ich die fast leere rote Schüssel, die vollgekleckerte Schwelle und die grinsenden Milchbärte meiner Gedanken sah.

Ich musste Orville also zur Rede stellen und klopfte wütend an seine Tür, hinter der sich aber nichts regte. Das Ohr an die Tür gelegt, klopfte ich ein paar Mal, immer leiser werdend, aber von drinnen war kein Laut zu hören, sodass ich mich schließlich mit hängenden Schultern in meine Räume schleppte, vor denen Oberleitner und Ferguson auf ihrer Bank sitzend schliefen. Bevor ich auch schlafen ging, holte ich aus meiner Wohnung ein Kissen, legte es vorsichtig hinter Oberleitners Kopf und küsste ihm auf die Stirn.

In den nächsten Tagen verließ ich mein Bett nicht und stand noch nicht einmal auf, um meine Erbsen zu essen, die Zeus und Apollo mir freundlicherweise direkt auf die Pritsche stellten. So konnte ich ohne den geringsten Zeitverlust arbeiten und murmelte Tag und Nacht verschiedenste Vortragseröffnungen vor mich hin.

Am siebten Tag, an dem, wie mir mein Vater einmal in einer seiner seltenen theologischen Anwandlungen erklärt hat, sich Gott selber am Ende seines Tagwerks als Schlange unter den Baum der Erkenntnis legte, um sich davon zu erholen, Gott zu sein, davon, dass er alles zu schön gemacht hatte, war ich zwar noch immer nicht weitergekommen, beschloss aber trotzdem, zu ruhen und also aufzustehen. Denn der Teufel, so mein Vater weiter, ist bloß der Müßiggang Gottes an jedem siebenten Tag, und so schlenderte ich pfeifend unter die Dusche und überließ meinen Vortrag einmal mehr sich selbst.

Orvilles Tür war nur angelehnt, und durch den dünnen Spalt flossen grünliches Licht und gedämpfte Tanzmusik in den dunklen Flur. Ohne zu klopfen schlüpfte ich in die Wohnung. Ich fand Orville weder im grünen Salon noch im Schlafzimmer, und so folgte ich wie an einem Band gezogen der lauter werdenden Musik, die sich nun mit klirrendem Gelächter mischte. Ich lief geradewegs durch die ineinander übergehenden Räume, bis ich die Flügeltüren aufstieß zu einem achteckigen, rot-schwarz gefliesten Marmorsaal, in dem das Kristall lüstern von der Decke bis fast auf den Boden hing und sich in einer schlingernd tanzenden Menge verfing. Die Frauen hielten den Männern ihre zurückgebogenen Hälse hin, die Münder in starrem Muränenlächeln halbgeöffnet, zogen sie die hektisch zappelnden Männer auf sich, bis diese sie zu Boden warfen und sich auf ihnen mit zusammengebissenen Zähnen in erkaltetes Blei verwandelten. Durch die Tanzenden hindurch und über sie hinweg schlängelten sich Bedienstete in tadellos weißen Bademänteln und balancierten hoch über ihren Schultern die Tabletts mit den Champagnergläsern.

Den Rücken und die Hände an die Wand neben der Tür gepresst, versuchte ich das Kaleidoskop vor meinen Augen zu durchdringen, aber nirgendwo konnte ich Orville entdecken. Immer wieder nahm ich neuen Anlauf, kniff die Augen kurz zusammen und riss sie dann tapfer wieder auf, bis der Raum plötzlich vor mir hochklappte, als Bild in die Höhe wuchs und langsam auf mich zuwankte. Als ich mir gerade schreiend die Hände vors Gesicht schlagen wollte, legte sich eine sanfte Hand auf meinen Arm. Ich hielt in meiner Bewegung inne und blickte in das kleine Zelt meiner Hände, als wollte ich in ihnen lesen.

»Folgen Sie mir bitte, Miss, ich bringe Sie zu ihm.«

Ich wandte den Kopf und sah in Grigorijs traurig lächelnde Augen. Er nickte auffordernd, drehte sich um, verließ mit steifem Rücken den Raum, und erleichtert taumelte ich hinter ihm her. Ich nahm an, dass wir die ganze Gerade zurücklegen würden, die ich gekommen war, aber schon im Zimmer vor dem Marmorsaal blieb Grigorij in der Mitte des Raums plötzlich stehen, sodass ich ihm in den Rücken rumpelte, was er mit einem würdevollen Räuspern quittierte. Dann schwang er sich mit einem angedeuteten Stechschritt rechtsrum und öffnete im Klopfen eine niedrige ledergepolsterte Tür, sagte leise in das Zimmer hinein *Ich bringe Ihnen Miss Valentine, Sir* und schob mich in den winzigen Raum.

»Ja ist gut, danke, Grigorij. Sie können gehen. Ich brauche Sie nicht mehr heute Abend.«

Orville hatte es abwesend gemurmelt und sah nicht auf. Er saß im Smoking an einem kleinen Holztisch und schrieb in ein großes Heft. Um das Heft herum lagen drei geöffnete Bücher, und Orvilles Augen wanderten lesend von einem zum anderen, während er in ununterbrochen ruhigem Fluss blind schrieb. Die grünen Samtvorhänge in seinem Rücken waren zugezogen, der untere Teil des Zimmers wurde von mehreren kopfhoch angebrachten Wandlampen warm erleuchtet. Da Orville keine Notiz davon zu nehmen schien, dass ich mit gefalteten Händen vor seinem Schreibtisch stand, lauschte ich der gedämpften Musik und dem Lachen aus dem Saal nebenan und ließ dabei meinen Blick in dem engen Zimmer die hohen, gräulich tapezierten und sonst kahlen Wände hinaufklettern, bis ich den Kopf in den Nacken legte, um mit zusammengekniffenen Augen die schwarzlackierte Decke zu betrachten.

»Setz dich doch, bitte.«

Erschrocken fiel mein Kopf zurück nach unten, aber Orville sah noch immer nicht auf, sondern wies nur, mit der linken weiterschreibend, mit der rechten Hand auf den Stuhl vor seinem Tisch. Ich rutschte unbehaglich auf dem Stuhl hin und her, bevor ich ihn fragte:

»Warum bist du nicht auf deiner Party?«

Endlich hielt er im Schreiben inne, schaute mich erstaunt an und verzog dann leicht angewidert den Mund.

»Ich besuche niemals meine eigenen Partys.«

»Warum gibst du sie dann?«

Er zuckte die Achseln, als überrasche ihn mein Unverständnis:

»Um mich zu quälen, selbstverständlich, oder diesmal, vielmehr dich.«

Er war sehr blass, und seine Augen waren von noch hellerem Blaugrau als sonst.

»Du siehst sonderbar aus heute, Orville. So undurchdringlich durchsichtig.«

Er grinste müde:

»Geschmack, Aussehen und Nährwerte dieses hochwertigen Produkts unterliegen naturgegebenen Schwankungen.«

»Was schreibst du da?«

»Mein Hauptwerk, was sonst.«

»Wovon handelt es?«

»Hm, gute Frage«, er runzelte die Stirn und stützte den schräggelegten Kopf an dem Punkt, wo Schläfe und Augenbraue sich berühren, gegen seinen gestreckten Zeige- und Mittelfinger, wodurch sein Lid nach oben und um die Ecke zur Schläfe herum gezerrt wurde, »offen gestanden, ich habe es vergessen. Ich bin schließlich schon so lange freigestellt. Ich erinnere mich nur noch vage daran, dass es in fünf Teile untergliedert ist.«

Er warf mir kurz sein bezaubernd nervöses Auflachen über den Tisch, aber noch bevor ich es auffangen konnte, verfinsterte sich sein Gesicht schon wieder. Weil mich sein Schweigen ängstigte, fragte ich hastig:

»Aber du wirst mir doch sagen können, was du jetzt gerade geschrieben hast. Was sind das da für Bücher?«

»Oh das, das sind meine früheren Bücher. Ich schreibe gerade abwechselnd aus ihnen ab und rühre dabei in der einen oder anderen Formulierung herum, bis sich das ganze verdammte Zeug auflöst wie ein Stück Zucker im Tee.«

»Welches Zeug? Ich meine, kannst du mir nicht ungefähr sagen, worum es …«

»Oh bitte, muss das sein?«, er massierte sich gereizt die Stirn, »mit dir über Philosophie reden ist so ziemlich das Letzte, was ich will. Und außerdem weißt du doch, wie sehr ich Menschen verabscheue, die sich für das, was sie schreiben, ernstlich interessieren.«

»Ja natürlich, entschuldige bitte. Ich dachte nur …«

»Schon gut«, er lächelte, beugte sich über den Tisch und küsste mich flüchtig, »Entschuldige, dass ich laut geworden bin. Die Musik da drüben fängt langsam an, mir auf die Nerven zu fallen.«

Ich nickte ein paar Mal, um meine Frage hinauszuzögern:

»Was ist? Willst du ins Bett gehen?«

Er sah konzentriert geistesabwesend durch mich hindurch, als müsse er die Antwort ausrechnen und sagte dann schließlich gedehnt:

»Nein. Keine Lust.«

Beleidigt ließ ich mich zurück an die Stuhllehne fallen, kreuzte wütend meine Talarflügel vor der Brust und fragte gelangweilt:

»Na schön, was willst du dann?«

Er lächelte gleichgültig freundlich:

»Tja, also ich habe hier Arbeit zu tun, wie du siehst. Wenn es dich nicht stört, würde ich gern weiterschreiben. Wenn du erlaubst … ich wäre gern ungestört, also würdest du bitte …«

»Warum bist so ekelhaft?«

Meine Stimme war zitternd vor mir aufgesprungen, aber kaum dass ich ihr hinterherkam, hatte Orville mir wütend seinen Bleistift an die Stirn geschmissen, und so sank ich wieder auf den Stuhl zurück.

»Ekelhaft? *Ich* bin ekelhaft?«

Er hatte so laut geschrieen, dass die Musik und das Gelächter im Nebenzimmer verstummt waren, und als ich kurz die Augen schloss, um mir die schmerzende Stirn zu reiben, konnte ich die in ihrer Bewegung eingefrorenen Tanzenden sehen, wie sie mit zusammengezurrten Mündern in unsere Richtung lauschten, bis Orville über den Tisch sprang und mich an der Gurgel packte.

»Ich werd dir sagen, was ekelhaft ist! Sie schicken dich zu mir, und also kommst du zu mir, kommst hier her, als wäre nichts geschehen. Du bringst es fertig, deine Zeit, nein, noch schlimmer, deine *freie* Zeit mit mir verbringen, nein, noch schlimmer, dir deine freie Zeit mit mir *vertreiben* zu wollen.«

Entsetzt ließ er mich los, als ich mit beiden Händen und aller Kraft versuchte, seine Hände noch fester um meinen Hals zu drücken. Er wankte zurück, stieß gegen den Tisch und schob dann in plötzlicher Ruhe sorgfältig die Bücher und das Heft mit dem Unterarm zur Seite, bis sie in Zeitlupe auf den Boden fielen. Dann setzte er sich vorsichtig wie ein Kranker auf den Tisch und begann tonlos zu schluchzen. Ich rieb mir den Hals und sagte leise und heiser:

»Es ist nicht wahr, was du sagst. Ich bin nicht hier, um mir mit dir die Zeit zu vertreiben. Und das weißt du auch.«

»Lass uns nicht mehr sprechen. Geh bitte und komm nicht wieder, solange sie dich schicken.«

»Aber sie schicken mich doch gar nicht, das ist nicht wahr, sie verbieten mir nur nicht …«

Er hielt mir den Mund zu und schüttelte leise lachend den Kopf, nahm dann mit der anderen Hand meine Hand, legte sie auf seinen Mund und küsste sie.

Es klopfte und Grigorij trat ein.

»Sie wünschen, dass ich die Dame zur Tür begleite, Sir?«

»Ja bitte, Grigorij, vielen Dank.«

In den nächsten dreieinhalb Wochen war ich vollauf damit beschäftigt, mittags auf der Pritsche meine Erbsen zu essen und sie nachts dort wieder auszukotzen. Pünktlich morgens um acht kamen jetzt Ferguson und Oberleitner herein, und während Ferguson mich unter die Dusche stellte und mir dabei gut zuredete, ich möge doch nicht herzzerbrechend sein, bezog Oberleitner meine Pritsche neu. Er machte das recht umständlich und langsam. Wenn Ferguson mich schon lange fertig geputzt und in einen neuen Pyjama gesteckt zurück in die Schlafkammer brachte, hatte Oberleitner nicht einmal die Hälfte seiner Aufgabe erledigt, und jedes Mal schob ihn Ferguson schnaufend beiseite und besorgte den Rest in Windeseile, derweil Oberleitner und ich stumm nebeneinander vor der Pritsche standen, bis Ferguson endlich ein letztes Mal in herzlicher Wut auf das Kopfkissen einschlug und ich mich wieder hinlegen durfte.

Drei Tage vor meinem Vortrag, den ich bis dahin vollkommen vergessen hatte, erschienen die beiden am frühen Nachmittag noch einmal, und während Oberleitner in der Tür stehen blieb und mich wie gewöhnlich ängstlich und neugierig anstarrte, trat Ferguson mit nervös federnden Schritten an mein Bett heran und rieb sich unbehaglich die Hände.

»Ich weiß nicht recht, was ich davon halten soll, meine Liebe. Draußen warten zwei Studenten und behaupten, sie seien mit Ihnen verabredet zu einer außerplanmäßigen Seminarsitzung, das sei mit Professor Dunbar und mit Vize-Dekan Bassington-ffrench abgesprochen. Aber ich weiß davon gar nichts, und man hätte mich doch gewiss informiert. Also denke ich, ich werde die jungen Leute wieder wegschicken.«

»Hm, ja, tun Sie das. Es ist tatsächlich unwahrscheinlich, dass Sie nicht informiert worden wären.«

»Andererseits könnte es ja mal vorkommen, ein Missverständnis, ein Versäumnis der Sekretärin, und dann wäre es freilich sehr unangenehm für mich, wenn ich …«

»Tja, unwahrscheinlich. Schicken Sie die Kinder lieber weg. Es wäre mir auch lieber. Ich bin offengestanden nicht ganz in Form.«

»Nein nein, meine Liebe, es wird schon alles seine Richtigkeit haben. Kommen Sie, stehen Sie auf – Oberleitner, schick die Kinder ins Arbeitszimmer –, na los, nun stehen Sie schon endlich auf!«

Er half mir, den Talar über den Pyjama zu ziehen und schob mich dann rüber ins Arbeitszimmer, wo Betty Bliss und John Benjamin St. Claire vor der Stuhlreihe strammstanden, die die Offiziellen dem armen Raum nach ihrem Besuch vermacht hatten. Statt des üblichen Grußgebrülls murmelten mir die beiden kleine Hallos entgegen. Ich wedelte eine schlaffe Linke, um sie zum Sitzen aufzufordern und schlurfte dabei an meinen Schreibtisch. Ihnen gegenübersitzend, räusperte ich mich mühsam, doch bevor ich sprechen konnte, fragte St. Claire:

»Sagen Sie, Ma'am, könnten wir die Heizung etwas höher drehen, scheußlich kalt hier.«

»Ist es?«

»Ja, durchaus. Ich will Ihnen nicht zu nahe treten, aber glauben Sie nicht, dass es etwas zu kalt ist, um barfuß zu sein?«

»Bin ich?«, verwundert blickte ich auf meine Füße hinab, »ja, das muss wohl recht kalt sein. Na ja, wie auch immer, dann machen Sie mal die Heizung höher, St. Claire. Wo waren wir in der letzten Sitzung stehengeblieben?«

Sie antworteten nicht, sondern sahen mich nur beklommen an und dann blickten sie betreten zu Boden, sodass ich schließlich seufzte:

»Na schön, das war wohl nicht ganz die richtige Frage, nehme ich an. In jedem Fall danke ich Ihnen dafür, dass Sie vorbeigeschaut haben, sehr freundlich von Ihnen. Wenn Sie mich jetzt bitte wieder entschuldigen würden, ich habe zu tun, und …«

»Wir haben Ihnen was mitgebracht, Ma'am«, Betty holte aus ihrem Jutebeutel eine Plastikschüssel mit Deckel und Löffel, brachte sie mir lächelnd an den Schreibtisch und mir fiel auf, wie dünn Betty geworden war, »leider nicht mehr sehr warm, aber vielleicht besser als nichts …«

Ich öffnete die Schüssel, fand darin drei grüne Kartoffelklöße. In meinem Hals versuchte man, einen der Klöße nachzubilden, bis ein paar Tränen in die Schüssel fielen. Leise und etwas krächzend sagte ich:

»Sehr anständig von Ihnen, vielen Dank. Vielleicht erzählen Sie mir, während ich esse, was das Laufen macht.«

»Oh, ein andermal, danke«, beeilte sich Betty, »wir würden heute eigentlich lieber über Ihren Vortrag sprechen.«

»Worüber?«

»Ja, verzeihen Sie, es ist unverschämt neugierig von uns, aber wir würden schrecklich gern wissen, worüber Sie am Freitag sprechen werden.«

»Am Freitag?«

»Ja, Ma'am, Freitag ist doch der 31. März, oder nicht?«

»Mhm ja, wird wohl so sein. Schmeckt ausgezeichnet, übrigens.«

»Das freut uns, Ma'am. Wissen Sie, es wäre für uns nicht ganz unerheblich zu wissen, was Sie über das Wissen sagen werden.«

»Mhm ja«, schmatzend nickte ich ihr zu, »das zu wissen wäre wohl auch für mich nicht ganz unerheblich.«

Betty und St. Claire tauschten einen kurzen Blick, verständigten sich darauf, dass ich scherzte und begannen dann zu kichern.

»Wissen Sie«, übernahm St. Claire, »wir wissen so wenig. Wir kennen zwar die Prüfungsordnung und all das, und deshalb wissen wir, dass vom Erfolg Ihres Vortrags auch unserer, also die Anerkennung der im letzten Trimester bei Ihnen erbrachten Leistungen abhängt, und davon wiederum unser weiteres Fortkommen, aber inwiefern das nur auf dem Papier so ist oder tatsächlich umgesetzt wird, das wissen wir nicht.«

»Ja, ich verstehe«, log ich und leckte die Schüssel aus, »mhm, das war gut, sehr gut, vielen Dank noch mal.«

»Man weiß einfach nicht, ob man auf all den Unsinn etwas geben muss oder nicht«, fuhr Betty fort und runzelte die Stirn, »denn im Grunde genommen ist es für uns sowieso nicht wichtig, wir wollen ja den ganzen Mist ohnehin nicht einfach mitmachen, aber trotzdem, man wüsste einfach gern Bescheid.«

»Ja, ich verstehe Sie vollkommen.«

Ihre Gesichter hellten sich auf, ich lehnte mich bequem auf meinem Stuhl zurück, hielt mir den Bauch und lächelte sie an, wodurch auch sie sich noch weiter entspannten. Betty zog ihre Beine in den Schneidersitz auf den Stuhl, ihre aufgebrachten dunklen Locken legten sich schnurrend auf ihren Kopf zurück, und St. Claire begann summend mit den Füßen knapp über dem Boden zu baumeln, indem er seine angewinkelten Hände unter seine Oberschenkel schob. Betty plapperte jetzt vertrauensvoll weiter:

»Sehen Sie, allein Watson zum Beispiel. Er will sich mit seiner Bachelorarbeit am Projekt 2012 beteiligen, also wenn die Geisteswissenschaften das Jahr der Dysfunktion ausrufen. Deshalb wäre es wahrscheinlich wichtig für ihn, dass Sie das Wissen als funktionelle Dysfunktion beschreiben und na ja, eben das ganze Thema gemäß den Richtlinien bespielen, also die Ersetzung des Wissens durch die Information beklagen und so weiter. Also natürlich können Sie auch alles mögliche andere sagen, aber es wäre eben gut, wenn das mit einfließen könnte. Aber das sind alles nur so vage Empfehlungen, die wir kriegen. Auch die Infoblätter sind ja ziemlich kryptisch, wissen Sie. Glauben Sie, Ma'am, das sind alles nur so Formalien?«

»Tja, chinesische Gebärden verstehen wir so wenig wie chinesische Sätze, wenn Sie wissen, was ich meine.«

»Ja, Ma'am, aber St. Claire hier zum Beispiel glaubt, man könne die Richtlinien ignorieren. Das ist doch wohl etwas blauäugig oder ich sollte wohl sagen, grünäugig.«

Sie tätschelte ihm die Wange und zur Antwort summte er sie heiter an, wurde dann aber plötzlich ernst:

»Erstens, Betty, hast du selbst grüne Augen und noch weitaus hellere als ich, ja sogar noch hellere als meine Schildkröte, und zweitens *glaube* ich nicht, sondern *weiß* ich, dass wir all das nicht nur ignorieren können, sondern müssen. Du wirst mich nicht davon abbringen, du nicht, Watson nicht und auch nicht Enderby mit seinen Wissensprojekten. Ich habe ein Recht zu sagen *Ich kann mich hier nicht irren*. Auch wenn ich im Irrtum bin.«

Betty zuckte die Achseln und sah mich hilfesuchend an:

»Sehen Sie, Ma'am, es geht mir dabei nicht um mich. So Gott will, werde ich den Great Court Run gewinnen und bin damit aus dem Schneider, aber die anderen, verstehen Sie? Deshalb wären wir Ihnen sehr dankbar, wenn Sie Ihren Vortrag noch einmal daraufhin prüfen könnten – ich weiß, es ist unverschämt von mir, aber ...«

»Glauben Sie wirklich, Sie könnten den Lauf gewinnen, Miss Bliss?«

»Tja, zugegeben, es spricht so ziemlich alles dagegen, aber ...«

In diesem Moment schlich Ferguson ins Zimmer und stellte sich mit dem Rücken zu mir zwischen mich und die Studenten. Verständnisheischend blickte er zwischen Betty und St. Claire hin und her und sprach dann in zuckrigem Singsang:

»Verstehen Sie es nicht falsch, liebe Studierende, aber ich fürchte, wir haben hier ein Problem. Ich habe noch immer keine genaueren Informationen über den Sachverhalt, und solange sind Sie nun einmal unautorisiert in diesen Räumen. Deshalb muss ich Sie leider ersuchen, zu gehen und hoffe, Sie nehmen es mir nicht übel, falls es sich um ein Missverständnis handelt. Ich muss leider darauf bestehen.«

Die Kinder schlichen müde nickend davon. St. Claire winkte mir noch einmal mit der Schildkröte in seiner Hand zu. Als sie verschwunden waren und es endlich wieder unerträglich still geworden war, nahm Ferguson mich bei der Hand und fing an, sanftmütig zu plaudern:

»Na, kommen Sie. Was haben Sie denn da gegessen? Hm, das war aber sehr unvernünftig von Ihnen. Na, hopp hopp, ab ins Bett! So ist's gut. Bis Sie eingeschlafen sind, werde ich hier sitzen bleiben und Ihnen ein bisschen Gesellschaft leisten, so können wir uns ein wenig über die guten alten Prager Zeiten austauschen, nicht wahr? Pauls Mutter, die Arme, hat mir ja damals ein wenig ihr Leid geklagt. Wann sagten Sie doch gleich, hat Paul angefangen, im Wald herumzuirren und so seltsame Dinge über einen Ahorn zu reden? War das vor oder nach Ihrer beider Verlobung?«

Der Tag vor meinem Vortrag kam und ging wie alle anderen, und ich hätte ihn nicht erkannt, wenn nicht Zeus und Apollo in Begleitung von Professor Dunbar am frühen Abend erschienen wären und mir eine

Schüssel dampfende Nudeln mit Tomatensoße gebracht hätten. Während ich, durch Dunbars Anwesenheit gehemmt, zunächst zögerlich im Essen herumstocherte und es schließlich dann doch heißhungrig in mich hinein schlang, saß er auf meiner Bettkante, klopfte mir auf die Schulter und redete unablässig gutmütig auf mich ein:

»Wir wollen das mit der Philosophie als Krankheit zu Erklären jetzt nicht mehr allzu wörtlich nehmen, nicht wahr?«

»Aber diese Krankheit habe ich doch gar nicht...«

»Na na, unterbrechen Sie mich nicht, mein Kind. Sie stärken sich jetzt, dann sammeln Sie sich und gehen Ihr Manuskript ein letztes Mal durch, aber nur noch einmal, verstanden? Und dann machen Sie ein paar Übungen vor dem offenen Fenster. Und Sie schlafen heute Nacht in diesem Bett besonders tief und gut, einverstanden?«

»Ja, Sir.«

»Na schön«, zufrieden schlug er aufs Bett und stand so schwungvoll auf, als habe er sich in diesem Moment um dreißig Jahre verjüngt, »dann sehen wir uns morgen Abend, etwa um die gleiche Zeit. Alles Gute!«

»Danke, Sir.«

Als er gegangen war, ließ ich mich erschöpft zurück auf die Pritsche fallen, beobachtete teilnahmslos, wie die Gegenstände im Zimmer langsam in der Dunkelheit verschwanden und lauschte auf das singende Gemurmel von Ferguson vor der Tür, das in großen Abständen von Oberleitners aufgebrachten Einsätzen unterbrochen wurde.

Es war schon viele Stunden still, da stand ich auf, huschte hinüber ins Bad und zog meinen grauen Anzug an, der mir um die Glieder schlackerte, als sei er nicht mehr meiner. Im Rausschleichen schwang ich mir den Talar um, schaute dabei aufatmend in Fergusons offenen Schnarchmund und schloss dann mit zusammengekniffenem Gesicht vorsichtig die Tür. Schon fast auf dem Treppenabsatz drehte mich noch einmal langsam um und erstarrte in Oberleitners weit offenen Augen. Ich gab mich sofort geschlagen. Endlich, endlich alles zu Ende, ließ ich die Schultern sacken und breitete dann die Arme aus in bedingungsloser

Kapitulation. Doch da zwinkerte Oberleitner mir mit dem linken Auge zu, ohne dabei sein ausdrucksloses Gesicht zu verändern, und ich verstand, dass er niemand anders war als der kleine Totenkopf hinter Lord Byrons umgekippter Säule. Dankbar verbeugte ich mich so tief, dass ich mit der Nasenspitze beinah meine Knie berührte, aber er machte eine ungeduldige Handbewegung zum Zeichen, dass ich endlich gehen solle.

Wieder war Orvilles Tür nur angelehnt, aber aus seiner Wohnung kam mir diesmal kein grünes, sondern fahles Mondlicht entgegen, das ein kränkliches Kratzen im Hals hatte. Ich stieß die Tür ganz auf und erschrak. Im ersten Moment glaubte ich, in der falschen oder eher in gar keiner Wohnung gelandet zu sein, denn Orvilles verschachtelte Zimmerwelt war verschwunden und vor mir dehnte sich an ihrer statt ein einziger riesiger Raum aus, in dem unzählige Möbelstücke, allesamt mit weißen Laken überzogen, kreuz und quer herumstanden, und an dessen weitentferntem Ende das erkältete Mondlicht in die großen vorhanglosen Fenster strahlte. Die Seitenwände des Raums aber konnte ich nicht erkennen. Schwindelnd hielt ich mich im Türrahmen fest, bis sich meine Augen an das rahmenlose Bild gewöhnt hatten. Dann betrat ich schwankend den Raum, schlingerte zwischen den Möbeln herum und erkannte an den Umrissen das ein oder andere Stück aus Orvilles Wohnung.

Mechanisch hob ich ein Laken nach dem anderen an, spähte darunter und versuchte mich zu erinnern, wo die Trennwände der einzelnen Räume gewesen sein mussten, bis ich schließlich mit dem Schienbein gegen Orvilles Bett stieß. Ich heulte auf vor Schmerz, setzte mich aufs Bett und rieb mir das Schienbein. Mühsam gegen mein elendes Selbstmitleid ankämpfend, stand ich wieder auf, zog mit einem wütenden Ruck das Laken weg und starrte eine Weile auf das ordentlich bezogene Bett, das mit Orville nichts mehr zu tun zu haben schien. Sorgfältig deckte ich es wieder zu und trottete dann trostlos in Richtung Ausgang zurück, aber wann immer ich die Wohnungstür vor mir zu haben glaubte, machte ich verdutzt vor einem Schrank Halt. Als ich panisch begriff, dass ich längst die Orientierung verloren hatte, versuchte ich zu rennen, aber die Möbel stellten sich mir höhnisch in den Weg, schlugen mir an die Stirn, rissen an meinem Talar, bis ich erschöpft vor einem grausam gleichgültigen Tisch auf die Knie sank, sein Bein umklammerte und klagte:

»Ich suchte ihn, doch ich fand ihn nicht.
Ich rief ihn, doch er antwortete mir nicht.
Mich fanden die Wächter, die die Stadt durchstreifen:
Sie schlugen mich, taten mir weh,
sie nahmen das Tuch mir, in das ich gehüllt,
die Wächter der Stadtmauern.
Ich beschwöre euch, Söhne Englands:
Wenn meinen Liebsten ihr findet,
was sollt ihr ihm sagen?
Dass ich krank vor Liebe bin!«

»Hör auf zu heulen, ich bin doch hier, du Idiotin!«

Orvilles Stimme hatte mir leise und gedämpft, aber doch deutlich in den Nacken geschlagen, aber als ich mich umdrehte, sah ich ihn nirgends.

»Orville? Bist du da?«

»Ja, natürlich. Komm schon endlich her.«

»Wo bist du denn?«

»Hier. Du musst einfach nur meiner Stimme folgen. Übrigens ist das mal wieder Unsinn, was du da vor dich hin gejammert hast. Du hast mich ja gar nicht gerufen. Hättest du mich gerufen, ich hätte dir antworten können und wir müssten nicht kostbare Zeit verschwenden. Ja komm, komm, warm, warm … nein, kalt, kalt … nach rechts, geradeaus … jetzt nach links … ja, warm, warm – heiß!«

Vor mir tauchte eine leicht geduckte Tür auf, öffnete sich höflich und ich fand mich in einer kleinen grünen Kammer wieder. Orville lag auf dem Rücken auf einer schmalen Pritsche und las im bernsteinfarbenen

Licht einer runden Bodenlampe. Ich lehnte mich an die Wand neben der Tür, und er hob mir lächelnd den Kopf entgegen:

»Da bist du ja endlich.«

»Ja. Warum bist du nicht in deinem Bett?«

»Weil es voller Wanzen ist, wie die ganze Wohnung.«

»Ist das der einzige Raum, der von deiner Wohnung übriggeblieben ist?«

»Ja. Der einzige, aber auch der beste.«

»Ich dachte schon, du wärst allein fortgegangen. Aber du hast auf mich gewartet.«

»Ja, natürlich. In ihrer grenzenlosen Perfidie stirbt die Hoffnung schließlich erst lange nach uns«, seufzend wies er mit dem Kinn in eine Ecke des Raums, in der drei unterschiedlich große, hellbraune Lederkoffer geschwisterlich nebeneinander standen, »aber so Gott will, werden wir in vierundzwanzig Stunden für immer von hier verschwunden sein.«

»Ja, Orville. Aber vorher musst du zu meinem Vortrag kommen, ja? Ich werde es sonst nicht schaffen.«

»Ich werde da sein, ich versprech's. Ich werde in meinem besten Anzug in der ersten Reihe sitzen und dir unakademische Blicke zuwerfen.«

»Mach keine Witze, bitte Orville.«

»Ich mache keine Witze. Und jetzt zieh dich endlich aus, kleiner Amselschatten. Komm her und leg dich auf mich, als könnten wir noch mal von vorn anfangen.«

Ich warf meine Kleider von mir, hüpfte auf ihn und strich ihm die Haare aus der Stirn.

»Orville?«

»Hm?«

»Glaubst du, dass sie alles über uns wissen?«

»Nein, glaube ich nicht. Und selbst wenn, würden sie es nicht verstehen, weil sie nicht sehen können, dass es da nichts zu wissen gibt.«

»Glaubst du das wirklich?«

»Ja, gewiss. Aber jetzt wollen wir alle still sein!«
»Alle?«
»Alle!«

Der große Tag war ganz kleinlaut gekommen, stand ein paar Stunden mit dem Gesicht zur Wand in Orvilles Kammer herum und schämte sich und nahm mich dann schüchtern, aber doch unerbittlich an die Hand, um mich zurück in meine Wohnung zu geleiten. Dort blieb er leise, trotz des Donnerwetters, das Ferguson, der mein Verschwinden wegen meiner viel zu späten Rückkehr natürlich bemerkt hatte, für mich veranstaltete. Achselzuckend ließ ich Fergusons sich erschöpft ins Leere ausseufzende Gezeter mit dem Duschwasser an mir abperlen und streckte mich dann gähnend auf meiner Pritsche aus.

Mein Essen kam diesmal erst um sechs. Statt der Erbsen brachten Zeus und Apollo mir gebutterte Salzkartoffeln mit Salat und Spiegeleiern, und während ich mir das perfekt gelungene Eigelb genüsslich auf die Zunge tropfen ließ, fragte ich mich, woher Higgins oder sein Koch mein Lieblingsessen kannte. Als ich mit geschlossenen Augen den Teller ableckte, kamen Ferguson und Oberleitner wieder herein, nahmen mir den Teller aus der Hand, stellten mich auf die Füße und begannen schweigend, mich anzukleiden. Alles ging so schnell, dass ich ihnen noch immer blödsinnig die Zunge rausstreckte, derweil sie schon damit beschäftigt waren, mir einen neuen weißen, bis auf einen engen Halsausschnitt vollkommen geschlossenen Talar kopfüber über meinen Anzug zu stülpen.

Ich versuchte, Oberleitner an Ferguson vorbei zuzuzwinkern, aber er glotzte nur starr zurück und bewegte in stummem Gebrabbel die Lippen, während Ferguson mir zum Abschluss eine kleine weiße Plastikblume ins Haar steckte, einen Schritt zurücktrat, um sein Werk zu besehen, und schließlich zufrieden nickte. Er wollte sich schon zur Tür drehen, als ihm noch etwas einfiel. Er holte ein leicht vergilbtes Taschentuch aus seiner Weste, spuckte darauf und versuchte, mir die Augäpfel damit zu polieren, bis ich schreiend die Augen zusammenkniff und er entnervt seufzend von mir abließ.

In diesem Moment erschienen Dunbar, Bassington-ffrench und Higgins, vereint in heiterem Geplauder, und noch niemals hat man drei hübschere Engelmacher gesehen. Dunbar wedelte Ferguson und Oberleitner mit einem lässigen Wink seiner Gerte aus dem Zimmer und legte dann zu mir gewandt zwei Finger an seine Reitkappe. Bassington-ffrench trug einen grünsamtenen Talar mit hohem Kragen, in dessen Rahmen sein rotblondes Haar und seine weiße Haut noch stärker schimmerten. Er begrüßte mich mit einer hochfliegend lächelnden Augenbraue über dem Handkuss, und eine Wolke von *Uralt Lavendel* driftete mir aus seinem Kragen entgegen. Ich duckte mich unter ihr hinweg, und als ich meinen Kopf schwankend wieder an Deck brachte, stand Higgins lächelnd vor mir. Alles an ihm glänzte in großer Rührung, sein Haar, seine Augen, sein Schnurrbart, sein Frack und die Träne in seinem Knopfloch. Mit einer geschmeidigen kleinen Verbeugung hüpfte er rechts neben mich, bot mir seinen Arm an. Meine Hand legte sich zutraulich auf seinem Unterarm schlafen, er tätschelte sie mit einem traurig frohen Nicken und sagte mit leiser, ein wenig heiserer Stimme:

»Nun wollen wir es hinter uns bringen, mein Kind.«

»Ja, Sir.«

Er führte mich getragenen Schritts aus Whewell's Court hinaus, mit Dunbar und Bassington-ffrench dicht hinter uns, doch kaum hatten wir auf der All Saints Passage den Weg zum Senatshaus eingeschlagen, rauschte eine fünfhundertköpfige polnische Touristengruppe durch uns hindurch und spülte uns ein paar Minuten später zerzaust an die Häuserwand.

»Verkommene Welt«, stieß Dunbar durch seine Schneidezähne und rückte dann beleidigt seine Reitkappe zurecht, »keinen Respekt, diese elenden Russen! Kommt, Leute, wir werden sicherheitshalber lieber die Abkürzung zum Senatshaus nehmen, damit uns das nicht noch mal passiert.«

Er ging voran zurück nach Whewell's Court, und in einer verrückten Hoffnung glaubte ich schon, sie würden mich wieder nach Hause bringen. Doch in meinem Treppenhaus angelangt, führte uns der Weg nicht nach oben, sondern durch eine vermoderte Eichentür geradewegs in den Keller. Nach ein paar hundert Metern verwinkelten schimmeligen Kellerflurs landeten wir im Mittelgang einer riesigen neonerleuchteten Fabrikationshalle, in der sich Hunderte von Jungen und Mädchen über türkisfarbene elektrische Nähmaschinen beugten. Sie blickten nicht auf, als unser Gespann ihre engen Reihen durchquerte, und blinzelnd sah ich, dass es keine Stoff-, sondern Papierstücke waren, die sie aneinander nähten. Fragend sah ich Higgins an und er brüllte mir gegen das ohrenbetäubende Surren ankämpfend ins Ohr:

»Die wissenschaftlichen Hilfskräfte von Professor Dunbar. Sie nähen seine Aufsätze zusammen.«

»Ah ja, ich sehe. Sehr interessant.«

Wir nickten uns ein paar Mal nach Art der Buddhas zu, um uns gegenseitig unser Wissen von der Welt zu bestätigen und damit zugleich unsere wechselseitige Zuneigung zu bekräftigen, und für einen Moment schöpfte ich wieder Hoffnung, dass ich doch noch den Kellerweg einfach zurück laufen könnte, so wie wir ihn gekommen waren, doch noch hinauf in den ersten Stock und doch noch auf der Stelle mit Orville verschwinden. Doch da waren wir schon am anderen Ende der Halle angelangt, wo Dunbar eine enge Stiege hinaufkeuchte, oben angelangt eine Eisentür öffnete und einen schwarzen Samtvorhang beiseite schob, durch den wir direkt auf den Seitenrand der Bühne des Senatshauses stolperten.

Ich konnte das Publikum nicht sehen, aber höflicher Willkommensapplaus plätscherte uns entgegen, als Dunbar geschäftig an das in der Bühnenmitte aufgebaute Pult eilte und ein paar Mal gegen das Mikrofon klopfte. Dann machte er mit schief nach oben herausgestrecktem Hintern einen weiten Ausfallschritt nach hinten und stemmte sich gegen die Seitenwände des Pults, als sei es ein störrischer Handrasenmäher, und ich fürchtete schon, er werde im nächsten Moment abrutschen und mit dem Gesicht aufs Pult knallen, aber Reitstiefel und Handschuhe hielten ihm treu die Stellung, und so begann er in entspannt sonorem Schnurren zu sprechen:

»Hochverehrter Herr Gates, meine sehr verehrten Damen und Herren, liebe Kolleginnen und Kollegen, liebe Studierende! Es ist mir eine außerordentliche Freude, Ihnen heute Abend den Eingangsvortrag der Bill-Gates-Lectures zum Thema *Wissen im einundzwanzigsten Jahrhundert* präsentieren zu dürfen. Diese Vortragsreihe vermag hoffentlich eine erste Frühlingsbotin des Jahres 2012 zu sein, in dem die Europäischen Geisteswissenschaften das Jahr der Dysfunktion ausrufen werden. Vielleicht können wir sogar schon heute Abend einen bescheidenen kleinen Beitrag zu der ehrgeizigen Aufgabe leisten, die zentralen Dysfunktionen unserer Lebensform auf eine Weise begrifflich neu zu fassen, die sich in kooperativer Konkurrenz sowohl neben den dysfunktionalen Konzepten anderer Wissenschaften als auch in ihrer Ausrichtung auf die außerakademisch lebensweltliche Anerkennung dysfunktionaler Potenziale zu behaupten weiß.

Wenn ich von begrifflicher Neufassung spreche, so soll damit keineswegs der Eindruck erweckt werden, dass wir uns nun anschickten, in mehr oder weniger unverhohlen enzyklopädischen Abhandlungen den dysfunktionalen Reichtum unserer Kultur von A wie Amnesie über L wie Logorrhö bis Z wie Zaudern zu rubrizieren, denn dies käme freilich eben jener bedenklich kurrenten Annullierung dieses genuin prekären Reichtums gleich, die wir als Geisteswissenschaftler doch gerade in einer unendlichen Reflexion zu analysieren und ja – erlauben Sie mir dies altertümliche Wort – zu kritisieren hätten. Nein, eine begriffliche Neufassung der Dysfunktion, die diesen Titel tatsächlich verdiente, müsste sich zuallererst der Unmöglichkeit ihres Unterfangens unermüdlich und schmerzlich, ja schmerzlich unermüdlich bewusst werden, um sie eben dieser Unmöglichkeit abzuringen, sie ihr zu entreißen in einem unbestechlichen Verhör der Theorie und ihrer kristallinen Verführungskünste, ein Verhör, geführt von der konkreten Wirklichkeit, deren Recht auf Virulenz, auf Einbruch, auf Evidenz zu verteidigen stets unser heiligstes Ziel zu sein hat. Nur im Schoße der Wirklichkeit können die Keime der Dysfunktion die Erfahrung einer gesteigerten Handlungsmöglichkeit bereithalten, in der uns die Regeln des Spiels nicht nur verständlich, sondern auch wieder bestimmbar erscheinen. Und erst dann ist es uns vielleicht möglich, das tiefe Wort der Alten zu begreifen: *Sanität ist nicht statistisch.*

Lassen Sie uns gemeinsam diesen Satz ausschreiben in eine Zukunft hinein, die nicht mehr nur neu, sondern immer neu, immer anders sein könnte, und die uns gerade deshalb ermöglichte, was uns das Schwerste zu sein scheint: eine Verdopplung, ja eine unendliche Teilung unserer selbst und unserer Ressourcen, in der wir nicht verschwänden oder uns verschwendeten, sondern in der wir uns vielmehr bewahrten ohne Verluste.

Lassen Sie mich in diesem Zusammenhang, bevor ich Ihnen unsere heutige Rednerin vorstellen darf, noch einen weiteren Gast begrüßen, über dessen Anwesenheit im Publikum ich mich auch persönlich ganz besonders freue. Erlauben Sie mir, Ihnen eine junge Wissenschaftlerin zu präsentieren, die uns im Wettrennen um die Dysfunktion schon jetzt alle überholt hat und bereits erste und zugleich bedeutende Forschungsergebnisse im Rahmen des Projekts 2012 vorlegen kann: Dr. Agnès Mondet von der Sorbonne. Ja, Paris hat uns wieder einmal geschlagen. Aber gönnen Sie mir den Vaterstolz, mit dem ich zugleich nicht unerwähnt lassen möchte, dass Frau Dr. Mondet bis vor kurzem Fellow hier bei uns in Trinity College war und mir selbst die große Freude und Ehre zuteil wurde, Sie betreuen zu dürfen. Ein wesentlicher Teil ihrer Forschung ist somit auf unserem fruchtbaren englischen Boden gediehen. Wir hoffen, dass Sie, liebe Frau Dr. Mondet – liebe Agnès –, uns im Anschluss an unsere Vorlesung in den großen Genuss kommen lassen werden, uns, wenn auch freilich nur in groben Zügen, ein bisschen von Ihrer Arbeit zum Thema *Selbstverdopplungen jenseits der Selbstbezüg-*

lichkeit zu erzählen. Zunächst aber seien Sie herzlich begrüßt, liebe Agnès, willkommen daheim! Meine hochverehrten Damen und Herren, geben Sie ihr eine große Hand!«

Herzlicher Applaus schwappte bis in unsere Ecke. Mir sausten die Ohren derartig, dass ich von Professor Dunbars anschließender Vorstellung meiner Person nichts verstehen konnte. Erst sein ungeduldiges Schweigen drang irgendwann wieder zu mir durch. Einen Moment später wäre ich höchstwahrscheinlich freiwillig an die Rampe getreten, aber Higgins kam dem zuvor und schubste mich ans Pult. Am Mikrofon angelangt, räusperte ich mich in das peinlich platschende Geräusch vereinzelter Klatscher hinein, festigte meinen geschlossenen Stand, hob dann den Kopf und wagte einen Blick in den Saal hinab.

Nichts, worüber man ernstlich beunruhigt sein müsste. Ein menschenüberfüllter Saal, talarschwarz bis zu den großen, elfenbeinfarbenen Flügeltüren, vor denen zwergenhaft zwei schwarzweißgestreift livrierte Saaldiener mit hellblauen Bauchläden in gelangweilter Pose den letzten Nachzüglern Einlass gewährten und sie mit Eis und Popcorn versorgten. Nur der Mittelgang des Saals war von Menschen verschont geblieben und teilte den Raum mit seinem roten Teppich wie ein schwarzes Meer. Nichts, worüber man sich beunruhigen könnte.

Aufatmend ließ ich meinen Blick über den Teppich zurück zu mir nach vorn schlendern und hielt in der Mitte kurz inne, als ich die Kinder entdeckte. Betty und St. Claire winkten mir scheu aufmunternd zu, und erst an ihnen fiel mir auf, dass niemand heute ein *i-book* vor sich hielt, sondern alle, anscheinend aus Respekt vor dem Ehrengast, in kleine graue Blöcke kritzelten. Der Ehrengast selbst saß in der ersten Reihe rechts neben dem Gang, lächelte sein sanftmütiges Mona-Lisa-Lächeln und hielt etwas ungelenk die Hand von Agnès, die ihm in ihrem schwarzsamtenen Talar kerzengerade zur Linken saß und mir, als unsere Blicke sich trafen, exaltierte Kusshände von ihrem roten Mund zuwarf. Ich hielt nicht bei ihnen an, sondern glitt langsam weiter nach rechts bis ans Ende der halbierten Reihe und ließ dann wie die Zuschauerin eines faden Tennisspiels meinen Blick ganz nach links hüpfen. Er war nicht da. Wie ein Webschiffchen jagte ich meine Augen durch alle Reihen hindurch. Er war nicht da.

Durch Dunbars kleinen Stüber in meine rechte Seite drang das lauter werdende Murren und Schnaufen zu mir herauf und so riss ich meine Flügel nach oben, bis wieder völlige Stille herrschte, und begann dann endlich zu sprechen.

»Hab Mitleid mit mir, große Sonne! Denn meine Sprache ist ein armes Ding. Drum wärme und trockne sie, auf dass sie noch ärmer werde. Trockne sie ganz aus und lass sie auf den rauen Boden fallen. Lass sie nicht als feuchten Dunst über dem Wasser schweben, sondern drück sie zu Boden und zerreibe sie zwischen deinen Fingern, zermalme sie, auf dass sie, um dich zu ehren, doch noch ihren kärglichen Duft entfalte, den Duft eines Geheimnisses – des Geheimnisses, dass es kein Geheimnis gibt. Meine Damen und Herren, ich danke Ihnen!«

Abrupt ließ ich die Arme sinken, und statt einer Verbeugung nickte ich kurz in das unschöne Schweigen im Saale hinab, das mich nicht mehr erreichen konnte. Noch nicht einmal als der Teppich sich zu verflüssigen begann und mir in abgeschmackter Drohgebärde blutig entgegenschwappte, zuckte ich auch nur mit einer Wimper. Doch dann erhoben sich plötzlich Schulze und Schultze und brüllten mir ein euphorisch atemloses *Bravo!* entgegen, als sei dies der Name eines Dobermanns, den sie wütend zurückriefen. Kaum ausgestoßen, verhundertfachte sich der Ruf im Echo der Menge. Das Bravo hatte sie geschlossen von den Sitzen gerissen, und sie klatschte nun, begeistert ihre Köpfe schüttelnd, so ekstatisch in ihre Hände, als müsse sie sich dringend sämtliche Handgelenke zertrümmern.

Ich hielt mir die Ohren zu und blickte mich hilflos nach Higgins um, der am Bühneneingang erstarrt zu sein schien und mich mitleidig oder vorwurfsvoll oder beides zugleich ansah. Dunbar und Bassington-ffrench hatten ihn, mit gehobenen Unterarmen wie zwei Flamencotänzerinnen klatschend, flankiert und kamen jetzt gerührt lächelnd auf mich zu.

Sie klopften mir auf die Schultern, der Applaus schwoll johlend noch weiter an, sodass ich um mein Trommelfell fürchtete. Jetzt nahmen sie mich rechts und links an der Hand und schwangen ihre Oberkörper mit solcher Wucht in eine tiefe Verbeugung nach vorn, dass ich es ihnen mitgerissen gleichtat. Den Kopf an den Knien schloss ich schwindelnd die Augen, und als die beiden sich wieder aufrichteten und mich dabei kurz losließen, um mit sehnsüchtig nach vorn gestreckten Armen dem Publikum zu applaudieren, das daraufhin verzückt zu taumeln begann, fiel ich wie ein Säufer von der Bühne in den Blutstrom des Teppichs. Wider Erwarten ließ er mich nicht in sich ertrinken, sondern trug mich auf einer kleinen rollenden Welle zum Ausgang, wo mir die Saaldiener mit einer knauserigen, angeödeten Verbeugung die Flügeltüren weit ins Freie öffneten. Vor dem Senatshaus nahm ich die Beine in die Hand, drehte mich schauerlustig noch einmal nach der lächerlich römisierenden Säulenpompfassade um, dann flog ich, so schnell Talar und Wind mich trugen, zurück nach Whewell's Court.

Ich hämmerte mit beiden Fäusten gegen die Tür, und schon nach wenigen Schlägen näherten sich die hastig hinkenden Schritte eines um Fassung bemühten Läufers. Fieberhaft suchte ich gleichzeitig nach der wüstesten Beschimpfung und der würdelosesten Bettelei. Aber es war Grigorij, der mir einen Spalt breit öffnete. Wir starrten uns eine Weile schweigend an, beide erschrocken über die leicht verrutschte Maske des anderen. Dann fiel ihm endlich die Geheimzahl seiner Dignität wieder ein.

»Guten Abend, Miss Valentine. Ich fürchte, Mr. Wilson ist nicht da.«

»Was heißt, Sie fürchten? Ist er oder ist er nicht?«

»Nein, Miss, leider ist er nicht.«

»Wo ist er denn?«

Grigorij blickte mich lange stirnrunzelnd an, öffnete dann seufzend und mit einem Ruck die Tür ganz und sagte leise:

»Möchten Sie nicht vielleicht einen Moment hereinkommen, Miss? Es spricht sich so schwer auf der Schwelle.«

Die Wohnung war augenscheinlich noch immer in dem einen endlosen Raum verschwunden, der nun aber, da der Mond seinen freien Abend hatte, seinerseits im ewigen Reigen von Fressen und Gefressenwerden von der Dunkelheit verschluckt worden war. Nur um eine Laterne herum, die Grigorij behelfsweise auf den Boden gestellt hatte, behauptete sich tapfer eine kleine Lichtmanege, in der wir uns nun unbehaglich gegenüberstanden, bis Grigorij endgültig seine Berufsehre auf dem Boden ablegte, unruhig von einem Fuß auf den anderen trat und die Hände rang.

»Ich muss Ihnen sagen, Miss, ich bin doch etwas beunruhigt. Vor allem, weil ich es nicht recht verstehe, verstehen Sie?«

»Äh …«

»Ich meine, so plötzlich, und er hat mir gegenüber gar nichts erwähnt. Höchst ungewöhnlich, nicht wahr?«

»Wie bitte?«

»Nun ja, es war kurz nach sechs. Ich hatte ihm, wie aufgetragen, seinen besten Anzug aufs Bett in der grünen Kammer gelegt, und als er mich entließ, schien er mir ausgesprochen guter Dinge zu sein. Er rasierte sich gerade pfeifend, als es vorn an der Wohnungstür klopfte. Als ich öffnete, kam Dr. Sheppard in Begleitung der beiden jungen Herren hereingestürzt und fragte in großer Besorgnis nach dem Patienten. Ich fürchte, ich habe etwas verdutzt herumgestanden, jedenfalls haben sie mich ungeduldig beiseite geschoben und sind in die Kammer gerannt. Sehen Sie, Mr. Orville hat Dr. Sheppard anscheinend selbst gerufen, statt das mir zu überlassen, was mich etwas verwirrt und ehrlich gesagt leicht verärgert hat. Sehen Sie, meine Position ist schließlich von jeher eine des Vertrauens, ich habe bereits seinem Herrn Vater …«

»Herrgott, Grigorij, kommen Sie zum Punkt! Was ist mit ihm?«

»Nun, er hat anscheinend einen Schub gehabt, diese spinale Angelegenheit, die Lähmungen in seinem Bein, wissen Sie, die er seit seiner Kindheit hat. Jedenfalls hatte Dr. Sheppard ihm, als ich in die Kammer nachkam, gerade eine Spritze gegeben und gesagt, er fürchte, es sei eine

Poliomyelitis, und dass er, also Dr. Sheppard, die Sache zwar unter Kontrolle habe, meinen Herrn aber sicherheitshalber ins Krankenhaus bringen wolle. Ja, und bevor ich auch nur fragen konnte, ob ich ein paar Sachen für ihn packen könne, haben die beiden jungen Herren Mr. Orville wie einen Säufer links und rechts unter die Schulter genommen und ihn herausgeschleift.«

»Er ist also im Krankenhaus?«

»Ja, Miss.«

»Warum sagen Sie das nicht gleich, Herrgott nochmal!«

»Halt, warten Sie, Miss, warten Sie doch, ich lasse Ihnen den Wagen bringen, das geht schneller.«

»Gut. Sagen Sie, wegen der Männer, mit denen Dr. Sheppard gekommen ist … Sie sagten, er sei in Begleitung …«

»Oh ja, Miss, die beiden deutschen Studenten, die dem Doktor assistieren.«

»Deutsche …? Diese beiden heißen nicht zufällig Schulze und Schultze?«

»Schulze und … ja, ich glaube. Ja, doch, das waren die Namen. Irgendetwas falsch damit, Miss?«

»Den Wagen, Grigorij!«

Im Krankenhaus standen mir alle Türen offen. Ich wurde von einer fürsorglichen Schwester zur nächsten durch das neonerleuchtete Flurlabyrinth weitergereicht, bis ich schließlich drei Pflegern in einem Glaskästchen übergeben wurde, die dienstbeflissen ihre Zigarettenpause unterbrachen und mich im Aufzug in den obersten Stock hinauffuhren. Dort angelangt, wiesen sie mit den Fingern geradeaus zu einem offenen Zimmer am Ende des Gangs und fuhren dann schwatzend wieder hinunter.

Ich hätte ihrer Fingerzeige nicht bedurft, denn das grüne Licht, das sich von Orvilles Zimmer aus schwächlich an den Flurwänden entlang tastete, rief mich drängend, und ich rannte ihm schuldbewusst entgegen.

»Mach die Tür zu, bitte.«

Er hatte geflüstert. Die Andeutung eines Lächelns huschte über sein leichenblasses Gesicht, als ich mich vorsichtig an sein sonderbar kleines Bett setzte, seine Hand nahm und ihm die Stirn küsste.

»Orville, du siehst furchtbar aus …«

»Ja, ich fürchte, ich bin etwas nachlässig rasiert«, er lachte leise und musste dadurch husten, »was zwar nicht ganz meine Schuld ist, aber selbstverständlich nicht weniger unverzeihlich …«

»Du darfst jetzt nicht sprechen, Orville.«

»Nein, lass mich. Uns bleibt nicht viel Zeit. Du musst ein paar Dinge wissen …«

»Aber nicht jetzt, morgen vielleicht, du musst jetzt schlafen …«

»Noch nicht. Also sei still und hör mir zu. Was auch immer sie sagen werden, du musst mir glauben. Ich habe ihnen nichts verraten, ich habe nichts geliefert, nicht ein Wort, das musst du mir glauben.«

»Ja, ich glaube dir, aber …«

»Außer natürlich … aber der Anfang hatte keine Bedeutung, hörst du, der Anfang hat schließlich nie was zu bedeuten. Man wird im Grunde doch immer von anderen angesetzt, glaubst du nicht?«

»Ich weiß nicht …«

»Natürlich hätte ich mich nie auf diese Leute einlassen dürfen, aber wie gesagt, dann wäre auch alles andere nicht geschehen. Und«, er bekam wieder einen Hustenanfall, spuckte etwas Grünliches auf den Boden, ließ sich dann erschöpft auf das Kissen zurückfallen und sprach ruhiger weiter, »und natürlich war mir schnell klar, dass sie mich damit nicht durchkommen lassen würden, mich nicht einfach wieder gehen lassen würden. Aber dann habe ich es eben doch gehofft, ich habe es wirklich gehofft, verstehst du? Du glaubst mir doch, oder?«

»Ja natürlich, aber sprich doch nicht so schrecklich, so als ob …«

»Du würdest besser das *Als ob* zu Hause lassen, wie Tagore sagt, es ist zwar unsre eigene Schöpfung, erweist sich aber oft als unser Verderben und Untergang«, er lächelte mich mitleidig aus weiter Ferne an und wischte mir matt die Tränen von der Wange, »du weißt noch immer nicht, wer ich bin, nicht wahr?«

»Doch, du bist der dritte Mann. Der, der seekrank an Land geworden ist.«

»Ja, das bin ich. Du hast es die ganze Zeit über gewusst?«

»Nein, ich habe es mir auf dem Weg ins Krankenhaus zusammengereimt. Warum, Orville? Warum hast du für sie gearbeitet?«

»Oh, keine Ahnung, aus Langeweile, aus Verkommenheit nehme ich an, um meinen Vater zu enttäuschen, was weiß ich. Ist es noch wichtig?«

»Nein, natürlich nicht.«

»Wichtig ist doch nur, dass ich nichts, jedenfalls fast nichts verraten habe, nicht wahr?«

»Ja.«

»Gut, dann lass uns keine Zeit mehr verschwenden. Küss mich lieber. Küss mich, mein Liebling«, und mit einem sarkastischen kleinen Lachen fügte er krächzend hinzu, »küss mich, als wär's das letzte Mal!«

Und das tat ich, und heulend bissen wir uns gegenseitig in die Zunge, bis er mit einem strahlenden Lächeln seiner fahlblauen Augen leblos zurückfiel, und ich weiß nicht, ob das Blut, das hell aus seinem linken Mundwinkel rann, seines war oder meines.

Die Grenzenlosigkeit des Gesichtsraums ist, wie Wittgenstein mir immer wieder vergeblich zu erklären versucht hat, am klarsten, wenn wir nichts sehen, bei vollständiger Dunkelheit. Obwohl das ganz offenkundig der Fall ist und mir – aus reinem Trotz – keine sonderlich originelle Beobachtung zu sein schien, wie ich zu Wittgensteins großem Ärger und dann zu seiner noch größeren Zerknirschung dummerweise und eigentlich auch nur, um einen Stein in seinen reißenden Redefluss zu werfen, einmal geäußert habe, konnte ich es doch nie so sehen, weil sich der Raum um mein Gesicht bei vollkommener Dunkelheit immer schon lediglich in ein nutzloses Kopfkissen verwandelt hatte, das niemand den Anstand gehabt hatte, mir einmal kräftig auf den offenen Mund zu drücken. Erst in jenem Morgengrauen, in dem ich das Krankenhaus verließ und in dem alles in planem, zugleich scharfem und verwischtem Graphit vor mir lag, der Krankenhausvorplatz mit seinen verlogenen Bänken, die arme, verdruckste Straße und der Wagen, in dem Higgins mit seinem Chauffeur auf mich wartete, konnte ich, als ich kurz die Augen schloss, das gnädig weite Nichts sehen, das Wittgenstein gesehen haben muss, wenn er im Dunkeln stand und in seinen Kinderäther lauschte.

Higgins öffnete mir die Tür des Fonds, zog mich auf den Sitz neben sich und legte mir eine Wolldecke über die Knie, worüber ich herzlich lachen musste, bis er mir nach einer Weile links und rechts zwei kräftige Ohrfeigen verpasste.

»So, meine Liebe, nun wollen wir uns beruhigen, es bleibt uns ohnehin ein Leben lang nichts anderes übrig. Ich schlage vor, dass ich Sie jetzt zu mir bringe, wo die anderen die ganze Nacht auf Sie gewartet haben. Dann werden wir alle gemeinsam frühstücken und die Lage sondieren, ja?«

»Hm.«

»Wie bitte?«

»Ja, Sir.«

»Gut. Fahren Sie bitte, Donaldson!«

In England dauert die Fahrt nie so lange, wie man hofft. Immer kommt das Auto, bevor man auch nur blinzeln kann, vor einem Haus zum Stehen, in dem man nie im Leben zuhause ist. Die Fahrt vom Krankenhaus zu Higgins aber war sicherlich die kürzeste von allen. Als Donaldson den Motor ausstellte, fragte ich Higgins:

»Sagen Sie Higgins, Sir, wäre es möglich, die Trumpington Street noch mal runter und dann hintenrum zu fahren, sodass wir vielleicht durch die Backs zu Fuß zu Ihnen gehen könnten?«

»Na schön, wenn Sie das für hilfreich halten.«

»Vielen Dank, Sir.«

Glücklicherweise ließ Higgins seinen Chauffeur dann sogar eine unerwartet großzügige Schleife drehen und ganz oben an der Northampton Street halten, von wo aus ich mit der Morgensonne ins erste Grün des Jahres rannte. Higgins folgte mir langsam durch die Backs und pfiff mich, wenn ich zu weit weg lief, zurück. Hinter St. John's angelangt, hob mir in der Wildnis von Fellows Garden plötzlich eine Herde von goldenen Narzissen strahlend ihre Köpfe entgegen, zehntausend sah ich auf einen Blick, und noch jetzt leuchten sie vor meinem inneren Auge auf, in das das Glück sich in der Einzelhaft zurückzieht.

»Ja, es ist wirklich endlich Frühling geworden. Aber kommen Sie doch bitte weiter, meine Liebe, wir dürfen die anderen nicht länger warten lassen.«

»Ja, Sir.«

Sie saßen und standen in lockerer Komposition mit ihren kleinen Tellern und gehobenen Teetassen um den Kamin und vor dem Büffet herum und wandten die Köpfe gar nicht zur Tür, als wir hereinkamen, weil sie ganz in die angenehm übertriebene Berg- und Talfahrt der Satzmelodien ihrer Frühstückplauderei vertieft waren. So konnte ich mich, ohne weiter aufzufallen, auf die nächstgelegene Stuhllehne setzen, die von Bill Gates, er nickte mir freundlich zu und empfahl mit einer schweigenden Zeigefinger- und Augenbrauengeste die Nierchen auf seinem Teller, derweil Dunbar, der ihm gegenüber saß, ihm die Verteilung des Etats des kommenden Trimesters erläuterte. Bill Gates nickte auch ihm liebenswürdig und unablässig kauend zu, und auch ich versuchte, Dunbars Ausführungen zu folgen, aber mir fielen immer wieder die Augen zu.

Ich wäre wohl von der Lehne in den Schlaf gerutscht, wenn nicht Agnès mit zwei Proseccogläsern strahlend zu mir herübergekommen wäre, um mich herzlich auf beide Wangen zu küssen, sich in tausend heiter ineinanderstürzenden Sätzen nach meinem Befinden zu erkundigen und mir zu meinem Vortrag zu gratulieren. Zur Antwort erhob ich mich, wiegte lächelnd den Oberkörper vor und zurück und kippte immer beim Zurückwippen den widerlichen Prosecco in mich hinein, bis Bassington-ffrench hinter mich trat, mir das Glas, das Agnès gerade wieder füllte, wegnahm und mir stattdessen eine Teetasse und einen Teller mit Rührei in die Hände drückte:

»So, jetzt wollen wir uns erst einmal stärken, wie?«

»Ja, Sir, vielen Dank.«

»Auch ich möchte Ihnen noch einmal zu diesem herrlichen Vortrag gratulieren. Er wird sicherlich in die goldenen Bücher von Cambridge eingehen. Ein herrliches Vergnügen, das Sie uns da bereitet haben. Übrigens genau die Art von Vergnügen, auf die wir gehofft, ja mit der wir gerechnet haben, köstlich, meine Liebe, köstlich!«

»Vielen Dank, Sir.«

»Hören Sie«, er senkte seine Stimme vertraulich, sah mich mitfühlend an und legte mir seine Hand auf den Unterarm, »das mit Dr. Wilson tut mir aufrichtig leid. Wir haben es gerade erfahren, schade um den jungen Mann, gerade mal vierzig, wie? Und so talentiert in so vielerlei Hinsicht, ein Jammer. Aber wie meine Großmutter immer sagte: Das auch wird vorübergehen.«

»Danke, Sir.«

»Furchtbare Krankheit. Bin allerdings nie recht schlau geworden aus dem Burschen. Nun ja, aber das mag auch an mir liegen, ich kann einem Katholiken, noch dazu einem mit einer unklaren Portion irischen Bluts im Leib, einfach nicht recht über den Weg trauen. Dumm, aber es sitzt irgendwie drin.«

Er lachte kurz auf, und ich konzentrierte mich darauf, so viel von seinem Zahnfleisch und so wenig vom Rest des Raums und den Menschen zu sehen wie möglich. Agnès hatte schweigend neben uns gestanden, legte mir jetzt tröstend den Arm um die Schulter und sagte zu Bassington-ffrench:

»Ja, ich habe ihr immer wieder gesagt, dass Orville Wilson nicht ganz der richtige Begleiter für sie ist, aber sie wollte mir nicht glauben. Aber all das zählt nun nicht mehr und wir wollen ihr nun alle gemeinsam beistehen, nicht wahr?«

Bassington-ffrench starrte eine Weile durch mich hindurch, als erinnere er sich an irgendetwas und nickte dann entschieden:

»Natürlich, Sie haben Recht, Agnès, wir wollen uns alle zusammennehmen. Was jetzt zählt, ist die Wissenschaft und sonst gar nichts. Haben uns mit ihrer Hilfe noch immer am eigenen Schopf aus dem Sumpf gezogen. Also Kopf hoch, mein Kind! Kommen Sie, wir wollen uns noch ein wenig über Manzanilla unterhalten. Wann starb er doch gleich in Thessaloniki?«

»Im April 1687, Sir.«

»Ah ja, natürlich. Er ist also ... lassen Sie mich rechnen ... zweiundsechzig Jahre alt geworden, richtig? War er krank?«

Ich zuckte müde mit den Schultern:

»Ich nehme es an. Aus der Art, wie er in den letzten Monaten seine Schmerzen und etwas wie ein Geschwür im untersten Unterbauch beschreibt, würde ich folgern, dass er an irgendeinem Krebs litt.«

»Guten Morgen!« Dorothy McDonald, die ich seit meinem ersten Abend hier in Cambridge nicht wieder gesehen hatte und von der ich geglaubt hatte, sie würde wegen meiner Bemerkung über Simone de Beauvoir nie wieder mit mir reden, schob sich zwischen Bassington-ffrench und Agnès und strahlte mich unter einem rehbraunen riesigen Dutt aus ebenso rehbraunen treuherzigen Augen an.

»Lassen Sie auch mich Ihnen zu Ihrem ganz wunderbaren Vortrag gratulieren! Ich hätte da selbstverständlich noch die eine oder andere Frage und Anmerkung oder auch so meine Zweifel an mancher Stelle. Es gibt da einiges, was mir ein wenig Bauchschmerzen macht. Aber sehr schön ist das alles gegangen, meine Liebe, sehr schön. Damit wäre ja nun endlich alles geschafft, wie?«

Dunbar sah zu uns herüber und räusperte sich ungehalten in Dorothys Richtung, die sich daraufhin halb zu ihm umdrehte und ihm gereizt mit einer Schulter zuzuckte:

»Das wird man ja wohl noch sagen dürfen, nicht wahr? Es ist nun einmal ein Forschungsprojekt wie jedes andere auch, und auch dieses hier hat einen Anfang und ein Ende. Schließlich wollen wir die Sache doch alle gemeinsam zu Ende bringen, oder nicht?«

Bevor Dunbar, der während Dorothy sprach, wütend die Luft eingezogen hatte, sie mit einer Antwort wieder herauslassen konnte, polterte Charles Willoughby herein, schmiss krachend die Tür hinter sich zu, zog sich mühsam sein wundervoll braungelb kariertes Sakko aus, warf es kichernd in den Kamin und torkelte dann auf die Bar zu. Alle sahen ihn missbilligend oder mitleidig an, während er sich einen großen Whisky eingoss, seiner Frau bösartig lächelnd zuprostete, den Whisky mit weit aufgerissenem Mund hinunterstürzte und sich dann genüsslich selbstquälerisch mit beiden Händen sein silbernes Haar fest zurückstrich. Dorothy schnaufte durch die Nase und den dünnen Strich ihrer Lippen und fragte mit bis aufs Gramm ausgewogener Kälte:

»Wo bist du gewesen, Charles?«

»Ich habe meine Tante besucht.«

»Schon wieder? Guter Himmel, Charles, diese Sauferei muss ein Ende haben. Wir geraten noch alle in Fisimatenten deinetwegen!«

»Kein Sorge, mein Schatz«, er riss sich die ohnehin lockere Krawatte noch weiter auf und schwenkte dabei den Kopf hin und her wie ein Pferd, das die Fliegen aus seinen Augen zu vertreiben sucht, »ich glaube kaum, dass du jemals in irgendetwas geraten könntest.«

»Herrgott, Charles, ist es vielleicht meine Schuld, dass aus dir nur ein mittelmäßiger Mathematikprofessor geworden ist statt eines Fields-Medaillen-Trägers?«

Willoughby schüttelte herzlich lachend den Kopf:

»Gott, Dorothy, als ob mir jemals an der beschissenen Fields-Medaille gelegen gewesen wäre! Das waren doch bloß die feuchten Träume, die du und dein beschissener Vater für mich geträumt habt!«

Dann kippte er den nächsten Whisky hinunter. Dorothy verdrehte die Augen und sagte seufzend zu mir:

»Männer sind so schrecklich morbide, finden Sie nicht?«

Ich zuckte die Achseln, ließ sie stehen und taumelte hinüber an die

Bar zu Willoughby, der mir beiläufig einen Whisky einschenkte und mir schwankend mit gehobenem Glas zunickte, während ich meins in einem Zug leerte. Die übrigen Gäste wollten sich schon diskret wieder ihren Konversationen zuwenden, als Higgins in seine gehobenen Hände klatschte und mit liebenswürdiger Strenge sagte:

»Liebe Kolleginnen und Kollegen, ich danke Ihnen allen herzlich, dass Sie da waren, das war ganz reizend. Aber nun denke ich, wir kommen allein zurecht. Ich wünsche Ihnen allen noch einen schönen Tag!«

Einen Moment standen alle still und tauschten fragende Blicke aus, unsicher, ob Higgins sie alle gemeint haben konnte oder nicht, aber da er seine gehobene Augenbraue und den herabgezogenen Mundwinkel im zurückgeworfenen Kopf über seinem überdehnten Rückrat und dem Wappen auf seiner Brust ausnahmslos allen entgegenhielt, trollten sich die Gäste grummelnd. Selbst Dunbar und Bassington-ffrench machten nur kleine unwirsche Bewegungen auf ihn zu, aber ihre Energie verpuffte am Schild von Higgins' Gesicht. Dunbar nickte geistesabwesend, rückte seine Reitkappe zurecht und murmelte: »Mir soll's recht sein, bin ohnehin hundemüde, kommen Sie, Roger, alter Knabe«, während Bassington-ffrench gereizt den Kragen seines grünsamtenen Talars hochschlug. Auf der Schwelle drehte er sich noch einmal um und rieselte leise:

»Wie Sie meinen, lieber Jonathan, auch wenn Ihr Vorgehen nicht ganz unseren Absprachen entspricht.«

Nur Willoughby war in stoischem Amüsement geblieben. Gemeinsam stützten wir unsere Rücken mit den Ellbogen an die Bar und schlenkerten die Whiskys in der Linken. Als die Tür sich hinter Dunbar und Bassington-ffrench geschlossen hatte, ließ Higgins Kopf und Rücken leicht nach vorn sacken, drehte sich seufzend zu uns herum und fragte sanft:

»Hören Sie, Willoughby, wollen Sie nicht auch lieber gehen?«

»Aber auf gar keinen Fall! Die Kollegin und ich hier haben noch was zu betrinken.«

»Na schön, wie Sie wollen. Warum auch nicht? Vielleicht können Sie mir sogar helfen. Wir wollen ihr erstmal den Talar ausziehen … nein, nein, Charles, das geht nur über ihren Kopf. Kommen Sie, meine Liebe, Arme hoch!«

Er nahm mir das Whiskyglas aus der Hand, ich streckte die schweren Arme halb nach oben und ließ dabei vor Anstrengung den Kopf auf die Brust sinken, und da fiel mir erst auf, dass ich noch immer den weißen Talar anhatte und dass auf ihm ein paar winzige Blutspritzer leuchteten. Bevor ich sie mir genauer ansehen konnte, hatten die beiden mir schon den Talar über den Kopf gezogen und Higgins warf ihn in den Kamin. Dann gab Willoughby mir mein Glas zurück, füllte es und das seine wieder voll und prostete mir traurig lächelnd zu:

»Auf England, Kollegin, auf England!«

»Ja, Sir, zum ersten und zum letzten Mal: Auf England!«

Higgins stand uns mit auf dem Rücken verschränkten Armen gegenüber und schüttelte in mildem Tadel den Kopf. Dann öffnete er die Tür zu einer Abstellkammer, zog ächzend meinen Koffer heraus, hievte ihn auf den Couchtisch, öffnete ihn und betrachtete, mit herabgezogenen Mundwinkeln nickend, seinen Inhalt.

»Ja, alles soweit gepackt. Wären Sie so freundlich, Charles, mir mit dem Rest zu helfen? Die Wäsche da noch, nein nein, das, was dort neben der Anrichte liegt … ja genau, und das blaue Hemd dort noch … danke, mein Lieber – vorsichtig! Setzen Sie sich doch lieber ein bisschen.«

Willoughby ließ sich langsam auf die Ledercouch sinken wie eine Kobra in ihren Korb und schlief sofort ein, schreckte dann aber noch einmal hoch, starrte mich aus glasigen Augen an und fragte panisch:

»Ist heute schon der erste April?

»Ja, Sir, ich glaube.«

»April ist der grausamste Monat. Treibt das Fliedergespenst wieder aus der Gruft, verrührt Erinnerung und Begehren zu einem ekelhaften Gebräu. Gott oder wer auch immer steh uns bei!«

Ermattet fiel er in die Couch zurück, murmelte *Shantih Shantih Shantih* und begann dann leise zu schnarchen. Higgins schloss den Koffer, kam dann mit ihm zu mir herüber, nahm mir das Glas ab und führte mich an der Hand aus seiner Wohnung.

»Kommen Sie, wir müssen jetzt los, bevor es zu spät ist. Donaldson wartet bereits mit dem Wagen. In drei Stunden startet unser Flugzeug in Heathrow.«

»Ich bin noch nicht betrunken genug, Sir.«

»Doch doch, es wird schon gehen. Kommen Sie.«

»Sir, ich möchte bitte noch einmal zurück nach Whewell's Court, ich muss noch einmal in Orvilles Wohnung, wenigstens irgendetwas, ein Hemd, ein Buch, ich weiß nicht ...«

»Aber mein liebes Kind«, er sah mich verwundert an, »die Universitätsverwaltung hat Wilsons Wohnung selbstverständlich bereits letzte Nacht räumen und desinfizieren lassen. Also kommen Sie jetzt endlich.«

»Wohin gehen wir, Higgins?«

»Dahin, wohin man immer geht, wenn es in England nicht mehr weitergeht – nach Amerika selbstverständlich.«

Donaldson drehte eine enge Schleife um den Sumpf von Cambridge herum, und das letzte was ich, bevor wir den geraden Weg nach London einschlugen, aus dem Wagenfenster sah, war

Des Frühlings Nahen:
Ein namenloser Hügel
Im leichten Nebel ...

Wenn man elf Stunden Richtung Westen fliegt, bekommt man acht Stunden geschenkt, und damit, weil also die Zeit im Fluge zwar nicht ganz, aber doch nahezu stehen geblieben ist, fast einen neuen Tag oder ein neues Leben, und aller Nebel der Welt hat sich über dem Pazifischen Ozean verzogen. Schon gibt es kein Nahen des Frühlings mehr, weil der Frühling in Los Angeles immer schon vor einem da ist, und nichts kommt mehr an, wenn man endlich hier ankommt und das Taxi vom Flughafen aus in einem herrlich barocken Umweg die Strände entlang schlingert und dann den windigen Sunset Boulevard hoch zum Hotel rauscht.

Im Chateau Marmont trottete ich die Treppen hinter Higgins hinauf. Er hatte dem Pagen gegenüber darauf bestanden, meinen Koffer selbst bis nach oben ins Penthouse zu bringen, obwohl der Fahrstuhl mal wieder streikte, und ich machte keinerlei Anstalten, Higgins zu helfen, auch dann nicht, als er ab dem zweiten Stock furchtbar ächzte und immer wieder mit in die Seiten gestemmten Händen stehenbleiben musste. Doch oben angelangt fand er sofort zu seiner biegsamen Eleganz zurück, gab dem Pagen, der windhundartig geduckt mit dem übrigen Gepäck vor uns die Treppen hochgeschlichen war und in der Suite der Nachmittagssonne die Fenster geöffnet hatte, in alter Frische ein erniedrigend großes Trinkgeld und schlenderte dann, so ausgelassen, wie ich ihn nie zuvor gesehen hatte, an die Bar im Salon. Pfeifend mixte er unsere Martinis, sah sich dabei anerkennend nickend im sonnendurchfluteten Raum um, und seine Brust hob und weitete sich in genießerischem Wohlgefallen.

»Jesus, was für ein Ort!«

»Ja, Sir.«

Ich hatte mich vorsichtig auf einem unbequemen, spartanisch leinenbespannten Holzsessel niedergelassen, der trotz meines unerheblichen Gewichts ungastlich knarzte und wackelte, blickte mich im Zimmer um und fragte mich, ob das gesamte, unzusammenhängende Mobiliar dieser Suite wohl von der Heilsarmee bereitgestellt worden war. Higgins las meine Gedanken und lachte kurz auf:

»Bauhaus, meine Liebe, alles Originale, daher der etwas schäbige und vor allem für die Bandscheibe mörderische Eindruck. Herrlich, nicht wahr? Cheers, meine Liebe, auf die neue Welt und auf Ihren Neustart!«

»Danke, Sir.«

»Kann ich Ihnen etwas zu Essen bestellen?«

»Nein danke, Sir.«

»Was meinen Sie, sollen wir uns ein paar Jungs hochschicken lassen?

Schlafen können und dürfen Sie jetzt wegen der Übersetzung ohnehin nicht. Hm?«

»Wie Sie meinen, Sir.«

»Kommen Sie, das wird Sie aufheitern! Wie schon Ihr Herr Vater immer zu sagen pflegte: *Man muss keine Nerven haben, man muss einen fröhlichen Unterleib haben.*«

Ehe ich antworten konnte, hatte er bereits geklingelt, eine Minute später erschien der Hoteldirektor persönlich, begrüßte Higgins herzlich, fragte, ob alles zu unserer Zufriedenheit sei, schnipste mit den Fingern und ließ zwei Zimmerkellner Whisky und Zigarren servieren, während Higgins mit gesenkter Stimme die Jungs bestellte. Der Hoteldirektor nickte würdevoll mit zur Seite gelegtem Kopf und schnurrte dann vertraulich:

»In der hausüblichen Ausstattung, Sir Jonathan?«

»Ja ja, natürlich, so üblich wie möglich, bitte.«

Der Hoteldirektor klatschte in die Hände. Higgins zog mich aus dem ächzenden Stuhl hoch und setzte mich neben sich auf ein kaum weniger labiles weißes Ledersofa, drückte mir einen Whisky und eine Zigarre in die Hände, legte meine Beine neben seine auf einen hässlichen, gelblackierten Couchtisch und tätschelte mir dann aufmunternd die Wange. Ich entspannte mich und lächelte ihn dankbar und gerührt an. Er nickte zufrieden, und endlich lehnten wir uns in der müde seufzenden Couch zurück, tunkten die Mundstücke unserer Zigarren sorgfältig in den *Knockando*, und als wir gerade genüsslich nuckelnd zu rauchen begannen, kamen auch schon sechs etwa zwanzigjährige mexikanische Jungs in schlecht sitzenden weißen Badehosen mit aufgedruckten olympischen Ringen hintereinander hereingewackelt. Sie postierten sich in gespielter Schüchternheit in einer Reihe vor uns, fassten sich an den Händen und begannen dann leise summend sich in den Hüften zu wiegen. Ich musste lachen, verschluckte den Zigarrenrauch und hustete und dadurch musste ich wiederum noch mehr lachen, und es gelang mir erst mich zusammenzunehmen, als neben meinem Ohr Higgins' wütende Stimme explodierte. Zu meiner Erleichterung galt sein Ausbruch aber gar nicht mir, sondern dem Hoteldirektor:

»Verdammt noch mal, was soll das sein? Sehen wir aus wie ein Haufen Pädophiler?«

»Ich bitte Sie, Sir Jonathan, nicht dieses Wort, wir sind damit noch immer etwas empfindlich, gerade weil uns an dem Vorfall damals nun wirklich keinerlei Schuld trifft …«

»Das hat auch niemand behauptet, aber räumen Sie um Himmelswillen das junge Gemüse weg und schaffen uns ein paar höhere Semester herbei. Verdoppeln Sie den Alterseinsatz und bringen Sie uns die Väter … na ja, nicht gerade die Väter, sagen wir, die älteren Cousins dieser Kinder.«

»Aber mein lieber Higgins, noch nie, niemals war irgendjemand mit unseren Jungs nicht vollauf zufrieden, und Sie wissen, dass gerade auch unsere europäischen Gäste die anspruchsvollsten der Welt …«

»Habe ich mich nicht klar genug ausgedrückt?«

»Wie Sie wollen, mein Lieber, ich will sehen, was ich tun kann. Ich muss gestehen, dass wir darauf nicht eingestellt sind, aber vielleicht könnte ich ein paar Herren aus der Küche oder aus der Buchhaltung … hm, hm«, er runzelte schweigend die Stirn, zupfte angestrengt an seiner Oberlippe, doch plötzlich hellte sich sein Gesicht auf und er lächelte philosophisch, »ich glaube, ich verstehe langsam, worum es Ihnen geht, Sir Jonathan: Jede Falte erzählt eine Geschichte …«

» … die wir auf gar keinen Fall hören wollen, nein. Nun machen Sie endlich, oder müssen wir ins Regent Beverly Wilshire umziehen?«

»Oh nicht doch, ich bitte Sie, kommt sofort. In gleicher Ausstattung?«

»Was auch immer, nur bitte heute noch, die Kollegin hier schläft mir gleich ein.«

Tatsächlich fielen mir immer wieder die Augen zu, und während der Direktor eilig das Zimmer verließ und dabei die verwirrt dreinblickenden Jungs unwirsch vor sich her scheuchte, griff mich Higgins mit Daumen und Zeigefinger am Kinn, schüttelte mein müde herunterhängendes Gesicht, flößte mir neuen Whisky ein, zündete mir dann die Zigarre wieder an und befahl mir, kräftig daran zu ziehen, sodass ich tatsächlich wieder einigermaßen wach war, als das zweite Herrengedeck serviert wurde.

Der Hoteldirektor verbeugte sich ängstlich und stolz zugleich vor Higgins, um dann der Ausbeute seines Improvisationstalents Platz zu machen. Hinter ihm tänzelten sechs anständig ausgewachsene Männer in den gleichen schlecht sitzenden Olympiabadehosen herein, die sich kein bisschen zu schämen, sondern im Gegenteil prächtig zu amüsieren schienen, während sie ohne erkennbare Ordnung vor uns herumhopsten. Higgins klatschte begeistert in die Hände und sprang dann wie ein Gummiball von der Couch auf:

»Ja, schon besser! Ich denke, ich werde den großen Dunkelhaarigen mit dem Schnauz nehmen. Nehmen Sie sich was von den Blonden, meine Liebe.«

»Ja, Sir.«

Dann umfasste er mit kindlicher Gier die Taille des dunkelhaarigen Mannes, dem er bis knapp unter die Achsel reichte und der ihm lachend die kahle Stelle auf seinem Hinterkopf tätschelte, als sie zusammen in eines der Schlafzimmer schlingerten.

Ich ließ mich wieder zurück in die Lehne sinken, schlürfte meinen *Knockando* und betrachtete mit Wohlwollen durch meine halbgeschlossenen Lider die mit der Ankunft der blauen Stunde nun ruhiger und fast selbstvergessen tanzenden Männer. Ich wusste, dass ich etwas ganz Ähnliches schon einmal irgendwo gesehen hatte, aber es wollte mir beim besten Willen nicht einfallen, was es war.

»… Sie, Miss?«

»Hm?«

Der Hoteldirektor hatte sichtlich Mühe, höflich zu bleiben, nun, da Higgins nicht mehr im Raum war, und er wiederholte seine Frage mit gereiztem Schnaufen:

»Und für Sie, Miss, was darf es für Sie sein?«

»Oh, entschuldigen Sie… danke, für mich nichts. Sie können abräumen lassen.«

»Wie Sie wünschen«, pikiert klatschte er in die Hände, und die Männer tanzten in heiterer Traurigkeit aus dem Zimmer, drehten sich in der Tür noch einmal um und winkten mir freundlich zu, »kann ich Ihnen vielleicht etwas anderes bringen lassen, Miss?«

»Nein, vielen Dank – oder doch, warten Sie, ich hätte gerne

Drei Mütter,
welche drei Väter sind,
da von ihnen ausgeht:
Feuer
Wind
Und Wasser.
Drei Mütter,
sieben Doppelte
und zwölf Einfache.«

»Äh, ich fürchte, Miss…«

»Schon gut, danke, das wäre alles.«

Als er verschwunden war, stürzte ich auf die Dachterrasse, sah weit in der Ferne die Sonne im Meer untergehen und schrie wütend in den Himmel hinauf:

»Wie lange muss ich noch? Wann lässt du mich endlich gehen?«

Aber es kam keine Antwort außer dem Hupen der Autos auf dem Sunset Boulevard. Mit hängenden Schultern trottete ich zurück ins Zimmer, fuhr dort aber erschrocken zusammen und straffte mich unfreiwillig. Einer der Tanzmänner war zurückgekehrt und saß mit übereinandergeschlagenen Beinen vor mir auf der weißen Ledercouch. Zu seiner weißen Badehose trug er jetzt eine dunkle Hornbrille, hielt einen Taschenrechner und einen Stapel Papier in den Händen auf seinem Schoß und hatte ein *i-book* auf dem gelben Couchtisch aufgebaut. Er lächelte schüchtern und unverschämt zugleich:

»Ähm, der Name ist Winston, Miss, aus der Buchhaltung. Ich dachte, ich könnte meine Arbeit vielleicht auch hier erledigen …«

Er zwinkerte mir über die Brille zu, schüttelte seinen blonden, doch seltsam reizlosen Seitenscheitel und ich zuckte schnaufend die Achseln:

»Bravo, warum denn nicht? Allem Anschein nach bin ich ohnehin auf dem Weg zur Hölle. Na kommen Sie, dann wollen wir die Bücher mal gründlich durchgehen!«

Nachdem ich den Buchhalter entlassen hatte, hatte ich kaum mehr als drei Stunden schlafen können, und weil ich wusste, dass die Nacht mir nicht mehr gnädig sein würde, wankte ich hinüber zu Higgins, in der Hoffnung, dass er wieder allein und noch wach sein würde. Vor seiner Schlafzimmertür angelangt, hielt ich im Begriff zu klopfen inne, blickte an mir herab und fragte mich, wie schlimm es wohl um mich stand, wenn etwas so Vulgäres wie ein weißer Frotteebademantel mit den golden eingewebten Initialen eines Hotels sich mir als schmeichelhafter und tröstlicher Begleiter aufzudrängen vermochte.

»Kommen Sie nur herein, meine Liebe.«

Higgins saß leicht gebeugt vor dem Kamin, starrte in das Feuer, das er trotz der Frühlingsmilde der Nacht angezündet hatte, und schwenkte mit herabgezogenen Mundwinkeln einen großen Cognac. Dass er statt einem seiner hübschen Hausmäntel den gleichen scheußlichen Hotelbademantel trug wie ich, bereitete mir so starkes Unbehagen, dass ich schon bereute, ihn aufgesucht zu haben, bis er wehmütig zu mir aufblickte.

»Kleinen Napoleon für Sie?«

»Ja danke, sehr gern, Sir.«

Er wärmte mir den Cognac sorgfältig, bevor er ihn mir mit einem angedeuteten Lächeln hinhielt und ich zog mir einen Stuhl neben ihn an den Kamin, an dem es unerträglich warm gewesen wäre, wenn nicht daneben die beiden riesigen Flügeltüren zur Terrasse geöffnet gewesen wären, in denen sich die duftigen Vorhänge in der Pazifikbrise wiegten.

Eine Weile tranken und schwenkten wir schweigend unsere Cognacs, bis Higgins sich seufzend halb erhob, einen zusammengefalteten Bogen vom Kaminsims nahm und ihn mir reichte.

»Was halten Sie davon? Meine Rede für mein lebendes Begräbnis.«

»Wofür bitte, Sir?«

»Nun ja, es ist schließlich eine dumme Angewohnheit, dass Beerdigungen in der Regel in Abwesenheit der Hauptperson stattfinden. All die Reden, all die Blumen für jemanden, der nichts davon mitbekommt, was für eine Verschwendung! Daher ist es hier seit ein paar Jahren durchaus üblich, die Beerdigung, wenn die Grube absehbar wird, in Form einer großen Feier zusammen mit dem zukünftigen Grubenhüpfer zu veranstalten. Alle sagen ihm, wie sehr sie ihn lieben, und er bedankt sich bei allen und beim Leben an sich und so weiter. Ich habe hier ein paar alte Freunde, die mir diese Sache angetragen haben, und ich denke, es wäre höchst unhöflich, sie zu enttäuschen, meinen Sie nicht? Daher dachte ich, ich könnte die Angelegenheit erledigen, bevor ich nach Cambridge zurückmuss. Würden Sie vielleicht mal einen Blick darauf werfen?«

Kommentarlos warf ich das Blatt ins Feuer. Higgins lachte kurz auf und sagte dann leise:

»Ich danke Ihnen, meine Liebe.«

»Hm.«

»Verzeihen Sie mir meine memmenhafte Düsternis. Fühle mich wie eine tote Ente. Sind so Ideen, auf die man kommt in Nächten wie diesen, nicht wahr? Wie sagt doch Ihr Dichter: *Die feste Abgegrenztheit des menschlichen Körpers ist schauerlich.* Ja, schauerlich, schauerlich, in der Tat.«

Er schüttelte langsam den Kopf und versenkte sich dann wieder in sein Cognacglas, und auch ich schüttelte den Kopf, aber nicht langsam, sondern in unwilligem Gezucke.

»Aber das ist doch Unsinn, dummes Geschwätz, Ihrer gänzlich unwürdig, Sir! Gut, ja, das rein Körperliche kann unheimlich sein. Vergleiche die Art und Weise, wie man Engel und Teufel darstellt. Was man

Wunder nennt, muss damit zusammenhängen. Es muss sozusagen eine *heilige Gebärde* sein.«

»Hören Sie endlich auf, Wittgenstein zu zitieren, meine Liebe, so geht es nicht mehr weiter!«

»Na schön, aber in jedem Fall verdankt sich doch der festen Abgegrenztheit des menschlichen Körpers erst das Glück zweier Körper.«

»Ja, mag sein, dass die Schauer des Dichters nur das romantische Parfüm sind, mit dem er den Gestank seines Autismus übertüncht, und schließlich hat er von der Liebe ja auch weiß Gott nur auf dem Papier was verstanden, aber nun ja«, er atmete mit einem noch tieferen Seufzer aus, »so kann man es wohl nur sehen, wenn man die Liebe tatsächlich erfahren durfte – apropos, die Sache mit Dr. Wilson tut mir wirklich leid.«

»Hm.«

»Nein wirklich, meine Liebe, es tut mir entsetzlich leid.«

»Schon gut, ich möchte lieber nicht darüber sprechen, Sir.«

»Wie Sie wollen. Dann sprechen wir über Ihre Zukunft – nein, lachen Sie nicht! Napoleon?«

»Ja unbedingt, Sir.«

»Ab einem bestimmten Punkt wird man einfach nicht mehr betrunkener, wie?«

»Ja, Sir.«

»Ich hoffe, Ihnen ist klar, dass Sie nicht mehr nach Cambridge zurückkehren können, mein Kind.«

»Hm.«

»Seien Sie so gut und holen Sie Ihren Koffer einmal hierher – er ist noch dort unter meinem Bett, ja auf der linken Seite, genau.«

Der Koffer war schwer und ich wusste nun, was ich bereits seit unserer Abreise geahnt hatte.

»Wie haben Sie den Manzanilla wiedergefunden, Sir?«

»Wiedergefunden?«

Er hob mir mit traurig müdem Spott seine linke Augenbraue entgegen und ich zuckte kurz zusammen.

»*Sie* haben ihn gestohlen, Sir?«

»Selbstverständlich, wer denn sonst? Kommen Sie, machen Sie den Mund wieder zu, Sie fallen mir sonst um. Legen Sie den Koffer hier zu uns, ja, einfach da auf den Teppich, und machen Sie ihn auf, sodass wir reinsehen können.«

Da lag es, das arme *Kryptychon*, lag offen da in seinem Kofferbett. Die Kinderschar schmiegte sich zitternd in ihren hübschen roten, etwas ungeschickt um sie herumgewickelten Kalbsledermäntelchen aneinander, und ich schlug mir mit einem schuldbewussten Aufstöhnen die Hände vors Gesicht. Higgins zog mich wieder auf den Stuhl und zwang mich, die Hände von den Augen zu nehmen:

»Sehen wir hin! Sehen wir die Dinge, wie sie sind, einverstanden? Schauen Sie in den Koffer, schauen Sie hin! Denken Sie nur, dass es derselbe Anblick ist, der sich 1727 den Erbverwaltern von Newton, diesem letzten der Magier, bot, als sie seinen Nachlasskoffer öffneten, genau vierzig Jahre übrigens nach Manzanillas Tod. So ist es doch gewesen, nicht wahr, so steht's in Ihrem Kommentar, oder nicht?«

Ich nickte unter Tränen, und Higgins fuhr fort:

»Gilbert Swordsman, in dessen Obhut Manzanillas Werk seit dessen Abreise aus England lag, hat das *Kryptychon* und die Tagebücher Manzanillas kurz vor seinem Tod 1699 Newton anvertraut, nicht wahr? Swordsman hatte, wie er in seinem eigenen Tagebuch nur wenige Stunden vor seinem Tod schreibt, *festen Glauben, unbändige Hoffnung und absolute Gewissheit in einem*, dass Newton dieses Werk schätzen und schützen würde. Und er sollte Recht behalten in diesem schier maßlosen Vertrauen in Newton. Das Vertrauen, das ein Junggeselle in einen anderen haben kann, ist zuweilen erstaunlich. Aber Vertrauen, das seinen Namen verdient, ist wohl immer maßlos, meinen Sie nicht?«

»Ich weiß nicht. Mag sein, Sir.«

»Wie auch immer, jedenfalls sind Manzanillas Schriften seltsamerweise weder in den offiziellen Nachlass Newtons eingegangen, noch tauchen sie in den inoffiziellen Spekulationen über seine abseitigen

Lektüren auf. Der übrige wertlose alchimistische und theologische Quatsch, den Newton außerdem heimlich in seinem Koffer gehortet hat, wird seit fast dreihundert Jahren reliquienhaft verehrt, aber kein Nachlassverzeichnis der Welt erwähnt Ihren spanischen Helden auch nur mit einem Wort. Also kommen Sie, bringen wir's hinter uns und erzählen Sie mir endlich Ihre Geschichte zu Ende. Lassen Sie mich raten: Einer der Nachlassverwalter Newtons hat das Zeug auf die Seite geschafft, heimlich irgendwo in Trinity College begraben, unter einem Apfelbaum, nehme ich an …«

»Machen Sie sich über mich lustig, Sir?«

»Keineswegs, mein Kind, dafür ist die Sache zu ernst. Nein, bleiben Sie sitzen, bitte! Also sagen wir, unter einem Apfelbaum, wo Wittgenstein es gut zweihundert Jahre später wieder ausgegraben hat, richtig? Sagen Sie schon, war es so? Denn Wittgenstein hat Manzanillas Schriften doch gekannt oder nicht?«

»Ja-a, ja, er hat sie gekannt.«

»Gekannt, ja? Einfach nur gekannt? Nein, warten Sie, denken Sie nach, meine Liebe, denken Sie gut nach, bevor Sie antworten! Denn Sie müssen sich jetzt leider auf eine Version Ihrer Geschichte festlegen, nun da die Sache dem Ende zugeht.«

»Ich verstehe nicht ganz …«

»Oh, Sie verstehen mich sehr gut, meine Liebe. Sie verstehen doch, dass wir hier nicht zum Spaß sind, dass ich Sie zu Ihrem Schutz aus Cambridge wegbringen musste, ebenso wie ich den Manzanilla zu Ihrem Schutz in Verwahrung genommen habe, und nicht allein den Manzanilla, sondern auch all Ihre akademischen Dokumente, die Doktor- und Habilitationsurkunden und all …«

»Entschuldigen Sie, Sir, aber ich habe entsetzlichen Hunger, so entsetzlichen Hunger, dass ich Ihnen kaum zuhören kann …«

Er lächelte kopfschüttelnd:

»Na schön, ein letzter Aufschub, meinetwegen. Was kann ich Ihnen bringen lassen?«

»Quesadillas bitte, und äh … Fritten dazu, und könnte ich vielleicht ein paar vegetarische Burger extra haben und ein großes Bier, bitte … nein, warten Sie, doch lieber eine Cola, oder nein, vielleicht doch nur etwas Reis und …«

»Schluss jetzt!«

Zwanzig Minuten später saß ich im Schneidersitz auf dem Teppich vor dem Kamin und stopfte gutgelaunt und mit großem Appetit die guten weichen Sachen in mich hinein, während Higgins mit auf die Knie gestützten Ellbogen sorgenvoll zu mir herabschaute. Zehn Minuten etwa blieb er schweigend so sitzen und ließ mich in Ruhe essen. Dann räusperte er sich, und als er wieder zu sprechen begann, legte ich den Kopf in den Nacken, um die Fritten noch besser genießen zu können.

»In Ihrem Kommentar deuten Sie immer wieder an, dass Wittgenstein Manzanillas Schriften gekannt habe, aber Sie schlingern in diesem Punkt seltsam herum. Mal lassen Sie es so erscheinen, als vermuteten Sie dies lediglich, dann behaupten Sie es schlicht und sprechen ganz indikativisch davon, dass Wittgenstein diese Schriften gekannt, geschätzt und dann doch oder gerade deshalb verleugnet, verborgen habe, und zwei Seiten weiter heißt es dann wieder: *Hätte* Wittgenstein Manzanilla gekannt, er hätte nicht behaupten können, dass es keinen Sinn habe, vom Wollen-Wollen zu sprechen, und so weiter. Es scheint mir offenkundig, dass Ihre Unklarheit in dieser Frage keineswegs einer Unentschiedenheit oder gar Unbedachtheit geschuldet ist, auch wenn Sie es so erscheinen lassen wollen, sondern vielmehr einer übrigens recht schlichten Ablenkungsstrategie: Sie wollten, dass wir uns in Spekulationen darüber ergehen, ob Wittgenstein seinen leicht verdrehten Vorgänger nun gekannt und verleugnet hat oder nicht, und da wir Philosophen nun einmal nichts lieber tun, als uns an den erbärmlichen Verdrängungsleistungen des peinlich verehrten großen Geistes selbstzubefriedigen, konnten Sie sicher sein, dass wir Pawlowschen Hunde uns in den üblichen Kreisen drehen, statt uns zu fragen, ob die Verbindung zwischen Wittgenstein und Manzanilla nicht noch weitaus enger sein könnte, und …«

»Kann ich Ihnen was von meinem Fritten anbieten, Sir? Sie sind wirklich sehr gut.«

»Nein, vielen Dank. Dabei ging es Ihnen darum, von einem ganz anderen Geheimnis Wittgensteins abzulenken …«

»Wirklich nicht? Gleich sind sie weg, und was weg ist, ist weg, Sir.«

»Mhm ja, nein danke. Kommen Sie, spucken Sie's aus – nein, nicht die Fritten, verdammt! Die Wahrheit, endlich die Wahrheit und nichts als die Wahrheit: Manzanilla ist nichts weiter als eine Maske Wittgensteins, habe ich Recht? Er selbst hat das *Kryptychon* und die Tagebücher Manzanillas geschrieben, um sein eigenes Werk gleichermaßen zu sabotieren und fortzuschreiben …«

»Was für ein köstlicher Unsinn, Sir!«

»Hören Sie gefälligst auf zu lachen! Ist das die Version, bei der wir es bewenden lassen wollen? Wollen Sie hier Schluss machen? Ist es das, was Sie mich nun endlich glauben lassen wollen?«

»Nein, selbstverständlich nicht, Sir. Es gibt kein derartiges Geheimnis, nein. Es gibt da im Grunde überhaupt kein Geheimnis. Wenn es nun unbedingt sein muss, will ich Ihnen sagen, wo ich das Zeug ausgegraben habe, aber sonst … Meine Spekulationen über Wittgensteins Kenntnis von Manzanillas Texten sind leider rein immanent, gewisse Parallelen und so weiter, ich habe da ansonsten nichts in der Hand, gar nichts, insofern ist mein Kommentar akademisch etwas unredlich, mag sein, aber …«

»Und warum weichen Sie meinem Blick aus?«

»Weil ich müde und vollgefressen bin, weiter nichts.«

»Na schön, Sie wollen mir also gerade mit dieser Leugnung bedeuten, dass sich die Dinge genau so verhalten, wie ich es vermute, und dass Sie eben dieses Geheimnis Wittgensteins wahren müssen. Denn ein Geheimnis zu wahren heißt ja nicht einfach, *nichts* zu sagen, sondern vielmehr zu sagen, dass man nichts sagt. Nur das verneinende Sprechen und nicht etwa das läppische Schweigen ist ja ein wahres Wahren des Geheimnisses, nicht wahr?«

»Ich kann Ihnen momentan schwer folgen, Sir.«

Er beugte sich ruckartig zu mir herab, packte mich am Oberarm und schüttelte mich, sodass mir der Hamburger, in den ich gerade hatte beißen wollen, aus der Hand fiel. Als er sein Gesicht ganz nah an meines herangefahren hatte und ich sehen konnte, dass ein paar helle bernsteinfarbene Flecken in seiner dunklen Iris blinkten, flüsterte er:

»Das hübsche bräunliche Papier, auf dem Miguel de Manzanilla, ein *doctor divinitas* aus dem 17. Jahrhundert, geschrieben hat, stammt ohne jeden Zweifel von Woolworth. Was sagen Sie nun?«

Er ließ mich plötzlich los, und in einem kleinen Schock fiel ich nach hinten, konnte mich aber mit einem Purzelbaum, bei dem sich mir die Quesadillas unangenehm in Erinnerung riefen, in den Stand bringen. Kaum in der Vertikalen, lief ich mit zitternden Beinen vor dem Terrassenfenster auf und ab und fluchte durch die Zähne:

»Verdammt, verdammt! Dieser verdammte Idiot! Ich wusste es, ich wusste, dass Wittgensteins verfluchte Obsession für Woolworth uns ... ihm ... mir noch mal zum Verhängnis werden würde!«

»*Wittgensteins* Obsession für Woolworth? Ich fürchte, es ist eher *Ihre* Obsession für Wittgensteins Obsession für Woolworth, die Ihnen zum Verhängnis geworden ist, meine Liebe.«

»Wie bitte?«

»Nun, das Papier, auf dem das *Kryptychon* und die Tagebücher geschrieben worden sind, ist ein säurefreies, künstlich vergilbtes Umweltpapier, das in einer limitierten Edition von Schreibblöcken namens *Nostalgie* von Woolworth im Jahr 1989 verkauft wurde – in dem Jahr, in dem Sie Ihr Philosophiestudium an einer kleinen westdeutschen Universität, der Name der Stadt ist mir entfallen, aufnahmen, ein Studium, mit dem Sie von Anfang an nicht zurechtkamen und ...«

»Mir wird etwas übel, die verdammten Quesadillas, ich fürchte, der Cheddar war nicht mehr ganz ...«

»Mhm, ja natürlich. Kommen Sie, setzen Sie sich wieder zu mir. Ich will gar nicht erst über die dilettantische Bindung der Bücher, das Kalbsleder aus der Radebeuler Gerberei und all das reden. Ich will nur, dass Sie den Ernst Ihrer Lage verstehen, mein Kind.«

»Oh, keine Sorge, Sir, wir beide, der Ernst meiner Lage und ich, wir haben uns schon immer ausgezeichnet verstanden.«

»Ja, das glaube ich Ihnen sogar. Dann wissen Sie ja vermutlich auch, dass Ihnen nur noch eine Möglichkeit bleibt, Ihre Haut zu retten.«

»Ich bin nicht sicher, ob ich ...«

»Sehen Sie, alle Welt weiß, dass es sich bei Manzanillas Werk um eine Fälschung handelt, jedenfalls wussten alle in Cambridge davon, restlos alle, das müssen Sie mir glauben. Sonst hätte man Sie wohl kaum nach Trinity College gerufen und als solch vorrangigen Forschungsgegenstand ausgewählt. Alle haben es gewusst, von Anfang an, aber beweisen konnte, *kann* man es Ihnen nur dann, wenn man das Original, Ihre Handschrift in Händen hält. Und deshalb wissen Sie wohl, was nun zu tun ist, nicht wahr?«

»Sie meinen ...?«

Er nickte, legte ein neues, dickes Holzscheit auf und blickte dann seufzend ins Feuer:

»Manchmal muss man einen Teil von sich sterben lassen, um weiterleben zu können. Jedes Kind weiß das. Denken Sie nur: Sie könnten von vorn anfangen, vielleicht sogar schreiben, forschen, ja vielleicht sogar nach England zurückkehren, wenn Gras über die Sache gewachsen ist, nun ja, eine Menge Gras. Aber dazu müssen Sie sich ein wenig von sich selbst trennen, nur etwas mehr, als man das ohnehin immer muss. Wie heißt es doch so schön: *Entreiße dich dir selbst! Der Mensch gewinnt, was der Poet verliert.*«

»Ja ja, aber Sie scheinen zu vergessen, Sir, dass das, was Sie mir da vorschlagen, nicht etwa die Vernichtung meines eigenen Werks ist, sondern die eines anderen.«

»Sie wollen also weiter leugnen? Verneinen bis zum bitteren Ende, ja? Wie soll ich Ihnen dann noch helfen, hm?«

»Es tut mir leid, Sir, aber ich fürchte, ich kann nicht, ich kann das wirklich nicht…«

»Na ja, es ist jetzt alles ein bisschen viel für Sie. Schlafen Sie erst einmal darüber, und dann denken Sie morgen im Hohen Mittag noch mal darüber nach. Gehen Sie tief in sich, suchen Sie den hellen Fleck in Ihrer Finsternis und fragen Sie sich dann, ob Ihre Weigerung vernünftig ist oder nicht. Und so, wie es für Sie in meinem Herzen ein Licht gibt, das niemals ausgeht, so wird dieses Feuer geduldig auf Sie warten.«

»Danke, Sir.«

»Schon gut, versuchen Sie jetzt zu schlafen, mein Kind.«

Er tätschelte mir traurig lächelnd die Wange, aber als ich mich leicht schwankend erhob, blinzelte er an mir vorbei und sprang dann in plötzlicher Heiterkeit auf:

»Kommen Sie, ziehen wir die Vorhänge weg, die Sonne geht ja schon auf!«

Wir hasteten auf die Terrasse, fassten begierig das kühle Geländer, reckten die Köpfe und zogen die Gürtel unserer hässlichen Bademäntel enger, nickten uns dabei leise lachend zu und sogen den unvergleichlichen Morgenduft aus frischer Benzinlakritze, harzigem Stolpergras und tauverdünnter Orchideensüße in unsere müden Lungen, bis Higgins schließlich die Arme ausbreitete und in schmerzlichem Jubel ausrief:

»Jesus, was für ein Ort!«

Der Hohe Mittag war schon längst den Berg heraufgestiegen, und ich wusste, selbst wenn er von nun an für immer bliebe und mich in seiner strahlenden Schattenlosigkeit blendete, würde ich meinen Beschluss doch niemals ändern. Denn die wenigen Dinge, die mir gewiss sind, sind solche, über die Gott selbst mir nichts erzählen könnte.

Als ich in meinem frisch gereinigten grauen Anzug und tadellos frisiert auf der Terrasse erschien und Higgins sich in seinem gelb-weiß gestreiften Sonnenstuhl schwerfällig zu mir umwandte, den Mund in leichtem Erstaunen öffnete und die Sonnenbrille langsam ein Stück auf seiner Nase herabzog, konnte ich ihm ansehen, dass er mir ansehen konnte, dass man mit mir nicht würde handeln können. Ich warf mich in einen Liegestuhl neben ihn, streckte genüsslich die Beine, zog mein Sakko aus, krempelte die Hemdsärmel hoch und lächelte Higgins dabei strahlend an:

»Herrlicher Tag, nicht wahr, Sir?«

»Ja, in der Tat«, er warf den Kopf mit einem Auflachen in den Nacken, schüttelte dann in resignativer Anerkennung den Kopf und fuhr leiser fort, »herrlich, in der Tat. Ich wüsste zu gern, was Sie im Geheimen denken.«

»Oh, das wüsste ich beim besten Willen nicht zu sagen, Sir. Nur Gott sieht die geheimsten Gedanken. Aber warum sollen diese so wichtig sein? Manche sind wichtig, nicht alle. Und müssen alle Menschen sie für wichtig halten?«

»Nein, natürlich nicht. Wie Sie wollen. Frühstück?«

»Sehr gern, Sir.«

»Sie haben noch immer die Möglichkeit … Da drin liegt der Koffer, und …«

»Ich weiß, aber nein, danke, Sir.«

»Gut, wenn das so ist, werde ich eine Weile brauchen, um über Ihren weiteren Weg nachzudenken. Kann ein paar Monate dauern. Solange wir hier bleiben und ich auf Nachrichten aus Cambridge warten muss, haben Sie weiterhin die Möglichkeit, sich eines Besseren zu besinnen. Um unseren Aufenthalt, die Warterei etwas angenehmer zu gestalten, schlage ich vor, dass wir noch heute runter an den Strand ziehen. Wir werden uns einen Bungalow am Malibu Beach nehmen, wenn Sie einverstanden sind. Oder möchten Sie lieber nach Pacific Palisades?«

Ich schüttelte mit geschlossenen Augen den Kopf und sagte gähnend:

»Nein, Malibu wäre mir lieber.«

Fünf Monate lang glich ein Tag dem anderen wie das Ei dem Columbus, und obwohl wir doch den Sunset und dann den Pacific Coast

Highway im schlingernden Taxi bis ganz nach unten, fast bis in den Untergang der Sonne im Meer hinabgerauscht waren, schienen sich unsere Tage in Malibu von morgens bis abends tatsächlich in ewigem Mittag abzuspielen.

Higgins und ich saßen mit unseren Martinis am Strand unter der immerselben Palme, und obwohl er tagein, tagaus seinen gestreiften Badeanzug trug, kam er genauso wenig wie ich auf die Idee, schwimmen zu gehen, sondern sah nur seufzend den Jungs nach, während ich ihm laut aus meinem Manzanilla vorlas, bis ich tief braun und helläugig geworden war.

Nach einer Weile grüßten uns alle freundlich: die Jogger, die sich morgens als erste durch den Sand quälten, die blondgebleichten Surfer, die mittags, bevor sie auf ihre Bretter stiegen, mit Luftgewehren die asiatischen Angler vertrieben, die sich von den verseuchten Zwergheringen ernährten, und die ukrainische Kleinfamilie, die in ihren weißen Baumwollpullovern und mit ihren Plastiktüten rund um die Uhr am Strand saß. Ich kann mich nicht daran erinnern, dass es jemals Nacht wurde, jedenfalls habe ich in dieser Zeit niemals geschlafen.

Eines Mittags Ende August stand Higgins plötzlich in seiner grauen Bügelfaltenhose und seinem dunkelblauen Clubjackett neben meinem Liegestuhl, und während ich, meine Augen mit der Hand gegen die Sonne abschirmend, zu ihm aufblinzelte und seine kerzengerade Haltung bewunderte, kam ich mir auf einmal etwas sonderbar vor in dem winzigen weißen Bikini, den ich die letzten fünf Monate getragen hatte und der jetzt langsam auszuleiern begann, und so zupfte ich unbehaglich an dem Oberteil herum, was Higgins mit einem amüsierten Lächeln zur Kenntnis nahm.

»Sie werden sich jetzt wieder etwas anders kleiden müssen, fürchte ich.«

»Wir gehen zurück nach Cambridge?«

In Erleichterung und Schrecken war ich so schnell aufgesprungen, dass mein im Mittagssonnenkreislauf verdümpelndes Blut mir nicht folgen konnte, und schwindelnd blickte ich in Higgins' doppelt mitleidiges, weil verdoppeltes Gesicht. Er griff mich sanft an den Schultern und fragte dann leise, aber fest:

»Sie glauben tatsächlich noch immer, Sie könnten zurück?«

»Nein, eigentlich nicht, Sir, natürlich nicht. Es ist nur …«

»Wie oft soll ich Ihnen noch sagen, dass alle Spuren in Whewell's Court längst …«

»Ja ja, ich weiß, entschuldigen Sie, Sir. «

»Kommen Sie bitte ins Haus. Sie fliegen noch heute. Man hat mich gerade nach Cambridge zurückberufen, und wir haben noch einiges zu erledigen.«

»Wohin werde ich gehen, Sir?«

»Nach Kreta.«

»Warum ausgerechnet Griechenland?«

»Es ist weit genug weg von Cambridge und doch nicht aus der Welt, und da wir Kreaturen des Kompromisses sind, gehe ich davon aus, dass man sich in Trinity College damit zufriedengeben und Ihnen also niemand dorthin folgen wird. Ob es nun so ist oder nicht, in jedem Fall weiß ich mir keinen besseren Rat. Es sei denn …«

Er blickte neben unseren Liegestühlen zu Boden, wo mein Koffer im Sand offen dalag und sich die mittlerweile hübsch ausgeblichenen Bücher in der Sonne aalten. Ich schüttelte langsam den Kopf, und Higgins zuckte erschöpft die Achseln, stapfte dann unschlüssig die paar Schritte durch den Sand zu unserem Bungalow hoch und drehte sich dort nach mir um.

»Kommen Sie, mein Kind?«

»Ja, Sir.«

»Geht es mit dem Koffer oder soll ich Ihnen helfen?«

»Nein danke, es geht schon.«

Während Higgins unser Abschiedsessen zubereitete und dabei die Sambas aus dem knisternden Radio mit seiner tiefen, weich brummenden Stimme in einer Mischung aus Erleichterung, freudiger Erwartung und Trauer begleitete, schleppte ich eine der kleinen hölzernen Kisten, in denen unserer *Knockando* geliefert wurde, in den Garten hinter dem Haus und begann mit dem Spaten ein tiefes Loch in die Mitte des sonnenverbrannten Rasens zu graben. Als das Essen endlich fertig war, war auch ich mit meiner Arbeit fertig, und Higgins stemmte lachend die Hände in seine beschürzte Hüfte, als ich in meinem dreckverschmierten Bikini wieder reinkam:

»Du liebe Güte, Sie sehen ja aus, als kämen Sie vom Schlammcatchen! Gehen Sie schnell duschen, ich trage derweil die Hors d'œuvres auf.«

»Ja, Sir.«

Ich war schon fast im Bad, als er hinter mir her rief:

»Was meinen Sie, hätte Manzanilla Malibu gemocht?«

Ich ging müde zurück zu ihm in die Küche:

»Das glaube ich kaum, Sir. Aber er wäre wohl damit einverstanden gewesen, hier eine Weile zu leben.«

»Gut, das wäre also erledigt. Dann gehen Sie duschen, sodass wir essen können.«

Der Taxifahrer trommelte schon ungeduldig auf sein Lenkrad. Wir traten vor das Haus, und eine ewige Minute lang schielten wir verlegen aneinander vorbei in die Kaktusblüte. Endlich gab Higgins sich seufzend einen Ruck, zog mir den Kragen und die kurzen weißen Hosen meines neuen Matrosenanzugs zurecht und klopfte mir dann auf beide Schultern.

»Also dann ...«

»Ja, Sir.«

»In Ordnung.«

»Ja.«

Er hielt mir die Taxitür auf, derweil der Fahrer meinen nun leeren Koffer nach hinten räumte. Ich ließ mich mit einem Aufatmen in das klebrige Leder sinken, und Higgins nickte mir lächelnd zu. Der Fahrer hatte sich mürrisch wieder ans Steuer gesetzt und Higgins wollte ihm schon das Abfahrsignal aufs Dach klopfen, als ich noch einmal das Fenster runtersurren ließ.

»Sagen Sie, Sir, nur noch eins: Der Forschungsgegenstand, der ich war, war er … ich meine, war er ein inter- oder ein extradisziplinärer oder … wie soll ich sagen … gab es in Cambridge viel Vergleichsmaterial, empirisches, meine ich? Oder war man da eher in der Theoriebildung …«

Higgins sah eine Weile träumerisch über mich hinweg in den Farn- und Palmendschungel weit über der Auffahrt, bevor er seinen Blick wieder zu mir in das Autofenster hinabsenkte und mich mit zusammengekniffenen Augen musterte, als müsse er kurz überlegen, wer ich bin. Dann strich er mir ein letztes Mal über die Wange und sagte dabei streng:

»Das wollen Sie nicht wissen, mein Kind.«

»Ja, vielleicht haben Sie Recht, Sir.«

»Nein wirklich, das wollen Sie nicht wissen. Und nun fahren Sie, in Himmels Namen.«

»Werden wir uns wiederbegegnen, Sir?«

»Verstopfe deinen Mund vor dem leichtfertigen Sprechen und dein Herz vor dem Nachsinnen. Doch wenn dein Herz rast, kehre zurück an den Ausgangsort, denn es steht geschrieben: *Eilend voran und zurückkehrend* – und darauf ist der Bund errichtet.«

»In Ordnung, Sir. Was werden Sie jetzt tun? Fahren Sie morgen direkt nach Cambridge zurück?«

»Nein, ich denke, ich bleibe noch ein paar Tage auf dem Kontinent und werde mich ein wenig bemitleiden, werde, wie unser Dichter sagt, meine Arme um Paris werfen, weil nur Stein und Stahl meine Liebe akzeptieren.«

Er lachte und ich lachte auch, wir lachten, bis uns die Tränen über die Backen liefen und er endlich mit der Faust aufs Autodach schlug.

Nein, auch das griechische Meer hat bisher nicht geholfen. Aber warum sollte es auch? Der Matrosenanzug klebt mir an Armen und Oberschenkeln fest, weil ich zuviel Sonnencreme unter den Stoff geschmiert habe. Ich weiß gar nicht, ob ich mit diesem Anzug überhaupt schwimmen gehen sollte. Alles klebt. Der Sand an der Sonnencreme, die Sonnencreme und der Sand an mir und am Handtuch, die Sonnencreme, der Sand und ich am Anzug, und der Anzug an mir und den anderen Dingen. Aber wenn alles klebt, bleibt immerhin auch alles an seinem Platz. Alles ist still und nur das Meer dreht sich und schwappt und rieselt in meinem leeren Kopf. Leise rieselt das Meer. Kommt, kleine Lider, nun lasst euch schon endlich fallen, gebt mir nur eine Stunde in den dürren Armen des Schlafengels, und danach werde ich schwimmen wie ein junger Gott!

Doch durch das ausdrucklose Gesicht des Schlafengels hindurch, der sich schon dumpf über mich beugt, sehe ich ganz unten am Lidrand, ganz weit da hinten, wo der Strand in die Felsen mündet, den Engländer von gestern Abend leichtfüßig in den Sand herabklettern. Langsam, und durch meine fast geschlossenen Augen in Breitbandformat gesetzt, kommt er auf mich zu, nein, jetzt bleibt er stehen, schaut aufs Meer hinaus, und es will mir in meinem dummen Kopf nicht einfallen, ob ich noch schnell aufspringen und zur anderen Seite des Strands weglaufen sollte oder ob das die Sache nur noch schlimmer macht.

Gestern Abend hat er sich in der Strandtaverne zu mir gesetzt und höflich um eine Partie Backgammon gebeten. Die Essenszeit war längst vorbei, die meisten Gäste gegangen, auch meine Göttinger Gönnerfamilie hatte sich auf den kleinen steilen Weg nach oben zum Appartement gemacht und mich vorher gebeten, diesmal beim Heimkommen etwas leiser zu sein. Außer uns saßen nur noch drei junge deutsche Frauen mit ihren scheußlichen Bändern um Fuß- und Handgelenke auf den Baststühlen und freuten sich darüber, dass man hier mit ein paar zu fetten Abendessen und Rakis für zwei Wochen die aufrichtige Liebe der gesamten Wirtsfamilie einschließlich der des Wirtssohnes mitkaufen kann.

Wir spielten schweigend ein paar Runden, tranken nach jeder einen Raki, und ich gewann die ersten fünf Spiele widerstandslos, was mich zwar sofort, aber dann doch nicht hinreichend beunruhigte, denn immer, wenn ich am Ende seetief verliere, gewinne ich am Anfang wie der Teufel im Nonnenkloster. Ich hätte also auf der Hut sein müssen, weil man nie weiß, ob das Kloster einen nicht absichtlich gewinnen lässt, um zu verhehlen, dass es der Teufel selbst ist und man selbst das Kloster. Aber dennoch nahm ich eine unerträglich lässige Haltung an, gewann schon das sechste Spiel nur noch um Haaresbreite und verlor ab dem siebten heillos.

Nun begann mein Gegner beiläufig mit seiner sanft südenglischen Zunge, auf der er die herrlich gedämpften Vokale genüsslich affektiert dehnte und die Konsonanten wie kleine Kieselsteine hin und her rollen ließ, zu plaudern:

»Schon lange hier?«

»Ja und nein. Seit einer Woche.«

»Dachte nur, weil Sie schon so braun sind.«

»Komme gerade aus Malibu.«

»Verstehe. Würden Sie es mögen, zur Abwechslung einmal die weißen Steine zu haben?«

»Nein, vielen Dank, lieber immer bei schwarz bleiben.«

»Ja, natürlich, natürlich.«

Er lachte leise, und ich blickte leicht erschrocken aus meinem Rakiglas auf und sah ihn mir genauer an. Er war kaum schätzbaren Alters, irgendetwas zwischen dreißig und fünfzig, und sein seitengescheiteltes, glattes Haar war perfekt honiggolden blondiert, nur die zu dunklen Augenbrauen und Augen verrieten die Kunst. Sein eleganter mokkafarbener Leinenanzug und das weiße hauchdünne Hemd darin waren etwas zu weit geschnitten und die Ärmel des Hemdes obendrein zu lang, sodass ihm die Manschette unschön weit übers Handgelenk fiel, was mich gereizt machte. Auch die achte Runde ging an ihn, und obschon meine Kapitulation nur noch eine äußerliche Formalie war, versuchte ich sie doch bis zur letzten Minute abzuwenden. Ab der neunten Runde begann er seine Rede zwischendurch immer wieder mit einem kleinen Summen zu säumen:

»Hm, mhmhmm, sagen Sie, schon mal in England gewesen? Hmhm … mhm.«

»Ja, ich habe bis vor kurzem in Cambridge gelebt und gearbeitet. Cheers!«

»Cheers! Ach, tatsächlich? Welches College?«

»Trinity College. Es ist nämlich so, dass ich das Werk eines Philosophen und Theologen aus dem 17. Jahrhundert …«

Und genauso unwillkürlich, wie ich die Rakis in mich hinein geschüttet hatte, begann ich nun, Manzanillas abenteuerliche Geschichte und die seiner Herausgeberin zu erzählen, bis ich glücklicherweise dadurch unterbrochen wurde, dass Miles, der mazedonische Kellner, mit dem ich an den Abenden seit meiner Ankunft Backgammon gespielt hatte, sich einen Stuhl an unseren Tisch heranzog, sich lächerlicherweise rückwärts darauf setzte, uns Zigaretten anbot, mich dann in verschwörerisch begeistertem Irrsinn aus seinen leicht vorquellenden hellblauen Augen anstrahlte und in seinem kompakten Englisch verkündete:

»Gestern Nacht, ich habe gemacht Liebe am Strand zu drei Frauen – drei!«, er hielt Daumen, Zeige- und Mittelfinger hoch, »drei Frauen, zwei deutsch, eine schwedisch, alle blond!«

Er lachte stolz, und ich klopfte ihm auf die Schulter, und dann lachten wir beide, weil ich wusste, dass er wusste, dass ich genauso gut wusste wie er, dass er letzte Nacht keineswegs am Strand gewesen war, sondern wie jede Nacht und jeden Tag in der Taverne gearbeitet hat, um die Schulden, die er bei seinem Chef, dem Wirt, angehäuft hat, der ihm Kost und Logis zum Fünffachen des üblichen Preises gibt, abzuarbeiten, um eines Tages doch noch auf Null zu kommen und so wenigstens zurück nach Hause nach Bitola fahren zu können, von wo aus er vor sechs Jahren aufgebrochen ist, um in Berlin oder London ein berühmter Maler zu werden.

Der Engländer räusperte sich etwas pikiert, schüttelte und strich sein Haar nach hinten, als wolle er eine kleine Verschmutzung darauf beseitigen, woraufhin Miles achselzuckend aufstand, mir zuzwinkerte und seinen Stuhl übertrieben ordentlich wieder an den leeren Nachbartisch stellte.

»Keynes, Francis David Keynes.«

»Pardon?«

»Mein Name. Ich versuche, mich Ihnen vorzustellen.«

»Oh, sehr erfreut! Wenn Sie mich kurz entschuldigen würden …«

Ich taumelte zur Toilette, kotzte den Raki zusammen mit den Resten der reisgefüllten Tomaten, die ich wie jeden Abend gegessen hatte, wieder aus, hielt mir ein paar Minuten den Kopf unter kaltes Wasser und kehrte dann in alter Frische an unseren Tisch am Rand der Terrasse zurück. Keynes lächelte mich mitfühlend aus seinen zu dunklen Augen an.

»Besser?«

»Viel besser, danke. Spielen wir noch eine Runde?«

»Aber ja, sofort, ja. Sie erzählten gerade so hübsch von Cambridge und wie es Sie dorthin verschlagen hat.«

»Hm ja, natürlich. Was ist, spielen wir oder spielen wir nicht?«

»Doch doch, gern, meine Liebe. Lassen Sie nur, ich baue auf … hmm, mhm. Ach ja, Cambridge ist ein wunderbarer Ort! Man muss gar nicht da gewesen sein, um es in- und auswendig zu kennen und zu lieben, nicht wahr?«

Mir gefiel die Art nicht, wie er das sagte und mich dabei nur mit den Mundwinkeln und seiner schmalen, leicht zuckenden Nase anlächelte, während seine Augen, die sich für meinen Geschmack jetzt eindeutig zu sehr verdunkelten, sich wie zwei schwarze Suchstrahler an meinen Pupillen vorbei in mein Augenweiß senkten. Ich sagte deshalb etwas steif und gleichsam rügend:

»Ich glaube nicht, dass ich Cambridge liebe. Mir geht es da eher wie Wittgenstein, für den Cambridge in vielerlei Hinsicht auch ein schrecklicher Ort war.«

»Ah ja, natürlich. Selbstverständlich. Ihr Zug!«

Und ich zog und verlor auch diese Partie. Verlor danach noch weitere drei Male, bis ich endlich meine Steine aufs Brett und die Beine lang unter den Tisch warf, die Arme vor der Brust verschränkte und meinen Gegner anschnaufte:

»Na schön. Sie haben gewonnen. Was jetzt?«

»Oh gar nichts jetzt, nichts. Sehen Sie mal, alle sind schlafen gegangen, niemand mehr hier außer uns.«

»Hm.«

Ich sah mich um, und tatsächlich war die Taverne längst geschlossen und auch kein Mensch mehr am Strand. Es gab noch nicht einmal mehr die späten Liebespaare, die Arm in Arm, die Sandalen in der Hand, das Meer und den Mond anstarrten. Keynes lächelte träumerisch und schnüffelte dann genüsslich:

»Wie herrlich der Jasmin nachts duftet! Bis hier herunter ans Meer! Riechen Sie das?«

»Ja, natürlich.«

Dann legte er den Kopf schräg und hob den Zeigefinger seiner rechten Hand:

»Wundervoll, diese Stille, nicht? Nur das Meer, der kleine Wind und die Zikaden. Hören Sie die Zikaden?«

»Ja, natürlich.«

»Wie sagt Bashō doch so schön:

Nichts
in der Stimme der Zikade sagt,
wie bald sie sterben wird.«

»Hm. Ich bin wirklich sehr müde, ich denke, ich werde mal …«

»Ja, kommen Sie, ich bringe Sie zu Ihrem Appartement. Sie wohnen mit dieser reizenden Kleinfamilie, Ihren Landsleuten?«

»Ja, genau.«

»Kommen Sie, geht es? Und hoch … sehr gut! Diese Leute sagten mir, dass Sie hier auf Ihren Mann warten, der in ein paar Tagen kommen wird?«

»Ja ja, aber das ist freilich Unsinn. Es gab hier kein Zimmer mehr, oder vielleicht gab es auch noch eins, in jedem Fall wollte ich lieber nicht allein übernachten und so weiter, und da schien es mir ganz gut, den Leuten diese Geschichte zu erzählen, damit sie mich bei sich aufnehmen würden. Wenn man darum bittet, für ein paar Tage mit im Appartement, im Zimmer der kleinen Tochter übernachten zu dürfen, hört es sich weniger komisch an, wenn man einen Ehemann hat, auf den man hier eben warten muss. Aber das wissen Sie ohnehin alles, nicht wahr?«

»Nein, woher sollte ich das wissen?«

Er blieb auf dem steilen, provisorisch betonierten Weg stehen und sah mich mit etwas an, das man durchaus für echtes Erstaunen hätte halten können, und ich nickte ihm ein müdes Grinsen unter der gehobenen linken Augenbraue zu:

»Natürlich nicht, woher sollten Sie das wissen.«

»Ja, woher?«

Er blieb noch immer stehen, lehnte sich mit dem Rücken an eine der über und über von Bougainvillea überwachsenen weißen Gartenmauern, breitete die Arme aus und wühlte sich in die Äste hinein, so dass er fast in den im Mondlicht leuchtenden Blüten verschwand und wiederholte dann schläfrig:

»Ja, woher? Ich weiß gar nichts. Aber Sie werden mir morgen alles erzählen, morgen, übermorgen ... Glauben Sie, Sie könnten den Weg allein schaffen? Ich würde gern noch ein wenig hierbleiben. Schlafen Sie gut, und bis morgen!«

Und jetzt kommt er auf mich zu, langsam zwar, weil er barfuß am Wasser entlang schlendert und immer wieder stehenbleibt, um die Beine seines im Wind flatternden, zu weiten Anzugs neu hochzukrempeln, aber doch näher und näher. Noch könnte ich den Strand nach rechts ... hoch zu den Tavernen ... und dann? Noch könnt ich. Noch, noch, noch ... Loch, Loch, Loch! Nein, kein *noch* mehr! Nur noch Meer. Nur noch nach vorn. Das Meer, ein dummes blaues Loch, nichts drin. *Öd und leer das Meer*, das weiß doch jedes Kind. Aber es liegt vor einem, liegt noch vor mir, noch, noch, noch liegt es offen vor mir da. Es ist auch gar nicht weit, ich muss ja gar nicht bis zum Horizont schwimmen, nur das kleine

Stück bis zu dir, es würde nicht lang dauern. Denn jetzt kann ich dich schon sehen, da vorn bist du ja, ich habe es gewusst, dass du nicht im Himmel bist, niemals in den Himmel könntest oder wolltest. Da vorn stehst du auf einer kleinen Sandbank. Da stehst du wie auf dem Wasser mit dem Rücken zu mir in deinem weißen Tennisanzug, mit flatternden Haaren, und leuchtest in der Sonne, wie aus Sonne. Und jetzt endlich, als würdest du dich meiner erinnern, drehst du langsam den Oberkörper, eine Hand in der Hüfte, und blickst über die Schulter zum Ufer, zu mir, lächelst mir zu, winkst mir, löst die Hand aus der Hüfte und deutest hinaus aufs Meer, und wie so oft, mache ich mich auf, dir zu folgen.

Der Matrosenanzug saugt sich schnell voll Wasser, was meine Lage klarerweise erschwert, aber wenn der Stoff erst einmal ganz vollgesogen sein wird, ganz vollgepumpt mit Wasser, wird er mich wieder tragen, tragen wie ein Schlauchboot, nach vorn, es ist nicht mehr weit, ich bin ja schon fast da, warte auf mich! Fast bin ich da, aber da zieht die Sandbank sich plötzlich zurück und wandert auf den Horizont zu. Aber du bleibst hier bei mir, winkst mir noch immer, ganz nah schon, und sinkst strahlend nach unten, in die leere Tiefe, sodass ich dir besser folgen kann. Und jetzt endlich kann ich dich fassen.

Doch am Ende kriegen sie dich zu fassen und holen dich zurück, du kannst nichts dagegen tun, wie sehr du auch nach unten willst, sie sind zu viele, kleine Schildkröte, und du musst dir von ihnen helfen lassen, immer musst du dir helfen lassen! Sie schleppen dich aus dem Wasser, zurück an den verdammten Strand, in die verdammte Sonne. Die Jungs meinen es gut, und sie tun mir leid, und ich schäme mich vor ihnen, wie sie so aufgeregt durcheinander reden und mir das Wasser aus dem Bauch und aus den Lungen klopfen. Gottseidank verstehe ich kein Wort. Wenn doch jetzt wenigstens dieser laut bellende Kotzhusten aufhören könnte, dann wäre es etwas weniger erniedrigend, von ihnen umringt im Sand auf der Seite zu liegen und auf diese beiden Schienbeine unter der umgekrempelten mokkafarbenen Anzughose starren zu müssen, die da in zwillingshafter Neugierde direkt neben meinem Kopf stehen, den ich weder ausreichend heben noch drehen kann, um dem kühl besorgten Blick, der da von hoch oben unverwandt auf mich herabfällt, irgendetwas entgegenzuhalten. Aber wozu auch? Nichts mehr entgegenhalten. Nur noch schlafen. Vielleicht könnte ich im Schlaf sogar zurück ins Wasser gelangen, über diesen kleinen Umweg zurückkehren, denn vielleicht sind die Grenzkontrollen nicht so streng, wie man glaubt. Schließ die Augen und komm zurück zu mir!

»Reichlich dumm von Ihnen, ins Wasser zu gehen, obwohl Sie nicht schwimmen können.«

»Hm.«

»Nicht schon wieder einschlafen jetzt, he!«

»Aua!«

»Tut mir leid, aber Sie dürfen jetzt nicht wieder zurückfallen. Kommen Sie, setzen Sie sich auf … so, hier in den Stuhl, gut so!«

Es ist ekelhaft und doch recht angenehm, so auf einem Stuhl zu sitzen, besonders auf einem großen, weichgepolsterten Stuhl wie diesem, im Schatten unter den Salzbäumen mit Blick auf das dumme blaue Loch, das einen nicht will, und es stört dabei kaum, einen anderen für sich reden zu lassen, man muss ihm ja nicht zustimmen, lass ihn doch reden!

»Sehen Sie, der Tod durch Wasser ist ein angenehmer, ein schöner Tod, ein erhebender Tod, schließlich sieht man bei diesem Tod sein ganzes Leben noch einmal in einer herrlichen Scharade an sich vorüberziehen. Es ist also ein privilegierter Tod, ein Tod für die, die ihn sich verdient haben. Ein durchaus gutes Sterben, meines Erachtens, und wie sagt ihr Philosophen doch seit Tausenden von Jahren: *Lebe so, dass du gut sterben kannst*. Selbst Ihr störrischer Wittgenstein hat es ganz brav so sehen wollen. Tja, meine Liebe, und ich fürchte, dass Sie bisher nicht eben so gelebt haben, dass Sie sich dieses kühle Nass da draußen verdient hätten.«

»Hm. Könnte ich trotzdem irgendwas Kaltes zu trinken bekommen?«

»Oh ja, natürlich, wie unaufmerksam von mir … hier.«

»Danke.«

Sein so perfekt blondiertes Haar hat bei Tageslicht einen kleinen Stich ins Dottergelbe, aber dieser unübersehbare Makel wird mir wohl auch nichts nutzen, denn seine Rede ist so sicher wie die culpa in der Kirche, also ist es besser, die Augen wieder ins Meer zu werfen.

»Was haben Sie vorhin da draußen gesehen, meine Liebe?«

»Nichts, das Meer eben.«

»Ich dachte nur, denn manchmal, an solch flirrenden Tagen wie heute, erscheint einem da draußen in der Lichtspiegelung die Gestalt eines hübschen bleichen Psychagogen.«

»Hm.«

»Sehen Sie stattdessen genau hin, schauen Sie raus! Es ist so klar heute, dass man direkt nach Afrika rüber sehen kann, ja, man kann die libysche und die ägyptische Küste sehen, als wären Sie bloß zehn Meilen entfernt, sehen Sie? Ja, wenn man genau hinsieht, sieht man, wie die Eingeborenen dort einträchtig am Strand sitzen, Väter, Mütter und Kinder, und ihre Bomben basteln. Sehen Sie das?«

»Äh … ich fürchte, nein.«

»Sie müssen genauer hinsehen.«

»Hm.«

»Genauer hinsehen und klarer denken. Sammeln Sie sich, und dann fangen Sie an zu erzählen! Denn es ist wohl wahr und mein Herz schüttelt sich vor Blut, wenn ich nur daran denke, dass man das schreckliche Wagnis eines kurzen Moments der Hingabe durch keinen noch so vernünftigen Lebenswandel jemals mehr wieder zurücknehmen kann, und wie wir dadurch und nur dadurch haben leben können, ja, davon steht nichts in unseren Todesanzeigen. Aber nun ja, weil eine gütige Spinne unsere Erinnerungen verhüllt, bedeutet es für manche von uns eben auch, die Gnade zu erfahren, dass das Leben weitergeht, immer weiter.«

»Aber ich möchte …«

»Sie werden leben, meine Liebe, leben und erzählen, denn Sie wissen ja: die Arbeit des Philosophen ist ein Zusammentragen von Erinnerungen zu einem bestimmten Zweck.«

»Ja ja, ich habe nur dummerweise vergessen, zu welchem Zweck es noch mal war.«

»Nun fangen Sie schon an, diesmal bitte ohne Lügen und ohne fremde Stimmen, es ist doch jetzt alles fertig und Sie können also noch mal von vorn anfangen.«

»Ich mag nicht erzählen, was alles fertig wurde: Alles ist fertig.«

»Also fangen Sie an.«

»Ja, Sir.«

1. Auflage 2010

www.diaphanes.net

Satz und Layout: 2edit, Zürich

Umschlaggestaltung: Pascal Dätwyler

Umschlagfoto: Melissa Moore, *Untitled* (aus der Serie »Plasmic«)

Druck: Pustet, Regensburg

ISBN 978-3-03734-104-1

Tim Etchells
Broken World

Aus dem Englischen von Astrid Sommer
320 Seiten, Gebunden
EUR 22,90 / CHF 38,90 / ISBN 978-3-03734-099-8

Der computer- und spielsüchtige Ich-Erzähler präsentiert sich als Verfasser eines Wegweisers für ein fiktives Online-Spiel, den er fortlaufend als Blog ins Netz stellt. Die Mission ist klar: das Spiel muss glücklich zu Ende gebracht werden, doch der Weg dorthin scheint unmöglich, denn die Spiel-Welt ist irrwitzig detailreich, überdimensioniert und unüberschaubar komplex. Das Spiel ist daher im eigentlichen Sinne unspielbar, und das Vorhaben ist ein wahrhaft heroisches Unterfangen. Dem gegenüber steht die Unfähigkeit des Helden, die eigene, ungleich banalere Existenz auf die Reihe zu bringen… In kurzen, rasch vorantreibenden Kapiteln lässt Tim Etchells den Leser bis zum Schluss mitfiebern am Schicksal eines ganz normalen Losers im 21. Jahrhundert, dem sein Leben unter den Händen zerfällt.

»Broken World« liest sich spannend, mitreißend und witzig – und sprachlich innovativ: Virtuos verwandelt sich Etchells den sprachzerschreddernden Jargon der Netzcommunity an, der äußerst kreativ ist und zugleich symptomatisch für eine rundherum brüchige Welt.

Ein hoch aktueller Roman über die Verwechslung von Virtualität und Realität, intelligent und tragikomisch.

Rosa Matteucci
Lourdes

Aus dem Italienischen von Marianne Schneider
183 Seiten, Gebunden mit Schutzumschlag
EUR 16,90 / CHF 29,90 / ISBN 978-3-03734-072-1

In eine kneifende Uniform gezwängt und mit einer entsetzlichen Kopfbedeckung angetan, tritt Maria Angulema die Reise nach Lourdes an. Mit dem Ziel, vom Herrgott höchstpersönlich eine Erklärung für den Unfalltod ihres Vaters einzufordern, begleitet sie als Freiwillige einen Pilgerzug aus der mittelitalienischen Provinz. Nervlich angeschlagen, unbeholfen und von allen herumkommandiert, stolpert Maria die Pflichtetappen des Zeremoniells entlang und wird in ein immer groteskeres, alptraumhaftes Erleben hineingezogen. Die Gelegenheit zum Zwiegespräch mit dem Herrgott lässt auf sich warten …
Gleich mit ihrem ersten Roman »Lourdes« erweist Rosa Matteucci (*1962) sich als Ausnahmeerscheinung nicht nur in der italienischen Literatur. Wie wenige geht sie das Risiko einer eigenen Stimme ein: kompromisslos und literarisch unkorrekt.

»Ich kenne sie nicht, ich habe keine Ahnung, wer sie ist, ich weiß nicht, wer ihre literarischen Vorbilder sind. Aufs Geratewohl fallen mir drei Namen ein: Céline, Beckett und Thomas Bernhard … Ein grimmig verzweifelter und zugleich grandios komischer Blick auf das Leben.« Carlo Fruttero

Tom McCarthy
8 ½ Millionen

Aus dem Englischen von Astrid Sommer
304 Seiten, Gebunden mit Schutzumschlag
EUR 19,90 / CHF 35,90 / ISBN 978-3-03734-055-4

Ein Mann steht zur falschen Zeit am falschen Ort und hat auf einmal zwei Probleme: Was macht man mit einer Abfindung von 8 ½ Millionen Pfund, und vor allem: wie lässt sich ein Leben wieder ins Lot bringen, dem abgeht, was zuvor selbstverständlich war – die Selbstverständlichkeit?
Eine Lösung scheint sich aufzutun, als ihn beim Anblick eines Risses in einer fremden Badezimmerwand plötzlich ein immenses Glücksgefühl überkommt: Da war einmal ein identischer Riss, und um ihn herum hatte es einen Alltag gegeben, eine Wohnung, einen Ausblick, Gerüche, Klänge. Fortan verwendet der namenlose Ich-Erzähler alles darauf, sich diesen Alltag zurückzuholen und die aufsässige Wirklichkeit seinen Vorstellungen anzupassen: als Realität zum An- und Ausschalten, Vor- und Zurückspulen, und all dies nur um jenes kurzen Kribbelns der Authentizität willen. Doch es ist nie genug, der Stoff macht süchtig, der Realisierungszwang gerät außer Kontrolle …
Bei Tom McCarthy werden Millionen verflüssigt und Ideen verfestigt, doch die Realität sträubt sich gegen Spekulation in jeder Hinsicht. Ein Roman voller Sprach- und Aberwitz, beste britische Tradition.

»Statistiken zeigen, dass der durchschnittliche westeuropäische Bürger einen Roman pro Jahr liest. Bitte lesen Sie diesen.« Neue Zürcher Zeitung